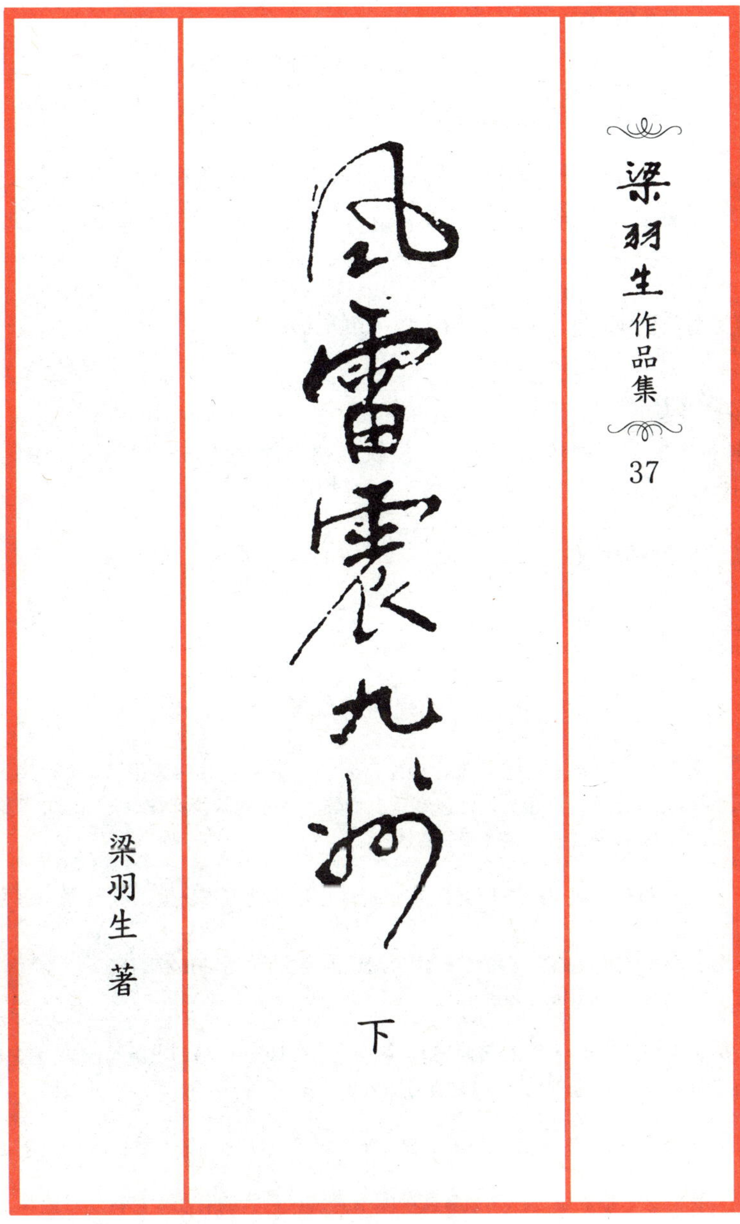

梁羽生作品集

37

风雷震九州

下

梁羽生 著

中山大学出版社

·广州·

图书在版编目(CIP)数据

风雷震九州/梁羽生著. --广州: 中山大学出版社, 2012. 9
(梁羽生作品集)
ISBN 978-7-306-04318-4

Ⅰ. ①风… Ⅱ. ①梁… Ⅲ. ①侠义小说－中国－当代 Ⅳ. ①I247.5

中国版本图书馆CIP数据核字(2012)第221119号

广东省版权局版权合同登记图字: 19-2012-071号

朗声图书

敬告读者

为了维护读者、著作权人和出版发行者的合法权益,本书采用了新型数码防伪技术。正版图书的定价标示处及外包装盒上均贴有完好的防伪标签。刮开涂层,可见到一组数码,您可以通过三种途径查验真伪。

1. 拨全国免费电话4008813150,按语音提示从左到右依次输入16位数码并按#键结束。
2. 使用手机或小灵通将16位数码作为短讯内容发至13828823315。
3. 网上查询www.macs.com.cn。

读者如发现盗版图书,可向当地“扫黄打非”办公室、新闻出版局、工商管理部门、公安机关、技术监督部门举报,或直接与我们联系。

联系电话: 020-34297719 13570022400

我们对举报盗版、盗印、销售盗版图书等侵权行为的有功人员将予以重奖。

广州市朗声图书有限公司

目　录

第三十八回　豪杰横刀歼小丑
奸人指路捕孤儿

李光夏要报当年受骗之辱，一招得手，跨步进刀。羊吞虎喝道：“好小子，你还要性命不要?”化抓为掌，反手劈出，掌力一吐，李光夏胸口登时就似给人打了一拳，身形摇晃，不由自已地退了三步。竺清华一惊之下，冒险扑攻，刀剑联防，这才稍稍阻遏了羊吞虎的攻势。

要知羊吞虎在“祁连三兽”之中虽然排行第二，但武功却是数他第一。竺李两人的本领虽是出乎他意料之外，但认真厮拼起来，却还不是他的敌手。幸在李光夏是朝廷所要缉捕的钦犯之子，羊吞虎只能将他生擒，不能将他杀死，有了这一重顾忌，竺李二人联手，还可以勉强与他周旋。

与祈圣因交手的那个贺兰明，身为御林军副统领，在御林军中是数一数二的高手，武功比羊吞虎更强，解了祈圣因几招之后，杀得性起，哈哈笑道：“难得碰到使鞭的行家，看来咱们倒是旗鼓相当的好一对呢。好，我就与你认真较量较量吧!”

语带双关，颇涉轻薄。祈圣因大怒，长鞭一抖，矫若游龙，鞭梢点穴，鞭身缠颈，一连几招，招招都是杀手。贺兰明钢鞭一振，呼呼风响，把祈圣因的招数尽都化解，反打过来。嘻嘻笑道：“千手观音，你怎的没有一点惺惺相惜之心，下得如此辣手？幸亏我没给你打着!”

原来两人虽是同样使鞭，但家数却是截然不同。祈圣因使的是金丝软鞭，贺兰明使的则是水磨钢鞭。祈圣因的软鞭胜在较为灵活，但贺兰明功力却要胜她一筹，钢鞭正合于气力强者使用。一柔一刚，斗在一起，祈圣因竟然无法使出以柔克刚的神鞭绝技。

贺兰明笑道：“你的鞭法胜不了我，何必再打下去？我带你去见你的丈夫吧。嘿，怎么你还要打？你当真想做小寡妇吗？哎，对啦！尉迟炯这丑汉子本来就配不上你。你是不愿意再见他啦！”

祈圣因柳眉倒竖，蓦地喝道：“狗贼，叫你知道我的厉害！”话声未了，手中蓦地多了一把精芒耀目的短剑，左鞭右剑，指东打西，指南打北，登时向贺兰明展开了暴风骤雨般的攻击。

祈圣因绰号千手观音，又称“鞭剑双绝”，暗器、鞭法、剑法都是一等一的功夫，如今鞭剑并用，不必再加暗器，已是非同小可！贺兰明功力虽然较高，但在她两种不同性能的兵器的奇幻招数迫攻之下，却也只能有招架的份儿了。

但祈圣因虽然占得上风，要胜贺兰明也是不易。而且在她占得上风的时候，竺清华、李光夏那边却是越来越吃紧了。

竺清华剑术虽然精妙，可惜气力不加，三十招过后，已是汗如雨下，气喘吁吁。李光夏奋勇力战，刀法亦已渐见散乱。

祈圣因长鞭挥舞，短剑翻飞，一连几招狠辣的招数，迫得贺兰明忙于招架，不敢分神。此时羊吞虎也正以雄浑的掌力荡开了竺清华的剑尖，五指如钩，再次向着李光夏的琵琶骨抓下。眼看就要得手，忽觉劲风飒然，祈圣因一声叱咤，已是使出“回风扫柳”的神鞭绝技，尚未回头，反手就是一鞭！

双方的距离本来在三丈开外，祈圣因是向后滑步，突然反手打鞭的。羊吞虎正在得意，想不到这一鞭突如其来，大吃一惊，已是无法拆解，百忙中唯有猛的一提腰劲，将身躯平地拔起，希望躲过这一鞭。饶是他闪躲得快，胫骨亦已着了一鞭，一个倒栽葱跌下。

但当着祈圣因向后滑步，反手打鞭之际，贺兰明身手何等矫捷，趁此时机，也是蓦地一声大吼，飞身追上，刷的便是一鞭！

螳螂捕蝉，须防黄雀在后。祈圣因何尝料不到有此危险？但她为了解竺李之危，却不能不甘冒此险。这一鞭祈圣因也是躲闪不开，此时她的长鞭已经打出，只能用短剑招架。但短剑使不上劲，却敌不过对方的钢鞭，只听得“嚓”的一响，祈圣因手背现出一道血痕，这还是幸亏她侧身闪躲得宜，仅仅是给鞭梢扫着。

李光夏又是吃惊，又是感动，叫声："姑姑！"奋不顾身地就来替她招架。羊吞虎在地上一个"鲤鱼打挺"也跳起来了。他被打着胫骨，伤得比祈圣因更重。但他练有一身硬功，虽是受伤，骨头并未断折。竺李二人忙于为祈圣因招架，错过了可以使得羊吞虎受重创的机会。

祈圣因沉声说道："快聚拢来，小心应敌。"此时，她已稳住了身形，左鞭右剑，长鞭远攻，短剑则近身防守，处处照顾竺李二人，抵挡了对方两名高手七成以上的攻势。

双方一变而为混战之后，祈圣因这边是一个大人加上两个还未成年的大孩子，力量还是稍弱一些，不过，已经可以勉强支持了。

双方正在激战之中，入屋搜索的那两个御林军军官业已出来，向贺兰明禀报道："我们已经仔细搜查过了，屋内并无人影。"贺兰明道："好，那你们就替我把这两个孩子先拿下来吧。天色快要亮了，咱们可不能再拖延时候啦！"贺兰明为了急于交差，也顾不得御林军副统领的身份了。

这两个军官本领比羊吞虎稍弱，但亦非庸手，最少对付竺李二人乃是绰绰有余。

这两人一个使链子锤，一个使熟铜棍，都是沉重的兵器，仗着械重力沉，向着竺清华与李光夏步步进迫，但却不去攻击祈圣因。

祈圣因业已接了贺兰明与羊吞虎七成以上的攻势，很难再分出力量替竺李招架。竺李二人年纪小，气力弱，本来就已感到不支，怎禁得对方又来了两个生力军，而且是全力向他们攻击的。

正在十分吃紧之际，祈圣因眼观四面，耳听八方，忽又听得屋顶似有衣襟掠风之声。祈圣因心头一凛："如今已是应付艰难，倘若多来几个鹰爪，只怕难免落在敌人之手了。罢，罢！与其受辱，毋宁自戕！"

心念未已，只听得贺兰明大喝道："来者是谁？报上名来！"显然他也发现了夜行人来到，但却不知是友是敌。

话犹未了，只见一条黑影已从瓦背跳了下来，陡地一声大喝，斥道："无耻狗贼，胆敢在我兄弟家中欺负妇人孩子！"

李光夏一听得这个熟悉的声音，大喜若狂，叫道："林伯伯，你来了！"那人也是惊喜交集，叫道："夏侄，是你！"

李光夏一个疏神，只听得"当"的一声，手上的宝刀给链子锤磕得飞上了半空，那人猛地喝道："住手！否则要你们死无葬身之地！"声如霹雳，使链子锤的那个军官蓦地一惊，左手链子锤打出，竟然失了准头，李光夏一溜烟地跑了出去，那人亦已迈步上来，把身体挡住了李光夏。

贺兰明比那军官更是吃惊，因为他已经知道这人是谁。但仍禁不住问一声道："来的可是林教主么?"

林清冷笑道："不错！你们不是四出搜捕我么？如今我自行投到，有本领你们就来拿我吧！"

贺兰明做梦也想不到林清竟敢公然出现在保定城中，心中暗暗叫苦："早知如此，该多邀几名好手来，如今只好与他一拼了。"

那两个军官未曾见识过林清的本领，见他双手空空，尚未拔出兵刃，心中存了侥幸的念头，想道："林清是天理教的总教主，要是能够将他擒获，这可是天大的一件功劳。"两人不约而同，都冲了上去。

链子锤先打到林清跟前，林清喝声："倒！"让过锤头，抓着锤链，那军官虎口流血，果然应声倒地。林清夺过链子锤，振臂一抛，使熟铜棍那个军官叫声："不好！"登时脑袋开花，跟着也倒下去了。

林清拾起李光夏那柄家传宝刀，仰天大笑三声，说道："李贤弟，你给鹰爪所害，哥哥如今就拿你这柄宝刀给你报仇，以慰你在天之灵！"

使链子锤的那个军官伤得不算很重，爬起来正想逃走，只见刀光电闪，"咔嚓"一声，一颗人头已是应声而落。林清的刀法之快，实是难以形容。

林清道："祈弟妹，请退下！"祈圣因道："好，我把这两个狗贼交与你了。"她深知林清的本领了得，自是用不着她插手帮忙。

羊吞虎见林清一举杀了两个军官，心中早已慌了。顾不得讲同僚义气，打定了"三十六计，走为上计"的主意，趁着祈林二人

林清道："你们不是四处搜捕我么？如今我自己投案来了！"

换防之际，撇下贺兰明，扭头便跑。他人高腿长，几步跑到墙边，一纵身就上了墙头。

李光夏叫道："林伯伯不能让这厮跑了！他是我的仇人！"林清道："跑不了！"呼的一掌拍出，喝道："滚下来！"羊吞虎刚刚踏上墙头，只觉一股大力如狂涛般的猛地涌到，就似给一只无形的巨手推下来似的，跌了个四脚朝天。祈圣因的暗器亦已连珠般的发出，登时在他身上穿了几个透明的窟窿，当然是活不成了。

林清一掌拍出，立即迈步进刀，刀光如雪，把贺兰明的身形罩着。

贺兰明是御林军中数一数二的好手，武功远在羊吞虎之上。此时他虽然亦已气馁，但决不肯俯首就擒，当下打了个"败中求胜"的侥幸念头，一交手便使出了他的看家本领——尉迟鞭法中的杀手绝招。

只见刀光电闪，鞭影翻飞。数丈之内，沙飞石走。贺兰明使的这招鞭法名为"八方风雨会中州"，水磨钢鞭打出，一圈接着一圈，就似波浪般的层层推进，威势也确是骇人。

林清笑道："技尽于此了么？看刀！"猛地喝声"着！"刀光如练，刹那间便似化作了一道银虹，从水磨钢鞭打成的圆圈中穿进，贺兰明大叫一声，身形箭也似的斜掠出去，原来肩上已是着了一刀。

他虽然着了一刀，轻功还是甚为了得，掠出的方向正是朝着李光夏所在的方向。李光夏在一边正看得出神，他的宝刀已给了林清，手上并无兵器。

祈圣因叫道："不好！"连忙过去保护，林清早已防备他有此掳人要胁的一着，后发先至，抢到了李光夏身边，喝道："还想逞凶么？呔，往哪里跑！"

哪知贺兰明忽地中途改了方向，一个倒纵，就上了墙头。原来他用的是"声东击西"之法，故意作势要去掳劫人质，引得林祈二人都向李光夏那边跑去，这样才好乘机逃跑的。要不然，他的本领再强一倍，也脱不了身。

林清始知上当，眼看贺兰明就要翻过墙头，林清大喝一声，猛地一掌击去，就像刚才对付羊吞虎一样，意欲再次以劈空掌力，击倒贺兰明。

只听得贺兰明“哎哟”一声，从墙头上跳起一丈多高，但是他在半空中翻了一个筋斗，却跌落墙外，而不是像羊吞虎刚才那样的跌落墙内。祈圣因暗器打不着他，跳上墙头看时，只见贺兰明已经上马跑了。他的坐骑乃是御苑良驹，要追也是追不上的。原来林清的掌力虽然厉害，但贺兰明的功力却要比羊吞虎高得多，而劈空掌力究竟也不如直接打着他的身体，故而他虽然受伤，还能逃跑。

林清道：“可惜，可惜，还是溜走了一个。”祈圣因跳下墙头笑道：“你杀了三个鹰爪孙，也已经够痛快的了！贺兰明这狗贼虽然逃脱，我看他最少要休养十天半月的伤。”

林清抹去了刀上的血迹，把宝刀交还给李光夏，说道：“好孩子，三年不见，你的功夫长进了许多啊。好好地使用你父亲这柄宝刀吧！”李光夏接过宝刀，叫了一声：“林伯伯！”不觉眼泪盈眶，万语千言，也不知打哪儿说起。

林清道：“此地不宜久留，咱们出了城再说吧。”此时已是五更时分，但城门尚未打开。保定是直隶省会，不比普通县城，城墙有四五丈高，以竺李二人的气力，还跳不过去。林清笑道：“我给你们开路，你们跟着我上。”他是可以跳上去的，但他却改用“壁虎爬墙”的功夫，掌心贴着城墙移动，就爬了上去。每爬上五六尺，手指一插，就挖掉两个砖头，好让跟在后面的人，有可以攀缘之处。竺清华也看得好生佩服，悄悄说道：“你这位林伯伯的功夫可真是不错啊，他使的这手大力鹰爪功，不费吹灰之力，我爹爹也不过如是。”

一行四众，出了保定，展开轻功，一口气跑了十多廿里，天色已亮，林清道：“好啊，咱们可以慢些走了。夏儿，你可知道你轩弟的消息么?”

李光夏十分难过，说道：“我在路上曾碰见他，不，他是在布袋里，我还没有见着，不过我却听到他在布袋里叫我。只恨我无能救他。”林清诧道：“他怎的会在布袋里面?”

李光夏将那日遇上杨芃的事情告诉了林清，林清道：“哦，原来他是被鹰爪掳去了。你是料想他会被鹰爪押上京师，故而要进京救他的。”李光夏道：“正是。我虽然本领不济，但我已知道我的师父江海天、江大侠此刻正在京师。林伯伯，你知道我的师父吗?”

林清道：“没有会过，但江大侠于我有恩，我已是知道了的。”李光夏尚未知道藏龙堡之事，正想发问，林清却已先问他道：“这位姑娘怎么个称呼，是和你同来的吗?”李光夏替她报了姓名，说道：“她是我的义姐。”林清道：“令尊可是最近出山的竺老前辈、竺尚父么?”

竺清华诧道：“林教主，你怎么知道?”林清笑道：“我看姑娘本领非凡，想必是令尊所授。令尊的绝世武功，我是早已闻名了的。”原来刚才竺清华与李光夏偷偷谈论林清武功，拿来与她爹爹相比的那些说话，林清已经听见，所以一猜便着。

李光夏道：“我爹爹死难之后，我曾得竺老前辈收容，在他家住了一年多。”林清笑道：“你的运气倒是不错啊，有这么一位武林异人做你的义父，还拜了武功天下第一的江大侠为师。”李光夏道：“可是我到现在还未曾见过我的师父呢。”林清诧道：“这是怎么回事?”李光夏将这几年的经过，扼要地告诉了林清。林清道：“哦，原来如此，怪不得你要冒险上京找你师父了。祈弟妹，你又是怎么来到保定的？准备到哪儿去？听说你已在关外成了家，妹夫是哪一位？何以不和你在一起?”

祈圣因道：“你妹夫不幸落在鹰爪之手，不知生死如何？我也正是要想上京打听他的消息。”当下把他们夫妻的遭遇，也对林清说了。

李光夏道：“林伯伯，你呢？这几年来你在哪儿？现在也是上京去的么?”

林清道：“头一年我躲在藏龙堡张堡主那儿，后来藏龙堡被官军所破，一把火烧成平地。这两年我四方流闯，却是居无定所了。”

李光夏吃了一惊，道：“藏龙堡被官军烧了？张伯伯如何?”林清道：“还幸与我及时逃出。藏龙堡被烧是我们逃出以后的事，听说被烧的那一天，江大侠曾经到过藏龙堡，你的轩弟那时还在藏龙堡中，听说也是江大侠将他救出去的。这是一个被烧得重伤的张家的老家人，在临死之前，传出的说话。真相如何，我们还未知道。”李光夏这才明白，原来林清所说的江大侠于他有恩，指的就是这一件事。

李光夏道：“这真是再巧不过了，我师父此刻正在京师。林伯伯咱们一道进京，既可以向我师父问知确实的消息，又可以帮助祈姑姑营救姑父，这不是一举两得么？”

林清道：“我是要去京师，但我也许不能抽出时间找你师父了，但愿能够幸运碰上。”李光夏道：“哦，原来林伯伯另有要紧之事？”

林清道：“正是有件大事，需我入京策划。祈弟妹，这件事情，或者可以间接有助于你营救丈夫，咱们一起去吧。”祈圣因懂得江湖避忌，她不是天理教的人，自然不便多问，当下说道：“全仗林教主鼎力帮忙，我先在这里谢过了。”林清哈哈大笑道：“都是自己人，客气什么，走吧！”

此时天色已亮，林清看了看李光夏，忽地又笑道：“夏儿，你这样子不行啊！”李光夏怔了一怔，道：“什么不行？”林清道：“你到那边小溪照照。”

原来李光夏昨日是扮作一个拾煤球的流浪孩子混进保定的，脸上抹了煤灰，经过一晚混战，汗水冲洗，但又不是洗得很干净，脸上一抹黑一抹白，形状十分滑稽，就似“花面猫”一般。李光夏临流照影，自己也不禁笑了起来，当下向竺清华要了一条手绢，这才把脸洗干净了。

林清正色说道：“京中遍布朝廷耳目，警卫森严，与保定不可同日而语，你扮作穷孩子，在保定行得通，到了京师，就行不通了。”李光夏尴尬笑道：“请林伯伯指点。”林清道：“你放心，我自然会给你妥善安排。”

保定离北京约三百余里，他们都是有一身武功的人、在路上虽然不便施展轻功，但走起路来，也要比常人快得多。清晨动身，兼程赶路，到了午夜时分，已抵达北京城外五十里远近的一个小村，村子里有林清预先约好的人接应。

第二日林清给李光夏准备了一套华丽服饰，将他打扮成一个贵介子弟，他自己则打扮成一个外地进京候补的官员，清代捐官风气甚滥，北京城里，这种候补官员多于过江之鲫。他们四人，冒充作家人，打着“候补道”的官衔，坐了四乘轿子，混进北京。果然躲过了鹰爪的注意。连假扮成“轿夫”的十六名天理教中的头目，也都一并混进城了。

京城里有天理教的秘密分舵，是从一个破落的豪门后人买来的大屋，有几十间房子。林清将李光夏安排在自己的身边，祈圣因与竺清华则住在内院。林清告诫他们没事尽少出门。

李光夏与林清同住，只见每天都有川流不息的人前来找他，和他在密室谈话。李光夏懂得教中规矩，也从没有向林清多问。每当林清有客来访之时，他就到内院找竺清华玩去。他是个孩子，用不着避男女之嫌。不过，他虽然不知道林清在进行什么事情，但从他这样紧张忙碌的情形看来，也可以猜想得到他是在筹划一件非常的大事。

李光夏不能出去找寻师父，十分烦闷，祈圣因急于知道丈夫的消息，更是焦心。幸而也不过几天，林清便给她解开一重忧虑了。

这一日林清将祈圣因请来，告诉她道：“我已经接到确实的消息，妹夫是被押在刑部大牢，即俗称‘天牢’的地方。那些狗官要迫他吐出历年所劫的财物，其中尤其紧要的是一顶从大内盗出的珠冠。在狗官未曾追回所谓‘赃物’之前，料想不会对妹夫下毒手的。”

祈圣因最关心的是丈夫的性命，听了这个消息，安了一半心。但想到官府的非刑拷打，又不禁不寒而栗，问道：“他在狱中想必是吃够了苦头了，不知他、他身子如何？”祈圣因第一是担忧丈夫的生命，第二就是担忧丈夫已被打成残废。

林清坦白地告诉她道：“狗官要向他追‘赃’，拷打自是免不了的。但弟妹可以安心，妹夫只是皮肉吃点苦而已。”祈圣因半信半疑，说道：“怎能这样侥幸？”

林清笑道：“妹夫十分机智，他是用了买下瞒上的办法，把狱卒都收买了。在刑部大堂上他是半句口供都没有的，但在狱中，他却悄悄地向狱卒吐露了一两处不太重要的埋‘赃’之地，让狱卒去取了回来，大家均分。狱卒都得到了他的好处，哪还能与他为难？你知道狱卒不论使用什么毒刑，都是练过一套特殊本领的，他得了好处，在用刑之时，就可以格外照顾，让你外表看来，好像伤得很重，其实却只是伤及皮肉。妹夫又是有一身上乘武功的人，那更是无妨了。狱卒为了想要继续得到好处，每一次当妹夫受刑之后，他们还要大鱼大肉地供养他呢！”

祈圣因道：“虽然如此，但我总要把他救了出来，才得安心。”

林清道：“这个当然。不过天牢防范森严，妹夫入狱之后，大内总管还特别调了几名大内高手协同刑部守卫。所以我要劝弟妹暂且忍耐些时，不可便去劫狱。但你可以放心，迟早我总要将妹夫救出来的。”

林清将尉迟炯之事交代清楚之后，又向李光夏说道：“我也曾叫人打听你师父的下落，但直到如今还未得到他的消息。我看你这几天很有点闷闷不乐的样子，可是想出去找寻你的师父么？”

李光夏道：“我看林伯伯这样忙，我也想帮忙你做一点我可以做的事情，要是我可以出去的话——”

林清道：“咱们在保定一战之后，京中的鹰爪曾紧张了好几天。但后来他们见没有什么动静，这两天的风声是稍微松一些了。你出去历练历练也好。一个人不经点风浪，也的确是很难培养成材的。”

自从这日之后，李光夏便常常到外面去替林清做些事情，例如送一封信或约见什么人之类。当然林清不是让他独自一人在外面跑，而是派了一个精明干练的头目带领他的。这头目名叫戴均，是本地人。

不知不觉又过了十多天，林清所策划的“大事”还未发动，营救尉迟炯的事情也未见进行。祈圣因内心急得不得了，却又不好催促他。有时不免在李光夏面前吐出几句怨言。

李光夏是深知这位林伯伯的性情的，他除非不答应人家，一答应了就是“一诺千金”，一定会替人家把事情办好。可是李光夏也很爱护他的祈姑姑，祈圣因心中焦急，他也是为她感到难过的。一日早晨，他正想向林清进言，林清事情很忙，旁边又有客人，李光夏尚未等得到有进言的机会，林清就差他去送一封信了。李光夏心想这事也不必急在一时，便准备留待晚间再说。

收信的人住在东郊，李光夏与戴均送信出来，已是中午时分，回来的路上，经过陶然亭，这是北京一个名胜之地，香妃冢就在此亭附近。

香妃是回族美人，被乾隆所俘，不屈而死的。竺尚父的故国库车，就是与香妃那个部落隔邻的。李光夏在竺家曾听过香妃的故事，此时路过，便想顺便一游。

戴均笑道："如果你抱着游览名胜的心情，那你一定会失望的。不过这里面有茶居，咱们进去喝一杯茶也好。"

原来所谓香妃冢不过是个土馒头，还比不上普通人家的坟墓。周围野草丛生，后面还有个臭水沟。但因为是个"名胜"，也就常常有一些慕名而来的游客，故此有人在附近开设茶居。

他们二人，一个是粗通文字的大孩子，一个是黑道上的粗豪汉子，都不是什么"风雅之士"，一见香妃冢不过是个土馒头，也就提不起兴致去看它了。于是两人便到茶居喝茶。

茶居里有寥寥几个客人，其中有个单身客人，是个二十岁左右的浓眉大眼的少年，李、戴二人说话的时候，他好像非常留意地在听，不时地把目光向他们这边瞟来。

戴均是个老江湖，这少年的态度很快就引起他的注意。戴均悄悄地问李光夏道："你见过这个人么？"李光夏道："从未见过。"戴均恐防是鹰爪盯梢，正想叫茶房过来结账，早走为佳。不料这少年却先走过来了。

这少年走到李光夏面前，低声问道："小兄弟，你可是姓李？"

李光夏吃了一惊，他不认识这个少年，但这少年的声音却似乎是在哪儿听过。李光夏见他神情诚恳，便道："是又怎样？不是又怎样？"

这少年把声音压得更低，说道："这儿人多，咱们找个地方说话去。"

戴均连忙拉着李光夏，说道："你是什么人？"

这少年正要回答，忽地有一个人走来，在他肩头一拍，说道："是雄哥儿么？好几年不见了，你还记得我么？"

这少年道："哦，是丁叔叔。真是巧遇了。"

那姓丁的汉子笑道："不是巧遇，我是特地来会你的。"

这少年怔了一怔，道："丁叔叔，你怎么知道我在这儿?"

那汉子道："你不是约了沙老大在这里相会的么？他不来了，我来替他会你。"

就在这时，只见又进来了几个人，每个人手上都拿着兵器。茶居里原来的几个客人也都站了起来。

这少年陡然醒悟，倏地一把向那汉子抓去，喝道："好呀，原来你是当了鹰爪孙了!"

只听"噗"的一声，这姓丁的汉子肩头着了他的一抓。可是这少年却也未能将他抓牢，这汉子肩头冒血，一个倒纵，闪开几步，喝道："宇文雄，你结交匪人，谋叛朝廷，可怪不得你丁叔叔不留情面了!"把手一挥，乔装的茶客与从外面来的捕快一齐拥上，登时把这少年包围起来。

原来这少年不是别人，正是江海天的徒弟宇文雄。他与林道轩赶到邙山之时，邙山之会已经散了。他打听得师父已经进京，师母也没有回山东老家，他急于要见师父，于是便径自来京。他本来劝林道轩先回师门等候消息的，可是林道轩一定要和他一同去找师父，宇文雄没法，只好冒险带这小师弟进京。

宇文雄的父亲生前乃是北京震远镖局的镖头，在北京有许多朋友，宇文雄自小在北京长大，对北京十分熟悉。此时他已知道林道轩的身份，不放心让林道轩到外面走动。到了北京之后，他不敢带林道轩回他老家，另在一个僻静的胡同租了一间房子暂时安身。他自恃是"老北京"，又没有犯过案，只要不让鹰爪知道他是和林道轩同在一起，出外走动，料想无妨。于是住了两天，便开始出外活动。

宇文雄并不是一个很精细的人，但这次做事也算得是相当谨慎的了。他不敢胡乱找人，他今天约会的这个人名叫沙天立，是震远镖局从前的老镖头，他父亲生前的好友。这个人他是认为可以绝对信赖的。为了预防意外，避免连累沙家，他不敢登门造访，而是写了一封信隔着一条街，给钱一个小叫化，叫这小叫化把信送到沙家的。宇文雄是想通过沙天立的关系，请他代为查访师父的下落。陶然亭僻处郊外，是以他选择了这个地点作为他们约会之所。

到了陶然亭之后，等了许久，未见沙天立到来，却先见着了李光夏。宇文雄那日在路上抢救林道轩之时，李光夏正在路旁的茶店之中与杨芃打架，一个在路上，一个在店中，未曾见着。但彼此的声音却是听到了的。

宇文雄早已从林道轩的口中得知李光夏的姓名，所以，当他一听出了是李光夏的声音，便即过来查问。却不料他们刚刚接上了头，宇文雄便遭遇了鹰爪的袭击。

那个给鹰爪做“眼线”的人名叫丁固，也是震远镖局昔日的镖头。在镖局的时候丁固已经与官府常有往来，不过当时的震远镖局本来就有官方的红股，他虽然与官府来往较密，大家也不觉得奇怪。殊不知他是早已卖身投靠的了。镖局关门之后，他更进一步，充当了九门提督的暗探。

合当有事，昨日他恰巧在沙家串门，小叫化把宇文雄那封信送到沙家，沙天立是当着他的面拆开来看的，因此给他知道了宇文雄约会沙天立之事。

宇文雄和江海天的关系，由于有个叶凌风在江家卧底，是早已密报上京，并在提督衙门也备有一份档案的。丁固回衙门一说，当晚就逮捕了沙天立。第二日就由丁固顶替沙天立来“会”宇文雄。鹰爪们还未知道宇文雄是和林道轩同在一起，但林道轩已经给江海天收为弟子的事，他们则是知道了的，他们要活捉宇文雄，目的之一就是要追查林道轩的下落。他们怀疑林道轩之在中途被人夺去，一定和江海天这帮正派英雄有关，却不知这个救了林道轩的人就是宇文雄。

且说那帮鹰爪一拥而上，围住了宇文雄。戴均悄悄地拉了李光夏一把，便想趁乱逃走。不料李光夏把他的手甩开，说道：“这人是我的二师兄。”倏地拔出刀来，就冲上去。李光夏是听祈圣因说过宇文雄之事的，此时他知道了是二师兄，他还怎能一跑了之？

宇文雄一面招架那帮鹰爪的兵刃，一面喝道：“呸，你这浑小子，谁是你的师兄？你别胡乱认人！”

宇文雄是想撇脱他与李光夏的同门关系，同时也暗示李光夏逃跑的。但这班鹰爪都是吃了多年公门饭的老油子，焉能不知他的用意？为首的捕头哈哈大笑道：“想不到咱们本来只是要钓小鱼的，却钓上了大鱼了。这小子准是林清的儿子！”他们虽然把李光夏误认为林道轩，但结果总是一样，不能将他放过。

李光夏迎上一名捕快，这名捕快意欲把他生擒，一抖铁链便来“锁”他脚骨，李光夏身躯一矮，用了一招“滚地堂”的刀法，刷的一刀，反而把这捕快的脚骨斫断了！

这帮鹰爪一共是八个人，其中有三名好手，乃是大内调来的卫士。其他五个也都是第一流的捕快，但用来对付在江海天门下学了一年武功的宇文雄，他们却还是差了一大截，帮不上那三名卫士的忙。这五名捕快有自知之明，一窝蜂地都来捉拿李光夏。

李光夏斫倒了一名捕快，精神大振，展开游身八卦刀法，与四名捕快游斗，东奔西窜，这四名捕快虽然把他围住，急切之间，却是拿他不下。

丁固喝道：“我来拿这小子！”他是震远镖局的老镖头，武功当然比这几名捕快高明，他刚才给宇文雄抓伤，怕了宇文雄，这时却来欺负李光夏。

李光夏一刀劈去，丁固使出“空手入白刃”的功夫便来夺刀，李光夏侧身一闪，“嗤”的一声，衣裳给丁固撕下一幅，险险遭他毒手。

就在此时，猛地听得一声大喝，戴均一振臂掀翻了两名捕快，冲过去朝着丁固便是猛的一拳。戴均刚才之所以想要逃走，乃是怕行藏败露，误了大事。但此时李光夏已遭危险，他不出手是不行了。同时他也看清楚了双方的实力，宇文雄的剑法之妙，出乎他意料之外，他估量自己与宇文雄联手，已足够打发这帮鹰爪。

丁固认得戴均，吃了一惊，道：“老戴，你，你也是——”戴均焉能容他说出自己的名字，那一拳已是朝着他的胸口猛捣，丁固举手一格，意欲反扭他的手腕，但戴均号称“百步神拳”，丁固却禁不起他的神力，只听得“喀嚓”一声，腕骨先断，接着“卜通”一声，戴均余力未衰，这一拳仍然不偏不倚地击中他的胸口，将他击倒。戴均踏上一脚，喝道："我最恨卖友求荣的奸贼！"这一脚登时把丁固踏得呜呼哀哉！

宇文雄展开了苦学经年的大须弥剑式，浑身上下都似包在剑光之中，那三名卫士虽然以多为胜，却也攻不进去。不过片刻，戴均已把五名捕快全都杀掉。

这时两方都是三个人。宇文雄这边李光夏虽然较弱，但戴均的百步神拳却是十分了得。他与宇文雄联手，对付这三个卫士已是绰绰有余，更加上一个机灵溜滑的李光夏帮同骚扰敌人，登时反客为主，杀得那三个卫士只有招架之功，毫无还手之力。

激战中戴均一拳打翻了一个卫士，宇文雄刷的一剑，也刺伤了一个敌人。没有受伤的那个也慌忙逃跑了。戴均道："宇文师兄，咱们今日这场祸闯得不小，你到我们那儿去避避风头吧。"他已知道宇文雄是李光夏的师兄，是以放心邀请。

宇文雄道："不，我要赶回我的住所。"

戴均吃了一惊道："你怎么还能回去？"

李光夏心中一动，也在同时问道："二师哥，轩弟是不是在你那儿？"

宇文雄道："就是因为道轩和我同住，我非得回去不可！"

戴均当时知道林道轩是他们教主的儿子，这一惊更是非同小可，说道："你们的住址鹰爪们知道了没有？"宇文雄道："我也不知道他们是否知道。我是约了一位沙老镖头到这里相会的。倘若沙老镖头和我那封信都落在敌人之手，他们一定会搜查我的住所的。"要知宇文雄的信上虽然没有写明地址，但丁固知道他的形貌，尽可以画图搜缉，查出他是住在什么地方。

戴均道："你住在哪儿？"宇文雄道："我住在铁帽胡同。"戴均道："那是一条僻静的胡同，敌人不一定就能打听出来。好，事不宜迟，咱们马上回去。不过也不能太过着急，切忌露出慌慌张张的神情。你们都跟我来吧。"

戴均带领他们抄小路回到市区，穿过一些小巷，不料在距离铁帽胡同还有三几条街的地方，就发现了大队的军士，通往铁帽胡同的各处街口都已封锁，不许人行。

戴均也害怕给人瞧破，误了林清的大事，那就比林道轩落在敌人之手更为严重了。幸好附近有家人家，是天理教一个小头目的住家。戴均便与他们躲进这家人家，请教中兄弟帮忙打听消息。

过了半个时辰左右，只听得鸣锣开道、吆喝声喧，他们在窗口朝街的一间房里望出，只见那辆囚车正从他们这条街头经过。囚车上缚了五六个人，中间的那个是个十五六岁的孩子，可不正是林道轩是谁？其他那几个人则是房东的全家老幼。因林道轩被捕而受牵累的。

李光夏胸中热血翻涌，就要推开窗门跳下街去，戴均连忙将他拉住，沉声道："不可鲁莽。"正是：

可恨奸徒施毒手，最伤良友陷囹圄。

欲知后事如何？请听下回分解。

第三十九回　教主深藏图大事
夫妻义重劫天牢

李光夏咬牙说道："难道咱们就眼睁睁地看着轩弟给他们抓去吗?"

戴均道："当然不能，但现在还不是动手的时候！你要知道林教主正在筹划干一场惊天动地的事业，咱们拼了几条性命不打紧，连累了教主，坏了大事，这罪过就无可挽回了。"

李光夏瞿然一惊，这才冷静下来，说道："那咱们怎么办?"

戴均道："他们要套问你轩弟的口供，一定不会就下毒手的。待咱们打听了确实的消息，再回去禀报教主。"

囚车过后，街上的警卫还未撤退，屋子里的人心急如焚，直到傍晚时分，才有一个人偷偷回来，说道："我已打听到确实的消息，轩哥儿是押在刑部大牢。那家房东，鹰爪们是明知与咱们没有什么关系的，因此在勒索了一大笔钱之后，已经把他们放了。"

戴均道："外面风声如何?"那人道："外面风声仍紧，但西面和北面的警卫已经撤了。你们可以从石驸马胡同那边出去。"

戴均早已替宇文雄与李光夏换过服饰，当下趁着天黑，偷偷溜走。戴均熟悉路道，人又老练机警，一路回到总舵，侥幸没有给敌人发觉。

此时已是将近三更时分，林清还未睡觉。他们一回到总舵，只见议事厅上灯火通明，林清和教中的几个首脑人物都在那儿。还有一个竺清华站在林清面前，正在和林清说话。

竺清华不是天理教中人，李光夏见她在议事厅上与林清说话，而且是在三更时分，平日她是应该早就睡了的。李光夏觉得奇怪，正要问她。竺清华已先说道："光夏，你怎么这个时候才回来，祈姑姑走了！"

李光夏吃了一惊，道："怎么祈姑姑走了？"竺清华道："我等你回来，没有睡着。见祈姑姑换了一身夜行衣，说是要去一探天牢。她叫我不可声张，但我想了想，还是告诉林教主的好。"原来祈圣因急于救她丈夫，等了十多天，见林清毫无动静，误会林清不肯尽心尽力，故而独探天牢。

李光夏道："糟糕，糟糕。但这件事情还小，林伯伯，我有一个更重要的消息要告诉你……"

林清道："听说铁帽胡同那边出事，有人给鹰爪捉了去。这事情我已经知道了。这位是谁？"

李光夏急忙说道："可是你还未知道捉去的是谁呢？是轩弟呀！"他喘过一口气，才给宇文雄介绍，说道："他就是我的二师哥宇文雄，轩弟是和他在一起的。"

北京分舵副舵主崔进说道："怪不得敌人如此紧张，刚才接到的消息，明日起就要隔绝京师的内外交通，进行九城大搜了。教主，发生了这件意外事情，恐怕、恐怕会影响咱们明天晚上的计划了。咱们也得紧急应变才行。该当如何处置，请教主示下。"

戴均道："轩哥儿是押在刑部大牢，今晚天牢的防卫定比平时倍加严密。祈女侠单身犯险，恐怕也是凶多吉少。"戴均是想提议劫狱，但他知道林清的脾气，倘只为了他的儿子，他是一定不肯的，故而戴均要强调祈圣因可能遭遇的危险，好打动林清。

林清道："弟兄们都准备好了没有？"

崔进道："弟兄们都在等候命令。"

林清道："明晚之举，你和阎刘二人可曾商量定妥？"

崔进道："我和他们已喝了血酒，他们誓作内应。可是明日就要九城大搜，咱们怎能……"

林清双眸炯炯，蓦地击案说道："事已如斯，这个险是非冒不可了。明晚的计划提前到今晚执行！崔舵主，你马上去向阎刘二人发出联络信号，我和大队随后就到。"崔进应了一声："是！"领了令箭，飞奔而去。

林清接着说道："戴香主，你与光夏前去接应祈圣因。人手不够，我只能派一小队弟兄作你们的后援，再多就不行了。所以，你们只要能令祈圣因脱险就行，轩儿救不出来，你们也就不必勉强了。"

宇文雄道："请教主准许我与李师弟同去。"林清道："好，你和光夏、道轩都是同门，我也不和你客气了，你就去吧。"竺清华道："我也去！"林清道："你、你也要去？这个、这个可是性命相搏的事情呀！"竺清华道："我是光夏的姐姐，你可不能把我当作外人！"林清微微一笑，道："好，那就去吧！"

林清交代完毕，匆匆就走。戴均叫道："教主，你不和我们同去吗？"林清虎目一瞪，说道："戴均，你好糊涂，我怎能只顾我的孩子！"

戴均不敢作声，只得带了宇文雄、李光夏、竺清华三人立即赶去天牢接应。林清拨给他的那一小队弟兄随后启行。

李光夏刚才未得余暇向林清发问，心中纳闷，在路上就忍不住问戴均道："林伯伯为什么不能去救轩弟？他是要去哪儿？提前执行的计划又是什么？"

戴均悄声说道："你的林伯伯是要和大伙儿同去攻打皇宫！"李光夏那么胆大，听了此言，也不禁吓了一跳，失声叫道："什么？他们是去攻打皇宫！"

戴均道："不错。教主这半个多月废寝忘食，日夜辛劳，为的就是筹备攻打皇宫。本来约定明晚举事，内外都有接应的，如今外援已断，就只能靠皇宫的内应了。唉，但愿吉人天相，教主马到成功。"

原来林清为了响应各地义军，冒险进行攻打皇宫的计划，倘若能够俘虏了满清皇帝，即使不能根本推翻朝廷的统治，也可以令得天下震动，敌人胆寒，而大大有助于各地义军的抗清了。

林清并非莽夫，他决定攻打皇宫，是有着缜密的计划的。宫内有两个太监，一个名叫阎进喜，一个名叫刘全，这两个人本是天理教的教徒，为了要到皇宫"卧底"，三年之前，不惜牺牲自己，净了身充当太监的。今次林清计划攻打皇宫，就是预先和他们联络好了，到时由他们来作内应。

外援方面，林清也约好了张士龙明晚带兵前来攻城。张士龙本来是米脂藏龙堡的堡主，与林清是八拜之交，当年天理教总舵被破，林清就是到他那儿避难的。后来藏龙堡又被官军所破，林张二人逃了出来，张士龙藏在直隶河南边界的滑县，离北京三百多里，那里聚集有一千多名天理教的教徒，张士龙到了滑县之后，林清把这一千多名教徒交给他指挥，作为骨干，另外又再秘密招兵买马，组成了一支义军。这次林清混入了京城，定好了攻打皇宫的日期之后，就派人通知张士龙，叫他采取夜行晓宿，化整为零的秘密行军办法，算准时间，把这支义军带到北京城外。双方约好明晚三更时候，城里城外同时举事。

但不料恰恰在约好日期的前一日发生了林道轩被捕之事，明日就要九城大搜，隔绝内外交通。这一来不但京城内的天理教的秘密机关有被发觉的危险，张士龙的攻城计划也必将受到阻碍。为了应付这个紧急的局势，林清迫不得已把攻打皇宫的计划提前在今晚执行。

皇宫的防卫比刑部大牢当然更要严密百倍，戴均是一个对教主非常忠心的人，故而当他把林清现在是去攻打皇宫这件事告诉李光夏之时，不觉忧形于色。

李光夏虽不知道详细内容，也知攻打皇宫是要比他们去劫天牢危险百倍，恨不得能够分身去助林清。

戴均知道他的心思，说道："教主的命令必须执行，咱们只有赶快去接应祈女侠，希望劫牢成功，然后才能赶去相助教主，攻打皇宫！"

李光夏瞿然一惊，说道："不错，祈姑姑此刻只怕已在和敌人血战了。还有轩弟也在天牢，今晚非把他劫出不可！"他记挂着祈林二人的安危，恨不得插翼飞到天牢。

花开两朵，各表一枝。且说祈圣因单身劫牢之事。

这晚月黑风高，正是适宜于夜行人活动的"好"天气。祈圣因轻功超卓换了一身黑色的夜行衣，便似一溜烟的直扑天牢，街头上虽有巡逻，却哪能发现她的踪迹。

刑部天牢是一组独立的建筑，并非附设衙署之内，它有一道三丈六尺高的围墙围住，比普通县城的城墙还高。好个祈圣因，艺高胆大，从暗器囊中摸出一枚铁钉，一扬手把铁钉插在围墙上一丈多高之处，纵身一跃，鞭梢缠着铁钉，再一翻身，已跳上了墙头，神也不知，鬼也不觉。

祈圣因往下一看，只见下面静悄悄的连守卫也不见一个，这情形大出祈圣因意料之外。试想天牢关禁的都是重要的犯人，岂有不严加防卫之理？

祈圣因是个江湖的大行家，怔了一怔，心道："莫非对方是诱敌之计？"但她救夫情切，明知山有虎，也是要到虎穴闯一闯的了。

祈圣因看清楚了地势，便从后墙跳下庭院。脚尖刚刚着地，底下果然便出现了敌人，为首的一个哈哈笑道："祈夫人，你来探监么？我们在此等候多时了！"这个人正是半个月前曾在保定和她交手的那个御林军副统领贺兰明。

祈圣因斥道："你侥幸在林清刀下逃生，还要助纣为虐么？"长鞭挥去，贺兰明以水磨钢鞭格开，哈哈笑道："对啦，我正要问你，林清怎么不和你同来？你今晚没有林清助阵，那是决计逃不脱的了。不过，你若肯把林清的住址告诉我，我倒可以让你们夫妇相会，你喜欢什么时候走，我们也不阻拦。这桩交易你做不做？"

祈圣因骂道："无耻狗贼，你想我卖友求荣，哼，哼，拿你的性命来做这桩交易吧！"长鞭翻飞，短剑挥舞，登时刹得贺兰明只有招架的份儿。

另一条黑影窜上来骂道："这个泼妇无理可喻，她是不到黄河心不死，不见棺材泪不流的。贺兰大哥，和她多说什么？将她拿下，三十六种大刑让她一一尝遍，怕她不供出林清的秘密！"这个人是另一个御林军副统领李大典，他在东平县被祈圣因打伤，因此对祈圣因特别痛恨。

李大典与贺兰明是同样的官职，本领则稍差一些，但既然能充当御林军的副统领，武功当然也是不弱。祈圣因与贺兰明单打独斗，可以稍微占点上风，加上一个李大典，她就不能不感到吃力了。此时聚集在这院子里的卫士已有十数人之多，贺兰明点名留下四个从大内调来的一等侍卫，说道："这儿用不了这许多人，牢中还有更紧要的人犯，你们各自回原防去吧。"留下的四个侍卫分在四方，防备祈圣因逃跑。

祈圣因奋勇力战，但双拳难敌四手，三十招过后，招数发出，已是力不从心。激战中李大典"刷"的一刀，几乎从她的鬓边削过。贺兰明笑道："李大人，你怎的没有怜香惜玉之心？你要知道祈夫人号称千手观音，你在观音面上划了一刀，不是太杀风景了么？"李大典道："我倒是愿意把这尊观音供奉起来，就只怕请她不动。"

贺兰明卷起一团鞭影，裹住了祈圣因的身形，说道："祈夫人，你抛下兵器，我让你们夫妻相会。"

此时贺兰明与李大典占了绝对上风，最怕的倒是祈圣因拼死了。要知他们倘若能够生擒祈圣因，一来可以迫她供出林清的行藏，二来可以用她去威胁她的丈夫，迫尉迟炯吐出历来所劫的赃物。这当然要比把她杀死好得多。可是祈圣因的武功非同泛泛，他们二人联手，要把她杀死不难，要将她生擒却是不易。故此贺兰明以许她夫妻相会为饵，诱她投降。

祈圣因早已看出他们的用意，心道："大丈夫宁死不辱，我虽是个女人，岂可不如男子？死则死耳，但只可惜不能在临死之前，见我丈夫一面。"想至此处，遂把生死置之度外，大声叫道："大哥，你可知道我是来会你么？你不知道也不打紧，我已尽了心事，我也就可以死而无憾了！"此时祈圣因因为气力不佳，招数已是渐见散乱。她打算以最狠辣的招数，再战一二十招，若不能伤着敌人，就行自尽，免得落在敌人手中。

刑部有百数十间牢房，祈圣因在决死之前自表心迹，原也不期望她丈夫听到的。可是出乎她的意外，她的丈夫却听到了。

尉迟炯所在的这号囚房，与这院子的距离虽然隔了几十间房子，但尉迟炯是关东马贼，最长于"伏地听声"，此时他还未睡着，但已经躺在地上，祈圣因这么大声叫喊，他是每一个字都听进耳朵去了。尉迟炯一听得是妻子的声音，这一惊当真是非同小可，这一喜也当真是非同小可！惊喜交集之下，尉迟炯忍不住要跳起来。可是他却跳不起来。

要知尉迟炯是江湖大盗的身份，牢头怕他越狱，对他自是加意提防，特别加重了枷锁的。他手上戴有手铐，脚上担了一面大枷，脚踝还锁上了一条粗重的脚镣，脚镣的一端且还是缚在柱子上的。如何跳得起来？

他这号囚房是有一个狱卒专门看守他的，尉迟炯料他还未听见外面有人闯狱，遂用手铐重重地碰击墙壁，将他弄醒，说道："小乙，过来，我有话和你说。喂，你想发财吗？"

这狱卒是得过他的好处的，只道他又要把秘密藏金之地告诉自己，喜出望外，如奉纶音，忙走到他的身边，把耳朵凑上去，说道："尉迟舵主有心照顾小的，小的一定知恩报恩。"

尉迟炯猛的一运内力，"咔嚓"一声，手铐硬生生地给他弄断，尉迟炯虎口流血，也顾不得疼痛，立即便把这狱卒抓住。

这狱卒吓得魂飞魄散，"卜通"跪了下来，说道："尉迟舵主，小的可没敢得罪你啊。"尉迟炯道："你想要命，快把我的枷锁打开，我还可以让你发一笔大财！"

狱卒忙不迭地摸出锁匙，打开尉迟炯脚上的大枷。尉迟炯道："还有这条脚镣呢？快！快！"

脚镣一端缚脚，一端缚着柱子，两端都是加上大铁锁的。狱卒苦着脸道："脚镣的锁匙是狱官自己管的，不在我这儿。"

尉迟炯大为着急，抓起脚镣，用力一拉，弄得铁链哗啦啦作响，可是铁链太粗，尉迟炯再次弄伤了手，还是拉它不断。

忽听得"轰隆"一声，有人打开牢门，冲了进来，喝道："小乙，你、你干什么？哎呀，呸！"进来的原来是个卫士。听见声响，进来查房的。一见这狱卒正在给尉迟炯搬开那面大枷，一刀就劈过去，削下了狱卒的脑袋。

卫士见尉迟炯脚镣未解，放下了心，冲上来喝道："死囚徒，想越狱吗？"一刀又再劈下。尉迟炯虽是脚镣未解，但这卫士毕竟对他还是有些忌惮，故此意欲把他斫伤，再给他扣上手铐。

尉迟炯心道："来得正好！"却故意装作惊慌的样子，身躯后仰，待那卫士的钢刀斫到胸前，他双指一钳，已是钳着刀背，卫士给他一拉，随着跌倒，压在他的身上。

尉迟炯一个翻身，卫士还未能叫得出声，已是给他扼死。尉迟炯把那口夺过的钢刀仔细一审，只见刀口如一泓秋水，却原来是一把锋利的缅刀。尉迟炯笑道：“多谢你给我送来利刃。”

尉迟炯猛力一刀，斩断脚镣，但扣住脚踝的那个铁锁却不能一刀劈开。不过脚镣既断，带着铁锁，也可以走动了。

尉迟炯脱下那卫士的号衣，往身上一披，便跑出去。他脚上拖着一个沉重的铁锁，铁锁又是连着五六寸长的铁链的，跑动之时，哗啦啦作响。

看守这座监牢的卫士，听得声响，纷纷赶来，走在前面的两个人打着火把，与尉迟炯碰个正着，这一惊非同小可，失声叫道：“不好，有人越狱！”

尉迟炯笑道：“你们碰上了我，当然好不了！”一刀一个，将这两人劈翻，缴了他们手上的刀剑，跳上屋顶。这时四面八方都已有人在喊：“留神，留神，有人越狱！”尉迟炯也跟着大叫道：“有人越狱，有人越狱！喝！快追！犯人向这一边逃了！”抛出缴来的刀剑，一刀一剑在半空中互相冲击，发出的声音就似有人厮杀一般，引得好些卫士，向那边跑去。尉迟炯刚才伏地听声，早已知道他妻子的所在，便一径往外直闯。

黑夜之中，他披着卫士的号衣，飞越了十几重瓦面，有的鹰爪以为他是自己人，有的鹰爪听得铁链拖在瓦面的声响，跑来要查究之时，他又早已闯过去了。刑部大牢看守虽多，但因牢中有个更重要的犯人林道轩，从御林军和大内调来的军官与侍卫大都不敢离开防地，因此，尉迟炯并没受到多大阻拦，沿途只再杀了三四个人，便闯到外间他的妻子正在厮杀着的那间庭院了。

尉迟炯叫道：“因妹，别慌，你大哥来了！”祈圣因本已筋疲力竭，正拟回剑自戕，忽然听得丈夫的声音。精神陡振，登时又是鞭剑翻飞，荡开了贺兰明的钢鞭，挡住了李大典的快刀。

屋顶上的两个卫士过来拦截，这两人是大内高手，武功非同小可，但却也不能堵住尉迟炯，尉迟炯霍霍两刀，疾如闪电，第一个卫士格得两刀，第三刀又到，几乎是贴着他面门削过，这个卫士骤然一惊，一步踏空，骨碌碌的就从屋顶上滚了下来。第二个卫士挥舞长矛刺去，尉迟炯抢来的缅刀虽然锋利，分量却嫌轻了一些，只能将枪头拨开，却不能将它打落。

那卫士看出他脚有铁锁，料他跳跃不灵，又一枪便朝着他脚踝刺来，尉迟炯一个“虎尾脚”向后倒撑，铁锁连着的那几寸铁链也变成了他的兵器，恰恰缠上了那卫士的长矛，登时把那卫士也拖得跌倒，尉迟炯大吼一声，从屋顶上便跳下来。两夫妻会合一起，并肩抗敌，祈圣因微笑道：“大哥，有你和我一起，我还有什么害怕？”

贺兰明冷笑道：“那我就成全你们夫妻俩，让你们做一对同命鸳鸯吧！”水磨钢鞭鞭头一沉，“刷”地一招“枯树盘根”，猛攻尉迟炯的下盘，钢鞭卷地，扫他双足。尉迟炯脚戴铁锁，跳跃不灵，贺兰明之所以攻他下盘，就是欺他这个弱点。与此同时，李大典也使出一招“雪花盖顶”，刀光闪闪，朝着尉迟炯的天灵盖猛劈下来。

这两人是老搭档，招数配合得又狠又妙，上下夹攻，竟是要把尉迟炯置之死地。祈圣因待要助她丈夫，但原来在这院子里把守的两个卫士亦已杀了上来，祈圣因要解除丈夫的后顾之忧，不能不全力招架。

好个尉迟炯，在四方受敌之下，猛地大喝一声，提足一踏，拿捏时候，不差毫厘，刚好踏住了贺兰明的鞭头。手中缅刀一翻绞，只听得一片断金戛玉之声，李大典那口雁翎刀脱手飞出，但尉迟炯的缅刀却断为两段。

原来李大典这口雁翎刀是百炼精钢打成的宝刀，刀质还在尉迟炯夺来的这口缅刀之上。但李大典的内力却远远比不上尉迟炯。故所以双刀碰击之下，李大典虎口流血，雁翎刀给对方绞脱，而尉迟炯的缅刀却也给对方削断。

尉迟炯大喝：“接刀！”手中两截断刀飞出，分射贺兰明与李大典，李大典倒纵避开，尉迟炯一跃而起，将他那把雁翎刀抢到了手。贺兰明使个“铁板桥”的功夫，身向后弯，半截飞刀几乎是贴着他的面门削过。

尉迟炯抢到了雁翎刀，哈哈笑道："换一口刀使用，倒也不错。"贺兰明抽出了钢鞭，大怒喝道："大伙儿都上来，活的拿不了，死的也要！"

刚才从屋顶上跌下来的两个卫士，此时亦都已爬了起身，上来助战。李大典换了一根熟铜虎尾棍，也重来加入战团。他这根虎尾棍是重兵器，长八尺有多，不怕给宝刀削断。而且尉迟炯跳跃不灵，他还可以收远攻之利。

贺兰明与李大典的气力还没有消耗多少，这四个卫士又都是大内的一流高手，六个人围攻尉迟炯夫妻，而祈圣因刚才因为是以一敌二，气力消耗太甚，又已是强弩之末了。所以虽说是夫妻联手，但主要是靠尉迟炯抵挡。尉迟炯差不多是以一敌六，饶他勇猛绝伦，也不能不有点力不从心之感。

祈圣因心道："我是来救他的，不能做他的累赘。"说道："大哥，我不成啦，你冲出去吧！"尉迟炯道："咱们夫妻俩生则同生，死则同死！我还要杀几个兔崽子呢，你别气馁！"

尉迟炯在极端劣势之下，兀自豪气冲天，高呼酣斗，猛若怒狮，贺兰明等人虽然把他团团围住，也不禁有点心惊胆颤，不敢太过迫近。

祈圣因得到丈夫鼓舞，重振精神，咬牙苦斗。可是她毕竟是血肉之躯，体力支持不住，招数发出，渐渐感到力不从心。

他们夫妻二人是背贴着背抵挡四面俱来的攻势，李大典看出有可乘之机，一根虎尾棍舞得呼呼风响，只向祈圣因猛攻。尉迟炯的一口刀抵挡了敌人七成以上的攻势，但他虽然是尽力照应妻子，毕竟还是难以照应周全。

祈圣因正在吃紧，忽听得吆喝声，追逐的脚步声闹成一片，突然有一个她所熟悉的童音叫道："祈姑姑在这儿啦，戴叔叔快来呀！"

原来是李光夏和戴均这一班人已经赶到，一路杀了进来。

李光夏发现了祈圣因固然是又惊又喜，但还有一个比他更急于要会见祈圣因的人，这人是宇文雄。

宇文雄之所以被逐出师门，主要的原因就是因他有“谋害”祈圣因的嫌疑。当日岳霆为了祈圣因之事，上江家登门问罪，夸张事实，甚至说祈圣因已经死了。宇文雄曾为此坐卧难安，因为倘若是祈圣因当真死了，他岂非沉冤莫白？

如今他见着了祈圣因，而祈圣因又正在危险之中，不由得惊喜交集，心道：“解铃仍得系铃人。说什么我也不能让她遭受敌人杀害，必须把她救出来，才能向她问个水落石出。”

此时李大典正使到一招“夜叉探海”，虎尾棍当头打下，要打碎祈圣因的天灵盖，祈圣因在敌人包围之中，闪避不开，只好与他硬碰，把银丝软鞭打出，缠着他的虎尾棍，将对方的向下猛击之势，暂阻一阻。

若在平时，以祈圣因武功的精妙，长鞭缠上虎尾棍，只消使个“卸”字诀，以巧降力，不难将李大典的虎尾棍扯出手去。但此刻祈圣因早已筋疲力竭，内力无法运用自如，虽然也能够将对方向下猛击之势暂阻一阻，但那根虎尾棍仍是向她的天灵盖直压下来。

贺兰明是李大典的老搭档，配合了李大典的攻势，也使出了他最拿手的神鞭绝技，一招“八方风雨”，水磨钢鞭紧紧迫住了尉迟炯的宝刀。他当然知道尉迟炯可以破解他的招数，但只要迫得他招架片刻，就可以让李大典击晕祈圣因了。

眼看李大典的虎尾棍离祈圣因的顶门已不到三寸，宇文雄一声大吼，连人带剑化成了一道寒光，已是向着李大典疾卷过去！

论武功，宇文雄与李大典大约是半斤八两，谁也胜不了谁。但此时他似飞将军一般从天而降，这一招大须弥剑式又是蓄劲而发，来得迅猛之极，李大典从来没有见过这么精妙的剑法，不由得大吃一惊，百忙中只得抽出虎尾棍招架宇文雄的长剑。

只听得“当”的一声，火花飞溅，李大典的虎尾棍给宇文雄一剑荡开，说时迟，那时快，祈圣因已是“刷”的一鞭，在李大典的额头打出了一道血痕。可惜她气力不济，要不然这一鞭就可以把李大典打得头开额裂。但饶是如此，李大典亦已额头见血，吓得慌忙退出战团，回去裹伤。

尉迟炯疾劈三刀，解开了贺兰明那一招“八方风雨”的杀手绝招，回身左臂揽着妻子，横刀一立，又碰开两个敌手的兵刃。

戴均、李光夏、竺清华相继来到。戴均认得贺兰明是御林军的副统领，“射人先射马，擒贼先擒王”。戴均一到，立即一声大喝，便向贺兰明扑去。

戴均是天理教中五名内的好手，即使比不上尉迟炯，却也不弱于贺兰明。贺兰明刚给尉迟炯迫退，脚步还未站稳，骤然间又觉拳风扑面，戴均一出手便是“百步神拳”的绝技。

贺兰明脚步未稳，给戴均拳风一撞，跄踉倒退。但贺兰明也委实了得，虽败不乱，他踏了一个“倒踩七星步”，水磨钢鞭已是使出“回风扫柳”的绝技，风声呼响，横卷回来。

戴均已扑到了他长鞭可及的范围之内，这一下长鞭倒卷回来，不容后退，也不容斜避。好个戴均，就在这电光石火，间不容发之际，疾的一塌身，“大弯腰，斜插柳”，掌背微托鞭身，掌峰斜斜的直劈进去。“呯”的在贺兰明的肩头击了一掌。戴均一式两用，打中贺兰明之时，掌力已减了几分，但也把贺兰明打得哇哇大叫。

使流星锤与使大斫刀的两个卫士慌忙来援，戴均一声大喝，左右开弓，抓着锤头，借力使力，轻轻一拨，“当”的一声，流星锤却打着了大斫刀。使流星锤的那个卫士给震得身形摇晃，尉迟炯一臂揽住妻子，只用一条手臂，闪电般的一刀劈出，便斫下了这个卫士的脑袋！

此时，贺兰明这边原来的六个人，已是一死一走一伤，实力折了将近一半。但追逐戴均的那班卫士，随着到来，在人数上仍然是占了绝对优势。贺兰明气得哇哇大叫：“把这些贼男女都给我乱刀斫了！”

尉迟炯纵声大笑：“贺兰明，你我走着瞧吧，看是谁接阎王的帖子？”

贺兰明指挥手下，布成阵势，内三重外三重的把尉迟炯等人困得水泄不通。尉迟炯这边人数虽少，但他们却有四名好手，尉迟炯、祈圣因、戴均与宇文雄，李光夏与竺清华年纪虽小，亦是不弱。他们在内圈列成方阵，敌人轮番猛扑，就似一个浪头接着一个浪头，但他们却像兀立江中的大石，任它狂涛巨浪，大石仍是安然不动。

尉迟炯稳定了阵脚之后，柔声说道："因妹，你没事么？你稍歇一会，我替你防御。"祈圣因道："没事。大哥，这次多亏了宇文少侠，你我都该向他赔罪。"

尉迟炯哈哈笑道："宇文少侠，咱们现在是一条线上的朋友啦。我尉迟炯是个草野莽夫，当年误劫了令尊所保的镖，这次倘若能够侥幸出狱，我一定到令尊灵前谢罪。震远镖局倘要重张旗鼓，我尉迟炯也愿稍尽绵力。"

宇文雄道："震远镖局之事已成过去，不必再提。尉迟夫人，我倒是有件事情要请你帮忙一二。"

祈圣因面上一红，说道："宇文少侠，我使你受了委屈，这件事非常对你不起。只要我能够活着出去，我一定会向你的师父师母说明原委的。"

他们解开了这个"梁子"之后，大家都是心情舒畅，宇文雄固然是越战越勇，祈圣因喘息一过，也重新振起了精神。

戴均与李光夏最着急的却是要救林道轩，戴均道："尉迟舵主，你可知我们的少教主在这里吗？我是天理教林教主的手下。"尉迟炯吃了一惊，道："哦，原来是林教主派你们来的。林教主英名盖世，我尉迟炯是仰慕久了。好，咱们杀出去劫狱。"

但敌方围困重重，尉迟炯脚上又戴着一个大铁锁，跳跃不灵，要防守是绰有余裕，要冲出去却是很难。

竺清华忽道："尉迟舵主，你脚上拖着铁锁铁链，不感到不便么？我给你除去如何？"

这大铁锁是连着铁链，紧紧扣在尉迟炯的脚踝上的，要把它除去，第一样要有一把削铁如泥的刀剑，第二样必须运刀使剑之人，能削得恰到好处，否则差之毫厘，就要斫伤尉迟炯的脚了。尉迟炯在狱中夺刀之后，不敢用那把缅刀除去铁锁，就是因为他自己也没有把握。

竺清华用的那把剑是父亲给她的家传宝剑，尉迟炯是个识货的人，一看便知。但竺清华的剑法如何，他只是看了几招，却非深知底细了。

祈圣因爱护丈夫，更不放心让竺清华试剑。她号称“鞭剑双绝”，在剑法上很有自信，正想向竺清华委婉言说，借她的宝剑一用，不料她刚要说话，尉迟炯已先说道：“好，因妹，你替我留心点儿。竺姑娘，麻烦你了。来吧！”

原来尉迟炯是个十分豪迈的人，他虽然更为信赖妻子，但却不愿伤了一个初次相识的女孩子的自尊，所以他宁愿冒着斩脚之危，也让竺清华试剑，却叫妻子给他抵御敌人的攻击。

祈圣因吃了一惊，尉迟炯一个“来”字刚刚出口，只见剑光一闪，竺清华闪电般的一剑削下，“咔嚓”一声，尉迟炯脚上的铁锁已经落地，分成两半，连着铁锁紧紧扣在尉迟炯脚踝上的那条铁链，亦已削断，那剑锋几乎是贴着尉迟炯的脚踝削下去似的，铁链解开，却没有伤着他丝毫皮肉。

祈圣因这一惊更是非同小可，不过这次却是吃惊于竺清华剑术的神妙，饶她在江湖上被人誉为“鞭剑双绝”，亦是自愧不如。尉迟炯哈哈笑道：“长江后浪推前浪，世上新人换旧人。小姑娘，好剑法。”

大笑声中，尉迟炯一刀劈出，有一个手使长矛的卫士，正自挺矛来刺竺清华，给尉迟炯一刀劈过，拦腰斩为两截。原来竺清华家传的剑术虽然精妙，功力却还差得太远，倘若要她单独抵御这个大内的一等卫士，她只怕还未必能够抵挡。

尉迟炯去了脚上铁锁，身手更为矫捷，霎眼间又杀了两个卫士，猛地喝道：“贺兰明，轮到你啦！”

尉迟炯身形一起，恍如鹰隼穿云，俯冲而下，扑向地上的小兔。贺兰明吓得魂飞魄散，但在这生死关头，也使出了平生本领，水磨钢鞭一招“云麾三舞”，钢鞭在头顶盘旋挥舞，打出了三个圆圈，也即是作了三重防御，意欲趁着尉迟炯身子悬空，脚未沾地之际，只要尉迟炯这一刀破不开他的三重防御，他就可以把尉迟炯打下来。

双方性命相搏，迅似电光石火，一招之下，立判雌雄。剑光鞭影之中，只听得贺兰明一声惨呼，倒纵出数丈开外，地上却多了一条断了的臂膊。原来他的“云麾三舞”，抵挡不了尉迟炯的一刀

“力破三关”，一条左臂，已是给尉迟炯硬生生地“卸”了下来。不过，尉迟炯本是要一刀劈开他的天灵盖的，结果却只能削下他的一条臂膊。贺兰明的本领已经是胜过那两个在尉迟炯刀下丧命的卫士多了。

贺兰明断臂之后，必须立即裹伤，不能再战。敌方群龙无首，尉迟炯这边却似一群猛虎下山，杀开一条血路，便要去劫狱救人。

惨烈的搏斗正在进行，忽听有人大叫道：“好啦，杨老爷子来啦！”尉迟炯骂道：“什么猪狗牛羊，我这口屠刀专宰畜牲！”话犹未了，只见前面的敌人自动向两面分开，让出了中间的一条路，一个青衣汉子，约有五十左右年纪，手中提着一根碧绿色的竹杖，神情十分傲岸的走了进来。

竺清华一见此人，又是吃惊，又是愤怒，失声叫道：“二，二姨父，你，你果真当了清廷的鹰犬？”

原来这个青衣汉子不是别人，正是杨芃的父亲杨钲。他本是专责看守林道轩的，所以刚才虽然打得天翻地覆，他也没有出来。但在贺兰明断臂之后，他却是不能不出来了。

杨钲面色一沉，说道：“清华，你好放肆！你是我们杨家的人，我可不能让你与这些反贼胡闹！”声到人到，举起竹杖便要来点竺清华的穴道。

戴均正好在竺清华面前，大喝一声：“撒手！”使出一招空手入白刃的功夫，倏地便抓着了杖头。

戴均正自心里想道：“此人来势汹汹，却原来也是个银样蜡枪头。”不料心念未已，陡然间只觉虎口一震，戴均夺不了杨钲的竹杖，却给杨钲竹杖一抖，跌了他一个筋斗。

说时迟，那时快，尉迟炯已是抢上前来，一刀劈下。杨钲冷笑道：“不知死活的强盗，胆敢口出大言，叫你知道我的厉害！”青竹杖一个“怪蟒翻身”，压着尉迟炯的刀背，小小一支竹杖，竟似有千钧之力。尉迟炯的雁翎刀险些给他打落！

尉迟炯性情暴烈，是个宁折不弯的铁汉，碰上的对手越强，他就越发精神，此时，骤逢劲敌，精神倍振，一声大吼，力贯刀锋，杨钲的竹杖已是压他不住，给他反转过来。

杨钲冷冷说道："不错，是有几分本领，但有我在此，也还由不得你逞强！"倏地一个盘旋，青竹杖展开了"彩凤旋窝""云龙掉首"的连环盘打，三旋身，三猛招，上打头颅，中击腰腹，下扫双脚，一招紧接一招。尉迟炯挥舞宝刀，也是分寸不让。但尉迟炯虽然勇猛，内功却是稍逊一筹。对方攻他三招，他一口气还了四刀，刀刀劈中竹杖，可是每一刀都给杨钲卸开他的劲道，竹杖未损分毫。他这支竹杖，忽而作棒，忽而作鞭，还可以当作判官笔使用，招数奇幻之极，尽管尉迟炯仍是兀立如山，未退半步，但亦已在他的杖影笼罩之下。

祈圣因见丈夫打不过这青衣汉子，吃惊非小，连忙上前助阵。戴均摔了一个筋斗，却未受伤；此时一个"鲤鱼打挺"翻起身来，也上去夹击杨钲。

杨钲挥袖荡开祈圣因的软鞭，随即"呼"的一掌打出，以单掌的劈空掌力，抵消了戴均的百步神拳，而那根青竹杖还是紧紧迫着尉迟炯的雁翎刀。不过他力敌三名高手，却也只有招架的份儿了。

可是那一大群卫士却趁此时机加紧攻击三个少年。三人中宇文雄年纪较长，功力较深，也只有他才能与对方的一流好手抗衡。李光夏、竺清华年纪太小，给敌人围攻却就有点应付不来了。幸而宇文雄的大须弥剑式防守得十分严密，要不然李竺二人已是不能支持。

尉迟炯见祈戴二人都来了自己这边，吃了一惊，连忙说道："因妹，快去照顾他们。"

祈圣因瞿然一惊，刚刚退步抽身，不料杨钲已是先发制人，青竹杖闪电般的向她点来，祈圣因不敢硬接，侧身一闪，杨钲"乒"的一掌，又再震退戴均，说时迟，那时快，已给他扑入了宇文雄的剑光圈内。

剑杖相交，叮当之声，不绝于耳，大须弥剑式用于防守本是无以上之的剑式，但两人功力毕竟相差太远，杨钲力透杖端，一翻一绞，宇文雄虎口迸裂，禁不住踉跄倒退。

杨钲未能打落宇文雄的宝剑，也是好生诧异，但他这时亦已无暇追击宇文雄了。

祈圣因叫道:“休得伤害我的侄儿!”舍命的冲上去卫护李光夏,尉迟炯也立即赶上,挥刀劈他后心。

杨钲头也不回,反手一招“横云断峰”,青竹杖格住了雁翎刀。但他却不是去侵害李光夏,而是倏地转了方向,一手就抓住了竺清华。

祈圣因霍地一鞭,打着了杨钲脚踝,却不料就似打着了铁柱一般,杨钲脚未受伤,她的软鞭却给弹开了。杨钲哈哈大笑,喝道:“你斫!”尉迟炯慌不迭的缩刀,正要改攻他的下三路,杨钲大笑声中,一个旋风急舞,叫道:“芃儿,接住!好好地照顾你的媳妇儿!”

人丛中抢出一个少年,接住了竺清华便跑,说道:“华妹,别慌,我不会欺侮你的。”这少年正是杨芃。

就在这时,忽听得有人大喝道:“杨钲,今日我非和你算账不可。”声如晴天霹雳,震得众人耳鼓嗡嗡作响。随即一个清脆的声音也跟着喝道:“杨芃,往哪里跑!”众卫士望风披靡。人仰马翻,原来是上官泰父女来了。两父女杀入重围,上官泰奔向杨钲,上官纨却去追赶杨芃。正是:

虎穴龙潭何足惧,英雄肝胆劫天牢。

欲知后事如何?请听下回分解。

第四十回　剑影刀光寒敌胆
英风侠气闹京华

上官泰本是被囚在竺家的，后来竺尚父的管家老刘回去说明原委，竺尚父的妻子遂把妹夫释放出来。上官泰在中途遇见女儿，父女一同入京营救林道轩。林道轩午间被捕，他们是黄昏时候得到的消息，料想林道轩必是被关在天牢，故而马上赶来。

上官泰被杨钲几番陷害，险死还生，襟兄弟早已变作了仇人，此时相见，忍不住心头怒火，大喝一声，踢翻两个卫士，扑过去对着杨钲便是"呼"的一掌。

这一掌是专伤奇经八脉的般若掌力，杨钲识得厉害，青竹杖一招"毒蛇吐信"，点上官泰掌心的"劳宫穴"。杨钲的点穴法独创一家，倘若给他点中，可以破掉上官泰的内家真气。

他们这对连襟的本领乃是在伯仲之间，上官泰气凝丹田，掌力尽发，杨钲的青竹杖给他荡开，一个"盘龙绕步"，绕到了他的侧边，倏地变招点他腰胁的"愈气穴"，上官泰斜退三步，让开正面，改用擒拿法去抓他杖头，两人一沾即退，双方都没有占得便宜。

上官纨此时已越过两重瓦面，眼看就可以追上杨芃，却被斜刺里杀出来的两个卫士将她阻住。这两个卫士是大内的一流好手，上官纨闪电般的连环七剑都给他们挡了回来，上官纨还险险着了对方的一棒。

上官纨叫道："爹爹快来，救华妹和轩弟要紧！"上官纨是因为那日之事，对竺清华与林道轩深抱歉意，故而立意将功赎罪，救他们二人。上官泰痛恨杨钲，但更怕女儿遇险，当下双掌齐出，迫退杨钲，喝道："回头再与你算账！"杨钲待要追赶，尉迟炯夫妻已是迅即补上了上官泰的空档。他们夫妻联手，恰恰与杨钲功力悉敌，谁都脱不了身。

尉迟炯、宇文雄、戴均等人都不识上官泰，但见他武功如此高强，听他们父女的口气，又是一心要去救林道轩，戴均等人卸下了心头的重压，精神倍振，与众卫士杀得难分难解。不过，他们是以寡敌众，敌人虽然伤害不了他们，他们要想杀出重围，却也不易。

上官泰以刚猛绝伦的掌力开路，众卫士领教过他的厉害，却是不敢阻拦。上官泰如飞赶到，替下了女儿，与那两个大内高手激斗。这两人武功远远不及上官泰，但两人联手，也还可以抵挡个十招八招。

杨芃挟着竺清华，跑得不快，他从屋顶跳下去，正想躲入一间牢房，但每间牢房外面都是加上了大铁锁的，他还未来得及弄开，上官纨已经是追到了。上官纨喝道："快把华妹放下来！"杨芃灵机一动，哈哈大笑。

上官纨心里又是悲伤，又是愤怒，说道："杨芃，想不到你是这样的人，你欺骗了我，你甘心充当鹰犬，你，你还得意？快放下来，否则我认得你，我这口剑可认不得你！"

杨芃一个转身，将竺清华挡在身前，哈哈笑道："纨姐，你不念旧情，你下得了手，你就刺吧！最多我与竺清华同归于尽！"

上官纨气得双眼翻白，骂道："杨芃，你简直是狼心狗肺！"杨芃笑道："这是你迫我的。你若是似从前一样待我，我何至于出此下策？纨姐，其实你何必袒护竺清华，去了竺清华，咱们不更好吗？纨姐，咱们还是讲和了吧？"

上官纨伤心气愤到了极点，心里自己咒骂自己："我当初怎的会瞎了眼睛，与他相好的？"可是正因为气愤到了极点，反而说不出话来。

杨芃见威吓成功，正在得意，忽觉胁下一麻，被他挟着的竺清华突然挣脱了他的掌握，杨芃大吃一惊，连忙伸手去抓。说时迟，那时快，上官纨已是一跃而前，剑柄一撞，用重手法撞击他的麻穴，杨芃半边身子酥麻，登时动弹不得。

原来竺清华家传的武学远胜杨芃，连杨芃的父亲杨钲也不知道她的武学造诣已经可以自行解穴的。他在点竺清华穴道之时，因为毕竟还有几分顾忌她的父亲，生怕伤害了她，引来竺尚父的报复，故而不敢用重手法的独门点穴。他是打着一个如意算盘，想把竺清华作为人质，迫使他的襟兄就范。

竺清华在杨芃与上官纨说话的时间，自行运气冲关，解开了被封的穴道，立即又反点杨芃的穴道。可惜她穴道初解，劲力不够，因此只能令杨芃胁下一麻，却还未能将他制伏。但到了上官纨用剑柄撞着了他的“愈气穴”，杨芃可就完全消失了抵抗的能力了。

上官纨满脸泪痕，说道：“清华表妹，那日我冤枉了你，使你受尽委屈。这都是我的不好，我上了杨芃的当。华妹，你能够原谅我吗？”

竺清华嫣然一笑，拉着上官纨的手道：“我知道你是上了这小子的当，我怎能怪你？你不必自己怨艾了，你今日识破了杨芃的真面目，这不是一件大大的好事么？”表姐妹俩手拉着手，和好如初。

上官纨一把抓着杨芃的颈项，说道：“快领我们去释放林道轩！”杨芃哭丧着面道：“我，我不知道他关在什么地方。”

竺清华道：“纨姐，别相信他的鬼话！”上官纨手腕轻轻一抖，“嗤”的一声，剑尖划破了他的衣裳。杨芃叫道：“纨姐，我，我……”上官纨喝道：“你怎么样？你去不去？”微一用力，剑尖稍稍刺入他的皮肉，杨芃杀猪般地叫起来道：“去，去，我去，我去！”

上官纨押着杨芃，杨芃在前头给她指路。此时狱中的卫士几乎都到前面作战去了，途中虽然碰到几个巡逻的看守，本领却是稀松平常，不用上官纨出手，竺清华就已经把他们杀退了。

杨芃穿堂入室，转了几个弯，走到了一个天井。杨芃指着前面的一间囚房道：“林道轩就是关在这间房子，纨姐，你可以放我了吧？”

上官纨提高了声音叫道：“轩弟，轩弟，你在哪儿呀？你听得见我叫你吗？我是你的纨姐！”

过了一会，果然便听得一阵当啷当啷的锁链声，林道轩在屋子里应道："我在这儿，纨姐，这个地方你怎么能来，你快走吧！"

上官纨听到了林道轩的声音，也就放下了心中的一块大石。杨芃说道："我不是骗你的吧？好啦，你可以放我了吧？"

竺清华却起了疑心，暗自想道："林道轩是天牢里最重要的犯人，怎的会没人看守？"连忙叫道："纨姐，还不能放他！"话犹未了，忽听得有人喝道："哪里来的女娃子？杨芃，是你带来的吗？"声音有如金石交击，刺耳之极。狱中并无灯火，淡淡的月光之下，只见那间囚房前面突然出现了一个身披大红袈裟的喇嘛僧，也不知是从哪儿钻出来的。月光黯淡，这喇嘛僧大约也还未看得清楚杨芃是给上官纨揪着。

杨芃吓得浑身发抖，颤声叫道："是，是……不，不是。佛爹，你别动手！"

那喇嘛僧"哼"了一声，喝道："杨芃，你敢把外人引来，我先把你毙了！"一抖手飞出三支飞镖，竺清华、上官纨各自打落一支，还有一支几乎是擦着杨芃的额角飞过。

杨芃叫道："纨姐，你们动手，我必丧命。你、你做做好事，放了我吧。"

若然换了第二个人，必然要把杨芃紧紧抓着作为人质，但上官纨毕竟还有几分念着旧情，心头一软，想道："这喇嘛来势虽凶，但我既然可以打落他的飞镖，想来功夫也不会好到哪里去？我与清华联手，料想可以胜他。我揪着杨芃反而不便打架，又何必要他送命？"如此一想，便把杨芃一推，喝道："今次饶你，望你改过自新，滚吧！"杨芃在地上打个滚，忽地叫道："佛爹，把这两个丫头拿下，可别杀她！"

竺清华怒道："好呀，一放了你。你就要作恶了么？纨姐饶你，我可不能饶你！"上前正要再抓杨芃，陡然间只见一幅红云当头罩下，却原来是那个身披大红袈裟的喇嘛僧已经从屋顶跳了下来。

竺清华一剑刺去，蓬的一声，剑尖刺着袈裟，非但不能刺穿袈裟，反而给袈裟裹住。喇嘛僧哈哈笑道："好凶的女娃儿，你要抓杨芃，我可要抓你了。"他的指尖还未沾着竺清华的衣裳，只是那么扬空一抓，竺清华已是觉得一股力道要把她牵引过去，竺清华大吃一惊，连忙施展家传的轻功绝技，一个斜身滑步，避开正面，身上所受的那股力道稍稍减轻，立即便是一个“燕子穿帘”的身法，斜掠出去。

喇嘛僧这一抓未曾抓着竺清华，也似有点诧异，“咦”了一声，喝道：“往哪里跑，乖乖的给我躺下来吧！”改抓为推，掌力一发，便似狂涛一般从后面卷来，竺清华已是跳出三丈开外，兀是给它波及，立足不稳，果然一跤跌倒。她那一柄青钢剑也早已给袈裟卷去了。

上官纨这一惊也是非同小可，说时迟，那时快，喇嘛僧又已向她扑来。上官纨功力较高，给他掌力一震，打了几个盘旋，却未曾跌倒。

可是上官纨的轻功却不及竺清华，一给对方掌力裹住，可就不能像竺清华那样及时逃脱了。不过几招，那喇嘛僧大喝一声：“撤手！”袈裟一卷，把上官纨的宝剑也夺出了手中。

原来这喇嘛是西藏红教喇嘛中数一数二的高手，藏名桑布巴，本领还稍稍在杨钲之上。他和杨钲二人都是奉命来专门看守林道轩的。桑布巴刚才因为杨钲的儿子在对方手中，是以他故意隐藏本领，说是要先毙杨芃，其实只是用三分力道打出暗器，好让上官纨以为他不难对付，便放了杨芃。上官纨果然中计。

桑布巴夺了上官纨的宝剑，哈哈大笑，说道：“杨芃，你要这位姑娘是不是？好，你就来把你的姑娘领去吧！”正要出手活捉上官纨，忽听得霹雳似的一声大喝，原来是上官纨的父亲上官泰赶到了。

上官泰见女儿遇险，人未到，掌先发，桑布巴心中一凛，想道：“这人倒是不可轻敌！”顾不得再捉上官纨，一扬手就把那把刚刚夺来的青钢剑向上官泰飞去。

上官泰让过剑尖，抓着剑柄，把剑抛给女儿，道：“快去救人，我来打发这个凶僧！”他的劈空掌力未能将桑布巴击退，亦已知道对方是个劲敌了。上官纨接过宝剑便走，上官泰则拦在她的前头，与桑布巴“蓬”的对了一掌！

双掌相交，只听得“蓬”的一声，桑布巴身形一晃，上官泰退了两步。表面上是桑布巴略占便宜，但他的掌心却似被烧红的铁块烙过一般，饶是他身有护体神功，也不禁火辣辣作痛。原来上官泰练的是专伤奇经八脉的“大手印”功夫，掌力十分霸道。

“大手印”的功夫源出西藏，桑布巴是西藏红教的高手，识得这门功夫的厉害，吃了一惊，大喝道：“你不是汉人，为何却来助这班叛贼？”上官泰道：“我只知邪正之分，你助纣为虐，就该吃我一掌！”口中说话，双掌已然又是猛的劈来，这一招从“弯弓射虎”变为“怒海擒龙”，掌力一发，隐隐带着风雷之声，更为厉害。

桑布巴怒道：“你当我就怕你不成！”单掌一挑，骈指如戟，掌法中竟然使出刀剑的招式，激荡气流，发出嗤嗤声响，倘若给他指锋挑上，只怕腕脉也要割裂。

上官泰喝声“好”，手腕一翻；倏然间又已变成了“阴阳双撞掌”，以手背反弹他的指尖，左手则仍然捏着“大手印”的掌诀，向他胸膛拍下。

这是一招拼着两败的招数，桑布巴不敢攻敌，回掌自保，还了一招“五丁开山”，双方内力碰撞，上官泰又斜退了一步。桑布巴依然不动，但头上已冒出丝丝白气。

论内力是桑布巴较为深厚，但上官泰的掌力专伤奇经八脉，却是更为霸道。双方各有所长，打得个难解难分。

且说上官纨得回自己的宝剑，立即便去劈开铁锁，打开了牢门。她随身带有火石，擦燃火石，只见林道轩披枷带锁，身在一个铁笼之中。牢房之中加上铁笼，那是双重的囚牢了。

上官纨十分难过，说道：“轩弟，都是我的不好，那日我误信杨芃之言，没有救你。否则你也不会受今日之苦了。”

林道轩却是无限欢喜，说道：“纨姐，我已经听见你们斥骂杨芃了，你和他终于是闹翻了，是吗？”

上官纨面上一红，说道：“岂止闹翻，他是陷害我父亲的仇人，从今之后，我若是再碰上了他，就决不再饶他了。这次他也是被我拿着剑迫他来的。”

林道轩情不自禁地说道："纨姐，这就好了！你知道我从前最担心的是什么？就是担心你上杨芃的当。不瞒你说，甚至在他的真面目未曾显露之前，我已经讨厌他了，不过，那时我不敢对你说而已。"林道轩也许还不怎么懂得男女之情，但他说的都是心中想说的话，带着几分稚气，更显得一片纯真。

上官纨十分感动，道："轩弟，想不到你对我竟是如此关心。唉，可惜你不是我的亲弟弟。"

林道轩脚上戴着一面大枷，上官纨打开铁笼之后，林道轩仍然不能走动，上官纨将他一拉，林道轩从铁笼里出来，几乎倒在她的身上。

上官纨将他扶稳，蓦地发觉林道轩已是比两年前长高了许多，虽然只是个十五岁的"大孩子"，却是和她这个十八岁的"大姑娘"一样高了。上官纨扶着他的肩膊，只觉他的肩膊宽厚粗实，只是这双肩膊，就令上官纨感到这是一个十分可靠的人，与杨芃不可同日而语！这刹那间，上官纨忽地起了一个微妙的感觉，几乎就想把自己的粉颈靠在他的肩上。这念头突然从心中闪过，上官纨禁不住面红耳热。

林道轩脚上戴的那个大枷，是两块铁板打成的枷，上官纨的宝剑只能给他劈开手铐，却不能劈开这面铁枷。

上官纨道："我叫爹爹来给你弄开这面枷。"她以为她爹爹早就应该把那喇嘛打发了，却不料伸头出去一看，只见上官泰与桑布巴打得十分激烈，他的爹爹似乎并未占到便宜。原来上官泰的"大手印"功夫颇为耗损真气，桑布巴胜在功力深厚，前半段只守不攻，二十余招过后，上官泰气力渐渐消耗，双方已是打成了平手的局面。

上官纨正自心急，就在此时，忽又听得较远之处，也有金铁交鸣的厮杀声，上官纨聚拢目光，凝神望去，淡淡的月光之下，只见在对面的屋顶上有四条大汉，围着一个少女，虽然只是看得见一个影子，但已看得出是竺清华。

原来在她们押解杨芃来的时候，沿途其实是隐藏有从大内调来的卫士，而且也发现了她们，但只因他们投鼠忌器，所以没有出来。如今杨芃已经脱出了她们的掌握，那些卫士就陆续来了。幸而围攻竺清华的那四个人并非一等侍卫，竺清华仗着轻灵的身法，还勉强可以支持。

林道轩道："纨姐，你出去助竺姐姐吧，不必顾我。"上官纨道："那怎么行，你又不能走动。"林道轩笑道："我解了手铐，已有一双手可以使用了。你放心吧，他们若是要杀我，早就把我杀了，料想是奉了命令不敢杀我的。"

上官纨依然放心不下，但此时竺清华的处境更为危险，她难以兼顾，也只好出去了。

此时上官泰与桑布巴正是斗到最热烈的时候，方圆数丈之内，掌力震荡，风声呼呼，等闲之辈，踏进这个圈子。就要立足不稳。

上官纨道："爹爹，你分点神照顾轩弟，不要让人进这牢房。"上官泰道："好，你放心去接应清华，到这里来与我会合。"

上官泰向后移动，背向牢门，就好似一座山似的堵住那座囚房的门口。他固然无法摆脱桑布巴，桑布巴却也冲不过去。这两大高手各自施展平生本领恶斗起来，那些卫士根本就插不进手，当然更不能从他身旁越过，进入牢房了。

上官纨跳上了屋顶，与竺清华并肩而立，双剑御敌。可是她却不能把竺清华接应下来。看守天牢的卫士陆续而来，已是把她们团团围住。

上官泰在三十招过后，真气消耗更多，虽然尚不至于落败，却给桑布巴渐渐占了上风。

一个屋上，一个地下，两父女都陷入了恶战苦斗之中。

在外面的那座院子，尉迟炯等人也是同样地陷入苦斗中。上官泰一走，杨钲在那里已是技压当场，尉迟炯夫妻吃亏在久战之余，夫妻联手，也不过是堪堪可以抵挡。杨钲这边还有七八名大内的一流高手助攻，戴均、宇文雄与李光夏三人背靠着背，互相照应，仍是感到十分吃紧，险象环生。

有两个大内卫士是知道李光夏的来历的，说道："这小贼也是朝廷所要缉捕的教匪，把他先揪出来。"联合了几个人，乘瑕抵隙，专向李光夏攻击。宇文雄展开了大须弥剑式，给他防护。这大须弥剑式用于防守最为有效，使到疾处，当真是泼水不进。对方虽然占了绝对上风，急切之间，却也攻不破他的防御。

尉迟炯夫妻当然也想分神照顾李光夏，但他们给杨钲的一根青竹杖紧紧迫住，却是有点自顾不暇。激战中杨钲突然运足功力，横杖一挥，把尉迟炯夫妻迫退三步，就在这电光石火之间，倏地一个转身，竹杖一挑，又把宇文雄的长剑挑开，说时迟，那时快，一个大内卫士已是施展擒拿手把李光夏抓住。

尉迟炯大吼一声，迅即复上，刀劈杨钲后项，杨钲反手一杖，架住他的雁翎刀。祈圣因追上了那个卫士，喝道：“撤手！”一鞭抽下，那卫士把李光夏一举，冷笑道：“你打！”哪知祈圣因的鞭法神妙无方，那卫士话犹未了，额角已是着了一鞭，鲜血涔涔滴落。她这一鞭绕过李光夏的身子，打伤那个卫士，却丝毫也没有触着李光夏。

那卫士又惊又怒，高举着李光夏的身子作了一个旋风急舞，喝道：“好狠的女贼，你再打！你再打我就把这小贼摔成一团肉饼！”

李光夏年纪虽小，却是朝廷所要缉捕的重要人犯，论“理”这卫士不敢把他弄死，但祈圣因却不能不有所顾忌，怕这卫士情急之下，真个胡来。

祈圣因在这边是踌躇未决，尉迟炯在那边却已招架不住杨钲的进攻。尉迟炯虽然勇猛绝伦，但一来是功力毕竟有所不如，二来是恶斗多时，确实亦已有了力不从心之感了。杨钲的青竹杖指东打西，指南打北，招招都是指向尉迟炯的要害穴道，只要尉迟炯稍有疏失，他就可能乘虚而入，点中尉迟炯的穴道。而尉迟炯是他们这方的主力，倘若被擒，那后果当真是不堪设想。

祈圣因不忍撇下李光夏，又怕丈夫遭受杨钲的毒手，正在进退两难之际，忽听得一声长啸，划破夜空，宛若神龙夭矫，破空而来，由远而近，倏忽即至！

祈圣因方自一惊，心中想道：“什么人有此功力？”心念未已，只见屋顶上的卫士横七竖八的已倒下了一排，宇文雄大喜叫道：“师父，师父！”原来来的不是别人，正是武林公认的天下第一高手江海天。他并没有出手攻击那些卫士，而是那些卫士不知厉害，上前堵截，着了他的“沾衣十八跌”的功夫，自行跌落的。

杨钲见是江海天来到，吓得魂飞魄散，不敢恋战，慌忙便逃。祈圣因叫道：“江大侠，鹰爪孙捉住的这个少年就是你的记名徒弟李光夏了！”

江海天本意只是来救林道轩的，想不到在这里又碰上另外的两个徒弟。尤其是李光夏，他是曾经“踏破铁鞋无觅处”的，而今竟是“得来全不费功夫”，意外之喜，可想而知。

那个卫士听得是江海天，也吓得慌了。不过他自恃有人质在他手中，还以为可图侥幸。说时迟，那时快，江海天“哦”的一声，已到了他的面前，说道：“放下人来，饶你不死！”

那卫士紧紧卡着李光夏的喉，说道：“你敢上前一步，我就把你徒弟捏死！”江海天哈哈一笑，说道：“我为什么不敢？”双手齐伸，一下子就把李光夏抱了过来，就好像那个卫士是自动把李光夏交还给他似的，丝毫没有抵抗。

尉迟炯夫妻大为诧异，俱是心想：“这鹰爪孙怎的如此服帖？”只见那卫士身躯摇了两摇，陡然间便似一根木头似的“卜通”倒下，倒在地上，双脚一伸，这才一口鲜血吐了出来，丧了性命。原来江海天在把李光夏抱过来的时候，是运用最上乘的“隔物传功”本领，震裂那卫士的虎口，叫他不能不放松李光夏的。江海天的功夫出神入化，那卫士虎口震裂于前，五脏受伤于后，哪里还能活命？

江海天的“隔物传功”精妙绝伦，震伤了那个卫士，却丝毫没有伤及李光夏。李光夏想不到在这样的场合下得遇师父，惊喜交集，几乎疑是梦中。祈圣因道：“夏儿，还不拜见师父？”江海天笑道：“回去再说吧，先去救你的林师弟。”在天牢中不便行拜师之礼，但李光夏还是磕了一个头，说道：“师父，刚才我瞧见杨芃那小贼是向那边跑的，林师弟多半是关在那边。杨芃还劫走了竺尚父的女儿呢！”

就在这时，只听得一声长啸，就从李光夏所指点的那个方向传来，江海天吃了一惊，说道：“这是上官泰的啸声，他似乎是受了点伤了。”江海天无暇与众人叙话，立即施展“八步赶蝉”轻功，

江海天道:“我为什么不敢?”双手齐伸,把李光夏夺了过来。

循声觅迹。

原来杨钲逃出了那座院子之后，心还未死，又想去把林道轩带走，他知道天牢里有一条秘密地道可通外面，要是能把林道轩劫走，也还是一件功劳。但上官泰守着那号囚房，杨钲必须把他打倒方能进去。这时上官泰与桑布巴已斗到百招开外，气力渐渐不支，但他亦已听到江海天的啸声了。

杨钲赶了到来，一见有机可乘，立即施展竹杖点穴的功夫，狂风暴雨般的向上官泰攻击。上官泰一面拼命抵挡，一面发啸呼援。

上官泰毕竟是敌不过他们二人联手，被杨钲点中了一处穴道。但上官泰有闭穴功夫，穴道被点，虽然真气阻滞，受了影响，但还未至于立即晕倒。杨钲正要再施杀手，忽听得瓦面的那班卫士哗然惊呼，原来是江海天已经赶到。他是认识上官纨的，他见上官纨与竺清华正在被一群卫士包围，便随手使了几招“大摔碑手”的功夫，将几名最凶悍的卫士从屋顶摔下去。

杨钲见江海天在屋顶现身，知道时间已是来不及让他去伤上官泰了。他一声叫道：“风紧，扯呼！”算是已尽了朋友的道义，无暇与桑布巴再说，撇下了他便自跑了。

桑布巴却不知道江海天是什么人，冷笑道：“杨钲，你的胆子也忒小了！”一掌将上官泰推开，此时江海天也已经从屋顶跳下来了。

上官泰受了点伤，看见江海天来到，当然是用不着他再与桑布巴硬拼了，于是便闪过一边，叫道：“江大侠，快来，林道轩就是在这号囚房之内！”不料他这么一叫却提醒了桑布巴。

桑布巴心中想道：“杨钲如此害怕这人，这人想必也有几分本领。我不如先把姓林的这小贼抓在手中，一来可以免得给他劫去，二来更可以稳操胜算。”于是他一掌推开了上官泰，便要闯进那号囚房。

江海天猛地舌绽春雷，把手扬空一抓，喝道：“给我回来！”这一喝，乃是佛门的“狮子吼功”，金世遗昔年与少林寺痛禅上人交换武功，学来了这“狮子吼功”传给江海天的。饶是桑布巴的内功造诣也很不弱，给江海天用“狮子吼功”一吼，也不禁为之心头一震。

而且还不仅仅是心头一震而已，与此同时，桑布巴还不由自主地向后退了几步，就似给一只无形的巨手将他拉回去似的。原来江海天是用了劈空掌的功夫配合“狮子吼功”的，不过改推为抓而已。桑布巴给“狮子吼功”一震，真气的运行已是有些散乱，再给这股力道一抓，就难以稳住身形了。

但桑布巴却还没跌倒，江海天心道：“怪不得上官泰受他所伤，这人的内功在武林中也可以算得是第一流的了。”说时迟，那时快，江海天已是到了他的面前，喝道：“念你修为不易，给我滚开！”

江海天是宽大为怀，桑布巴却不敢相信敌人会放过他。他患得患失，只怕江海天是要使诡计，待他一转身便从他背后偷袭，那样就可以不费吹灰之力将他杀掉。

此时上官泰已因受伤躲过一旁，桑布巴心中想道：“此地还有贺兰明等好几个高手，如今我与这人不过是一个对一个，只要抵挡得十招，后援便到，怕他何来？与其临阵畏逃，为众所笑，不如与他一拼？”桑布巴还未知道贺兰明、李大典等人在外面早已受伤。

桑布巴将内力凝聚掌心，装作要逃而心有不甘的样子问道：“你是何人，如此霸道？”江海天道：“你们连小孩子也掳来监禁，还说我霸道？大丈夫行不更名，坐不改姓，我是山东江海天。”

桑布巴道：“哦，原来是江大侠，久仰了！”话犹未了，蓦地一声长啸，双掌齐发，啸声求援，双掌则是发出了毕生功力。

江海天猝不及防，“蓬”的一声，双掌都打在他的身上，江海天怒道：“岂有此理，我肯饶你，你反而偷袭！”一招“弯弓射雕”，发掌还击。

桑布巴双掌推出，脚下拿桩不动，江海天左掌一收，右掌又至，桑布巴化掌为拳，双拳抵住他的掌心，脚步仍然不动，江海天第一掌用了五分力道，第二掌则用到七分，见他竟然能够抵敌，有点诧异，正想加强掌力，发第三掌，方自动念，只见桑布巴闷哼一声，已是七窍流血，倒下去了。

原来桑布巴本是抵御不住江海天的掌力，但他用了“千斤坠”

的重身法强自支撑，故此在五脏震裂之后方始倒下。

江海天道："上官前辈怎么样了？"上官泰道："一点轻伤，并无妨碍。"于是两人走进牢房，江海天奋起神力在合榫处一拗，将林道轩所戴的那面大枷折断。

这时尉迟炯夫妻与戴均、李光夏等人都已赶了到来，围攻上官纨与竺清华的那些卫士也早已给他们赶跑了。

林道轩惊喜交集，拉着李光夏的手道："我这是在做梦么？师父，你老人家来了，光夏哥，你也来了！"

李光夏笑道："还有令你更欢喜的消息呢。轩弟，你爹爹也在京师，我和戴叔叔就是奉了你爹爹之命来救你的。"

林道轩几乎不敢相信自己的耳朵，喜极问道："真的吗？我爹爹为什么不来？"

李光夏道："他率领本教弟兄攻打皇宫去了。"

此言一出，连江海天也不禁大吃一惊，原来他只知道林道轩被捕关入天牢的消息，却不知道林清已去攻打皇宫。

戴均道："事不宜迟，咱们马上去接应教主吧。"

江海天热血沸腾，说道："这是百世难逢的惊天动地之事，雄儿、夏儿、轩儿，难得咱们师徒都在今晚聚会，咱们就一同去随林教主各尽一份力量。"说罢，又单独拉着宇文雄的手道："雄儿，你是我的好徒弟，你受的委屈我已经知道。这件事情不久就会水落石出的，你放心吧。"江海天这么说，即是等于已允许宇文雄重列门墙，宇文雄当然也是无限欢喜。

此时忽听得大队人马驰骋的声音隐隐传来。戴均道："难道敌人已发觉了咱们大闹天牢，把兵马调来了？"

祈圣因道："要是他们把兵马调来，这正是求之不得。林教主攻打皇宫能够减少一分阻力就可以多一分成功的机会。"祈圣因这时已经明白林清为什么迟迟不发动劫狱的原因，她对林清在今晚这样紧急的关头，还调出得力的人手来接应自己，十分过意不去。

尉迟炯关在天牢将近一年，此时一肚皮闷气都发泄了出来，大声叫道："好呀，咱们都去杀个痛快！"天牢的卫士与看守已逃了个七七八八，尉迟炯在杀出去的时候，一路劈开各个死牢的铁锁，将狱中的重犯都放了出来，正是：

打破牢笼寒敌胆，劈开铁锁走群豪。

欲知后事如何？请听下回分解。

第四十一回　苍茫大地谁为主
窈窕秋星或是君

众人杀出天牢，只见天边一抹红云，火光隐约可见。戴均大喜说道："皇宫起火啦！"只道教主攻打皇宫已告得手。

话犹未了，一彪军马已经杀到这条街上。在前面边战边走的是天理教的一批弟子，在后面追赶的是甲胄鲜明的御林军。御林军是打着火把追来的，照耀得如同白昼。为首的军官大呼道："前面是劫天牢的叛党，想必是与教匪串通一气的。好呀，在天子脚下，胆敢如此胡为！将他们给我一网打尽，一个也不许跑掉！"

戴均惊疑不定，御林军大举出动，却不是去救应皇宫，而是在街道上捕人，看这情形，只怕皇宫那边的战事有点不妙。

御林军的马队横冲直闯过来，乱箭齐发，天理教弟子都有武器，舞动刀枪防身，伤亡还不算多，那批逃狱的囚犯给射杀的却是不少。尉迟炯蓦地一声大吼，非但不跑，反而迎着御林军杀去，喝道："好呀，我尉迟炯给你们派阎王帖子来啦！看是谁杀得了谁？"

前面几骑快马风驰电掣般的冲杀过来，眼看就要从尉迟炯身上踏过，尉迟炯往地上一伏，使出"滚地堂"的功夫，刀光霍霍，专斩马足。他的"滚地堂"功夫高明之极，浑身就像圆球一般，盘旋腾折，腕、肘、胯、膝、肩、掌，不论身体哪一部分，一触地就能立即腾起，躲闪奔马，马蹄踏不着他，反而给他砍断。转眼之间，前头的五骑快马都已给他砍倒，马上的骑士变了滚地葫芦，也都丧命在他的刀锋之下。

京城的街道虽是比普通城市的街道宽敞，但也只能容得五匹坐骑并排行进。尉迟炯砍倒了五人五骑，街道已是受到了阻塞。

祈圣因号称“千手观音”，此时也在施展她的暗器绝技，她接获了御林军射来的乱箭随手甩出，箭箭穿喉，转眼间也射毙了十多个军士。

为首的军官大怒，舞起大刀防身，喝道：“给我冲过去，把他们踏成肉酱！”他身披重甲，只须保护咽喉与面门两处，利箭便不能伤他。祈圣因连发三箭，碰着他的甲胄就给弹开去。后面的御林军不知前面已经落马的同伴是伤是死，本来不忍从同伴的身上踏过，但在领队军官的命令之下，也只好纵马向前。此时双方的距离又接近了好些了。御林军改掷长矛，长矛比箭当然有力得多，天理教的弟子能够拨落乱箭的未必能够拨开飞矛，伤亡也就是更多了。

江海天接了两支长矛，陡地跳出街心，霹雳一声喝道：“给我滚下马来！”长矛飞出，从那个御林军统领的前心穿入，后心穿出，果然应声落马。这个统领是披着重甲，胸前还有护心铜镜的，但双重甲胄，却也挡不住江海天神力的一掷！

江海天第二支长矛飞出，喝道：“这支长矛，只挑你的头盔，要命的快跑！”只听得当的一声，另一个副将的头盔果然给长矛挑落，矛头几乎是贴着他的头皮铲过，将他的一大丛头发铲去，但却丝毫没有伤着他的皮肉。

这个副将吓得魂飞魄散，摸一摸脑袋还在脖子上，拨转马头便跑。江海天喝道：“这两个人是你们的榜样，要死的就来，要活的快走！”这队御林军见尉迟炯江海天等人一个比一个厉害，当真赛似催命阎王，早已吓得慌了，如今又失了首领，有谁还肯拼命呢？当下发一声喊，全都跟着那个副将拨转马头逃跑。江海天手心捏了把汗，此时才松了口气。要知寡不敌众，那队骑兵倘若敢冲过来的话，江海天纵有天大本领，也是难挽狂澜。

情势暂得转危为安，天理教的一个头目上来参见戴均，兀是上气不接下气。戴均待他喘息稍定，问道：“教主怎样了？”那头目道：“教主有令，叫弟兄们火速从北门冲出，到黄村会合。”黄村是一个离城约百里的小村落。张士龙从滑县带来的三千援军驻扎在那儿。

戴均大惊失色，说道："皇宫之战失利了?"那头目道："阎进喜临时变卦，皇宫中伏有火枪队，咱们又没有后援只能暂且撤退，再待时机。"戴均道："教主可平安无事?"那头目面上变色，迟疑答道："我，我不知道。"他是因为见林道轩走过来听，是以不敢说出实情。

原来林清本来是约好太监刘金、阎进喜二人作为内应的，不料阎进喜知道张士龙的援军已被隔断进不了城的消息，看来大事凶多吉少，深怕事败之后，株连九族，于是瞒了刘金，私自告密。皇太子旻宁（即后来的道光帝）颇有胆略，立刻统率禁卫军，并征召各王子的家丁在皇宫布防、迎战。刘金发动了少数太监内应，给旻宁当场捕杀。禁卫军中编有一队火枪队，这是当时最厉害的火器。

林清的天理教徒虽然骁勇善战，但一来对方预有埋伏，二来是血肉之躯难敌火枪，三来他们是利于速战速决的，一攻不下，御林军的大队人马便会开来。在这样情形之下，林清为了要保存一部分实力，只好下令突围。

那头目道："教主叫我带领一队弟兄到这边接应你们，不论劫狱是否成功，都得马上撤退。好在你们已经成功了。"

众人听得这么一说，都是急于要去协助林清突围，当下由那个头目带路，向北门杀出。这一支队伍人数虽少，好手却多，尤其尉迟炯更是勇猛绝伦，当先开路，有如疯虎一般，官军挡者辟易。

杀到北门，只见城门早已打开，城墙下尸横遍地，血流成河。有一小队天理教徒都在陷于苦战之中。原来北门的防御较为薄弱，林清事先曾打听清楚，故而下令从北门突围。这一队是殿后部队，守城的兵士是早已杀散了，但却碰上了御林军追上来的前头部队。

御林军这支前头部队比他们的人数约多三倍，距离还不算太过悬殊，尉迟炯等人一轮冲杀，就杀出了一条血路，御林军不知道他们在外面有否埋伏，不敢追出城来。

林道轩惦记父亲，向一个认识的教中香主打听消息，这香主道："他们抢到了御林军的十多匹好马，龙香主、马香主他们已经护送教主先往黄村去了。"

这话在旁人听来不觉什么，林道轩听了却是不禁有点惊惶，他是深知爹爹的性格，林清是个遇难当先，赴义恐后的人，照他平日的为人，他是应该留到最后一个才出城去的。那香主安慰他道：“教主是我们迫他上马走的，轩哥儿，你不用心急，赶到黄村就能见着你的爹爹了。”林道轩心想：“我爹爹既然能够骑马，大约不会有事。但以我爹爹的脾气，龙香主他们又怎能迫他上马？”不过，他虽然仍是有点惊疑不定，也只好暂且相信了他们的说话。

江海天一手携了林道轩，一手携了李光夏，帮他们一把力赶路。尉迟炯夫妇与他们同行，宇文雄紧紧跟在后面。他们这几个走得最快，不久就把大队远远地甩在后面了，尉迟炯认得去黄村之路。

尉迟炯回头一看，后面已没有人，忍不住说道：“江大侠，你这次救了我的性命，我是深深感激。但我忍不住要骂你的大徒弟，他妈的这小子真不是东西！”

江海天大吃一惊，说道：“叶凌风怎么样得罪你了？”尉迟炯道：“岂只得罪，我这条命都几乎送在他的手里！那日我在曲沃，身上受了伤，遇见了他。他不帮我不打紧，反而把我推下来。我就是因此才给贺兰明捉了去的！”

尉迟炯说了曲沃之事，祈圣因道：“如此说来，这就益发无疑了。”尉迟炯道：“无疑什么？”祈圣因道：“大哥，叶凌风几乎害你送了性命，也几乎害我送了性命。江大侠，我知道叶凌风是你的内侄，又是你的掌门弟子，但这件事情，我却是不能不对你说了！”

江海天涩声说道：“我这次前来京师，就正是为了叶凌风之事，要向你们查询真相。请说。”

祈圣因道：“江大侠，你知不知道我在你家住过一晚，有人向鹰爪通风报讯，第二日我出了你家家门，就遭受鹰爪围攻，几乎丧命之事？”

江海天道：“内人都对我说了。听说你疑心宇文雄是奸细。此事真相端的如何？”

祈圣因再次向宇文雄道了歉，说道：“过后我才知道是冤枉了你的二徒弟，真正的奸细是你的大徒弟叶凌风。”

宇文雄又惊又喜，道：“什么？是大师兄！祈女侠，你，你怎么知道?”宇文雄赋性忠厚，此时他喜得自己洗脱罪名，但大师兄竟是奸细，他却是做梦也料想不到的。

祈圣因道:“叶凌风掩饰得非常好，但那晚之事，他却也露出了两个破绽。宇文少侠，你还记得吗?那晚你师母叫你大师哥去东平镇执药，叫你去给我借一匹坐骑。因为你的大师哥是要到东平镇的，所以我要托他一件事情，我有一位朋友约我在东平镇聚会，我不知道这位朋友来了没有，因此托你大师兄在东平镇顺便给我打听一下。”宇文雄道:“不错，是有这么一件事。”

祈圣因道:“这位朋友就是第二日恰巧及时赶至，救了我的性命的那位岳舵主。他名叫岳霆，是我丈夫的结义兄弟。”歇了一歇，祈圣因回头对江海天道:“说到这里，我又要代岳霆向你赔个罪了。岳霆救我之后，曾到你家大闹一场。这都是因为我当时已经伤重昏迷，只来得及和岳霆说一句话的缘故。当时我和岳霆未曾详细交谈，在我的心中，还只道宇文雄是奸细的。岳霆只听了我这一句话，就去向你的夫人兴师问罪，实是不该。”

江海天喘着气说道:“过去的误会，不必提了。请你快点说这件事的真相。你刚才说到叶凌风受你之托，那晚到东平镇去打听岳霆来了没有的。”江海天的内功是天下第一，此时说话竟然不禁喘气，可以想见他内心的忧急惊惶!

祈圣因也为江海天感到伤心，但兹事体大，不说不行的，她咬了咬牙，接着说下去道:“岳霆那晚其实是已经来到了东平镇的。东平镇只有两家客栈，他在较大的那家住宿。客栈的后墙，有他用金刚指力刻划的一朵梅花标记，这是他和我约好的暗号，我也曾告诉了叶凌风的。按说只有两家客栈，不难找到。可是叶凌风回家之后，却对我说，他已经找过了，并没有发现任何标记!这不是分明说谎吗?”

宇文雄讷讷说道:“大师兄、他、他为什么要这样?”

祈圣因道:“因为他在镇上另有事情要办，他必须在你借了坐骑回来之前将事情办好，因此就不及去找岳霆了。另一个原因，是因为他要在那匹坐骑上作弄我，他不能让我和岳霆会面。这样，才能够在第二天使得我孤单一人，落入他们所布置的圈套!”

宇文雄更是吃惊，说道：“大师兄在镇上另外要办什么事情？你说的他们又是指些什么人？那匹坐骑，你最初以为是我下毒的，现在又怎么知道是大师兄了？”

祈圣因道：“岳霆所住的那间客栈，正在镇上一家新开的酒店太白楼的对面。那晚二更时分，岳霆从窗口望出来，恰巧看见一个少年的背影，闪闪缩缩地走进太白楼。小镇上的酒楼是在入黑时分就关了门的，当时那间酒店却打开半扇门，岳霆隐约还看见里面是个黑影，好像是拖着那个少年的手，在门边讲了几句说话才进去的。有江湖经验的人可以猜想得到，这个少年并非光明正大地到这家酒店访人，甚至和酒店的人并不相识，因此要和店内的人对过暗号，里面的人才放他进去。”

江海天道：“岳霆知道这个人是叶凌风吗？”

祈圣因道：“当然不知，否则第二天他也不会听信我的话，到你家去冤枉宇文雄了。他当时心有所疑，但一来他不知这酒店内是些什么人，二来他当时以为事不关己，也就不想多管闲事。不过他记得很清楚，当时正是打着二更。宇文少侠，那晚二更时分，你在哪儿？”

宇文雄道：“我在王老头的家中，正在为你借他的那匹青骢马。后来我在东平镇口与大师兄会合之时，已经听得镇上打三更了！”

祈圣因道：“着呀，所以不是你就当然是他了。我相信我这判断不错！”

江海天道：“那间太白楼是什么路道？在里面的是些什么人？你们事后可曾去查个清楚？”语声艰涩，平日的口音都走了样。

祈圣因道：“太白楼是鹰爪孙开的黑店，那一晚御林军的副统领李大典和大内高手卫涣等人就藏在这黑店之中。不必事后，第二日我就碰上他们了。”

宇文雄大惊失色，说道：“祈女侠，依你这么说来，竟是大师兄和鹰爪们串通了来害你的？你那匹坐骑也是大师兄下的毒？”

祈圣因道：“不错。第二日一早，我去牵马的时候，正碰着他从马厩出来。他对我说，这匹马是你照料的，但他放心不下，所以特地在我临走之前，来看一看，看你是否已给它吃饱了草料。当时我对他毫没疑心，只是疑心你。现在想来，分明是他下的毒，却故意移祸东吴。要不然他何必特别对我声明是你饲的草料。他们倒是算得很准，我还未走到东平镇，坐骑中的毒发作，不能行走，他们的伏兵便立即出现了，带头的人正是李大典和卫涣！

“江大侠，这件事现在总算是水落石出了，依我看来，应该被你逐出门墙的是你的掌门弟子叶凌风！”

江海天冷汗涔涔而下，顿足说道：“尉迟舵主，祈女侠，多谢你们给我揭露了叛徒。叶凌风这小子，哼，哼！我杀了他也不能解我心头之恨！”

江海天是一手拉着林道轩，一手拉着李光夏的，此时他们两人都觉得师父的手心一片冰凉，林道轩惊道：“师父，你怎么啦？”李光夏道：“师父，你要不要歇一歇？”

尉迟炯是个大行家，此时已是清晨时分，他一看江海天脸上的神色不对，吃了一惊，说道：“江大侠，你还是歇歇吧，待我给你找匹马来。”要知内功越好的人，一旦内息失调，生起病来，就越比常人沉重。从江海天所显露的诸般迹象，大汗淋漓，手足冰冷，说话喘气等等，尉迟炯深恐他有内息失调的危险，故而想劝阻他不要再用轻功赶路。

江海天道：“不，我得马上去见林教主，见过了林教主，我就去找那逆徒算账！”祈圣因歉然说道：“江大侠，早知你如此的着急，我也不忙着告诉你了。门户是要清理的，但也不必急在一时呀！”

江海天道：“我怎能不急，呀，你不知道——”祈圣因道：“知道什么？”江海天心似油煎，说道：“唉，不必说了，总之我是愧对天下英雄！走，尉迟舵主，我和你比赛轻功！哈哈，你看，以咱们的脚力，不是胜过寻常的坐骑么？”

笑声极是苍凉，听起来令人觉得比哭还要难受。尉迟炯心道：“江大侠英名盖世，却出了个不肖逆徒，也难怪他如此伤心！”尉迟炯是个粗豪汉子，不擅言辞，还未曾想出应该如何劝慰，江海天已越过他的前面十数丈之遥。尉迟炯夫妻只好加快脚步跟上，心中暗暗祷告：“但愿江大侠不要一气成病才好。”江海天拖着两个孩子，他们夫妻跑得气喘吁吁，兀是始终落后数步。

尉迟炯只道江海天是因逆徒败坏他的门风以致伤心恼恨，却不知犹有甚于此者。江海天还不仅仅是为了个人的缘故，而是为了抗清的大业，为了无数英雄的性命，可能因为他的过错，而丧在叶凌风手上。

群雄是因为信任他才选了叶凌风做援川一路的义军首领的，这一路义军集中了各派弟子的精英，他们所要赴援的小金川，又正是目前战事最吃紧之处。任务是如此重大，集中在义军中的人才是如此众多，倘若大事坏在叶凌风手里，后果真是不堪设想！江海天是个责任心极重的人。这样的一个打击当真是比要了他的命还要难受！

江海天展开绝顶轻功，百多里路程，天亮不久就赶到了。当他到达黄村义军总部之时，只觉得胸口发闷，冷汗都已湿透了衣衫。要不是运功强力支持，几乎就要当场倒下！

天理教与张士龙手下的头目都有认识江海天与林道轩的，见他们来到，连忙说道："教主正在等待江大侠和轩哥儿呢！请你们现在就进去吧。"林道轩听得他的爹爹已在这儿，稍稍安心，但却也不禁有疑："我师父来了，爹爹为什么不出来迎接？"

张士龙将他们带到一间房子，林道轩一看，只见他的父亲躺在床上，面如黄蜡，被褥上血迹斑斑。林道轩大惊道："爹爹，你怎么啦？"

林清霍地坐了起来，说道："江大侠，真想不到今日得以识荆。虽然晚了一点，你却是来得正是时候。小儿得你收列门墙，我是什么都放心了！打仗嘛，总是有胜有败，也总是有伤有死，这算不了什么！只要不断有人接上来就行了！"

原来林清是因为掩护手下杀出皇宫，身上受了好几处枪伤，流血过多，已是命在垂危了。他是因为看见儿子与江海天一同回来，精神陡振，这才现出"回光返照"之象的。

江海天道："教主，你安心养伤，别忙着说话。"林清摇头道："不！我有一件极紧要的事，非得马上和你说不可！"

江海天粗通医道，见林清伤得如此之重，脉息又已微弱散乱，知是凶多吉少。当下强忍悲痛，紧紧握住林清的手，将一股内力输送进去，支持林清说话。

林清说道："江大侠，这件事你会很伤心的，但我不说不行。你是否有个掌门弟子名叫叶凌风？"

江海天心头一震，说道："不错。他怎么样？"

林清说道："你可知道他是什么人？"

江海天道："我知道他是叛徒。"

林清道："哦，你已经知道，那我就可以少说许多话了。但你恐怕还不知道他原来是什么身份吧？"

这正是江海天迫切需要知道的事情，同时又是他最感惶惑的事情。因为，他直到如今，还以为叶凌风真的是他的内侄，不明他何以做了清廷的奸细。

江海天茫然说道："他本来是什么人？"

林清一咬牙根，说道："他是现任四川总督叶屠户的亲生儿子！"

此言一出，饶是江海天早已知道叶凌风乃是叛徒，也不禁大惊失色！他心中的创伤本来就够重的了。怎禁得起这时又加上了一刀！这刹那间，他摇摇欲坠，但还是强力支持，颤声说道："林教主，你是怎么知道的？"

林清说道："我们打进皇宫。曾一度占据了大内总管的签押房，详细情形我无暇说了，这里有一份叶屠户给大内总管朴鼎查的密折，请朴鼎查代为奏禀鞑子皇帝的，你拿去看去。"

原来朴鼎查手下有个小太监本来是天理教教徒，这次也随着刘金在宫中作内应的。不久之前，风从龙带了叶屠户的密折来谒见朴鼎查，这小太监曾偷听了他们说的几句说话，话中提到小金川的战事，说出了这是四川总督的密件。这小太监不敢偷听完全，但从这几句话中已知道是一封关系重要的密件。故此在林清攻占了大内总管的签押房之后，这小太监便搜出了这份密件，交给林清。在激战中这小太监后来也中枪死了。

江海天打开密折，飞快阅读。原来是叶屠户为了儿子之事，请朴鼎查代为密奏皇帝的。密折中说明他们父子已经取得联络，可以里应外合，覆灭四川这路义军，但为了保全他儿子在义军中的地位，还不想要他儿子马上“反正”，这样留作“后用”，还有希望可以把江湖上的反清豪杰一网打尽。密折后面有风从龙的连署作为证明。

叶凌风的父亲因为这是一件最机密的事情，决不能在朝廷上公开，所以必须由大内总管朴鼎查代为奏禀。同时这封密折还有个替他儿子“叙功、备案”的用意，可以令叶凌风“简在帝心”，那么异日的功名富贵就不在话下了。

江海天看了这封密折，一切都明白了。但却也是嫌迟了！

江海天在茫然失措之中只听得林清说道：“敌人总是要用各种各样的方法来打击咱们，发生叛徒的事情也是难以避免的。不是这个叛徒，就是那个叛徒。但无论如何，矢志抗清的义士总是要比叛徒多上千倍万倍！此事知道得是迟了一些，但总比不知道好。好在你我及时相遇，江大侠，有你去处置这个叛徒，我也就可以放心啦！”

林清说了这许多话，气息已是渐转微弱。江海天瞿然一惊，握紧林清的手，却忽地发现自己已是不能随心所欲地运用内力来支持林清了。

站在后面的张士龙连忙上来扶住林清，悲声说道：“林教主，你还有什么吩咐？”林清微笑说道：“张大哥，天理会这副担子，我就交给你啦！这次咱们虽然失败，但你可不要灰心啊！”张士龙大叫道：“不，不！咱们并没有失败，林教主，你也还不能走的！”林清脸上绽出笑容，似乎在嘉奖他的勇气，就像满怀希望的人熟睡了一般，带着笑咽了气。

天理教的头目听得教主逝世的消息都来向他的遗体告别，林道轩伏在他父亲身上，更是哭得变了个泪人儿，一片举哀声中，江海天忽地仰天狂笑三声，众人愕然惊顾，只听得江海天大声说道：“好，林教主，你死得好！你这一死是惊天地、震九州，你这一死足令敌寇胆寒，可使人心振奋！你并没有失败，虽然你没有攻下皇宫，但却已震撼了清廷的基石！你生是英雄，死是好汉！不，你根本没有死，你是虽死犹生！我江海天苟活人间，没有做出好事，反

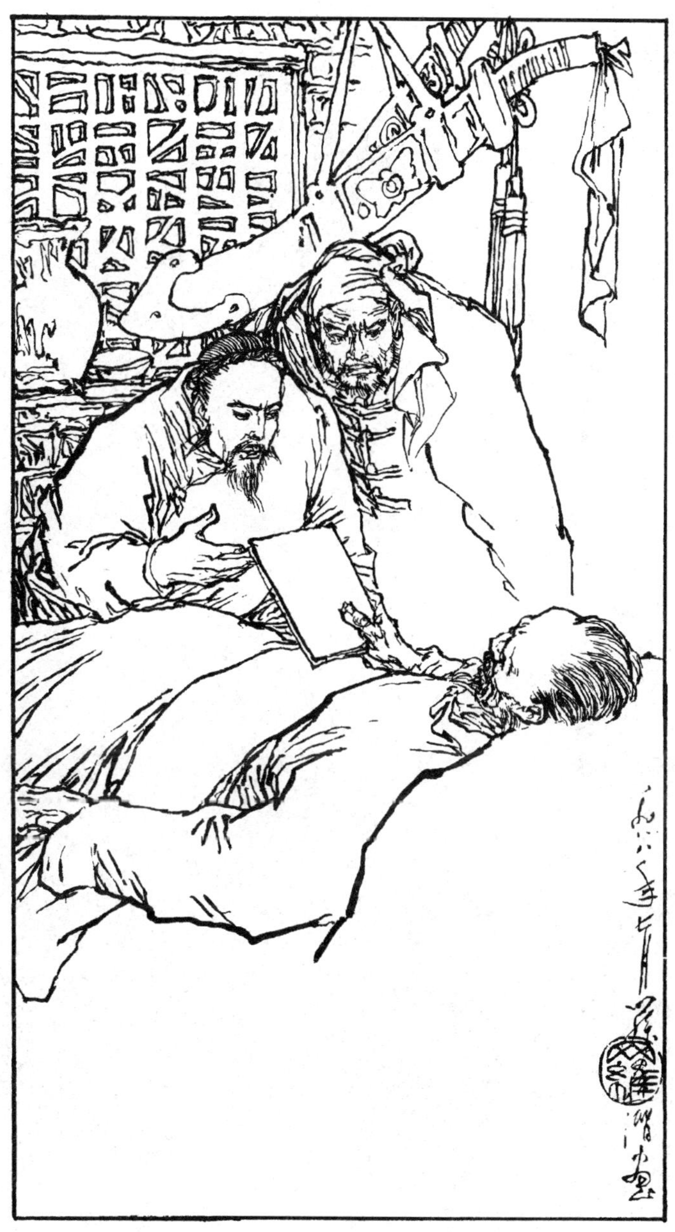

林清道:“你看了这封密折,一切都明白了。”

而做出错事，却是愧对于你，愧对天下英雄了!”悲声未已，蓦地狂吐鲜血。他受的刺激太大，早已是心力交疲，此时方始发作出来，吐血逾升。

尉迟炯这一惊非同小可，连忙上前相扶，说道:“江大侠，这并不是你的过错。林教主去世，你更加要保重自己！就说叛徒之事，也要等着你去处置呢!”

江海天双目一张，说道:“不错，我怎能忘了林教主的吩咐?我马上就去!”可是他的身体已经不听使唤，虚软得无力举步了。祈圣因在丈夫耳边悄声说道:“不要再提叶凌风的事情。”但这句话也给江海天听见了。

江海天苦笑道:“此事怎可避而不谈。叛徒一日不除，我一日不能安枕。”尉迟炯毅然说道:“江大侠，我替你走一趟如何。只是叶凌风是你的掌门弟子，我替你清理门户，却有点僭越了。”天理教新任的教主张士龙在旁边听他们说话，脸上有点为难的神色，似乎想说什么，却没有说。

江海天道:“叛徒贼子，人人得而诛之，这倒不是什么僭越不僭越的问题。不过林教主刚刚归天，敌人可能会乘机进攻，这里的抗清事业也是十分重要。我以为你们夫妇应该暂时留下，协助张教主渡过难关。”江海天并不仅是考虑与自己有关的事情，而是顾全大局。群雄听了都极钦佩。尉迟炯不再作声。

戴均将两个随军大夫找来，给江海天会诊。这两人在医学与武术方面都是颇有造诣的。会诊之后，两人都是面有忧色，说:“江大侠，你的病因是由于急痛攻心而引致内息失调，必须静心养病，决不可再受刺激，否则恐有半身不遂的危险，那就更难医的了。”

江海天道:“要多少时候方可复原?”那两人道:“这个我们很难预测，要是调养得好的话，希望可在百日之内复原。”江海天叹了口气，说道:“此事急不容缓，如何能等到百天以后?好，且待我想一想。”当下闭目沉思。

那两个大夫正要劝他不可过度用神，江海天倏地张开双目，说道:“雄儿，你过来!”

宇文雄道:“师父有何吩咐?”江海天道:“从今日起，你是我的掌门弟子，我命你代我执行门规，清理门户。仪式不必另外举行了，这里的列位英雄都可作为见证!”宇文雄吃惊道:“这个，这个只怕弟子担当不起。”

江海天道:“什么担当不起？担子要拣重的挑这才是好汉！怕难的算什么英雄？你不做掌门弟子，难道还让叶凌风再当下去么?”宇文雄给师父说得满面通红，但也激起了他的豪气，于是说道:“好，但凭师父吩咐，弟子赴汤蹈火，不敢推辞。”

江海天面有笑容，说道:“好，这才是我的好弟子。”当下将那封密折交给了宇文雄，说道:“你替我入川一趟，找着了钟灵和你的师妹，将这密折给他们两人一看。他们会帮助你惩治这个叛徒的。但要记住，在找着钟灵之前，切不可露出风声。叶凌风这小子狡猾非常，你得当心打狗不成，反而给狗咬了。”宇文雄应道:“是，徒儿懂得。”接过密折，贴肉收藏。

宇文雄想师父安心休息，藏好密折，便即告退。江海天忽似想起一事，说道:“雄儿回来，我还有几句私话要和你说。”

尉迟炯等人听得他们师徒俩要说“私话”，便都退出房外。江海天招手叫宇文雄走到身边，微笑说道:“雄儿，我想问你一件私事，你父母在日，可曾为你订了亲没有?”江海天一向是对徒弟不苟言笑的，宇文雄做梦也想不到师父突然会问起他的婚事。

宇文雄面上一红，说道:“没有。”江海天道:“我知道你和晓芙一向很好。我听得你的师娘说，你这次受了委屈，离开了晓芙之后，晓芙一直惦记着你，曾经为你哭过几场呢。”

宇文雄心头砰砰乱跳，连耳根都红透了。江海天笑道:“只要你们彼此喜欢，我也愿意成全你们。我不知什么时候能够复原，也难保不发生什么意外。倘若我是有甚不测的话，你可以对你师娘说，我已答应你们的婚事了。”江海天是个爽快人，说话不会转弯抹角，一说便是“开门见山”。

宇文雄可欢喜得傻了，好半晌不会说话。江海天道:“你怎么样？我把芙儿交付与你，你可愿意伴她一生?”宇文雄这才省起要向师父叩谢，连忙跪下磕头。说道:“多谢师父深恩，我绝不敢辜负你老人家的期望和师妹的情意。但愿师父吉人天相，早日复原。”他匆匆叩谢，一时间却没想到要改称“岳父”。江海天哈哈一笑，也不理会这点小节了。

宇文雄看看天色，说道：“现在天方过午，我想今日便走，师父还有什么吩咐吗?”江海天道：“好吧，你早日赶到小金川，我也可以早日放心。我没有什么要特别吩咐你的了。你只要记着为人要先公后私，行事要胆大心细，我相信你会把事情办得妥善的。”宇文雄垂手应道：“是。弟子谨遵师父教言。”

宇文雄出到外面，张士龙已替他备好马匹，宇文雄便向群雄告辞。尉迟炯夫妇一来是因为在群雄之中他们与江海天师徒交情最厚。二来对宇文雄又颇感歉意，是以特地送他一程。

这一送直送到五十里开外，日头将近落山之际，他们才肯与宇文雄告别。祈圣因因为自己曾使宇文雄受到极大的委屈，特别过意不去，临行之际，又再一次向他道歉。

尉迟炯则掀须笑道：“老弟，我从前几乎杀了你，但现在我是诚心要和你交个朋友啦！婆婆妈妈的话我不说了，以后你有什么为难之事，只管向我尉迟炯说。这里事情稍定之后，我也要赶去小金川的。你放心，你若是宰不了叶凌风这小子，我一定帮你的手，拆他的骨，剥他的皮！”

宇文雄受了他的豪迈之气所感染，哈哈笑道：“尉迟舵主，说起来我还要多谢你们呢！过去我未能分清大是大非，也有不是之处。承你们肝胆相照，我宇文雄感激不尽。我师父的病，就请你们贤伉俪多多费神照料了。好，时候不早，两位请回去呢。”

两人拱手道别，尉迟炯拨转马头，与妻子说道：“江海天这个掌门弟子如今才是立得对了。叶凌风那小子油嘴滑舌，我一见他就讨厌。即使我不知道他是叛徒，我也不取他的。却不知江大侠当初何以会上他的当?可见看人不能单看外表，这句老话当真是一点不错!”祈圣因想起自己也曾经上过叶凌风的当，受他的奉承，误信他是好人，不禁面上一红，说道：“人总难免有失察之处，不过日子久了，真伪也总能分得出来。”

他们夫妻俩在称赞宇文雄，却还未懂得宇文雄何以说是要多谢他们的真意。这并不仅仅是一句浮泛的客套话，而是宇文雄自有感触的。

尉迟炯夫妻一走，江晓芙的影子登时就出现在宇文雄的面前。往事重翻，宇文雄是从他们夫妻而想到了江晓芙的。当日要不是在那荒谷之中，他与江晓芙一同受伤，他们也就不会结识。结识了感情也不会这么快增长。正因为同是在受伤之中，彼此扶持，彼此爱护，这才不知不觉地心心相印的。从这方面说，尉迟炯伤了他，岂不正是令他因祸得福吗？

宇文雄快马疾驰，恨不得插翼飞到江晓芙身边。一别经年，他要向她倾吐心头的思念；江晓芙还未知道叶凌风乃是奸细，“会不会遭他之害呢?”思念及此，他又不能不为师妹担心，恨不得马上到她身边去保护她；还有一样，他是急不可待地渴欲将“喜讯”告诉师妹。

是啊，这当真是宇文雄梦想不到的喜讯，他的师父竟会亲口许婚！他遥望天边一颗灿烂的明星，他赶路忘了时刻，不知不觉已是月上梢头，星浮云海的时候了。

这颗灿烂的明星就像是他的师妹，距离得这样远却又在指引着他。过去，在他心目中的师妹，也正像一颗天边的明星，他私心恋慕，却从不敢有“高攀”之想。如今这颗“星”虽然仍是距离得这样远，但已是贴近了他的心了。“小金川即使是远在天边，我也有勇气飞越关山，赶到天边与她相会。”是啊，因为有这颗“星光”在指引路程。

宇文雄正在情思惘惘，在秋夜的原野上疾驰，忽地听得一阵金铁交鸣之声，令他登时惊醒。远远望去，只见有一堆人在前面厮杀。正是：

如此星辰如此夜，蓦然惊见剑光寒。

欲知后事如何？请听下回分解。

第四十二回　金钗挑破当年梦　慧剑难挥往日情

宇文雄心想："莫非是哪位义士遭受鹰爪围攻?"便即纵马向那人堆厮杀之处跑去。

到了近处一看，只见是一个年轻的女子与四条大汉正在围攻一个黑衣汉子。四条大汉使的是一式的狼牙棒，棒重力沉，打得沙飞石走。但最厉害的还是那个女子，她使的是一长一短的两把刀，刀影翻飞，紧紧地裹着那黑衣汉子。

那黑衣汉子似乎更为了得，一柄长剑指东打西，指南打北，遮拦得风雨不透。四条大汉围着他走马灯似的团团转，四根狼牙棒竟是近不了他的身。倘若没有那个少女的双刀敌着他的长剑，只怕他早已突围而去了。但如今他是以一敌五，双方却是杀得个难解难分。

这四条大汉并非清廷武士的装束，清廷的鹰爪照理也不会出一个女子统带的。宇文雄摸不清这些人的身份，一时不敢出手。但那黑衣汉子的身形，他却似乎有点眼熟，记不得是否曾经见过。

这晚有月亮也有星光，但因那黑衣汉子是陷在五个人的围困之中。而星月之光亮，究竟也不如白昼明亮，是以宇文雄一时间尚未能看得清楚他的面容。

宇文雄正想走近一些，看个清楚，其中一个大汉已在斥责他道："什么人胆敢闯道，要命的走远一些!"

宇文雄起了几分怒气，冷冷说道："大路众人行，这条路又不是你家的，凭什么不许我打这儿经过?"

就在此时，那黑衣汉子忽地“咦”了一声，原来他已先认出宇文雄是谁了。

宇文雄抬头一看，与那黑衣汉子正巧打一个照面，此时已看清楚了他的面容，宇文雄也不由得“咦”的一声叫了出来了。

原来这个黑衣少年不是哪个，就是宇文雄去年被师母逐出门墙的那一天，在路上碰见的那个人。

当时这黑衣少年曾力劝宇文雄不要远走他方，说是有办法可以给他查明真相，保得他重回师门的。

也正是这个黑衣少年，曾经向他不厌其烦地查问过叶凌风的来历，尽管他当时不肯说，他还是问个不休。而且这个少年又是第一个向他暗示他的“大师哥”叶凌风最是可疑的人。

可惜当时宇文雄没有听他的话，没有留在东平县等候他们的调查结果。这少年一走，他也远远地离开了师父的家乡了。这也怪不得宇文雄，他当时对叶凌风还是当作“掌门师兄”十分尊敬的，他怎敢轻易相信一个陌生人的说话？

可是现在他却是不能不有几分相信了。

如今宇文雄虽然还是不曾清楚这黑衣少年的来历，但他已经知道，当祈圣因遇难那天，在东平镇上向岳霆报讯的是这黑衣少年，后来烧掉了那间黑店——太白楼的，也是这黑衣少年。根据这两桩事情，至少可以断定这个黑衣少年是友非敌。

那帮人看见宇文雄与这黑衣少年打了招呼，登时就有个汉子发出飞镖打他。宇文雄拔剑出鞘，“当”的一声，把钢镖反磕回去，跳下马来，大怒道：“我倒未曾见过你们这么霸道的东西！”

黑衣少年叫道：“不关你的事，你在前面等我吧。”黑衣少年在一年前试过宇文雄的功夫，深怕他不是这些人的对手。

宇文雄哪里肯听，说时迟，那时快，刚才斥骂他的那个汉子，已把狼牙棒向他狠狠打来，冷笑说道：“不知死活的小子，天堂有路你不走，地狱无门你偏进来。好，你就上吧！”

宇文雄横剑一架，对方的棒重力沉，震得他的虎口微微发麻。可是他的大须弥剑式十分精妙，剑锋一颤，横削过去，却几乎削了那人的手指，那人吃了一惊，缩手不迭，只见剑光闪处，那人的衣

宇文雄见黑衣少年遭受围攻，连忙飞骑来援。

襟下摆，正被剑锋削去，化作了片片蝴蝶。宇文雄这一招三式连攻对方上中下三处方位，一气呵成，登时杀得那条大汉手忙脚乱。

黑衣少年见他剑法如此精妙，这才放下了心。想道："我姑父所传的武学，果然是非同小可。宇文雄与我分手不过一年，便已有了如斯进境!"原来宇文雄最擅长的乃是剑术，黑衣少年从前试他武功的时候，他还未曾得展所长的。

发暗器打他的那个汉子见同伴不敌，也抽出身来，双战宇文雄。两根狼牙棒左右夹攻，互相配合，威力增了一倍还不止。但宇文雄也已有了经验，知道对方力沉，就用轻灵的剑法应付。同时试用师父所传的内功心法中的"卸"字诀，避实捣虚，仍然应付得中规中矩，而且还占了六成攻势。

使双刀的那少女柳眉一竖，骂道："都是脓包，连一个愣小子也拾掇不了。"蓦地双刀交于一手，拔下头上的两支金钗，便当暗器飞出。

黑衣少年笑道："哎呀，姑娘家的首饰怎么可以轻易送人?"把手一抄，但却也只能接了一支金钗，另一支还是箭一般的向宇文雄射了过去。

宇文雄正使到一招"舌吐八荒"，剑光合成了一个圆圈，泼水不进。可是这支小小的金钗，竟然胜于强弓猛弩，只听得"当"的一声，宇文雄的长剑已经碰着金钗，但金钗却未打落，仍向前飞，"噗"的一下刺着他的肩头。

本来这支金钗是要射来刺穿宇文雄的咽喉的，幸而给他的长剑拨歪了准头，只刺着他的肩膊，而且在金钗拨歪之后，劲道已大大减弱，不过是使得宇文雄的皮肉稍稍损破而已。但虽然如此，宇文雄已是吃惊不小，心想道："师父常说天外有天，人外有人。此话当真不假。这个女子与我也不过是一般年纪，功夫可比我好得多了。但她手段如此狠辣，却是可恼。"

黑衣少年接了那少女的一支金钗，哈哈一笑，收入怀中，说道："黄澄澄的金子，随手抛掉，不太可惜么?我正穷得发慌，你既然不要，我可乐得捡这个便宜了。"那女子脸上飞起一朵红云，又羞又怒，双刀泼风也似的向黑衣少年砍来。

可是，这少女的四个手下已经分了两个出去应付宇文雄，剩下她和那两个使狼牙棒的汉子对付黑衣少年的这柄长剑，可就有点感到吃力了。原来她这四个手下，武功虽然与她相差甚远，但他们四人都练有一套互相配合的狼牙棒法，四人合使，威力甚强。尽管对付一流高手，仍是不能伤敌，但却可收牵制之功，如今只剩下两人助战，这套棒法就使得不全了。

激战中只听得“当”的一声，黑衣少年一剑刺中一条大汉的手腕，他这一剑刺得十分巧妙，只是剑尖轻轻在那人的手腕点了一下，用意不在伤人而在夺他兵器。那人手腕一麻，狼牙棒登时“当啷”坠地。黑衣少年剑锋划了一道圆弧，倏地收回，剑光闪处，把另一条大汉的头发削去了半边，而且还荡开了那少女的双刀。这两个汉子吓得连忙跑开。

那少女又惊又怒，喝道：“别再给我丢人现世啦，都回去吧。哼，姓叶的小子，今日让你得意，前头路上，咱们后会有期!”

黑衣少年笑道：“对不住，我的朋友来了，我可没有工夫赴你的约会了。”那少女虚晃一刀，便即逃走，黑衣少年也不去追。

宇文雄因受了点伤，对付那两个汉子正感吃力，忽地获得解围，心中暗暗叫了一声“惭愧”，上来与那少年相见。

黑衣少年笑道：“想不到今日会在这里再见到你，多亏你拔剑相助了。”宇文雄面上一红，说道：“小弟本领不济，要不是你赶跑他们，我已自身难保。却不知这些人是什么路道，何以围攻兄台?”

黑衣少年道：“我不知他们是什么路道，赶跑他们也就算，别来可好？你可还记得我与你的约会么?”

宇文雄颇觉尴尬，说道：“小弟那日就离开东平，失约之罪，请兄台原谅。”那少年哈哈笑道：“幸好你没有赴约，因为我自己也失约了。”

宇文雄怔了一怔，睁大眼睛望那黑衣少年，心想：“难道你也是说着玩的?”宇文雄是个直性子的人。心中藏不住话，禁不住就问：“这却为何?”

黑衣少年笑了一笑，淡淡说道：“也不是什么特别缘故，只因我曾答应替你查明真相，那天晚上，我就跑去私会你的大师哥，不料他却趁我不防，射了我一支毒针。嗯，那支毒针好不厉害，有好几个月，我连自己是生是死，都不知道。这么样，第二天我当然也就不能去找你了。”

原来这黑衣少年那晚中了毒针，几乎丧命在叶凌风剑下，后来在千钧一发之际，跳下了东平湖，这才侥幸保存了性命。其时东平湖正是春潦水涨的时候，波涛汹涌，这黑衣少年给冲出了外面的大江，也是命不该绝，碰到一条渔船，将他救了起来。

那时他已灌了满肚子的水，肚皮涨得水桶一般。要一个壮汉坐在他的身上，用力挤压，才把他的腹中积水挤了出来。想不到这恰恰是一种可以减轻毒性的疗法，他在风浪中挣扎过来，也不知喝了多少口水，最后又给人强力挤出腹中积水，肠胃给水洗净，虽然还有一些余毒未清，但他的内功根底甚好，本身的体力也勉强可以抗毒了。但虽然如此，他也是调养了半年有多，方才恢复过来的。

此时他若不经意地淡淡道来，可把宇文雄吓了一大跳，叫道：“叶凌风当真是如此对付你么？这手段也未免太卑鄙、太狠毒了！”

黑衣少年笑道：“在我倒不觉什么稀奇，我受他的害也并不仅只是这次。”

宇文雄诧道：“从前他也害过你？”

黑衣少年道：“不错，只不过第一次不是他直接伤我就是了。那次是华山医隐华天风救了我，这一次则是我命不该绝。”

黑衣少年接着笑道：“别老是谈我的事了，也该轮到我问问你啦。怎么你对你大师哥的手段感到惊奇，你还以为他是好人吗？”

宇文雄惭愧说道：“我后悔当时不信你的话。但我还想问一问你，叶凌风何故两次三番要谋害你，你和他本来是熟识的么？你知道他的来历？”

黑衣少年道：“从前不知道，现在则已知道了。他是四川总督叶屠户的儿子，这么一说，你总该明白他为什么要害我了吧？他想要成为江大侠的掌门弟子，给清廷充作奸细。谁对他可能有所不利，他就要害谁。他不是也陷害你么？”其实这黑衣少年还未曾说出真正原因，因为他才是“真叶凌风”。

宇文雄“哦”了一声，说道：“原来这样。”因为他已经知道叶凌风的身份，所以并不特别惊奇。

黑衣少年看了他的神情，笑了一笑，说道："你现在大概也已知道一些了。我未能为你尽力，很是过意不去。不知你可曾剖白冤情没有？"

宇文雄道："多谢兄台关心，我已经见着了我师父，得到他老人家许我重返师门了。"

黑衣少年说道："哦，你已经见着师父了。你这大师兄的身份来历，你师父知道没有？"

宇文雄道："都知道了。我师父此际正在黄村养病，离此不过百里之遥。你要不要去见一见他？"宇文雄已经可以断定这黑衣少年是自己人，心想不妨让他去见见师父，这黑衣少年武功高强，也许还可以留下来帮张士龙的忙。

黑衣少年吃了一惊，问道："养病？你师父得了什么病？"

宇文雄道："就是因为给叶凌风这奸细气成了病的。如今已经延医调治，大概不会有什么危险。你若要去见他，我可以告诉你怎么寻找。"

这黑衣少年本来是要去找寻姑父说明真相的，但此刻他听说江海天已经知道了那假冒自己的叶凌风的身份来历，那么自己也就不必急于去见江海天了。而且他父亲也曾吩咐过他，除非是有很不得已的事情，否则在马萨儿国的王子未继位以前，是不许他表露身份的。话中之意，当然也就包括了不必急于和江海天认亲这件事在内。

黑衣少年沉吟半晌，说道："宇文少侠，请恕我冒昧，我倒想先问你一件事。"宇文雄道："咱们一见如故，有话但说无妨。"其实这"一见如故"，应该改为"再见"方才"如故"。宇文雄初会黑衣少年之时还是猜疑不定的。

黑衣少年当然不会挑剔他的言语，哈哈一笑，说道："你半夜三更还在赶路，可是身有要事么？"

宇文雄心头一震，要知师父要他去代师清理门户，这是极端机密之事，师父也曾叮嘱过他，不许泄露风声给外人知道。这黑衣少年虽然是"侠义"一路，但是未得师父允许，好不好告诉他这个秘密呢？

宇文雄一时踌躇未决，便先问那少年道："说了半天，我还未曾请教兄台高姓大名。"

黑衣少年心道："其实我的名字你早已知道了。"当下说道："名字本来无关紧要的，像叶凌风这个名字不是本来很好么，但给一个奸细一用，可就要不得了。所以紧要的还是看人。你说是不是？"宇文雄想不到问他的名字却引起他一顿牢骚，甚是莫名其妙，只好点头说道："是，是。但你的真名实姓可肯告诉我么？"

黑衣少年笑道："我对姓名向不重视，随你叫我张三也好，李四也好，都无所谓。"宇文雄睁大了眼睛，心道："这人怎么如此古怪，难道他是有什么避忌，须得隐姓埋名？"

黑衣少年又笑了一笑，说道："但你既然固执世俗之见，一定要我有个真名实姓以便称呼，我告诉你亦是无妨。我姓唐……"说到此处，发现宇文雄面有诧异之色，瞿然一省，心道："哦，是了。刚才那女子将我的姓氏叫了出来，想必他也已经听见了。"便即改口道："我是唐努乌梁的汉人，嘿，嘿，不幸得很，跟你那个做了奸细的大师兄是一个姓，也是姓叶，名叫慕华。"接着朗声吟道："人于宋后羞名桧，我到坟前耻姓秦。这是从前有一个姓秦的人，在秦桧的墓前做的诗。嘿，嘿，其实清者自清，浊者自浊，即使同名同姓，又有何妨？"

宇文雄心想："原来他是耻于与叶凌风同姓，故而发了一顿牢骚。"宇文雄怎想得到他是"正牌"的叶凌风，故而尽管他在话语之中已经透露真相，宇文雄还是未能领悟。

不过这黑衣少年却也不是胡乱捏造一个名字的，他父亲叶冲霄原是马萨儿国的大王子，本姓"唐努"，"汉姓"才是跟他义父姓叶。故而这黑衣少年也有一个汉人的姓名和一个他本国的姓名。本国的姓名唤作"唐努弥支"，"唐努"是姓，"弥支"是名。"弥支"的汉译即"爱慕中华"之意。叶冲霄因为曾受汉人大恩，妻子也是汉人，故而给儿子取了这个名字。做书人为了叙述方便，以后也就改称这个黑衣少年为叶慕华了。

叶慕华报了姓名，笑道："你还未答复我的问题呢。"宇文雄道：“这个，这个……”叶慕华笑道：“要是你不方便说，那就不说也罢。我问得本来是有点冒昧。”

宇文雄道：“不，不，兄台请别误会。小弟其实也没有什么特别的事，不过是奉了师父之命，到四川去拜访几位武林前辈，这几位武林前辈都是朝廷重犯，不愿透露姓名的。”宇文雄因为叶慕华处处关心自己，不愿给他有个“见外”的感觉。他所说的也是实话，不过不够完全而已。因为他倘若到了小金川，当然也要拜访许多武林前辈，例如义军首领冷天禄、冷铁樵叔侄，以及青城派的萧青峰、萧志远等人的。

宇文雄虽然没有说出代师“清理门户”之事，但叶慕华何等聪明，一听心中就已明白，知道他是要去四川干什么的了。

叶慕华心里想道：“我姑父既在病中，做徒弟的宇文雄不在他身边服侍，却要披星戴月地赶到四川去，不问可知，当然是奉了师父之命的了。听他刚才所说，我姑父已经知道了那小子的身份来历，而现在在四川‘围袭’义军的清军主帅又正是那小子的父亲——出了名的残害百姓的刽子手叶屠户。将这两件事情连起来推究，莫非是那小子也已经到了四川，混进了义军之中？而宇文雄则是奉了师父之命去揭发他的？”叶慕华人极聪明，虽然没有完全猜中，却也对了个十之七八。

但叶慕华却不说破，只作了个意外欢喜的神情，笑起来道：“这可就真是巧极了，我也正要到四川去，宇文兄若是不厌弃的话，咱们正可以结伴同行。令师那儿，就留待以后若有机缘，再去拜谒了。”叶慕华是因为宇文雄身上负有重大的任务，故而要想与他同行，以便暗中保护他的。

叶慕华这么一说，宇文雄怎好意思拒绝？心想：“此人武功高强，有他同行，倒是一个良伴。只是若到了小金川，我的事情可不便对他明言。”于是问道：“不知叶兄是往川东还是川西？”叶慕华道：“我是前往川东，宇文兄呢？”宇文雄道：“我是前往川西。”叶慕华道：“可惜，可惜，咱们入川之后就要分手了。不过从这里到四川有数千里之遥，少说也要走半个多月吧？在路上我也可以向兄台请教许多武功了。”

宇文雄听说他是前往川东，放下了心事，说道："叶兄客气，说到武功，我只有求你指点的份儿。叶兄，你肯与小弟结伴同行，小弟也正是求之不得。"

其时月亮已过中天，是三更的时分了。叶慕华道："今晚不能赶路的了，你打了一场，早点安歇吧。看这天色，不会下雨，在草地上也可睡一大觉。"

宇文雄道："是。出门人随遇而安，小弟准备了随时餐风露宿的。"当下将那匹坐骑唤来，解开一个包裹，取出一个轻便的帐篷，就在草地上搭起来。要知身有武功之士，在野外露宿，对猛兽倒是不用惧怕，却须防备毒蛇。因为猛兽之来，必有吼声，而毒蛇却可在不知不觉之间咬你一口。有了帐篷，可以防备毒蛇的侵袭。

他们在搭起帐篷，清理草地上的碎石泥块之时，却发现了一枚黄澄澄的东西，原来就是那女贼用来打宇文雄的那支金钗，掉在草地上的。宇文雄想起刚才之事，自己侥幸只受了一点轻伤。这口气还没有过去，正想把金钗抛开，叶慕华却先捡起来了。

叶慕华笑道："金钗可以作暗器，也可以作饰物，还可以换许多银子救济穷人，抛了它岂不可惜？你不要给了我吧。"宇文雄之所以想抛掉金钗，不过是因为曾受这支金钗刺伤，一时气愤而起，此际经他一说，也觉得自己的举动未免有点幼稚，于是，面上一红，说道："叶兄说得是。你刚才不是接了那女贼的另一支金钗吗？如今正好配上一对。"他是无意之言，哪知叶慕华听了，也是面上一红，讪讪说道："不错，这对金钗的手工倒是很精巧，拆开来就没那么值钱了。"

宇文雄也听得出他的话语中有点自我解嘲的味道，故意笑道："既然如此，吾兄不如留下来做个纪念。若要救济穷人，尽可以另用其他银子。"叶慕华道："宇文兄说笑了，有什么值得纪念？你若喜欢，我给你也行。"

宇文雄摇手道："这女贼用金钗作暗器，不是很特别吗？只这一点，就值得收藏作个纪念了。但我却不配保有它，因为我根本就没本事接这金钗。"叶慕华道："吾兄越发说笑了。"话虽如此，但还是把那对金钗收了起来。宇文雄心头纳罕，暗自想道："叶慕华当然不会是贪图这对金钗。看来他一定是和这女贼有点纠葛的，但我刚才曾问过他，他好像很不愿意谈这女贼的事，我却是不便再向他打听了。”

宇文雄一来是与叶慕华初初相识，二来他也不是个爱管闲事的人，更不愿刺探人家的秘密。于是在说了几句笑之后，便适可而止，说道：“帐篷已经搭好了，咱们睡吧。”

宇文雄马不停蹄跑了半天，跟着又激斗一场，实在是疲累不堪，一躺下来便睡着了。叶慕华怀着那对金钗，却是辗转反侧，未能入梦。

夜风吹得野草猎猎作响，叶慕华脑海中幻出一幅图景，和今天一样，也是在一个秋高气爽的佳日，也是在草原上奔驰。所不同是那个草原可比如今他们所在的这个草原大得多，那是一个“风吹草低见牛羊”的塔里木盆地上的大草原！还有那天自己是骑着一匹骏马在草原上打猎，不同于今天的徒步而行。

那天运气不好，没有猎到野兽，连一只小兔都没打着。正自失望，忽见有只雄鹰飞来，飞得很低，当时心想：“这只雄鹰倒是大得出奇，它猎野兽，我就猎它，倒也不错的。”于是一箭就把它射了下来。塞外的兀鹰翅膀硬，气力大，本来以为它中了一箭，还未必就会跌落的，哪知它非但跌了下来，而且落地便即死了。仔细一看，这才发现这头雄鹰的身上还有另一支箭，它是被别人先射中了的。

这支箭射得很是巧妙，正插在翅膀骨缝之处，所以兀鹰中箭之后，渐渐无力飞行。叶慕华再加上一箭，就把它射下来。叶慕华心道：“想不到此地竟有如此一位高明的射手，不知此人是谁?”拔下了这支箭，只见箭杆上刻有一个“耿”字。

就在此时，忽听得马铃声响，一匹四蹄如雪的白马风驰电掣般的跑来，骑在马背上的是一个不过十六七岁的小姑娘，梳着两条辫子，绾着两支凤头金钗，跑起来在阳光底下亮闪闪的，煞是好看。这小姑娘一手执弓，一手执鞭。叶慕华大感意外，“难道竟是这位小姑娘射的?”

可是不必叶慕华开口问她，她已经先说出来了。不，不是

“说”，而是骂。“你这人岂有此理，为什么射死了我这头大鹰?”

叶慕华心想这本来是自己的过错，对方是个小姑娘，自己也不应该和她计较，于是便先赔了个不是，把那头射毙了的大鹰双手奉还这小姑娘。

叶慕华本以为事情就此可了，不料那小姑娘竟然不依。他双手奉还，那小姑娘却刷的一鞭，将他手上的死鹰打落。

“你已经射死了它，我还要它干嘛?”小姑娘更生气了。

叶慕华忍着气道：“对不住，我不知是你先射了一箭的。”

“对不住就算了吗？你可知我是要把这头鹰捉来养的？你不见它已经是缓缓低飞了吗？稍有眼力的猎人都该知道它是中了箭的。你却偏偏糊里糊涂又再射它。射它也还罢了，偏偏你的箭法又是极不高明，一箭就把它射死！你自己说吧，你该怎么样?”小姑娘的一张小嘴就似开了河，越骂越起劲了。

叶慕华当时不过是个十八岁的小伙子，少年气盛，被她骂得面红耳热，渐渐沉不住气。待她骂得告个段落，便即冷冷说道：“我的箭已射了，鹰也死了。我没法叫它再活过来，待怎么样，你说吧!”

那小姑娘道：“限你在日落西山之前，赔我一头活的雄鹰，只能比这头鹰大，小的我不要!”

草原上的兀鹰是可遇而不可求的，鹰飞得这样快，即使碰上了，也未必有把握能够将它射下来又不许它死，而且还要比这头鹰更大的。这几个条件加在一起，简直就是有意折磨他的一个难题。

叶慕华道：“对不住，我没工夫给你捉鹰。你要生气，我也是没法。”

那小姑娘当真就大大地生起气来，纵马追上了叶慕华，喝道：“你不赔也可以，你有本领射死这鹰，我要领教领教你的本领。”呼的向着他就是一鞭。

这小姑娘武功委实不弱，软鞭打出，竟然抖得笔直，柔中寓刚，夭矫如龙。武学有云：“枪怕圆，鞭怕直。”能有这样的造诣，已经大是不凡了。

叶慕华暗暗惊奇，他一来是躲避不开，二来也想看看这小姑娘的本领，便即拔剑出鞘，和她交手。

两人从马上打到马下，斗了一百多招，毕究是叶慕华的功夫高明一些，气力也比这小姑娘耐战，斗到了百招开外，捭阖纵横，已是把这小姑娘笼罩在他的剑势之下。

不过叶慕华的用意只是要迫她知难而退，并非想真个挫败她，故此虽然占了上风，仍是和她游斗，未下杀手。

这小姑娘忽地卖个破绽，叶慕华正使到一招“白虹贯日”，力道未曾用足，估量她是能够招架的，不料对方意外现出破绽，竟让他的剑尖刺到胸前。叶慕华吃了一惊，连忙收招。这小姑娘却是得理不饶人，刷刷刷便是连环三鞭，“回风扫柳”。

叶慕华躲了两鞭，躲不开第三鞭，头上的皮帽给她的长鞭卷去。但这小姑娘绾发的金钗也给他的剑尖挑落。他这一剑力道使得恰到好处，只是挑落金钗，却连她的一根头发都未削断。

两人倏地分开，小姑娘道：“你的本领很不错呀，和我打成平手。”叶慕华本来就不想打败她，明知她是取巧，非但没有生气，反给她这副说话的神气引得笑了起来，说道：“你的年纪比我小，咱们打成平手，应该算是你赢。但这头鹰你可不用我赔你了吧？”

叶慕华拾起帽子，那小姑娘拾起金钗，两人都不禁笑了起来。小姑娘道：“说真的，我到此地两年，像你这样的本领，我还是第一次见到。你是外地来的吗？嗯，咱们可说得是不打不相识，既然相识，我吃点亏也无所谓了，这头鹰让你拿去。”

少年人容易结交朋友，这一打反而把他们的陌生之感打掉，一下子亲近了许多。叶慕华虽然不敢表露身份，却也把姓名告诉了她。当时他用的就是叶慕华这个名字。

叶慕华少不免也要问她的姓名来历，小姑娘道：“箭杆上刻有我的姓，我是两年前跟我的爹爹来到回疆的。如今就住在伊宁城里。我现在还不能告诉你我是谁，我要先问过我的爹爹。但我的爹爹最喜欢有本领的小伙子，我相信我回去一说，他也一定愿意和你认识的。请你今晚三更到伊宁来与我父女相会如何？城东有个大鼓楼，你在那里等着我。我带你去见我的爹爹。”

叶慕华一半是为了好奇，另一半也委实是有点喜欢这个天真活泼的小姑娘，希望和她继续来往，于是遂答应了她的约邀。

这小姑娘很是喜欢，看了看天色，说道："时候不早，我该回去啦。记着，你今晚可不能失约啊！"

叶慕华是个很守信用的人，但这一晚他却失了约。

这件事情是在六年前发生的，那年叶慕华是十八岁，他的父母也还没有离开他。

他的父亲叶冲霄和汉回两族的抗清义士都有来往，其时正在哈萨克族的酋长家中作客。哈萨克族是塔里木草原上最骁勇善战的一个民族，和驻屯回疆的清军经常不断地打仗，由于他们是游牧民族，人人都有马匹，能骑善射，出没无常，打得赢就打，打不赢就跑。清军无法消灭他们，提起了这些哈萨克人就感头痛。叶冲霄助哈萨克人抗清，遂也成了清廷所要缉捕的人物。

那一天叶慕华在答应了这小姑娘的邀约之后，喜滋滋的回到酋长的帐幕，将事情禀告父亲。

不料他的父亲与哈萨克族的酋长在听了他的叙述之后，面色全都变了。他的父亲厉声喝道："你一点也不知人家的来历，怎么好胡乱答应人家？她是姓甚名谁？"

叶慕华道："她说今晚见了我，就会告诉我的。她有一支射鹰的短箭还在我这儿，上面刻有她的姓，名字我还未知道。"

哈萨克族的酋长抢先接过了这支短箭，面色一沉，说道："叶大侠，你看这支漆金的精美羽箭，料不会是普通人家所有，这姑娘又是姓耿。嗯，我看只怕是约无好约，会无好会，令郎这个约会么……"

叶冲霄道："我明白了。"把那支短箭接了过来，"咔嚓"一声，折为两段，沉声说道："今晚这个约会你不必去了。"

叶慕华莫名其妙，愕然问道："可是我还未曾明白呢，为什么不可以去？"

叶冲霄道："因为她的父亲是伊宁总兵！"跟着那酋长加以补充说明，叶慕华这才完全明白。

原来伊宁是南疆的一个大城，伊宁总兵就是南疆清军的最高指挥，这总兵姓耿，有一个女儿小名凤姑，精于骑射，常常一个人在草原驰骋、打猎，哈萨克族人都知道耿总兵有这样一个有本领的女儿的。她是总兵的女儿，当然用不着她去打仗。只从这一点来说，她和哈萨克人倒是没有“直接”的仇恨。不过她既然是敌人统领的女儿，这约会当然也是不宜赴约的了。

父亲的话，叶慕华不敢不依，但在他心里却还不是怎样服帖的。“父亲是父亲，女儿是女儿。即使她真的是总兵之女，也还不能就此断定她是坏人。”他想。哈萨克的酋长和他爹爹恐防这个约会是计，是要将他骗入城中诱捕。叶慕华却不相信一个天真未凿的小姑娘，会可能如此工于心计。因此尽管他没有赴约，但对于这个约会他的小姑娘，在他的心中却还是保有一份好感。

这一幕往事在他心中翻过，接着又是一幕往事出现在他的眼前。

也是一个金风送爽的秋日，也是骑着骏马奔驰。但已不是在“风吹草低见牛羊”的大草原了，而是在黄沙漫天的陕甘道上。时间也已是三年之后了。

三年之后，陕甘道上，他第二次碰见了这小姑娘。不，隔别了三年，这“小姑娘”已长成为一个刚健婀娜的少女了。想起这幕往事，叶慕华不禁叹了口气：“想不到她当真是一个工于心计的蛇蝎美人。”

叶慕华的父母是在第二年便离开他而出海去的，这一次他是单人独骑，带着他父母给江海天的一封书信，准备到中原探亲的。他的母亲希望他获得江海天的照料，但他的父亲却不欲他急急认亲。不过，既然他们的儿子迟早都是要去拜见江海天，所以叶冲霄也不反对他的妻子用他的名义写这封信。

叶慕华这时正是一个二十刚刚出头的少年，有着一股少年人的志气。他不想因人成事，给人家说他是仗着有“江大侠”这个靠山。所以他也愿意听从父亲的吩咐，不急于到东平认亲。这两年来，他已独自在塞外参加了好几次抗清的活动。这次则是希望到中原结识更多的抗清豪杰，投身于更大的抗清斗争。他是打算在做出了一些成绩之后，再去见他姑丈，让他的姑父为他骄傲，为他惊奇。

这一日他正在陕甘道上纵马疾驰，意气风发。忽地有一骑快马后面追来，比他的那匹坐骑更快，两匹马擦鞍而过，骑在马背上的两个人打了一个照面，不由得都是“啊呀”一声叫了出来，不约而同的也都勒住了马缰。

那少女娇声笑道：“还认得三年前在草原上射鹰的姑娘吗？”这刹那间，叶慕华不知说些什么话好，只是点了点头。

那少女道：“我以为你早已忘了，那天晚上，你为什么失约。”

叶慕华不习惯说谎，又不便直言，期期艾艾的好半晌说不出话。那少女道：“好，我也不必问你什么缘故了。我只想问你，你还愿不愿意与我交个朋友？”

叶慕华想不到她单刀直入的一见面便提出这个问题，一时间心乱如麻，只好答道：“这个、这个，你叫我怎么说好？我对你的事情知道得太少，比如说连你的姓名、你的来历我都还未知道呢。咱们不过是一面之交，总得相熟了才能成为朋友呀。”

那少女道：“我知道你有许多事情想要问我，我也有许多事情想要问你。不过，现在不是谈话的时候，在这路上也不是谈话之所。你走这条路，明日中午时分，将要经过麦积石山下，是吗？”叶慕华道：“不错，怎么样？”

那少女道：“你从山下经过，别跑得太快，留意一些，你会发现山上有座破庙。明日中午，你到那座庙里见我。咱们可以好好谈谈。我不勉强你，你愿意来就来。你愿意来吗？”

叶慕华看着她一脸诚恳的神情，似乎她正是满怀心事，想要找一个朋友为她解决疑难的神气，叶慕华不知不觉的就点了点头。

那少女眉心的结打开，格格笑道：“记着，这次你可别失约了啊！明天再见，我现在可要赶路了。”她的坐骑比叶慕华的快得多，越过了前头，转眼间就消失了背影。

叶慕华经过了这三年来的独自闯荡江湖，思想和阅历都已经成熟了许多，这少女走后，他不禁在心里自己问自己道：“我这次答应赴她的约会，是对呢？还是不对？”他反复地想了又想，觉得这少女虽然来历不明，自己还是不妨赴约。

“她是不是朝廷总兵的女儿？这并不是最关紧要的事。重要的是：她和她的父亲是否走的同一样路？我所认识的抗清义士之中，不是也有一些人是出身官家的子弟么？她看来性情直爽，倘若她和她的父亲是两条路上的人，我为什么不可以和她做个朋友？我的武功比她高，也不怕她的暗算。即使有甚意外，冒一次险也算不了什么。总得查清楚她的来历。”他想。

叶慕华就是一半由于好奇，一半由于这个少女有一股吸引他的力量，于是便决心前去赴约了。

结果是出了意外，而且这“意外”是超乎他估计的。暗算他的人并不是这个少女，这个少女根本就不见踪影。在麦积石山上等他的人是十三名大内高手，他还未曾踏入那座破庙，就遭遇了敌人的围攻了！

一场激战的结果，他把十三名大内高手，全都杀得或死或伤，但是他自己也受了重伤。他和受伤的敌人都倒在山坡上，有一个还可以勉强挣扎的敌人爬过来要杀他。眼看就要同归于尽之时，又一件意外的事情发生了。

其时叶慕华已是遍体鳞伤，丝毫也不能动弹，眼看就要给敌人扼杀。却不料忽然来了一个少年，将那几个受了伤但还活着的敌人全都杀死。

叶慕华因为自己伤得太重，自思必死无疑，但得免死在敌人手里，死也死得瞑目，所以他对这个来救他的少年还是感激万分的。

这个少年就是后来冒充了他的身份的叶凌风，他是当时陕甘总督的儿子，原名叶廷宗。可是当时叶慕华却一点也不知道他的来历，叶廷宗自称是抗清义士，而且他在杀了敌人之后，又很热心的要为叶慕华治伤，叶慕华怎能不相信他的说话。

就这样叶慕华将“身后事”交付与他，那封给江海天的书信也请他带去，铸成了一个难以挽回的大错。

叶慕华气力不支，交代“后事”之后，就晕过去了。叶廷宗以为他已死掉，既然得到了那封书信，生怕鹰爪再来，于是匆匆便走，也顾不得将叶慕华埋葬了。也幸而他没有埋葬叶慕华，叶慕华后来得以巧遇华山医隐华天风，将他救活。

叶慕华想起这件往事，心中好生惭愧，“早知如此，我当时还是死在敌人手里，更好一些。”

叶慕华的回忆又回到了那少女身上，“要不是她骗我上麦积石山上，我就不会遭遇敌人的围攻，也就不会发生叶廷宗这桩事情了，追源祸始，第一个害我的人还是这个少女。”

“但这个女子是不是当真存心骗我的呢?”今日日间的一幕又重现他的脑海了。

今日日间，他与这个女子第三次相逢。叶慕华还未曾质问她，她已是先自怒气冲冲的率众来围攻叶慕华了。

叶慕华心里有太多的疑团，尽管他可以料想得到这少女不一定会告诉他，他还是禁不住要问：“你不是要和我做朋友吗？那次你骗我上麦积石山究竟是怎么回事？你知不知道那日所发生的事情?”

那少女根本就不回答他的问题，只是厉声斥责：“我与你有不共戴天之仇，如今还有什么朋友好做?”

这少女的说话和态度，倒是令得叶慕华猜疑不定。那次麦积石山的事件过后，他已经调查清楚，所杀的都是大内卫士，其中并无原任伊宁总兵的耿某人。其时那个耿总兵也不在伊宁，他已经奉令调职，正在和家眷进京。普通所说的“不共戴天之仇”多数是指杀父杀母之仇，但他可并没有杀掉这个耿总兵呀。正是：

骏马西风思往日，几番离合几番愁。

欲知后事如何？请听下回分解。

第四十三回　罗网空张飞彩凤 青衫欲湿觅伊人

叶慕华觉得奇怪，禁不住就问："你的爹爹究竟是不是伊宁总兵?"此言一出，那女子越发大怒，骂道："岂有此理，难道我还能有第二个爹爹?"那四条大汉也帮腔骂道："你害死了我们的大人，还敢提他的名字?"那女子的双刀加上了她手下的四根狼牙棒，把叶慕华围在当中，越攻越紧，叶慕华忙于招架，哪里还有工夫查根究底。不久，宇文雄来到，助他把这帮人赶跑，叶慕华就更没有机会问了。

此际，叶慕华在帐中细想日间之事，越想疑团越多，第一个不可解之处是那女子所说的"不共戴天之仇"，究竟是何所指？第二个不可解的是，那女子若然是当日串通那些鹰爪害他的人，见了他的面，多少也应该有点惭愧的神情才是，但她却显出一副"理直气壮"的样子，好像她反而是受害的人一样，难道她不知道当日之事?

不过有一点已经可以证实的是，那女子确是伊宁总兵的女儿，小名"凤姑"的耿秀凤。而在耿秀凤的心中又确实是已把自己当作了仇人，虽然他未明白其中的缘故。

还有一样是令叶慕华觉得奇怪的是耿秀凤的武功。第一次在草原上交手时，他已经觉得她的鞭法中有好些招数好像他"似曾相识"，但却又想不出是几时见过的哪一家的家数。今日她改用双刀，叶慕华则看出一点端倪来了，她的短刀是"断门刀法"，长刀则是从剑法上化出来的，用刀来使剑法不算奇怪，奇怪的是她的家数，竟有三分似是从叶慕华所学的剑法中脱胎出来。叶慕华是家传的武功，他的父母并无弟子，也从来没有教过外人一招半式的。

叶慕华想起了这许多不可解之处，黯然地收起了金钗，心道："如今既已知道了她是朝廷总兵之女，又已知道她和自己是两条路上的人了，还何必多费心去琢磨她的事情呢？如今最最紧要之事，还是保护宇文雄到得小金川，好助他除去那个假冒自己的叶凌风。"

宇文雄已经睡得很熟了，他呼呼的鼾声和帐外面他的那匹坐骑吃草的沙沙声互相呼应。叶慕华想起一事，心道："如今已是过了三更，天明就要赶路了，我得赶快去办妥这件事才行。"于是他悄悄地走出了帐篷。

第二日宇文雄一早醒来，发觉叶慕华不在，心里好生纳罕，"他说要陪我入川，却怎的独自走了？"宇文雄跨上坐骑，正要离开，忽听得健马嘶鸣，原来是叶慕华骑着一匹枣红色的骏马跑回来了。

宇文雄恍然大悟，说道："哦，原来你是去找坐骑来了。"

叶慕华笑道："咱们要走远路，两人合乘一骑总是不便。但你的坐骑是匹骏马，所以我也必须找一匹骏马，能够配得上你的坐骑才行呀，否则岂不是要耽误路程了？宇文兄，你瞧瞧我这匹坐骑怎么样？"

宇文雄啧啧称赏，说道："你这匹枣红马当真是千中挑一的口外名驹，看来只怕比我这匹'一丈青'还强得多。这种名驹乃是可遇而不可求的，却不知你怎能够在仓猝之间便找得来？"

叶慕华笑道："正如你的所说，这样的骏马乃是可遇而不可求。离这里东北五十里左右的一个地方，有个'万家庄'，前日我打那儿经过，恰巧碰着那万庄主骑着这匹马回庄。后来我一打听，这个万庄主乃是一个欺压乡邻的土霸，当时我就动念要偷他这匹坐骑了，不过一时无暇去偷，才拖了两天，昨晚才去下手。"

万家庄离北京不远，宇文雄是在北京长大的，曾听过这个万庄主的声名，吃了一惊，说道："这万庄主不就是自称'威镇河北'的万平野吗？听说他的武功还很有两下子呢。你半夜之间，来回百余里，还偷了他这匹心爱的坐骑，当真是神通广大，令人佩服！"

叶慕华笑道："什么神通广大？我不过是碰上了好机会罢了。他今天娶儿媳妇儿，贺客盈门，笙歌锣鼓，闹到半夜还未散。我偷入马棚，放一把火，就把这匹马牵出来了，你说的那个什么'威镇河北'，究竟是否就是我碰上的那个庄主，我也不知道。不过，他后来追出来打了我三支飞镖，劲道倒是不小。倘若我和他单打独斗的话，输是不会输给他的，但只怕也要在百招之外才能赢他。可惜我当时没有工夫和他打，否则对付这样的土豪恶霸，让他受点惩罚也好。"

宇文雄笑道："他失了心爱的名驹，也够他心疼的了。在这方圆一二百里之内，是他的势力范围，咱们虽不怕他，但也无谓与他纠缠，赶快走吧，免得给他们追上。"

叶慕华道："凭咱们这两匹坐骑的脚力，谅他们也追不上。不过咱们是要赶路的，好，这就走吧。"

他们要从直隶前往川北的小金川，拟定走西北一线，即从直隶西部进入山西，再进入陕西，经陕西西部天水一路而入四川东北的松潘，再过去就是小金川了。这条路线约有三千多里路程。

两人快马疾驰，到了晚上，已经走了将近三百里的路程，并没遇到追兵。

两人路上有伴，一路谈论武功，倒也不觉寂寞。他们为了逃避官府耳目，选择的这条路线几乎都是山路，进入山西境后，尤其崎岖难行。幸亏他们的坐骑能耐长途，走的虽是山路，每天平均也可以走二百里左右。

一路无事，这一日到了山陕交界之处的黑驼山，算算行程，已经走了一半路途。叶慕华笑道："照这样走法，只要不受什么意外的耽搁，十天之内便可以踏入川东了。倒是比咱们预计的快一些。"

正行走间，忽见路上插有一根"狼牙桩"，这是用一根剥了皮的木头，削成狼牙棒的式样，另外用一根较小的木头，两端削尖，横穿过狼牙棒的中心，形成了一个十字架的模样，插在地上。狼牙棒的上端给人用刀劈开，但却没有分成两半，而是劈到将近十字架之处便停止了。

叶慕华"咦"了一声，说道："咱们一路没事，说不定今天会碰上意外了，快点过去，免受牵连。”

宇文雄道：“这是什么标记？”叶慕华道：“这是绿林强人的一种暗号，表示他们要在附近做案，不准外人插手的意思。可是已经有人向他们挑战了。”

宇文雄道：“你怎么知道？”叶慕华道：“你不见这根‘狼牙桩’是给人倒转来了插，而且劈开了一大半吗？这就是说：‘你不许我动，我却偏要在太岁头上动土’的意思。这可能是另一帮绿林人物干的，也可能是他们的对头干的。若是前者，则是意在分赃，还有讲和的可能。若是后者，则定然要有一场你死我活的厮杀了。”

宇文雄道：“但愿他们不是今天厮杀，要不然碰上了倒是麻烦。好，咱们跑快一些吧，早早离开是非之地。”

其时天色已近黄昏，两人跑到山下，已经是日落西山了。他们唯恐走得还不够远，又再走了一程。叶慕华松了口气，说道：“一路不见动静，也许那两帮人不是在今天动手。咱们可以找个地方歇宿了。”

忽见前面有座高耸的石牌楼，锁着路口，气象不凡，像是个城堡模样。宇文雄道：“看来似是个大户人家聚居的城堡，里面定有市镇，咱们就在这里住宿一宵如何？”

西北的一些土豪，常有在自己的势力范围内，作这样城堡式的建筑，大者方圆十余里，小者数里，在这圈子之内，有市镇，有乡村，设有私衙，拥有“团练”，这情形就像绿林中人各占一个山头似的。看前面这个城堡的气势，应是属于规模很大、雄霸一方的那种城堡，叶慕华沉吟半晌说道：“且待进去再说。”

走近一看，只见石牌楼上刻有“归德堡”三个涂朱大字。两扇石门紧闭，封锁了路口，根本就进不去。

叶慕华心头一凛，暗自想道：“原来此地是‘雄霸关中’归古愚的城堡。”归古愚乃是关中一大土霸，周围数十里的田地都是他的，在他的势力范围之内，等于是一个独立的小王国。其人虽名“古愚”，实则是一头狡猾的狐狸，串通官府，欺压百姓，而又以“大善士”自居，凡有“赈济”之事，他总要轧上一脚，从中取利的。

但他们为了赶路，却必须从“归德堡”通过，宇文雄道：“管他是土霸也好，不是土霸也好，大路众人行，他封锁路口，总是不该。咱们上去与他理论。”宇文雄是尚未知道这个堡主的来历的。

那牌楼有人守的，不待他们叫门，就走出了几个堡丁，大喝道：“你们两个是什么人?”

宇文雄没好气地答道：“过路的人，天色晚了，想在镇上投宿。”

为首的那个小队长直上直下地打量了他们一番，蓦地冷笑道：“过路的人？偏偏拣了今晚前来投宿，身上又带有兵器，有这么凑巧的事？哼，真人面前不说假话，快快把你们的身份报上来!”

叶慕华听出他话中有话，便用眼色止住了宇文雄，上前答话道：“我们确实是过路的客人，路途不靖嘛，出门人哪能不带兵刃防备盗匪？团总老爷，你说的话我们也不明白，为什么今晚不能在贵处投宿?”

那小队长“哼”了一声道：“不明白？我看你们乃是装蒜。说什么防备盗匪，我看你们就是匪党!”旁边一个堡丁帮腔道：“不错，我看他们九成是飞凤山的女匪首派他们混进来作奸细的。宁可捉错人，不可放错人，好坏先把他们缚起来再说!”

宇文雄大怒道：“岂有此理？凭什么胡乱诬人作匪？我倒要请你们堡主来，问一问他，这条路到底是许不许人走的?”他越说越气，刷的一鞭，将路旁一支粗如儿臂的树枝打断。这是一株木材坚实的榆树，小小的一根马鞭，能把粗如儿臂的树枝打断，这腕劲也足以吓倒只有几手“三脚猫”功夫之辈了。

那个小队长本来是发着冷笑，要想排揎他们一顿的，见宇文雄显了这手功夫，吃了一惊，生怕冲突起来会吃眼前之亏，连忙使了个眼色，叫一个堡丁回去请示，随即赔笑道：“两位大爷别生气，两位确是来得不巧。”

叶慕华道：“怎么不巧?”那小队长道：“两位有所不知，有一帮强盗扬言要来侵犯我们的归德堡，说不定今晚就有一场厮杀。”他们这才知道，原来路上所见的那个狼牙桩记，就是对归德堡而发的。

宇文雄不想多事，说道："你怀疑我们是奸细，不敢让我们留宿，那么总可以让我们通过吧？我们只是借一条路，决不干预贵堡的事情。"

那小队长道："这个，我、我不敢作主。"正说到此处，只见有几骑马出来，为首的是一个短小精干的中年汉子。那小队长如释重负，说道："好啦，我们的少堡主出来了，你们向少堡主请示吧。"

宇文雄心里很不舒服，心道："好大的气派，走路还要向你们请示！"但他还未曾发作出来，那少堡主已先喝问道："你们是什么人?"

宇文雄强忍着气，把刚才对那小队长所说的话再说一遍，那少堡主作出一副爱听不听的神气，却回过头来与他的一个随从咕咕唧唧地说了一些不知什么话，蓦地将马鞭向叶慕华一指，喝道："你这匹坐骑怎么来的?"

叶慕华道："我们只不过是借一借路，你管我的坐骑是买来的还是偷来的?"

那少堡主冷笑道："你要从我们这儿经过，我就要管!"宇文雄忍不住气道："你们也未免管得太多了!"

那少堡主"哼"了一声，说道："你们这两个小贼还敢装作是过路客人？好，我索性揭穿你们的底吧，你们是万家庄的盗马贼。嘿，好大的胆子，连万老庄主的坐骑你们也胆敢偷了?"

原来归德堡与万家庄素有来往，少堡主的这个随从是曾到过万家庄的，所以认得万庄主万平野的这匹坐骑。这次万家庄给少庄主娶亲，归德堡也派有人送去贺礼，不过却还没有回来。

那少堡主自恃武艺高强，不把这两个"小贼"放在心上，一心想为万家庄的老庄主夺回坐骑，他怕叶慕华逃走，立即便是一鞭扫去，要把叶慕华卷下马来。他的那个随从也在同时向宇文雄冲去。

叶慕华喝声："来得好!"以鞭对鞭，双鞭一交，那少堡主也确有几分本领，但却怎及得上叶慕华是有上乘内功根底的人，那少堡主鞭梢一回，正要避招变招，已给叶慕华的马鞭缠上，叶慕华陡地大喝一声，那少堡主跌了下马！

他的那个随从武功更不如他，但却有几手暗器功夫，在向宇文雄冲过去的时候，双手飞镖一背弩，发出连珠三暗器。

宇文雄满肚子气，长剑出鞘，一招“风卷残云”，把两支分量较重的飞镖打落，左手一招，却把那支弩箭接到手中。对方的弩箭是用藏在背上的弹弓射出来的，他接到了弩箭，却用双指之力反弹回去。宇文雄虽还未算得上是一流高手，内功的基础亦颇不弱，双指之力已胜于普通的弹弓。少堡主这个随从想不到一个年纪轻轻的“小贼”竟是如此本领，他快马疾冲过来，给一支箭射个正着，登时中箭落马，这匹坐骑收不住势，还在向前直跑。

那少堡主并没受伤，一个“鲤鱼打挺”翻起身来跳上马背，大怒道：“好呀，有胆的你这两个小贼别跑。”他叫别人别跑，他自己却跑回堡中去了。而且立即关上了那两扇石门。他那随从哼哼唧唧地爬了起来，堡门已闭，生怕敌人来加害于他，吓得面青唇白，躲在牌坊的石柱背后直打哆嗦。其实宇文雄若要杀他，刚才早已射他的咽喉，宇文雄只是想稍稍惩罚他，所以才只是射他的大腿的。

那少堡主关上了堡门，一面吹起报警的号角，一面指挥原有的堡丁在箭垛上乱箭射出。叶慕华与宇文雄一来是恐防寡不敌众，二来也无意和他们纠缠。当然不会等待他们的大队追来，跨上马背，便向回头路跑。

其时已是日落西山，夜幕将降的时分。两人上了山，见堡中只是虚张声势，并没派人追来搜索，他们也就停了下来商量对策。

叶慕华道：“他们要应付什么飞凤山的女匪，料想无暇顾及咱们。那少堡主吃了亏，也只能虚声恫吓而已，不必理他。”

宇文雄道：“这等土霸料也奈咱们不得。不过，我倒不是担忧他们赶来追捕，而是咱们怎能通过这土霸的地头。他闭上堡门，咱们只是两人也攻不破他。”

叶慕华道：“为今之计，只有绕道了。不过要绕过这座大山，须得多走五六十里路程。”

宇文雄道：“要是咱们硬闯，要杀出归德堡，所耗的时间更多。没办法只好绕道了。拼着今晚不睡觉，也能走五六十里。”

叶慕华道："你大约未走过这条路吧？我给你画一画地图。"说罢就折了一支树枝，在地上画出了一个简明的地图，说道："从这里向西路，绕过山背，再向南走出山坳，前面有一条路，再向西走二十里，就是乌龙铺，那是一个小镇，不过会有客店的。你在乌龙铺等我吧。"

宇文雄怔了一怔，说道："你不走么？"叶慕华道："我是临时有点事情，想在此地多留一晚，明日再赶到乌龙铺，与你相会。"

宇文雄道："叶大哥，你不必瞒我了，你是想在今晚偷进归德堡去刺杀土霸，为民除害，是也不是？"

叶慕华笑道："天下像这样的土霸多着呢，哪杀得尽？不瞒你说，归德堡我是要进去的，不过却不一定是去刺杀土霸。"

宇文雄道："好吧，不管你进归德堡干些什么，我陪你去！"

叶慕华道："你忘记了你在路上不能耽搁的么？一个土霸算得了什么，值得你去冒险？要是你失陷在归德堡，谁人能够替你办事？"

宇文雄瞿然一惊，心里想道："不错，我是要赶到小金川去为师父处置叛徒的，多少抗清义士的性命悬在我的手上，我岂能为了一个土霸耽误我的大事？"同时心里又觉得有点奇怪："我从来没有向叶大哥透露过半点口风，他却怎的好似猜到我此行的任务了？"

宇文雄想了一想，说道："既然如此，你又何必去冒这种无谓之险？你虽然武功高强，但给耽误了路程，也是不值得的呀！"

叶慕华道："我的确是有我的事情，而且也不一定就会在归德堡动手的。你是绕道，我是从归德堡穿过，走的直路。说不定明天还是我先在乌龙铺等你呢！"

宇文雄与叶慕华虽然是同行了几日，而且是意气相投，但毕竟还是属于他私人的事情，宇文雄也就不便多问了。于是说道："好吧，那我就先走一步了。你的江湖经验比我多得多，我只希望你更多一些小心。归德堡虽然不是龙潭虎穴，但你一个人进去，寡不敌众，总是以多加小心，避免无谓的纠纷为宜。不知我可说得对不对？"

叶慕华道："很对，很对。我也希望你多加小心。这匹坐骑今晚我用不着，你将它带走吧。”宇文雄骑上自己的坐骑，将叶慕华那匹枣红马牵在后面，说道：“好，那么我走了。明日在乌龙铺相见。”

宇文雄因为自己刚才不费吹灰之力就打倒了那个少堡主的随从，所以并不怎样把这归德堡放在心上。他以为叶慕华的武功远胜于他，他所担心的只是叶慕华多管闲事而耽误路程，至于对叶慕华可能遭遇的危险倒不怎么担心的。但其实他并不深悉归德堡的情况。

要知“归德堡”号称“雄霸关中”，盛名之得，岂由幸致？老堡主归古愚狡猾如狐，不但足智多谋，而且本身的武功，在江湖上也算得一流好手。别看他的儿子归少灵只不过三招两式就给叶慕华打下马来，他的儿子最多不过得他三成本领而已。以叶慕华的武功造诣，江湖上等闲之辈，是连他一招也接不起的。

“归德堡”之得以雄霸一方，又还不仅仅是由于堡主本身的武功，更重要的是由于财雄势大，“手面”通天。归古愚一方面与官府有紧密的勾结，一方面与黑道上那些只知打家劫舍的凶横之辈，也有往来。他明里是个拥有良田万顷的“大绅士”，暗里又是个坐地分赃的“大头子”。他手下的四个“护院”，就是江湖上的独脚大盗出身，各人都有着一门足以称雄江湖的独门武功的。以他与“黑道”上的关系，这次竟然有人敢于“黑吃黑”，在他的“太岁头上动土”，他为了维护“雄霸关中”的威名，必然广邀帮手，这也是可以料想得到的。

这些情况，宇文雄并不知道，但叶慕华却是知道的。然则他又何以轻于冒险，在自己身有要事的情形之下，还要“多管闲事”呢？

宇文雄走后，叶慕华独立山头，遥望那气象雄伟的“归德堡”，也不觉一片茫然，自己也觉得有点好笑。心中想道：“我怎么会有这样古怪的想法的？倘若我料得不对，那‘女匪首’并不是她，这可就真是多管闲事，闹出大笑话了。”

原来叶慕华是心有所疑，疑心那个向“归德堡”挑战的“飞凤山女匪首”就是那个他曾经三度相逢，莫名其妙的成了“仇人”，直到如今还未曾知道她的来历的那个耿秀凤。

他的怀疑也不是全无根据，第一，他曾经在几天前遇见耿秀凤，知道耿秀凤是在这条路上出没的。耿秀凤说过还要在前头路上找他“晦气”，可是直到如今还未出现，是不是耿秀凤给更紧的事缠着了身子呢？第二，他对这一条路的绿林情况颇为熟悉，不过半年之前他还走过这一条路，却并未听说有什么“飞凤山的女匪首”，那么这个“女匪首”当然是新来的了。耿秀凤是个极有本领的女人，因而也就引起了他的猜疑。第三，耿秀凤那四个手下都是使狼牙棒的，而那“飞凤山女匪首”在路上埋下的也就正是“狼牙桩”，直插的那根狼牙棒和耿秀凤手下那四条大汉所使的兵器一模一样。固然“埋桩做案”是绿林中惯用的一种通知同道的暗号，但不一定是要用“狼牙桩”的。

另外还有一个近乎“直觉”的，连他自己也感到有点可笑的“理由”，耿秀凤的名字中有个“凤”字，军中迷信，“大将怕犯地名”，绿林中也有这个讲究，安窑立万，要选择与瓢把子姓名配合的地名，迷信“犯地名者亡，合地名者昌。”耿秀凤是不是因为“飞凤山”这个地名对她“有利”，故而才占山为王呢？

但尽管叶慕华有许多“理由”足以支持他的怀疑，但这许多理由却打不破一个事实——耿秀凤是朝廷总兵的女儿！

岂有总兵的女儿会做强盗头子的？只这一个事实，就使得叶慕华犹疑起来，自己反驳自己道：“是不是我的想法太怪诞了！”

月亮从山谷间升起来了，月亮又大又圆，今晚的月色倒是十分明朗。叶慕华在月光下把那两支金钗取了出来，把玩一会，终于是忍不住好奇之心，“不管是不是她，这件事我恰巧遇上了，总得去看个明白。要不然若是错过了岂不可惜？”他为什么这样想见耿秀凤呢？只仅仅是为了一念好奇么？这个内心的秘密，可就连他自己也感到茫然，答不上来了。

月光下，叶慕华取出一颗易容丹，混和了一些泥土，用山泉化开，涂在脸上，把一张俊秀的面孔化成带了几分古铜色的脸庞，他身上本来穿的是一身灰布衣服，临流自照，除了眉宇间透出的英气之外，已经完完全全像一个普通的庄稼汉了。

那座牌楼锁着路口，从正路进去是不可能的了。但归德堡的路口总不能全部封锁，它是两边靠山的，山形险陡，山路崎岖，在险陡的地方甚至根本就找不到路，但这只能阻碍普通的行客，却阻不住轻功超卓的叶慕华。

叶慕华特地从最险陡的地方下去，一路上果然无人阻挡，虽然有时发现附近的山头有幢幢黑影，但既不是挡着他的去路，叶慕华也就不去理它。而且只是他发现对方，对方根本就没有发现他。

直至下到半山，叶慕华的行藏才几乎给人察破，那两个巡逻的堡丁可能是比较有本领的江湖人物，听得草间有些微的“猎猎”声响，其中一人登时警觉，说道：“你听这是什么声音，不知是野兔还是人？过去看看？”他的同伴笑道：“哪会有人敢这么大胆，独自前来？”

那个人道：“说不定就是飞凤山的那个女匪首呢？这女匪首听说是轻功、暗器、刀法样样高强的！”他的同伴哈哈大笑道：“饶她本领怎样高强，她不率领大队，就敢来进犯归德堡吗？”说话之间，又来了两个汉子。

这两个汉子道：“你们争些什么？还舍不得走吗？”前头的那个汉子笑道：“两位来得正好，赵大哥说是听得草里似有什么声响，疑心是飞凤山的女匪来了。”后来的这两个汉子哈哈大笑道：“咱们的老堡主，是巴不得这头凤凰飞进归德堡来，就怕她不肯来！”

那“赵大哥”道：“你们别笑。听说日间曾有两个小伙子闯道，本领很是了得，少庄主和陆武师都吃了他们的亏呢。”

他的同伴道：“管他是那头凤凰也好，是闯道的那两头小狗子也好，反正现在有陆大哥和铁大哥接班来了，咱们乐得交给他们，你也就不用操心啦！”

前头的那个汉子笑道：“你们乐了，我们可就苦了。镇上如今正在热闹，你们赶快回去看灯吧。唉，吃君俸禄，与君分忧。谁叫我们领了别人白花花的银子呢？派在这个时候当值，就只好待在这儿喝西北风啦！”

和他作伴的那个“钱大哥”道：“那两个小狗子是仗着马快，占了点小便宜，就赶忙逃了。我才不相信他们还有这么大的胆量敢偷进归德堡呢。”

那“赵大哥”道：“还是去搜一搜吧。”他的同伴满不高兴地说道：“钱、陆两位大哥都不担心，偏你这么多事！就只你一人对堡主忠心么？”

“赵大哥”似是十分尴尬，打了个哈哈说道：“老钱，你别调侃我了。就算是我胆子小，怕出事好不好。好吧，你们既然都不在乎，我也乐得交了班，早早回去看灯。好，走吧，走吧！”

叶慕华正自心想：“这四个人都是外来的江湖人物，却怎的会如此糊涂？”心念未已，蓦地里“刷刷”连声，四条大汉暗器齐发。原来他们在听了那姓赵的说话之后，心里都是有点发慌，不知乱草丛中，是否真的伏有敌方高手。故而装作满不在乎却突然用暗器试探的。

飞蝗石、铁莲子、甩手箭、瓦风镖，交织成一面暗器的网，向叶慕华藏身之处撒下去。过了半晌，毫无声息，连野兔也没有窜出一头。钱、陆二人哈哈笑道：“赵大哥，你这次真是疑神疑鬼了，我早说过那贼子怎么敢来？”

话犹未了，叶慕华忽地长身而起，喝道：“贼小子叫你知道厉害。”赵、钱、孙、陆四人应声倒下。原来叶慕华有“沾衣十八跌”的功夫，这几个人不过是黑道上的三流角色，所发的暗器虽有两件碰着了他，但却是连衣衫都没穿破就跌落了。叶慕华随手捏碎一颗石子，就打中了四人的穴道。

叶慕华心里想道：“他们最少是一个时辰换一次班的，那么若要发觉我潜入归德堡，也得在三更之后了。”

下到半山，忽看见天空飞起朵朵烟花，恍如点点繁星，伴着明月，交织成奇丽的色彩。叶慕华这才想起原来今晚正是元宵佳节，心中想道：“怪不得那两个家伙说是要去看灯，敢情今晚堡中还有灯会呢。这归德堡的堡主忒也胆大，在这风雨欲来之际，居然还有如此闲情逸致！”

归德堡的中心是一座市镇，要走到这座市镇，先得穿过几条乡村。叶慕华刚走进第一个村庄，便看见有许多提着灯笼的孩子，叫叫嚷嚷吵着要大人带他们到市镇看灯。

一个麻皮大汉喝他的孩子道："你这小娃儿真不懂事，今晚说不定有强盗要来呢，你躲在家里关上大门我都不放心，还吵着要到镇上去?"

那孩子有十岁光景，说道："那你又去？你不是说从来没有强盗敢正眼儿瞧一瞧归德堡的吗？怕什么?"

那麻皮汉子道："你懂什么？这一股强盗是十分厉害的女强盗。爹是奉了堡主之命到镇上准备厮杀的，不能不去!"

那孩子道："哦，是女强盗么，那更有趣了。让我偷偷去瞧瞧成不成？你教我们练武的时候，不是说胆小鬼最没用吗？我也练了两年武了。"看来这个麻皮汉子是堡中的"团练"，从孩子的说话，也可以看出这一带的民风尚武。

旁边一个汉子笑道："说真的，倒是把孩子带到镇上去更安全一些，我听得归家的护院说，老堡主早已布下天罗地网，只怕那女匪不来。镇上防卫森严，归家的祠堂又在那儿，决不能叫匪徒得逞。村子里的壮丁却就未必能够抵抗大帮的匪徒了。"

那孩子拍手笑道："爹，你听，王伯伯也是这么说呢。"

那麻皮汉子道："好吧，你跟着我，到了镇上，我可不能照顾你了，有什么风吹草动，你躲到姨丈家去，懂不懂?"

那孩子道："懂，懂，懂！至多我只在门缝里偷张一眼。"

说话之间，只听到锣鼓咚咚声响，村头来了一队踏着高跷，脸上涂得五颜六色的人，前面两个扮作黑白无常，中间有个高个子涂得厚厚的脂粉，扮作女鬼，伸着一个血红的长舌头，吓唬跟在后面的一群孩子。

那两个"无常鬼"放开喉音唱道："正月十五庙门开，牛头马面两边排，阎王判官当中坐，一阵阴风吹进个女鬼来!"唱着吓人的戏文，神情动作却非常滑稽，引得孩子们哈哈大笑，根本就不害怕。

叶慕华听得旁人悄悄议论道："这不是那伙外来的朱家兄弟么？他们不种堡主的田地，不租归家的地，堡上的公事，他们从来是不大理会的。怎的今晚也出队参加赛会，到镇上给堡主凑热闹了?"

和他同行的那汉子道："堡主下的命令，每一条乡今晚至少都要出一队参加的，他们虽是外来的客户，究竟也还是住在归德堡的地方，怎能不给堡主面子的？倘若今晚有事，他们还要帮忙厮杀呢。”叶慕华留心观察，发觉那一伙人腰部都是胀鼓鼓的，显然内面藏有兵刃武器，心中想道：“原来如此，堡主是借出会景为名，招集各乡精壮帮他守卫的。”

前面那人小声说道：“听说飞凤山那女匪和堡主有点过节，她这次埋桩挑战只是要对付堡主的，要劫也只劫归家大院。咱们这些苦哈哈的百姓，我就不信强盗会侵犯咱们的。说起来实在值不得为他们归家卖命！”

他的同伴连忙嘘道：“噤声，别让团练听见了。”

那汉子道：“怕什么，麻皮大哥是团练，他也是这么说的。”但那汉子说到这里，也不敢往下再说了，因为他发觉叶慕华从后面走来，不知叶慕华是个什么人。

那汉子搭讪道：“这位大哥，你是哪条乡的？不参加出会么？”

叶慕华含糊应道：“我是住在山上的。”

那汉子道：“哦，原来是山上的猎户。怪不得我不认识你。听说你们山上的猎户只有二三十家，却分散在好几个山头，招集不易的，所以不用你们出队，是吗？”

叶慕华顺着他的口气道：“正是。但我怕今晚有匪徒从山上经过，不如躲到镇上，顺便也好好瞧瞧热闹，听说今年的元宵比往年还要热闹好几倍呢，我们的堡主也真是胆大。”

那汉子笑道：“这你还不懂吗？我们的堡主号称‘威镇关中’，归德堡数十年来从没有绿林好汉敢来骚扰。这次飞凤山的女匪居然敢向堡主挑战，所以堡主要显显威风，元宵的赛会故意要办得比往年热闹，表示他根本不把这股女匪放在心上。”

从各条乡村涌来看热闹的人们，以及参加赛会的队伍，从各个不同的方向，汇成一股股的人流，涌向堡中心的市镇。这座市镇有六条大街，三十六条小巷，比普通的一个小县城还胜几分。叶慕华混在人堆之中踏入市镇，在西门入口之处，发觉有一排茅草搭盖的马棚，对着大街，与街上富户人家的建筑极不相称，马棚里也不知有多少匹马，它们似乎不习惯锣鼓声的骚扰，马棚里的嘶鸣声也在此起彼落。和叶慕华同行的那个汉子似乎知道他在想些什么，笑道：“这是临时搭盖的。”

叶慕华道：“平常马栅总是盖在比较偏僻的地方，这里却为何对着闹市？”那汉子笑道：“你还不懂么，这是准备给堡丁追捕贼人的。今晚从四乡来参加赛会的堡丁大都是穷人家，他们只能自携武器，可没备有马匹。”叶慕华心想：“这堡主倒是打着如意算盘，好像他们打胜这仗已是十拿九稳了。”

这座市镇是归家堡的中心，而归家的祠堂又是这座市镇的中心，祠堂前面是个大广场，六条大街都从这个广场伸展出去，再分出三十六条小巷，星罗棋布的交织成一面蛛网。归家堡的老堡主就像是盘踞在蛛网正中的毒蜘蛛，在这毒蜘蛛的眼中，飞凤山的“女匪”是头飞蛾，它在等待着这头飞蛾扑入蜘蛛网。

归家祠堂是一座矗立在广场中心的石砌高楼，两边有防火墙，祠堂正面是座拱门，拱门下面是三十六级大理石台阶，拱门入口之处，第一级台阶之上有五把虎皮交椅，坐在当中的就是归家堡的老堡主归古愚。左右两边四张交椅上坐的则是他的四个护院，这四人都是江湖上的成名人物，故而堡主特别以“宾礼”相待。

叶慕华远远望去，认得其中的两人，一个是绰号“黑煞神”的秦柱尊，一个是绰号“大力神”的周鼎。叶慕华心里想道：“这两个魔头竟然屈就归家的护院，归家堡的声势果是非同小可。耿秀凤的那四个得力手下只怕还未必是这个魔头的对手。却不知今晚要来劫归家堡的‘女匪’是不是耿秀凤？归家另外的两个护院也不知是谁？”

台阶上除了归堡主和他的四个护院之外，两旁站立有不少人，少堡主归少灵也在其中。这一帮人正在场指手划脚的不知谈论什么，而广场上的赛会已经开始了，人们也都涌到广场来看“出会景”。

虽说是一个市镇的赛会，倒也热闹非凡。元宵号称“灯节”，一队队的“灯队”先拉出来，扎成龙、凤、麒麟、孔雀、鲤鱼、螃蟹……灯饰，应有尽有，还有扁大方圆的各式红绿灯笼，带罩的马灯，饰有玻璃珠串的宫灯等等，挑在高竿之上，竿头高过屋檐，灯光摇曳，一眼望不尽头，赛似繁星。

灯队之后，跟着出来的有舞龙的、舞狮的、舞麒麟的，再后面就是一队队的杂耍和踏着高跷化装成戏文中的各式各样的人物，扮作黑白无常的那对朱家兄弟，和那个扮作“女鬼”的人也在其中。

火树银花，鱼龙衍曼，锣鼓声喧。人们都挤到广场来看热闹了，可是每一个人的心情又都难免有点忐忑不安，“飞凤山的女匪今晚会不会来呢?”正是：

鱼龙衍曼元宵夜，箫鼓声中隐杀机。

欲知后事如何？请听下回分解。

第四十四回　剑影刀光寒敌胆　腥风血雨闹元宵

月亮当头，已是三更时分了。广场的赛会却正是最热闹的时候，歌舞喧哗，烟花四散，仍然没有丝毫风吹草动的迹象，人们紧张的心情也逐渐松懈下来。

但叶慕华则仍是心头惴惴，在繁华热闹之中越发有一片寂寞茫然之感。他面对着火树银花、鱼龙衍曼的元宵灯色，心中却想起了宋代词人辛弃疾的一首《青玉案》，这首词是写元宵景色与词人自己的心情的。

“东风夜放花千树，更吹落，星如雨。宝马雕车香满路。凤箫声动，玉壶光转，一夜鱼龙舞。蛾儿雪柳黄金缕，笑语盈盈暗香去。众里寻他千百度，蓦然回首，那人却在灯火阑珊处。”

小时候他熟读这首词，只是因为喜欢词藻之美，对词中的意境是未能领会的。但今夜，在这样的境遇下过元宵，他却是不自禁的有一种新奇的联想，也有着与词人同样的寂寞的心情，同样的满怀的期待——期待着“众里寻他千百度，蓦然回首，那人却在灯火阑珊处。”

可是，他心目中的“那人”会来吗？或是她已经来了，却像他一样混在人堆之中，要等他“众里寻他千百度”呢？

叶慕华自思自想，又不禁哑然自笑，“那个飞凤山女匪，究竟是不是她，我却还未知道呢！”

叶慕华怀着茫然的心境在人丛里钻，不知不觉挤到了归家祠堂的阶下，这座祠堂正中一面的石阶共有三十六级，归堡主和他的护院等人正在石阶的最上一级欣赏会景，不时发出哈哈的笑声。叶慕华当然不能上去，但他却故意在阶下徘徊，凝神听他们在上面说些什么。好在像他一样挤在阶下看热闹的人很多，他流连不去，也没人注意。

只听得“黑煞神”秦柱尊哈哈笑道：“少堡主放心，今晚就只怕她不来，她若来了，包在我们身上，送给你一个如花似玉的夫人就是。”归少灵低声说了几句，叶慕华听不清楚。接着是“大力神”周鼎哈哈笑道：“我们当然会小心的，这是少堡主所要的人，我们自当手下留情，决不至于损伤她的容貌。”

归古愚“哼”了一声，说道：“你这小畜生，也怪我宠坏了你。多少名门闺秀你都不喜欢，却偏偏喜欢一个女匪。哼，这女匪也是不受抬举，不但杀了我们提亲的人，还扬言要来洗劫归德堡。好吧，事情既然弄成这样，我就是不喜欢这个媳妇儿，也非得杀杀她的威风不可了。不过，捉了回来，我只许你收作偏房，不许你立作正室。”

叶慕华偷听了他们的谈话，才知道飞凤山那个“女匪”与归德堡的结怨原来是这么一回事，不由得怒从心起，暗自想道：“归家父子仗势迫婚，欺人太甚，怪不得那位绿林女杰要来对付他们。今晚若是给我碰上，不管这位女杰是不是耿秀凤，我也该助她一臂之力。”

归古愚说了那几句话，旁边有个人笑道：“老爷子亲口答应了你，归兄弟，这你可称心如愿啦。就只怕你降伏不了这头雌老虎。”说话这人的身份，似乎是归少灵的堂兄弟，对归少灵既羡且妒。

“大力神”周鼎哈哈笑道：“这个么，少堡主倒是不用担心，只要将那女匪捉住，包在我的身上，恰到好处地替你废掉她的武功就是。”

“黑煞神”秦柱尊说道：“只是堡主只许灵哥儿收她做个偏房，却是未免有点儿委屈她了。”

归古愚“哼”了一声，说道：“一个女匪我许她进入我的家门，还嫌委屈了她？”

秦柱尊面上现出诡秘的笑容，说道：“老爷子，这个女匪可不是寻常的女匪呢！”

归古愚怔了一怔道：“哦，莫非你是知道她的来历？”

秦柱尊道：“倒有几分知道。嘿，嘿，她的出身可是大大不寻常呢！”归古愚道：“究竟是什么出身呢？”秦柱尊道：“她是官宦人家的千金小姐！”秦柱尊说这句话时，已是压低了声音，不过叶慕华仍能听见。

归古愚似乎也有点吃惊的样子，问道：“她爹爹是做什么官的？既是官家小姐，为何又作了女匪？”秦柱尊凑近归古愚身边说了几句话，说话的声音更低，恰好这时场中正在打着“急急风”的锣鼓点子，几面大锣几张大鼓同时急剧敲打，声音震耳欲聋，叶慕华一个字都听不见。

虽然听不见，但叶慕华至少亦已知道这“女匪”的出身了，心里又惊又喜，想道：“官家小姐出身的女匪，不是她还是谁？”

心念未已，只见有个人匆匆地走上台阶，在归古愚前面打了个“千”，半屈膝之礼，低声地说了几句话，“急急风”的锣鼓点子未过，说的什么，叶慕华也没听见。

只见归古愚与秦柱尊站了起来，哈哈笑道：“那女匪料想是不敢来了，咱们也该下场与众同乐了。”叶慕华是个精细的人，听得出他们的笑声似是有点不大自然，不觉心中一动。

叶慕华闪过一边，暗暗跟随他们。归古愚貌似悠闲，两只眼睛却似鹰眼般的四处搜索，终于走到一队人的前面。这队“会景”正是扮演黑白无常那朱家兄弟一队。

朱家兄弟扮的那两个黑白无常，正踏着高跷，追逐那“女鬼”，耍出各种花样。那“女鬼”看见归古愚、秦柱尊来看热闹，便逃到他们眼前捏着鼻子嚷道：“小女子死得冤枉。阳世有冤无处诉，阴间一样受欺侮。求老堡主替小女子伸冤！”朱家兄弟扮的黑白无常追来，喝道：“阎王注定三更死，谁敢留人到五更？”看热闹的闲汉只道他们是临时凑趣变出来的花样，无不哈哈大笑。

归古愚似笑非笑地点了点头，说道：“秦老大，你来办这桩公案。”

黑煞神秦柱尊蓦地喝道："好，我替你伸冤!"一抓向那"女鬼"的天灵盖抓下。

那女鬼霍的一个"凤点头"，秦柱尊抓着她的头发，不料头发应手而落，却原来是一头假发。那"女鬼"似乎吓得呆了，摇着血红的舌头，好半晌才吐出一句话来："你这是什么意思?"

秦柱尊也呆了一呆，索性一不做二不休，"嗤"的一声，又抓裂了那"女鬼"的衣裳，露出一个精赤的上身，古铜色的扁平胸脯，是如假包换的一条大汉!

朱家兄弟扮的黑白无常怒容满面，说道："你，你简直是欺侮人嘛!"

秦柱尊目瞪口呆，归古愚心道："幸好不是我亲自动手，这笑话可真是闹得太大了。"连忙替秦柱尊打圆场道："两位朱兄弟息怒，这是一个小小的误会。看在我的老面，明日我叫人送一桌酒席来给你们赔礼。"

朱家兄弟道："酒席不吃也罢，我只想请教堡主，怎的有此误会?"

归古愚十分尴尬，说道："不知什么人传来的谣言，说是，说是飞凤山的女匪——"

朱家兄弟道："哦，原来你们以为我们扮女鬼的这位兄弟是飞凤山女匪！我们托庇在老堡主治下多年，想不到老堡主还是将我们当作外人看待!"

这一来归古愚固然下不了台，叶慕华也大感意外。当秦柱尊声势汹汹地对付那"女鬼"之时，他也以为是"飞凤山的女匪"的。叶慕华心想："幸亏我当时来不及出手，要不然，我也闹了笑话了。嗯，如今三更已过虚闹一场，只怕今夜那位飞凤山女豪杰是不会来了。"

归古愚老羞成怒，心道："我已给了你们面子，你们偏要寻根究底，这不是存心和我过不去吗?"当下，一面叫那个报假讯的人过来责问，一面暗暗盘算，待事情过后，就找个借口杀掉朱家兄弟。

正在叶慕华感到失望而归古愚心怀鬼胎之际，忽听得一个清脆的声音喝道："飞凤山女匪来了！"

叶慕华听得这个熟悉的声音，不由得惊喜交集，抬头一看，只见归家祠堂最高一级的石阶上出现手执双刀的女子，可不正是他所要等待的耿秀凤？

原来耿秀凤是从祠堂里面冲出来的，她早就已经躲在那里面了。

少堡主归少灵还在那石阶之上，耿秀凤倏地从祠堂里面杀出，他正是首当其冲。

耿秀凤声到人到，刀光一闪，明晃晃的刀头就朝着归少灵的琵琶骨捌来，她是意欲擒贼擒王，一刀就把归少灵废了，将他活擒的。

但可惜她要显露"明人不做暗事"的巾帼须眉气概，不肯偷袭，先叫一声，这一声可就坏了事。

这也是她料敌太轻之过，她只道归少灵武艺低微，明刀交战，也不难手到擒来。却不知陪伴他的三个"护院"，个个都是身怀绝技的高手。

耿秀凤声到人到，这一刀快如闪电。但她毕竟是先出了声，"大力神"周鼎与归少灵靠得最近，来不及回头，立即便是反手一掌。

只听得"咔嚓"一声，耿秀凤这一刀还是斫中了归少灵。但因受了"大力神"掌力的震荡，这一刀却没有砍中要害，只是砍裂了归少灵的一根臂骨。归少灵伤得固然不轻，武功则依然未废。

归少灵大叫一声，从石阶上骨碌碌滚下来。"大力神"周鼎和另外两个护院，则已合力向前，将耿秀凤挡住。

正当大家都以为"飞凤山的女匪"今晚不会来的时候，耿秀凤这一下突如其来，大大出乎众人意料之外。本来是闹得热烘烘的场面，这刹那间却突然变得静寂如死。锣不敲，鼓不打，随着舞步而摇曳的灯光凝止了，连小孩子的哗笑也似突然被糊上了嘴巴。只有石阶上金铁交鸣之声在空气中震荡！

归古愚蓦然省悟，这是中了敌人的"调虎离山"之计，看来这朱家兄弟和飞凤山的"女匪"是串通了的，故意放出谣言，让他的手下听到，以为这个“女鬼”就是“匪首”，骗得他与秦柱尊下来，然后“暗算”他的儿子。

归少灵受了刀伤，从石阶上滚下来，归古愚无暇盘问朱家兄弟是否飞凤山的同党，振臂大呼道：“还不快去捉贼!”场中人众在吃惊过后，这才又再骚动起来，看热闹的闲汉拖着孩子躲回家中，归古愚预先布置好的打手，则纷纷向祠堂涌去。

朱家兄弟忽地喝道：“你欺侮了我们的人，就这样想走了么?”脚踏的高跷折断，原来他们的高跷是中空的，暗藏兵器，一个取出了一对佛手拐，一个取出了一对护手钩，便向归古愚杀来。

“黑煞神”秦柱尊身形一晃，早已插入了三人之间，替归古愚截住朱家兄弟。

秦柱尊用的是一根藤蛇棒，棒头一竖，挑开朱老大的佛手拐，棒尾一颤，迅即一个“横扫千军”，又荡开了朱老二的一对护手钩。

归古愚无心与朱家兄弟这一伙人交战，急步前走，刚才扮“女鬼”的那个汉子突然又从人堆里钻出来，与归古愚打了个照面，阴恻恻地说道：“索命的女鬼来了!”忽地“咔嚓”一声，咬断“舌头”血花飞溅，向归古愚喷出。

这“女鬼”出其不意地突然用这“怪招”，饶是归古愚见识广也从未曾见过有咬断舌头喷人的，骤吃一惊，衣裳已沾满血污，左臂上端也给那“舌”刺了一下，有点麻痒的感觉。原来那“舌头”竟是一柄短短的匕首，匕首尖端是淬了剧毒的，所以那“女鬼”的“舌头”必须伸出口外，而不敢缩入口腔。她口中另外含了一个猪尿泡，中贮猪血，咬破了当作人血吓人的。归古愚练有“铁布衫”的功夫，匕首一碰着他的身体便跌落了。

归古愚大怒道：“你捣的什么鬼?”“乓”的一掌，把那“女鬼”打翻。归古愚无暇取他性命，脚步不停的又向前走。

那女鬼在地下打了个翻，嘶声叫道：“好，好，一命赔一命，我若三更死了，你也逃不过五更!”

归古愚左臂上麻痒痒的感觉越来越是难受，此时听了这“女鬼”的话，心头一动，这才恍然大悟是把毒匕首。

归古愚也当真够狠，拔出腰刀就在受伤之处一划一旋，划了一个小小的圆圈，将一块肉剜了出来，冷笑道："我可没工夫陪你去见阎王呢！"

此时忽见熊熊的火光升起，祠堂里面又冲出几个人来，是四个一式打扮，各自手中拿着一柄狼牙棒的汉子。另外还有两个手持双刀的丫环。原来他们都是跟着耿秀凤，预先在这祠堂里埋伏的。耿秀凤先杀出来，他们则在里面四处放火。守祠堂的人早已给他们杀得伤亡殆尽了。

耿秀凤给三个"护院"包围了，正自脱不了身。这伙人一冲出来，耿秀凤蓦地一声冷笑道："是你这厮说是想废我武功的么？"她这笑声是冲着"大力神"周鼎发的。

她的手下早已分头敌住那两个"护院"，另外一些本领平庸的家丁根本就插不进手。耿秀凤冷笑声中，长刀一挥引开周鼎的三节棍，短刀"噗"的一声就挑穿了他的琵琶骨。

周鼎琵琶骨被挑，已成残废，耿秀凤不再理他，身形一掠，便从他的头顶飞过，追下石阶，捉拿归德堡的少堡主归少灵。

归少灵从三十六级石阶上滚下来，还未着地，耿秀凤已是手舞双刀，杀到他的背后。阶下乱箭向她射来，耿秀凤双刀舞得风雨不透，并不把乱箭放在心上。

归古愚还在十步之外，一声大喝便把那柄腰刀飞了出去。此时耿秀凤正站在上面一级石阶，弯下腰用短刀插刺归少灵的后心，右手的长刀则用来拨打乱箭。归古愚飞刀又狠又准，对准她的后脑脖子，斜切下来，恰恰也在此时飞到。

"行家一出手，就知有没有。"耿秀凤是个识货的行家，一听这金刃劈空之声，便知不是她的单刀所能招架得了，要想打落这柄飞刀，必须她的双刀全力招架才成。但她的短刀刀锋已刺到归少灵的后心，急切间却是撤不回来。

就在这千钧一发之时，只听得"叮"的一声，不知从哪里飞来的什么暗器，把归古愚的这柄飞刀打落。耿秀凤长身而起，只见一根金钗正在她的头顶上方落下，耿秀凤顺手一抄，接了下来，可不就正是她的那对家传宝钗中的"凤头钗"。

耿秀凤不由得心头一震，也不知是喜是惊，心中想道：“却原来是他也来了。他是我的仇人，却怎的反而给我打落敌方的暗器？”

归少灵的背心又给刀锋划开了一道伤口，血如泉涌，这还幸而是耿秀凤给那飞刀一阻，力道尚未能全透刀锋，要不然早已伤了他的性命。归少灵滚到了地上，痛得尖声叫道：“爹爹给我报仇！”晕了过去。

归古愚和几个得力的手下已经赶到，归古愚大怒道：“好个女贼，我可不管你是谁了！我的儿子倘若死了，你就给他垫尸；若然不死，你就给他为奴作妾。赌你的运气吧。”他的手下把他的儿子抬走，他连看也不看一眼，径自便来要抓耿秀凤了。

耿秀凤也是给他气得柳眉倒竖，怒声斥道：“老畜牲，你跟小畜牲一道到阴司相会吧。看刀！”长刀一划，短刀穿出，使出一招“二郎担山”，刀势凌厉之极，把归古愚的上三路全都笼罩在刀光之下。

归古愚喝道：“哼，你就只有这点儿本领么？来得好呀！”双掌斜分，展开空手入白刃的功夫来抢她的双刀。耿秀凤的长刀给他掌力拨开，但那柄短刀削去了他的一截衣袖。原来归古愚因为左臂中了那“女鬼”的毒刀，剜去了一块肉，急救得快，毒未蔓延，可是性命虽得保全，左臂的气力却是使不出来了。

耿秀凤得理不饶人，一招得手，后招续发。双刀盘旋追进，俨如长江大河，滚滚而上。归古愚猛地一个虎跳，左掌一穿，使了一个“卸”诀，引开耿秀凤的长刀，倏地骈指如戟，便向她胁下的“中孚穴”狠狠一戳。

耿秀凤使一个“风刮落花”的式子，移形换位，轻飘飘地闪过一边。但闪虽是闪开了，胁下也微有酸麻之感。耿秀凤不禁吃了一惊，心中想道：“幸而他这条左臂受了伤，真力发不出来。”原来归古愚的指头并未沾着她的身体，但他练的是邪派中的一种极厉害的点穴功夫，一股阴寒的指风已触及她的穴道。倘若他的功力不是因为受伤已打折扣的话，耿秀凤只怕已是不能动弹了。

耿秀凤看出他的弱点，双刀使得急风暴雨般的向他伤臂猛攻。归古愚只得一手臂应付，自保不暇，已是难以凝聚真力再施邪派的点穴功夫。

“黑煞神”秦柱尊杀退了朱家兄弟，急步赶来，说道：“归大哥，你回去照料世兄吧。这个女贼交给我好了。”藤蛇棒一扬，当当两声，将耿秀凤的双刀格开，解了归古愚的一记险招。

归古愚冷冷说道：“小儿反正是受伤了，他也不愁没人照料。死生有命，我回不回去都是一样。今晚若是不把这女贼活擒，咱们的归德堡威风扫地。你我也不必与她讲什么江湖规矩了！”

原来归古愚一来是恨耿秀凤伤了他的宝贝儿子，二来他刚才接连吃了几次亏，险险给她砍中，气上加气，故而不惜自贬身份，合两大高手之力，斗一个年轻女子。

秦柱尊的藤蛇棒在西北绿林道上乃是一绝，一条杆棒可以使出棒法、鞭法，又可以当作练子枪用。磨、打、推、压、劈、缠、锁、扣，八字诀交替使用，当真是变化莫测，招招狠毒。耿秀凤若是和他单打独斗，至多也不过是打个平手，如今她还要应付一个武功也很不弱的归古愚，可就有点应付不来了。

此时广场中已是演成了混战的局面，祠堂的火，也已烧穿了屋顶上。归古愚的手下分出一半去救火，余下的一半又分作三处，围困敌人。耿秀凤这边，朱家兄弟那一帮人和堡丁混战，她的四个手下和两个丫环则与归古愚的家丁以及“护院”混战，那两个“护院”的功夫比秦柱尊差一些，但也算得上是江湖上一流好手。他们两人再加上归古愚请来的其他好手，围攻那四条使狼牙棒的大汉，杀得难解难分。此时祠堂前面的石阶已是站不仕脚，他们 路打了下来。那两个丫环则杀出重围来助她们的小姐。

耿秀凤缓过口气，双刀交于一手，探囊取出一支中空的犀牛角，呜呜的吹了两声，声如金石，响遏行云，估量在周围数里以内，都可听见。归古愚冷笑道：“鬼叫什么？你以为你的匪众可以攻得进我铁桶般的归德堡么？别作梦了！”

归古愚是江湖上的大行家，果然一猜便着，耿秀凤吹响号角，为的正是要催促援兵的。原来她这次攻打归德堡，事先也曾调查清楚，定有周密的计划的。她自己借着朱家兄弟作内应，潜入归家祠堂，准备在市镇中心一闹起来，她的后援队伍就可以乘乱攻入的，杀它归德堡一个首尾不能兼顾。归古愚在山上设有埋伏，但朱家兄弟早已打听得伏兵的虚实，从一条设防较疏的外人所不知道的险道攻来，以飞凤山的实力，是完全有把握可以突破敌人的防线的。

按照计划所定的时间，在祠堂起火之后，她的部队就应该攻进这个市镇的，但如今已过了将近半个时辰，外援依然未到。耿秀凤明知他们若是不遇意外，见到了镇上的火光，也会自己赶来的。但忍不住心中焦急，仍不禁以号角相催。

号角只吹了两声，秦柱尊的藤蛇棒猛打过来，迫得她不能不扔下了犀牛角，专心御敌。激战中忽见两骑快马跑来，为首的那个汉子大声报道："堡主，我们向你老人家报喜来了。飞凤山的匪众偷渡黑风坳，幸亏得万家庄的娄师父撞上，如今已是被包围在山谷之中，保管他们一个也不能漏网。"

后面的那个汉子跳下马来，哈哈笑道："我是替万家庄求助来的，想不到你们归德堡也碰上了强人，无意中我倒是先为你们归德堡稍尽绵力了。"

原来前面这个汉子是归德堡的副团练，后面这个汉子却是河北万家庄的"大护院"娄人杰，万家庄主万平野因他心爱的坐骑给叶慕华劫去，故而遣娄人杰到归德堡报讯，请求归古愚帮忙缉捕"偷马贼"。无巧不巧，娄人杰进山之时，发现耿秀凤这支队伍，于是他就悄悄地走另一条小路，赶在这支队伍的前头，通风报讯，唤起伏兵，以逸待劳，把这支队伍包围在山谷之中。

归古愚道："好！娄师父，你为归德堡立了这桩大功，我必定重重报答你！"秦柱尊和娄人杰是老朋友，哈哈笑道："娄老大，你来得巧，你还可以再立大功呢！这两个丫环你喜不喜欢，你可以将她们拿去。"

娄人杰生平好色，闻言大笑道："秦大哥好照顾，我先多谢了。归德堡与万家庄是一家，归德堡有事，我也理当效劳的！"

这两个丫环自小跟随耿秀凤习武，本领亦颇不弱，但要应付娄人杰这等江湖上的一流好手，却还差了一些。耿秀凤岂能让她的丫环给敌人捉去，当下咬牙苦战，将双刀霍霍展开，且不时为她的这两个丫环抵挡几招。但这么一来，她就更为吃力，颇有力不从心之感了。

祠堂里的大火虽然没有完全被救灭，但救火的人手多，在救灭了几个火头之后，火势也开始减弱下来。不久，又有家丁跑来向归古愚报道："堡主可以不必担忧了，少堡主已无大碍，断骨也驳好了。"

归古愚心上的一块石头落了地，哈哈笑道："你这心狠手辣的女贼，你想伤害我的儿子，好在未如你的所愿。嘿，嘿！这也算得是你的好运气，如今你的死罪可以免了，尚有活罪难饶。"

"黑煞神"秦柱尊忽地笑道："我替你们两家讲个和如何？"归古愚歪斜着眼道："怎么样讲？"秦柱尊道："少灵世兄欢喜这位耿姑娘得紧，他们两人是不打不成相识的。你这个未来家翁，似乎也不必太过认真了。依我说，就是活罪也可以免了吧。"归古愚装模作样地说道："唔，看在你的份上，只要她肯乖乖地依顺我儿，我也未尝不可从轻发落。"

秦柱尊歪转了头，对耿秀凤笑道："耿姑娘，你的来历我早已知道，你是一个堂堂的总兵之女，何苦自甘作贼？"耿秀凤气得柳眉倒竖，七窍生烟，但在这样的舍死忘生的激战之中，她还必须强慑心神，不敢动怒。秦柱尊对她是口中劝降，手底可毫不放松的。

耿秀凤一声不响，冷不防的向归古愚疾劈一刀，秦柱尊举起藤蛇棒给归古愚解开这一招，又笑着说道："何必如此生气？做归德堡的少堡主夫人也不辱没你呀。令尊获罪朝廷，不得善终。耿姑娘，我知道你心中抱屈，但你若因此就要作个反叛朝廷的女贼头子，我却不能不为你可惜了。耿姑娘，请你听我好言相劝，眼前就有一条大路你走。归堡主财雄势大，你莫看他没有官职，朝廷的大官也还有许多要受他钱财，听他指使呢。你若作了他家媳妇，归堡主一定能够替令尊洗白冤情，虽说人死不能复生，但此案平反过来，至少你就不是罪人的家属了。那时你若喜欢做官太太的话，少堡主也可以捐个官来让你做诰命夫人。"

秦柱尊絮絮不休的"劝说"，把耿秀凤气得再也按捺不住，一声斥道："住嘴！"拼了性命，双刀疾风暴雨般的猛攻。秦柱尊正要她如此，哈哈笑道："耿姑娘，你不听良言，那我也不能客气了。"

耿秀凤一轮猛攻之后，气力不支。秦柱尊乘机反击，藤蛇棒上打雪花盖顶，下打枯树盘根，将她的双刀紧紧缠住。

当的一声，耿秀凤短刀脱手，秦柱尊笑道："耿姑娘，你现在改变心意还来得及。"话犹未了，忽听得怒马嘶鸣，蹄声急如骤雨，恍似有千军万马杀来。陡地有人喝道："飞凤山好汉来了！"

归古愚大吃一惊，把眼看时，只见街口临时搭盖的那个大马栅已经起火，几百匹马争先恐后地跑出来，就似发了疯似的，在广场上横冲直闯。这些马匹都是没人驾驭的，广场上正在厮杀的人们，一个躲避不及，就给怒马踢翻，登时大乱！

原来这是叶慕华急中生智，利用马棚里的那几百匹健马，给他们来个不大不小的捣乱。要知归古愚的手下在这市镇上的有数千之多，叶慕华单独一人，若是硬拼的话，至多只能杀伤一百几十，要想救出耿秀凤这班人，只怕大是不易。

叶慕华潜入马棚，马棚里的几十名看守还未曾知道来者是谁，就给他以闪电般的手法，点了十多个人的穴道，其余的人也给他杀得连忙逃命。

叶慕华所使的手段也真是妙绝，他在斩断每匹马的系马索时，都在它的屁股上刺一剑，刺得恰到好处，让它负痛狂奔。马棚搭在街口，叶慕华只打开面向广场的出口，几百匹受了伤的马怒发如狂，哪能分别敌我，当然是见人就踢了。

祠堂的大火还未救灭，马棚又起了火，更加上一大群怒马四处奔窜，赛似虎狼。广场上人仰马翻，乱得难以形容。直接受归古愚指挥的归家家丁还好一些，迫于归古愚的势力，不能不受他的命令，从四乡召集来的那许多团练，在这样混乱的时候，谁还肯为他卖命，趁着混乱，十成跑了八成。

归古愚大怒道："这是奸人捣乱，并非匪众杀来。不许乱跑！"广场上的人声、蹄声、脚步声，混成一片，莫说那些团练不肯依从，根本就连他说些什么，也听不见。

归古愚呼呼两掌，击毙了两匹野马，后面的几匹马向另外的方向跑去。归古愚大喝道："死活不论，先把这女贼拿下！活的不成，死的也要！"

秦柱尊应声道：“遵命！”藤蛇棒一招“龙飞凤舞”，绞着耿秀凤的长刀，左手一抬，蓦地就向她的天灵盖劈下，秦柱尊的掌心其黑如墨，原来他练的乃是毒掌，“黑煞神”的绰号，就是由于他的毒掌而得的。正是：

儿女英雄相会合，双刀一剑斗群魔。

欲知后事如何？请听下回分解。

第四十五回　打破牢笼飞彩凤
喜从玉手接金钗

就在秦柱尊的“黑煞掌”即将劈下之际，忽听得“嗤”的一声，一缕金光，电射而来。却原来是叶慕华将耿秀凤的第二支金钗当作暗器，人还未到，暗器先射到了。

这支金钗是对准了秦柱尊掌心的“劳宫穴”射来的，“劳宫穴”若给刺个正着，秦柱尊的毒掌功夫，就要破了。秦柱尊是个武学行家，一听这暗器破空之声，不由得心头一凛，连忙缩手闪开。说时迟，那时快，叶慕华已是如飞赶到。

旁边有个堡丁是归少灵的随从，“啊呀”一声叫道：“日间闹事的就是这个小子！”归古愚大怒喝道：“原来是你这小贼捣的鬼！”一掌便向叶慕华劈去，用的竟是少林派真传的大力金刚掌功夫。

叶慕华冷笑道：“来而不往非礼也。接招！”叶慕华的“般若掌力”专伤奇经八脉，是介乎正邪之间的一种极厉害的功夫，归古愚的功力虽然深湛，却也禁受不起。双掌相交，只听得“蓬”的一声，归古愚全身一震，胸中气血翻涌，内息竟有收束不住之势。归古愚大吃一惊，吓得连忙跳过一边，调匀气息，看看自己有否受了内伤。

秦柱尊过来援救，“藤蛇棒”使出一招“翻江倒海”，横扫叶慕华的下三路。叶慕华剑已出鞘，剑光一闪，一招之间，遍袭秦柱尊的七处大穴。秦柱尊识得厉害，连忙转攻为守，舞棒防身，噔、噔、噔的连退三步。他的本领稍微比归古愚高明一些，叶慕华不能将他一招击败，但也吓得他不敢硬拼了。

叶慕华脚尖一挑，把耿秀凤跌落的那把短刀挑起，说道："耿姑娘，你的兵刃!"耿秀凤心乱如麻，不知是该恨他还是谢他，面上一红，将短刀接下，立即便转过身去，给她的那两个丫环解围。

叶慕华微微一笑，趁着秦柱尊已经给他迫退，而归古愚未曾再上之际，一弯腰将他刚才所发的那支金钗也拾了起来，说道："耿姑娘，这支金钗也一并物归原主了吧。"耿秀凤此时已是手舞双刀，和娄人杰交上了手。也不知她是在激战之中不能分神还是觉得不好意思，却当作听不见叶慕华的说话。

叶慕华见她没有回头接钗，心里想道："以后再还给她也不迟。"当下运剑如风，杀得秦柱尊步步后退。抽出身来，倏地向娄人杰攻了一剑。

娄人杰对付耿秀凤已是有点招架不住，此时他又认出了叶慕华就是万家庄的那个"盗马贼"，娄人杰曾是他手下败将，焉敢招架？但饶是他退得快，肩头也已着了一剑，险些挑穿了他的琵琶骨。

耿秀凤杀退敌人，救出她的两个丫环。那四个使狼牙棒的汉子，亦已杀出重围，与她会合。其中只有一人受了一点轻伤，并无大碍。此时在广场上狼奔豕突的马群，逃入各处大街小巷，亦已散失了一半有多。广场上骚乱的情形，也渐渐平静下来了。

归德堡的团练在这场骚乱中纷纷逃走，此时还剩下的不到三成，逃跑的趋势还在继续。归古愚大怒，命令他的得力手下在路口拦截，并吹起号角，要将余众招集，重整旗鼓。

耿秀凤一来急于去解救自己被围的队伍，二来目前他们虽然暂占上风，但整个形势，究竟还是众寡悬殊，若待归古愚重整旗鼓，他们势将再次陷入重围。耿秀凤当机立断，叫她的手下各抢坐骑，冲出归德堡。

骚乱尚未平息，归古愚手下也未齐集，不敢来追。耿秀凤抢了一匹健马，跳上马背，一声长啸，说道："归老贼听着，今晚只是给点颜色你瞧瞧，若敢怙恶不悛，下次再来，定取你狗命!"她出了一口心头之气，可是又不禁暗暗惭愧，觉得自己未免有"冒功"

叶慕华也拖了一匹坐骑，跟着耿秀凤出去，耿秀凤却不理他，一马当先，自顾自地奔跑。

之嫌，心里想道："今晚若不是得这姓叶的小子帮忙，只怕我还不易逃出这归德堡呢。显了'颜色'给归老贼瞧的是他，可不是我。"

耿秀凤这一帮人是在塞外的草原驰骋惯的，马术十分精熟，那些负伤奔窜的怒马，本来是几个壮汉也未必能够降伏的，给他们一跨上马背，便能控制自如。此时马棚的大火，已烧到了街上，耿秀凤这帮人冲了出去，归古愚的手下也要忙于救火了。

叶慕华也抢了一匹坐骑，跟着耿秀凤出去，耿秀凤却不理他，一马当先，自顾自的奔跑。她的两个丫环紧紧跟在后面，再后就是那四个使狼牙棒的汉子。这一群人有时急促地交谈几句，所说的都是他们内部的事情。

叶慕华不好意思赶上前去与耿秀凤并辔同行，只好孤单单地吊在最后面。他隐隐听得那四个汉子提起"朱家兄弟"，朱家兄弟那一伙不知是否已在骚乱中先逃跑了，并没有跟来。可是却没有一人提及叶慕华，就好像没有发觉他同在一起似的。

叶慕华心里有许多疑问，要想向耿秀凤问个水落石出，心里想道："此时她急于要去给部属解围，可不是说话的时机。但却又不知道她什么时候才能解围，只怕要误了宇文雄之约了。"叶慕华抬头一看，只见东方已露出了鱼肚白。他和宇文雄是约好了在天亮之后在乌龙铺见面的。

救兵如救火，耿秀凤快马加鞭，一心赶路，叶慕华哪有机会和她谈话？心里想道："好不容易碰上了她，这次我与她并肩御敌，即使说不上什么恩德，至少也是助了她一臂之力。正好借此时机，和她解开这个梁子。"想至此处，不觉又是心里暗暗好笑，"这个梁子因何而结，我也还是莫名其妙呢。要是这次不向她问个清楚，以后恐怕很难有同样的机会了。宇文雄的事情固然也是极为重要，但我迟到一两个时辰，想来他也不会见怪我的。怕的就是他也急于赶路，不肯等我，要追上他所骑的那匹骏马，可就不太容易了。不过，我与他的交情已非一日，想来他也不会不等我的。"

叶慕华反复思量，不知不觉跟着耿秀凤又跑了一程。此时已出了归德堡，走在山路上，隐隐听得前面山谷中的厮杀声了。叶慕华按捺不住要查究个水落石出的心情，心想："反正已和她来到了这儿，为人为到底，送佛送到西，索性再助她一臂之力。"

东方的鱼肚白已变为满天金色的朝霞，转眼间一轮旭日亦已透出云层，山谷间弥漫的雾气在阳光之下消散，层峦叠嶂，就似被揭开了一层薄雾轻绡，豁然显露。远远望去，山头上已是隐约可见幢幢人影，似在四散奔逃，一时间难以分清敌我。

耿秀凤挥舞双刀，快马疾驰，远远地扬声喝道："归德堡已给我们攻破，归老贼的祠堂也给我们烧为平地了。你们受了归老贼几个臭钱？何苦为他卖命！"她用传音入密的内功将声音远远地送出去，这一喝果然有震慑敌人的功效，更多的人逃跑上山，这时可以看得清楚逃跑的是归德堡的团练了。

只见山谷里有一队衣衫不整、满身尘土，混着点点斑斑的血迹的喽兵跑步出迎，为首的头目报道："好，寨主你回来了。我们正放心不下寨主，你回来了可就好了。"

耿秀凤道："哦，你们已经打了胜仗了？"

那头目虎目含泪说道："敌人是打退了。可是，咱们的弟兄，哎，咱们的弟兄可也——""伤亡不少"这四个字他不忍说出来，但山谷中敌我两方伤亡遍地的情形耿秀凤也早已看到了。那头目接着说道："这都是我指挥不当，误中敌人埋伏之故。请寨主处我以应得之罪。"

耿秀凤的手下都是她带出来的她父亲的部属，在死者伤者中，有许多是看着她长大的。耿秀凤看了死伤之惨，当然也是忍不住泪咽心酸。当下说道："这不关你的事，快快救死扶伤要紧。"

耿秀凤亲自给几个老人家敷药，那两个丫环说道："小姐，你歇歇吧，这些事情你交给我们好啦。"

叶慕华知她心情恶劣，又见她正在忙着，一时踌躇不敢上前。还是那两个丫环发觉了他的这副神气，有一个抿嘴偷笑，有一个大约是觉得于心不忍，就扯了扯耿秀凤的袖子，悄悄说道："小姐，人家救了咱们的性命，你也不多谢一声？"

叶慕华硬着头皮过去，施了一礼，耿秀凤抬起头来，说道："哦，你还没有走吗？"叶慕华道："耿小姐，请恕我打搅你一会儿，我、我想和你说几句话。”以目示意，希望耿秀凤和他走过一边，离开众人远些，方便说话。

耿秀凤懂得他的意思，却不移动脚步，只是站了起来，说道：“叶公子，我和你没有什么话说，从今之后，你也不必再管我的事情了。”

叶慕华呆了一呆，心想：“天下竟有如此不通情理的人！”忍不住说道：“好，那么这次算是我多管闲事了。”

耿秀凤柳眉一扬，说道：“叶公子，你昨晚帮了我们的大忙，我应该感谢你。但我们绿林儿女，讲究的是恩怨分明。你要我先向你磕头道谢，然后咱们再来个白刀子进红刀子出呢？还是恩怨相抵，以后各走各的，两不相干呢？”

叶慕华吃了一惊，说道：“江湖上理该患难相扶。路见不平，拔刀相助，事属寻常。我绝不敢自认对你有恩，但却也不明何以与你有怨？小姐，你的话再说得清楚些好不好？”

耿秀凤手下那四个手持狼牙棒的汉子不知什么时候已围在叶慕华四周，其中一个说道：“姓叶的小子，你做过的事情，你自己知道。还嫌我们小姐的话说得不够清楚么？好吧，你既要查根问底，就待我来说吧。你是我们小姐杀父的仇人，但你昨晚又救了我们许多人的性命。小姐的意思是有两条路任你挑选，一条是既报恩，又报仇。这就是先向你磕头，后和你动手。一条是既不报恩，也不报仇，这就是各走各的了，你还不明白么？我劝你还是选后一条，趁早走你的吧，别在这里多事了。”

叶慕华大为惶惑，说道：“这就奇了，我和耿小姐的尊大人从没见过面，怎会杀他？”说至此处，忽地想起他昨晚曾经听到的秦柱尊的说话，便接下去再说道：“耿小姐，令尊大人不是给朝廷冤屈处死的么？这却和我有什么关系？实不相瞒，我还是和朝廷作对的呢！”

那四个手持狼牙棒的汉子，分立耿秀凤两旁，对他怒目而视。其中一个说道：“你不必自报山门，你的身份，我们早已知道。哼，要不是因为你和朝廷作对，我们的大人怎会受你株连？”另一个道：“我们的大人虽然不是你亲手所杀，但也总是受你陷害的！你还想不承认是我们小姐的仇人么？”

叶慕华听他们的口气，开口“朝廷”，闭口“大人”，心里想道：“原来他们只是为了故主被朝廷处死，这才投入绿林的，却并非与义军一路。”当下忍不住气说道：“不错，你们的大人是朝廷总兵，我是朝廷叛逆。但这就是更加扯不到一起了。我纵然罪该千刀万剐，却又与你们的总兵大人何关？”

耿秀凤的心情本来就很不好，此时听得他们一再提起她的爹爹之死，不由得更是心中伤痛，也就生起气来，说道：“我爹爹是知道你曾经和他敌对的，但他可并没有害你之心。你却为何将他陷害？”

叶慕华按下怒气，说道：“我怎样将他陷害？我自己可还一点也不知道呢！”

耿秀凤冷冷说道：“你还记得那日我与你在麦积石山之约么？”

叶慕华剑眉一竖，火气又上心头，大声说道：“原来你还记得那日之约？哼，我不敢说是你们父女想要害我，但我到了麦积石山上，却不见你耿小姐的芳踪。在山上等着我的是十三名大内高手。”

耿秀凤吃了一惊，道：“你说的当真？”

叶慕华道：“我的身上还留着十几处伤痕呢！侥幸的是我没有死，而你们的那十三名高手却全都死了。不过，虽然他们没有留下活口，你也总该知道吧？”

耿秀凤道：“为什么我会知道？”

叶慕华道：“我与你的约会之事，若不是你透露出去，我怎会这么巧碰上那十三名鹰爪？”

耿秀凤现出惊疑的神气，心里想道：“难道是我爹爹泄漏出去的？”想起了当日，她将约会叶慕华之事，在帐中秘密告诉她的父亲，她的父亲坚不许她赴约，但也曾亲口答应过她，不追究这件事情，也决不会伤害她的朋友。她是信得过她的爹爹的。

耿秀凤听得叶慕华大有向她“问罪”之意，心情更加不好，亢声说道：“我不知道！但不管那些人是怎么来的，你总不该将我们的约会说出去，更不该诬告我的爹爹，说我的爹爹是和你们暗通声气，图谋造反的。哼，即使你要迫他造反，也不该用这等卑劣的手段，你陷害我的爹爹，我，我恨你一辈子！”

叶慕华大吃一惊，叫起来道：“这话从哪儿说起？完全是莫须有的事情！”

耿秀凤道：“你没有泄漏我们的约会？也没有诬告我的爹爹？”

叶慕华道：“当然没有，耿小姐，你一定是误听谣言了！是什么人告诉你的，你可以说出来么？”

耿秀凤冷笑道：“这不是谣言，这是白纸黑字写的奏折！”

叶慕华诧道：“什么奏折？”

耿秀凤道：“陕甘总督叶少奇给皇上的奏折！奏折说是他的手下密探，从你这儿得到证供，证实我的爹爹私通叛匪。奏折上连我也牵涉在内，说我爹爹纵容女儿，与匪人来往，从中牵线。某月某日匪首叶某人，约我在麦积石山相会等等，全都写在奏折上了。要不是我爹爹在朝中还有几个好友，连夜派人送信，叫我逃走，只怕我也要与我爹爹一同被捕，一同问斩了！”

叶慕华又惊又怒，说道：“你说的这个陕甘总督叶少奇就是现任四川总督的叶屠户么？”

耿秀凤道：“我不管他是屠户还是好官。总之，倘若不是有你诬告之事，他怎会知道？”

叶慕华叫道：“这是假的！这是叶屠户陷害我的！”

耿秀凤冷笑道：“只凭你空口叫嚷，我就会相信你么？这奏折是个铁证，你要赖也赖不了。”

叶慕华道：“唉，你不知道，奏折是真的，里面的事可是捏造的。”

耿秀凤冷笑道：“当然是你捏造的，这还用说么？”

叶慕华道：“我不是这个意思！”

耿秀凤紧接便问：“那你是什么意思？”

叶慕华心中就似挂了十五个吊桶，七上八落，难以打定主意。他已经猜想得到，此事一定与那个假冒他的“叶凌风”有关。但当时他可并没有将他与耿秀凤之间的事情告诉“叶凌风”，却不知他怎生知道？如今要想向耿秀凤解释，只怕也是解释不清。二来，更紧要的是，他这次是要协助宇文雄入川清除“叶凌风”这个大祸根的，这是一个最最机密的事情，倘若过早向外人揭透了“叶凌风”的真面目，只怕风声传播出去，让敌人先有了准备，对川中的义军先下毒手，关系可就大了。

虽说叶慕华心里可以信得过耿秀凤，但她究竟不是义军一路。而且现在又是当着她的许多部下说话，她的部下又都是从前的官军，少不免各有亲友是官府中人，说话就不能不更加小心了。

救护工作此时已经告一段落，死者就地掩埋，伤者也都敷上了金创药，裹好伤了。远远望去，归德堡那边的天空，黑烟还未消散，但火光已经看不见了。耿秀凤手下的大头目过来报道：“咱们在这里耽搁了许多时候，镇上的大火已经扑灭，只怕归老贼的团练还会追来。咱们的弟兄们伤得不少，今日似乎不宜再战，且待弟兄们伤好了再来报仇吧。”

耿秀凤道：“好，轻伤的骑马，重伤的让人背着走。敌方伤亡只能留待他们的人来料理了。”

一声令下，立即撤退。叶慕华此时还是心乱如麻，踌躇未决。耿秀凤冷笑道：“我没工夫听你编造的谎话。你于我有恩，也与我有仇。你既然不愿与我决一生死，那么我也不向你磕头谢恩了。咱们就恩仇相抵，一笔勾销吧！”

此时已是日上三竿，将近午间时分。叶慕华记挂着在乌龙铺等他的宇文雄，心想：“川中之事，关系更大，我只好委屈些儿，暂且蒙受不白之冤吧。而且这件事错综复杂，其中有些关系，我自己也未曾弄得明白，要解释也解释不来。时候不早，再不走只怕追不上宇文雄了。”

叶慕华叹了口气，说道：“耿小姐，我说的都是实话，但你不肯相信，那也没有办法。事情总有水落石出之日，咱们后会有期。”

耿秀凤冷冷说道：“我不想再见到你，你也别来见我！”叶慕华已经上马走了，耿秀凤隐隐听得他的叹息声随着马蹄声远去。耿秀凤忽地感到一片茫然，心中自问：“我当真不想再见他么？”

叶慕华心里也是一片茫然，这一次他以为总可以把梁子解开了的，哪知还是毫无结果。不过，虽然仍是蒙受不白之冤，但却也有两点是可堪告慰的，一是他已经约莫知道了事情的真相，知道了是假叶凌风陷害他的。一是耿秀凤虽然仍把他当作仇人，但也亲口说出了“恩仇一笔勾消”的话，不再与他为敌了。这个“结”虽未完全解开，也已解开了一半。

无意之中叶慕华探囊取物，手指触着金钗，蓦然省起，还有一支金钗忘记交还给她。叶慕华不觉苦笑，“我怎么忘了，不知她会不会以为我是故意留下她这支金钗的？”

但此时他急于赶去会见宇文雄，这点小事也不放在心上了。午时稍过，他飞骑赶到乌龙铺，乌龙铺是个小市镇，进去一看，却没有见宇文雄和他所带的两匹坐骑。

叶慕华暗暗叫声：“苦也！”要知他原来那匹偷自万家庄的坐骑，是一匹日行千里的骏马，昨晚他因为要单身潜入归德堡，不便骑它，故而让宇文雄坐一匹，牵一匹，将它带走。如今他的这匹坐骑，只是一匹还算不错的“口马”而已，而且是受了伤的。倘若宇文雄一早走了，却如何追得上他？

叶慕华心里想道：“难道他是因为等得不耐烦故而走了？还是中途有甚意外，根本就没有来到这儿？”

好在镇上的酒楼茶馆不过几家，叶慕华一家家跑去打听，到了镇口的最后一家茶馆，卖茶的老者听了他的描述，说道：“不错，是有这么样的一个少年带了两匹马，一早就到我的茶馆喝茶。原来他是等你老哥，怪不得他坐了那许多时候。”

叶慕华道：“他走了多久了？”那老者道：“约莫有一个时辰了吧？他从一大清早坐到傍午，茶也已经喝了二壶了。不过，你这位朋友倒是豪爽得很，他走时临急临忙丢下一锭银子，也没要我找钱，就上马跑了。”

叶慕华听到“临急临忙”四字，心头一动，连忙问道：“他是怎么走的？走得很匆忙吗？他坐了这许多时候，何以又突然要走？”

那老者道：“他是和一个汉子走的。”叶慕华道：“什么样的汉子？”那老者道：“是一个满面络腮胡子的大汉，他没有下马，匆匆跑过我的店前，我看得不大清楚。”叶慕华问道：“你又说是我的那位朋友和他一同走的？那个汉子难道竟然未曾下马与他交谈？”

那老者道：“你不知道这个人吗。我还以为是你也认识的朋友呢。你说的那位小哥，见他经过，立即便跳起来，抛下银子，上马去追。他们是一同走的。那人想来也应该是他的熟朋友了。”

叶慕华多谢了这个老者，放下了加倍的茶钱，骑上那匹伤马，走出乌龙铺，不由得心乱如麻。宇文雄已走了一个时辰，凭他这匹伤了的坐骑怎追得上。

叶慕华又觉得好生奇怪，那个络腮汉子究竟是什么人呢？何以宇文雄见了这人便立即走了，竟不等他？叶慕华满腹狐疑，虽然知道自己这匹坐骑是决计追不上宇文雄的，也只好骑着它拼命赶路了。

宇文雄碰着的究竟是什么人？花开两朵，各表一枝。暂且按下叶慕华不表。回头来，且先说说宇文雄的遭遇。

且说宇文雄一大清早就到了乌龙铺，那家茶馆刚刚开门，他就进去做了第一个客人。在这家茶馆里一直坐到傍午时分，路上的行人也不知过了多少，但始终未见叶慕华的踪影。宇文雄身负重托，恨不得插翼飞到小金川，如今在这茶馆里耽搁了一个上午，怎能不心急如焚。

宇文雄当然也曾想到叶慕华可能是遭遇意外，暗自思量：“叶大哥不知为了什么事情，昨晚一定要去夜探归德堡？他武艺高强，轻功尤其超卓，想不至于被困在归德堡吧？但倘若是当真遭了意外，我却又该如何？叶大哥武功胜我十倍，归德堡中若有能够令他受困的高手，我去了也是无济于事。但我与他情同手足，即使无济于事，也还是要去与他患难同当的。”但宇文雄随即又想：“援川的义军多少人的性命在我的手中，我若只是一个人，为朋友送了性命也不打紧，但如今我却是决不能误了大事的啊！”

是继续再等下去呢？还是回去到归德堡一探消息？或是索性抛下叶慕华不管，自己赶往小金川？宇文雄正自心乱如麻，踌躇莫决之际，忽听得马蹄声有如暴风骤雨，宇文雄抬头一看，只见一个满面络腮须子的大汉，快马疾驰，刚好从这茶店经过。

宇文雄禁不住“啊呀”一声，跳了起来，无暇思想，便跨上马背，抛下银子，匆匆去追赶前面这骑。

原来这满面络腮须子的大汉，不是别人，正是现任四川总督叶少奇的护院，实际的身份则是奉命替皇上监视叶少奇的大内一等侍卫风从龙。叶凌风就是因为有把柄捏在他的手上，以至给他操纵，在义军中充当奸细的。

风从龙这匹坐骑正是江家的那匹“赤龙驹”。江家有两匹宝马，一匹是白龙驹，一匹是赤龙驹。那次江海天带叶凌风前往米脂，各乘一骑，日夜奔驰，两匹龙驹都不堪劳累，中途病倒。江海天要叶凌风留在曲沃等他，并调治这两匹龙驹，后来叶凌风被风从龙所胁，赤龙驹给风从龙夺去，叶凌风只骑着白龙驹回家。

这匹赤龙驹本来就是江晓芙的坐骑，江晓芙曾为此十分心痛，多日不欢。叶凌风当然不敢丝毫吐露风从龙之事，谎称这匹赤龙驹是给贺兰明劫去的。

宇文雄深知这匹赤龙驹是师妹心爱之物，突然发现了它，只怕时机稍纵即逝，焉能不立即去追。

宇文雄因为叶慕华那匹“一丈青”比他的坐骑更胜一筹，遂骑了“一丈青”去追，让自己这匹枣红马跟在后面。宇文雄不知叶慕华什么时候才来，是以必须把两匹马带去。

两匹骏马放尽脚力，“一丈青”驮了一个人，枣红马也就勉强可以跟得上了。宇文雄心里想道：“这个人不知是什么来历？先不管他，把赤龙驹夺回再说。”

哪知赤龙驹的脚力更胜于叶慕华那匹“一丈青”，宇文雄追出十里开外，距离反而越来越远。宇文雄冷静下来，心里想道：“我用轮流换马的办法，和他竞走长途，一百里之内追不上，两百里、三百里路程跑下去，他没有其他马匹可以替换赤龙驹，我总可以追得上他。他和我走的也是同一条路，我不怕耽误行程。但这么一来，可就是抛下叶大哥不管了。”

宇文雄正想拨转马头，忽见前面那人勒住坐骑。这时，他们正进入一条崎岖的山道。那人停在山坳一处险要之处，路上除了他们二人之外，就没有第三个人了。

宇文雄见他突然停下马来，倒是怔了一怔，说时迟，那时快，他跨下的“一丈青”也已到了那处山坳。

风从龙迎着他的坐骑，哈哈笑道：“小伙子，你这两匹马也很不错啊！你是想和我赛马呢，还是想打我这匹坐骑的主意？快说，你追我干吗？”风从龙是老江湖，却把宇文雄误会是企图劫马的初出道的“雏儿”了。

宇文雄顾不得和他分辩，便指着赤龙驹道：“你这匹马是怎么得来的？”

叶凌风当日是诳报这匹赤龙驹是贺兰明夺去的，因此宇文雄据此判断，眼前这个络腮须子的大汉能够得到赤龙驹只有两个可能：要嘛是贺兰明借给他的，要嘛就是从贺兰明那儿抢来的。若是前者，这人就是贺兰明的一伙，也就是他的敌人。若是后者，则这人一定是江湖上的侠义道，很可能还是他师父的朋友。宇文雄是个比较精细谨慎的人，故此在动手之前，先要打听清楚。

这次轮到风从龙怔了一怔，圆睁双眼，盯着他说道：“你是什么人？你管我是怎么得来的？”

宇文雄道：“因为这匹赤龙驹是我师父的坐骑。”路上没有第三个人，宇文雄打定了主意，对方若是朝廷鹰爪，自己就一剑把他杀了。对方若是师门尊长，那也不怕表露自己是江海天弟子的身份。宇文雄在京中曾与贺兰明打得差不多可成平手，心想这人若是朝廷鹰爪，武功总不会好过他的头领贺兰明，一个对一个，自信可以把他干掉。宇文雄却不知道，风从龙的本领是只有在贺兰明之上，决不在贺兰明之下的。

风从龙知道了宇文雄的身份，心中又惊又喜，但他老奸巨滑，神色却是丝毫不露，一怔之后，随即哈哈笑道：“这么说，你的师父是江大侠，江海天了？哈，哈！这可真是巧遇了！咱们下马谈谈。”

宇文雄惊疑不定，姑且按照江湖礼节，下马向他施了一礼，说道：“前辈高姓大名，和家师可是相识的么？”

风从龙捏了一个假名，笑道：“我和江大侠岂只相识，还是老朋友呢！你是他的大弟子叶凌风还是他的二弟子宇文雄？”风从龙没见过宇文雄，但他早已从叶凌风送出来的情报，知道宇文雄的姓名来历。他故意问一问宇文雄是江家的哪个弟子，装作他以前也没见过叶凌风，这正是他老奸巨滑之处。

宇文雄心里自思："这人自称是师父的好朋友，我却怎的从未听师父提过此人名字？"但也不敢废了礼貌，仍是恭恭敬敬地答道："弟子正是宇文雄。前辈与家师想是多年没见了吧？"

风从龙道："是呀，差不多十年没见了。这次你的师父本来邀我入京与他相会的，不料我赶到京师，已经是天理教起义攻打皇宫的事件发生之后，江大侠、林教主一班老朋友都不知躲到哪里去了，我未能和他们联络上。"

宇文雄听他说得确实，信了几分。风从龙接着就问："你也是从京中出来的吧？你的师父和林教主现在何处？"

幸亏宇文雄是个谨慎的人，对风从龙虽有几分相信，却怎肯吐露那支义军所在的秘密，当下含糊说道："弟子就是那一晚因为大队给官军冲散，独自逃出来的。后来弟子想找家师，已经找不着了。"

风从龙暗暗好笑，"你这小娃儿也会在我的跟前说谎，怎能骗得过我？"不过风从龙另有一件关系更大的事情，想套宇文雄的口供，故而也就不忙着点破他，微微一笑道："我和你的师父是推心置腹的好朋友，你如今是在逃避官军的追捕吧？不必害怕，我会照顾你的。你上哪儿？"

宇文雄道："小侄不敢劳烦前辈。这匹赤龙驹——"

风从龙道："赤龙驹是我从贺兰明家里偷出来的。你们那晚大劫天牢，贺兰明受了重伤，只怕现在还未能起床呢。可惜我急于盗马，却无暇去杀他了。"

宇文雄心想："这人能够知道那晚大劫天牢与贺兰明受伤之事，只怕多半是自己人了。但贺兰明虽然受伤，家中岂无防卫。这匹赤龙驹又怎能给他如此轻易地从家中盗去？"

宇文雄一来是心有所疑，对风从龙不敢完全相信；二来他也的确是急于赶路。于是在风从龙的话告一段落之后，宇文雄又再旧话重提，说道："这么说，真是巧极了。请前辈将这匹坐骑交与弟子，省得前辈多费工夫寻觅家师。"

风从龙打了个哈哈，说道："别忙，别忙。赤龙驹我当然是要交还你的师父的，但现在可别忙于谈论畜牲，还是先谈谈你的事吧。你上哪儿？可是奉了你师父或林教主之命，去办什么紧要事儿？这几日风声正紧，你若是身有要事单独行走，我可是放心不下哪！我是你师父至交好友，你一定要相信我才好。你一人出事还不打紧，就只怕你误了大事！不如这样，你师父要你办什么事，你告诉我，我替你办吧。”

宇文雄越听越觉得不大对头，连忙说道：“不，不。我不敢劳烦前辈。也并无奉有师命之事。我逃出京城，还未曾见着师父呢。老前辈，我这匹枣红马虽比不上赤龙驹，也还不错。老前辈你没有坐骑，暂且拿我这匹坐骑去乘坐如何？”

宇文雄以为将自己的这匹坐骑交换赤龙驹，也算得是两全其美，顾及风从龙了。哪知风从龙却是面色倏变，冷冷说道：“怎么，你还是不相信我吗？哼，你是不是要赶到小金川去的？嘿，嘿！你别惊疑，我告诉你我知道这件事情，这就越发可以证明我是你师父的朋友，是林教主的朋友，也是你们义军的一条路上的人了。你还不相信我？”

原来风从龙的确是从京中出来的，他奉了叶屠户之命，到京中报讯，也的确见过了贺兰明。清廷这一方面，在天理教起义之后，大为震动，也急于对付两桩事情。第一桩是要消灭林清的余部，因此也就需要探听出林清和江海天等人是躲在何处？他们还未知道林清已经死了。第二桩是在林清攻入皇宫之时，曾一度占领了皇帝日常在那里办事的“内书房”，林清退出之后，大内总管与书房太监奉命查点，发觉失去了许多秘密奏折，其中就有叶屠户与风从龙的两件密折在内。

朝廷怕这两件密折落在林清之手，林清必定派人入川揭发叶凌风的秘密，那么他们内外串通，消灭义军之计就行不通了。是以朝廷方面必须有人赶在林清所派的报讯的人的前头，要叶凌风从速应变。最好能够在路上就将林清派去报讯的人杀掉，搜回密折，方可以免除后患。恰巧风从龙这时入京，他的赤龙驹可以日行千里，而他必须赶回四川。因此就奉命办后一桩事情。

风从龙奉命出京，一路之上，本来已是极为留意可疑的人物。但他却没想到义军方面入川报信的人会是宇文雄。风从龙是个老江湖，他总以为担当这样重大任务的对方人选，至少也是像他一样的老成干练的高手，怎想得到会是个“嘴上无毛”的小子。

俗语说：“嘴上无毛，说话不牢。”所以当宇文雄自己追了上来，风从龙发觉了他就是“疑犯”之后，一面偷笑宇文雄“自投罗网”，一面也就想得到更多的“收获”，要从宇文雄口中套出更多的秘密了。

却又不料宇文雄虽然“嘴上无毛”，说话可是很牢。风从龙百计千方，也套不出他半点口风，而宇文雄反而似是发现了他的可疑，如今竟来牵他这匹赤龙驹了。

宇文雄正要跨上赤龙驹，风从龙蓦地扑来，喝道：“好小子，就想走么?”声到人到，一抓就向宇文雄的琵琶骨抓下。

幸亏宇文雄已有提防，一下“沉肩缩肘”，避了开去。但饶是他闪躲得快，肩头亦已被风从龙的指爪触着，火辣辣的作痛，还好不是抓着琵琶骨。

宇文雄跌倒地上，立即施展“滚地堂”的功夫，滚出数丈开外。风从龙一抓落空，再扑上来，宇文雄已是一个“鲤鱼打挺”，翻身跳起，刷的一声，长剑出鞘，风从龙退后一步，冷笑道：“狗咬吕洞宾，不识好人心。我见你是我老朋友的徒弟，好意帮你，你却反而目无尊长！哼，哼，居然还敢和我动手么?”

宇文雄此时怎还会上他的当，喝道：“什么好人？哼，原来你就是鹰爪!”

风从龙老羞成怒，冷笑道：“你现在知道已经迟了。把你身上的东西交出来，或者我还可以饶你一命。”

宇文雄大怒道：“好吧，你来拿吧。看我不斩断你的狗腿!”

掌风剑影之中，风从龙一个“黑虎偷心”，欺身直进，就要来抓裂宇文雄的胸脯。宇文雄横剑一封，一个“法轮三转”，抖起了三朵剑花，一招之中套着三式，风从龙若不见机缩手，手臂会给剑锋斩为三截。

风从龙立即变招，手指笼入袖中，展袖一拂，只听得“嗤”的一声，半条衣袖化为片片蝴蝶。宇文雄也觉虎口发热，宝剑几乎把握不住。这才知道风从龙的武功非同小可的，还在自己之上。

交了这招，宇文雄固然吃惊，风从龙也是不敢轻敌，起初他以为不费吹灰之力就可以把宇文雄拿下的，如今则知道是必要有一场激战了。

两人从路上打上山坡，宇文雄抢先一步，占得了居高临下之势，运剑如风，直刺下来，剑势极为凌厉。

风从龙自下面攻上去，较为吃力。但他的大擒拿手法，却比宇文雄的宝剑还要厉害。手脚起处，全带劲风，或骈指如戟，或横掌如刀，乘隙即进。三十招过后，双方越斗越紧，宇文雄给他迫得步步后退，好几次险些给他夺去手中宝剑。

宇文雄见形势不妙，心里想道："能支持一时便是一时。叶大哥要是赶得到来，那就好了。"他抱定了固守待援的主意，登时剑法一变，使出了他最为熟练的"大须弥剑式"。

大须弥剑式变化奇奥，每一招都是招里藏招，式中套式，用之防守，功效更大。当年天山派的祖师晦明禅师创立这套剑法，就是专为给门下弟子以弱敌强的。风从龙本领虽高，却也识不破这套剑法的奥妙。

风从龙攻不破他的护身剑法，冷笑说道："我倒要看你能支持多少时候？累也累死你！"此时红日已过中天，宇文雄大汗淋漓，衣裳湿透，在这条山路上仍是未见人影，看来要等待叶慕华来援的希望已是极为渺茫了。

宇文雄倒吸一口凉气，心里想道："我绝不能落入敌人之手，但我一死不打紧，这两件密折却必须毁去。"可是在这样激战的情形之下，他又怎能腾出手来，毁掉密折？

宇文雄力不从心，大须弥剑式渐渐露出破绽。风从龙得意之极，哈哈笑道："你是要保全性命呢？还是要保全密折？"宇文雄咬牙苦战。风从龙也加紧了攻势，不过一会儿，宇文雄的要害穴道，都已在他掌指擒拿的形势笼罩之下。

风从龙大笑道："你这小子这样倔强，倒是少见！好，你既然不要性命，我就成全你吧！"宇文雄一步步挪向悬崖，准备在必要时施展最后一招，掷剑伤敌，跳下崖去，同时毁掉密折。

风从龙老奸巨猾，早已识破他的心意，一个"移形换位"，先堵住他退向悬崖的去路，纵声笑道："你要死可也没那么容易，必须得我同意才行。好，现在我可以成全你了，你要死就死吧！"

不料笑声未了，风从龙的杀手正要使出，忽听得蹄声得得，有人骑马来了。

宇文雄精神陡振，大叫道："我在这儿！"风从龙一招凌厉之极的杀手，竟给他解开。但宇文雄解了这招，全身的气力也差不多使尽了。眼看风从龙又再扑来，宇文雄眼睛一闭，和身便滚下山坡，心里想道："倘若来的不是叶大哥，我就糟了！"正是：

江湖无限风波恶，险死还生又一遭。

欲知后事如何？请听下回分解。

第四十六回　力擒巨恶明真相
识破奸谋谅故人

幸亏来的果然就是叶慕华。

叶慕华骑着那匹伤马，本来以为是毫无希望可以赶得上宇文雄的了，想不到却突然听到他的呼声，而且发现了他正从山坡滚下。叶慕华又惊又喜，他嫌马跑得慢，登时从马背上腾身而起，就似一支箭似的射出去，施展“八步赶蝉”的轻功，几个起伏，上了山坡，已经到了宇文雄的身边。刚好及时赶到，拦住了风从龙的追击。

风从龙一看来的不过是像宇文雄一般年纪的少年，也不怎样放在心上，“哼”了一声，喝道：“不知死活的小贼，你赶来送死，我就一并打发了你吧！”声到人到，一招“横扫六合”的大擒拿手法使出，五指如钩，把叶慕华上半身的三处关节三道大穴全都笼罩在他的掌指擒拿之下。

叶慕华冷笑道：“你这大擒拿手法还欠高明！”一掌拍出，中食两指反钩他的腕脉，风从龙是个大行家，见他这招古怪的掌中夹指的点穴手，吃了一惊，连忙变招，横掌如刀，一招“斩龙手”反削叶慕华的手腕。叶慕华笑道：“我说你还欠高明，说得不错吧？”他掌势飘忽不定，笑声中已是蓦地变了方向，从风从龙意想不到的方位攻来。

风从龙经验老到，危而不乱，百忙中撤掌护身，只听得“蓬”的一声，双掌相交，叶慕华退了两步。风从龙则是身形一晃，只觉得虎口发热，就似给火红的铁块烙了一下似的，饶他功力深湛，也是颇为难受。

原来论功力还是风从龙稍胜一筹，故而叶慕华多退了一步。但叶慕华的大乘般若掌，却是专伤奇经八脉的正邪合一的功夫，风从龙的大擒拿手已经霸道，却也还不及他。此时他的“手少阳经脉”受了掌力震荡，气血已是略感不舒了。

风从龙大吃一惊，喝道：“你是什么人？你可知道我又是什么人？我劝你还是不要趁这蹚浑水的好。这小子是朝廷叛逆，你知道么？”

宇文雄已经站了起来，喘过口气，说道：“叶大哥，这个老贼是朝廷鹰爪，别放过他！”

叶慕华冷冷说道：“风从龙，你不知道我，我可是知道你的。我知道你是陕甘总督的护院，不，现在是四川总督的护院了。你不在四川伺候你的主子，来到这里做什么？快快从实招来，我或者还可饶你一命。否则，哼，哼，我可是专杀狗腿子的！”

叶慕华是只知其一，不知其二，还未知道风从龙的真正身份。但风从龙听他一口喝破了自己的来历，这一惊更是非同小可了。

风从龙试过叶慕华的本领，心里想道：“想不到这些后生小辈一个比一个强，我费了偌大气力，还拿不下江海天的小徒弟，如今又来了这个小子，看来是更难对付！”他自忖至多可以和叶慕华打个平手，心里就不觉踌躇不定，是打呢？还是跑呢？

叶慕华似乎察觉了他的心思，哈哈一笑，截住了他的去路，喝道：“风大护院，你碰上了我，可由不得你了。还想跑么？”

风从龙怒道：“好小子，你当我怕你不成！我不过爱惜你的武功得来不易罢了。你的师父是什么人？”

风从龙想用缓兵之计，徐图对策。山中有家人家，两夫妻武功极高，他与这家人家甚有渊源，只要这家人家有一个人闻声而至，他就可以稳操胜券。

叶慕华怎肯上他的当，冷笑说道：“待会儿我自然会审问你的，却轮不到你来问我！”叶慕华并不知道他是要待强援，但他恐防风从龙尚有党羽，决不能让他拖延时间。

两人再度交手，风从龙小心翼翼，只守不攻。他把七十二路擒拿手使得非常绵密，企图慢慢消耗叶慕华的气力，即使胜不了叶慕华，但时间一长，这家人家发觉他们在这里打斗的可能性也就更大。

却不料他的如意算盘恰好是打错了，他的擒拿手本来是适宜于攻击的，他的功力比叶慕华略胜一筹，倘若以攻对攻，叶慕华多少要有几分顾忌，一两个时辰之内，至少可以打成平手。如今他只守不攻，意欲拖延时候，却反而对他不利。

叶慕华的掌力专伤奇经八脉，掌法也比他精妙得多。他虽然守得非常严密，还是免不了要和叶慕华对上了十几掌，每对一掌，他的真力就消耗一分，不到半个时辰，他已渐有力不从心之感。

这时，宇文雄正在一旁喘息，他消耗的气力太多，一时未能加入战团。风从龙越打越惊，心里想道："这小子已难对付，江海天这徒弟若然恢复了体力，我怎敌得住他们夹攻？那两位老前辈会不会来，这只能是凭着机缘凑合的，只怕他们未来，我先要阴沟里翻船。"

风从龙忽地猛攻三招，一个飞身，便去抢马，只要给他跨上赤龙驹，就可逃得性命。他突然转守为攻，出乎叶慕华意料之外，叶慕华化解了他的攻势，一时间却来不及阻截他了。

宇文雄撮唇一啸，这匹赤龙驹极通灵性，它在江家之时，是听惯了宇文雄的啸声的，虽然隔了一年，也还记得。宇文雄啸声一发，它果然听从指挥，便向宇文雄那边跑去。

风从龙一计不成，又生二计。一个转身，向宇文雄扑过去。宇文雄喘息未定，风从龙是意欲攻他一个措手不及，倘若能够擒获宇文雄，那就更胜于抢到赤龙驹了。

不料宇文雄虽然喘息未定，亦已恢复了几分气力，见风从龙扑过来，立即便是一招"白虹贯日"，青钢剑迎着风从龙的胸口刺出。

两人都是强弩之末，不过，仍是风从龙内力强些，"铮"的一声，把宇文雄的青钢剑弹落，双掌相交，风从龙的大擒拿手法占了上风，五指如钩，抓着了宇文雄的手腕。虽是强弩之末，指力仍似铁箍。宇文雄运劲挣扎，和他扭作一团。

风从龙正想施展近身缠斗的分筋错骨手法，可是业已来不及了。说时迟，那时快，只觉背后劲风倏然，风从龙半身酸麻，双臂已是软绵绵的垂了下来。原来是叶慕华及时赶至，点了他的穴道。

叶慕华擒了风从龙，宇文雄拾回宝剑，谢过了叶慕华，气呼呼地盯着风从龙，恨不得刺他一剑，叶慕华笑道："一剑将他杀掉，那是太便宜他了。"宇文雄瞿然一省，说道："不错，咱们找个僻静之处，审问他吧。"

叶慕华骑上他原来的那匹"一丈青"，宇文雄则改乘赤龙驹。那匹伤马和那匹枣红马，跟不上这两匹坐骑，只好将它们抛弃了。

叶慕华纵马上山道，笑道："这厮不是普通的鹰爪，为他而耽搁一些时候，也是值得的。"要知出了这段山区，就是平阳大道，路上人来人往，他们是绝不能带着俘虏走路的，到晚上投宿客店之时再审问的。风从龙见他们带他上山，心里却是暗暗欢喜。

叶慕华进入了密林深处，将风从龙提下马来，冷笑说道："风大护院，你审犯人也审得多了，今日可轮到你受审啦。识相的就依实供来，若有半句虚言，叫你识得我的厉害！先说，你这次是为了什么进京的？"

风从龙给他点了软麻穴，气力丝毫使不出来，但仍挺胸凸肚，装作一副好汉的模样大声说道："大丈夫死则死耳，你这两个小子也配审问我么？"说罢，还居然昂首向天，纵声大笑。

其实风从龙并非真不怕死，而是因为他知道对方要得到他的口供，一定不肯便即将他杀掉，他乐得充充好汉。他故意纵声大笑，还另有一个目的，是想把那家人家引来。

叶慕华冷冷说道："好，你笑吧！我倒要看你这个'硬汉子'能充得多久？"冷笑声中，一掌向他背心拍下。

这一掌力道并不很大，但片刻之后，在风从龙体内，似有千百条毒蛇乱窜乱啮一般，所受的痛苦，赛过世上任何一种毒刑，风从龙饶是铁骨铜皮也抵受不起，呻吟说道："你，你干脆一剑杀了我吧！"

叶慕华冷笑道："杀你？没这么便宜！你不是要充'硬汉子'么？怎么，我只是小施刑罚你就受不起了？我还有十几种更厉害的刑罚准备让你尝尝滋味呢！"

奇痒奇痛，整治得风从龙死去活来，只好气焰全消，哀声求告道："小祖宗，你松松刑吧，我说，我说，我说了！"声音断断续续，已是上气不接下气。

叶慕华笑道："你笑不出来了吧？哼，也不怕你不说！"说罢，在他身上的相关穴道一拍，减少了他两三分痛苦，让他保留一点气力可以说话，喝道："你这次进京来作什么？快说！"

风从龙喘过口气，说道："我给叶大人来京禀报军情，并请皇上给他增兵。"

叶慕华甚是精明，说道："什么军情？为何不用文书，要你亲口禀报？"

风从龙期期艾艾，想说又不敢说的样子。叶慕华冷笑道："你是不是想受更厉害的毒刑？"作势又要举掌拍下。风从龙胆战心惊，连忙说道："叶大人打了几次败仗，这是故意诈败的。他要我密奏皇上，请皇上安心。"

叶慕华道："何以他要诈败？"

风从龙道："这个，这个——"

叶慕华冷笑道："这个是与他的公子有关吧？老实告诉你，叶廷宗的来历我早已知道。你说假话也瞒不过我的。你说假话，只有你自己吃亏！"说罢在风从龙的关节要害之处一弹，那是神经感觉最敏锐之处，登时又把风从龙痛得死去活来，在地上打滚，杀猪般的大叫。

宇文雄诧道："谁是叶廷宗？"叶慕华笑道："叶廷宗就是你的大师兄叶凌风本来的名字，也就是这位风大护院的少主人，四川总督叶屠户的公子。"宇文雄大为惊异，心里想道："我不敢把此行的目的告诉他，却原来他不但早已知道大师兄是奸细，对他的来历，也比我们知道得多。"

风从龙面如土色，叫道："我全说了，你松松刑吧。"叶慕华以独门解穴的手法，"恰到好处"地略减了他几分痛苦，风从龙知道叶慕华已经知道叶凌风的底细，果然不敢隐瞒，说道："叶大人之故意诈败，那是因为要给他的公子树立威信。好让义军死心塌地地听他指挥。"

叶慕华“哼”了一声，接着问道：“叶屠户父子两人定下了什么阴谋诡计准备对付义军？快快从实招来！”

风从龙呻吟道：“这是军机大事，我、我不过是个护院，怎能知道？”

叶慕华冷笑道：“不过是个护院？哼，你的真正身份你当我不知道吗？叶屠户这次要你入京密禀军情，让你们的狗皇帝放心，他担保可以先败后胜，‘袭灭’义军。他有什么必胜的把握？他既然要主子宠信他，岂有不把这必胜的把握奏明主子之理？好，你不肯说，是吗？且待我慢慢地消遣你！”江湖上的俗话，“消遣”即是“折磨”的意思。

其实叶慕华并未知道风从龙的真正身份，不过从他这次入京替叶屠户密报军情的事件看来，亦可以猜想得到他不是个普通的“护院”了。而且叶慕华后面的这段推断，剖析精明，有如老吏断狱，风从龙根本就不可能狡辩。

风从龙只当叶慕华当真是已经知道了他的身份，既然无法狡辩，心中便自想道：“好汉不吃眼前亏，看来不说一些实话是不行了。”于是在喘过口气之后，吞吞吐吐地说道：“叶总督和他的公子定下计谋，准备在官军诈败几场之后，由他的公子招集川中各路义军，总攻小金川。官军在险要之处埋伏，由叶公子预先通风报讯，出其不意，攻其无备，将各路义军一网打尽！”

宇文雄大吃一惊，骂道：“好狠的手段！”要知直到现在为止，江海天他们虽然已经查明叶凌风是叶屠户之子的身份，但叶凌风如何父子串通的凭证，他们还未获得。如今从风从龙的口里招供出来，这才是铁证如山，叶凌风的罪恶也就完全暴露了。

叶慕华道：“这计划准备在什么时候进行？”风从龙道：“确实的日期是要看当时情势的，我也的确是不知道。”其实，虽未定下确切日子，但也约好了是在这个月内执行这项计划的。而且对这计划的具体内容，风从龙也完全知道。不过，他却说一半不说一半，未肯尽吐实情。

叶慕华虽然精明，究竟还是年轻，不是十分老练，没有追问下去，却转过话题，追问风从龙这次匆匆出京的任务。

风从龙早已透露了他见过贺兰明，此时无法隐瞒，但求少受折磨，只好如实说出，他是要赶回去秘密通知叶凌风，告诉叶凌风他的身份已经暴露，必须赶在揭发他的秘密的人来到之前，及早想法对付，或者提前动手，消灭义军。

风从龙所说的早已在他们意料之中，但他们仍是吃惊不小。要知问题的关键是在哪一方先到小金川，大内总管是一定会派人去通知叶凌风的，他们的马快，大内总管派的若是另外的人，骑的即使是内苑御马也未必追得上他们；但是风从龙骑的赤龙驹那就不同了。宇文雄听了不觉不寒而栗，心中想道："好在给我们侥幸遇上了他，将他擒获。要不然他骑了我师父的赤龙驹，一定会走在我的前头，先到小金川。"

风从龙道："我所知道的都已说了，请两位小英雄高抬贵手。"

叶慕华道："再问你一桩事情。三年前有十三名大内高手在甘肃的麦积石山围攻一个少年，这个少年就是你们的总督少爷如今冒了他的名字的那个叶凌风。而这十三名大内高手之中，有七个人当时就是住在陕甘总督的衙门的。你身为总督的护院，这件事你应该是知道的了？"

风从龙大吃一惊，心道："这件事他怎的也知道得如此清楚？"连忙说道："我知道这件事情，但当时我可没有同去。"

叶慕华道："我知道你没有同去。但那一班大内高手怎知道那一日叶凌风会到麦积石山的药王庙？这消息是谁密告的？"

风从龙害怕再受毒刑，心里想道："反正那些人都已死光了，我如实招供，亦是无妨。"便道："另外的六名大内高手当时奉命护送原在伊宁的耿总兵回京，这消息是他们漏夜到陕甘总督的衙门报讯的。至于他们何以知道，那就非我所知了。"

叶慕华知道这个事实，心里已明个中原委，暗自想道："一定是耿总兵父女在帐内密谈之时，给营中充任朝廷耳目的暗探偷听了去。那六名大内高手，名为护送，暗地里当然也负有监视他的任务。"他证实了此事与耿秀凤无关之后，不知怎的，心里就似有一块石头掉下地来的感到痛快，感到轻松。

叶慕华紧接着问道："你们明明知道耿总兵和那姓叶的少年是

毫无关系的，为何你的主人，当时的陕甘总督叶屠户却要借此一案陷害耿总兵?”

风从龙见他样样都知底细，不敢不说实话，“耿总兵那次进京，有活动升迁陕甘总督之意，叶大人得知风声，故此先下手为强，将他除掉。大内总管朴鼎查也因损失了十三名得力手下，无法向皇上交代，若依实说出十三名高手都是给一个少年杀的，只恐皇上将他斥革。故而朴总管也乐得与叶大人串通，陷害耿总兵，诬他通匪，好减轻自己派人不力的过错。”

叶慕华听得忘形，啪的一掌打裂了一块石头，说道:“原来如此，可惜，可惜……”

宇文雄道:“可惜什么?”叶慕华道:“没什么。可惜这里只有咱们两人。”原来他是想起了耿秀凤，心道:“可惜风从龙这番话耿秀凤没有听见。”

宇文雄莫名其妙，不知叶慕华是在盼望谁来。只听得叶慕华又向风从龙问道:“好，最后问你一桩事情，叶廷宗充当朝廷的奸细，这是几时开始的?是否由你从中穿针引线?”

风从龙只盼拖延时候，拖到有人救他，于是一一从实招供，免得多受折磨。宇文雄听了他的招供，不寒而栗，这才知道叶凌风去年回到江家之时已经是给风从龙操纵的奸细了。镇上的“太白楼”就是他们的秘密机关。

风从龙道:“我所知道的尽都说了，两位小英雄若肯饶我，以后我也不敢再当朝廷的鹰犬啦。”

叶慕华道:“当真都说了么?宇文兄，搜搜他的身子。”

宇文雄撕开风从龙的衣裳，搜出两份文书来，一份是皇帝给叶屠户的“御旨”，加他一个“兵部尚书”衔，许他奉旨有权指挥所有朝廷入川的军队。另一件文书则是兵部发的“凭照”，这是给叶凌风的“凭照”，证明叶凌风是兵部的“记名总兵”，有此凭照，可以得到官军的保护。

原来叶凌风所定的计划是要长期潜伏在义军之中，恐怕万一给不知原委的官军捉获，口说无凭，给官军杀了岂不“冤枉”?故而要通过他的父亲和风从龙的关系，向兵部取得这样一份“凭照”。

宇文雄剑尖指着风从龙的咽喉，喝道：“不说实话，就杀了你！”

叶慕华笑道："宇文兄，这两份文件对你或许会有用处，你妥为收藏吧。"宇文雄已知叶慕华知道了他入川的任务，两人心照不宣。当下宇文雄将文件贴肉藏好，说道："这厮该当如何处置。"

叶慕华道："这样的人决计不能相信，饶他少受一点活罪，给他一个痛快吧！"意思即是要宇文雄一剑将他杀了。

风从龙大叫道："你们怎么说话不算数！"

叶慕华道："我几时答应过饶你的命的？"

风从龙叫道："我吐露了这许多秘密，即使不能将功赎罪，也总可以稍减几分吧！"宇文雄宅心宽厚，有点不忍，说道："叶大哥，废他武功如何？"

叶慕华道："不能因只顾妇人之仁误了大事！"

宇文雄心头一凛，想起多少人的性命在他手上，放了风从龙不打紧，秘密泄露，祸害可就大了。于是一咬牙根，拔剑出鞘，正要刺去，风从龙大叫道："我还有一件机密之事，你们要不要知道？"宇文雄怔了一怔，宝剑将刺未刺。

宇文雄剑尖指着他的咽喉，喝道："有什么机密之事，快说！"

风从龙吞吞吐吐地说道："唉，这个，这个……你们可能饶我一条性命？"

宇文雄想了一想，说道："你不必说了。我不能饶你性命，不用骗我！"但宇文雄虽然决意杀他，毕竟也迟疑了片刻，而这片刻的迟疑，却误了大事。风从龙所企盼的救兵已经到了。

宇文雄的剑尖正要向前一插，风从龙蓦地笑道："你现在想要杀我，已经迟了！"说犹未了，只听得"叮"的一声，也不知是从什么地方飞来的暗器，竟然把宇文雄的长剑打落！

叶慕华大喝道："哪里来的妖妇，胆敢暗器伤人！"双指一弹，"铮"的一声，把一枚乌黑的指环弹落。就在此时，风从龙忽地骨碌碌地从山坡上滚下去，滚了约数丈之地，突然一个鲤鱼打挺，翻起身来。他本来是给叶慕华用独门手法点了穴道，不能动弹的。这一下变生意外，叶慕华的吃惊比碰到暗器偷袭更甚！

说时迟，那时快，只见一个服装怪异，白发如银的老妇人已经出现在他们的面前。哈哈笑道："有我在此，谁还能够伤害你？风从龙你不用跑啦!”

原来这个老妇人刚才是同时发出三枚指环，一枚打落了宇文雄的长剑，一枚打叶慕华的穴道，还有一枚却是用来解开风从龙的穴道的。

叶慕华虽然弹落她这枚指环，虎口也略略感到有点酸麻。叶慕华心头一凛，知道来的是个比风从龙武功更高的劲敌。

那老妇人虽然叫风从龙不要逃跑，但风从龙还是向赤龙驹跑去。而叶慕华最最害怕也是怕风从龙跨上了赤龙驹，逃之夭夭。因此在这关键时刻，叶慕华毫不迟疑，立即施展“八步赶蝉”的轻功，追赶风从龙，他知道自己独门点穴的功效，风从龙纵然穴道已经解开，至少也得再过半个时辰方能血脉畅通。此时杀他，不费吹灰之力，若给这老妇人缠上，再想腾出手来杀他，那就难了。这老妇人虽然厉害，料想宇文雄也能抵挡片时。

不料这老妇人却不去攻击宇文雄，宇文雄此时已经拾起宝剑，同样的施展“八步赶蝉”的轻功向老妇人追刺，老妇人反手一挥长袖，宇文雄已有准备，以全副功力使出“大须弥剑式”，老妇人这一拂未能将他宝剑拂落。不过宇文雄给她这股大力一震，却也身不由己地接连向后退出了七八步，兀自未能稳住身形。那老妇人一声长啸，后发先至，已经堵住了叶慕华的去路。

这老婆婆发白如银，但肤色红润，却是毫无龙钟之态，身手也极之矫捷。叶慕华一掌劈去，掌势飘忽不定，那老婆婆不受他的诱着所欺，反手一挥，接个正着，只听得“砰”的一声，叶慕华给她的掌力震退两步，老婆婆哈哈笑道:“你这大乘般若掌力是有了六七分火候了，但伤得了别人，却伤不了我。嘿，你是叶冲霄的儿子还是徒弟?”

这老婆婆只是接了他的一招，便看出他的来历，叶慕华惊疑不定，喝道:“你是谁，为何助这鹰爪?”叶慕华见她说得出他的父亲的名字，恐怕她和自己的父母或许有点交情，故而想要先查问个清楚。

老婆婆怒道:“混账，你骂谁是鹰爪?我的事情你管得着么?我喜欢帮谁就帮谁!你要知道我是什么人，你先给我磕头!”

叶慕华给她惹起了怒火，心中想道：“管她是谁，她既然是与鹰爪一路，那就是我的敌人了。”那老婆婆在冷笑声中又扑了过来，叶慕华已知般若掌伤不了她，便“刷”的拔剑出鞘，剑掌兼施，应付强敌。

老婆婆解下束腰的绸带，当作软鞭来使，内力贯注，绸带夭矫如龙，呼呼挟风，劲道竟是不亚于钢鞭，老婆婆接了几招，又冷笑道：“原来你是叶冲霄和欧阳婉的儿子。欧阳婉这贱婢把她娘家的剑法也传给你了。”

这老婆婆出口伤他母亲，叶慕华自是心中大怒，但在盛怒之中，却也甚为惊诧，他的父母极少与武林中人往来，这老婆婆却不但知道他的父母，对他母亲的家传剑法也一眼看得出来，按说她应该是与自己的父母相知颇深的了，但她却又不知道自己的父亲从来不收徒弟，似乎至少是这十几年来未曾往来的了。而且她又为什么要骂自己的母亲呢？

叶慕华大怒之下，豁了性命与那老婆婆抢攻。老婆婆挥舞绸带，见招拆招，见式破式。叶慕华所使的剑法似乎都已在她意料之中，而她所使的招式却在叶慕华意料之外。但奇怪的是叶慕华虽然识不破她的家数，却也隐隐看得出，她有若干招式竟似是从他的本门剑法中变化出来，和耿秀凤的家数则完全一样。

但老婆婆的功力却比耿秀凤高了不知多少，叶慕华可以胜得了耿秀凤，对这老婆婆却是一筹莫展。饶他使出浑身本领，拼命抢攻，仍是处处被这老婆婆所制。老婆婆冷笑道：“我骂你的母亲，你就生气了么？哼，欧阳婉这贱婢见了我，她也要向我磕头，让我喜欢怎样骂就怎样骂！”

叶慕华大怒，剑中夹掌，一招“横云断峰”，剑势斜飞，拦腰斩去。老婆婆冷笑道：“你宝剑虽利，岂能奈我何哉？”绸带一抖，倏地卷着了剑锋。叶慕华振臂一挥，不料对方的“卸力化劲”的功夫比他更要高明，绸带只是轻轻一引，叶慕华这一招的力道竟然给她化去，宝剑削它不断。

叶慕华左掌劈到，那老婆婆骈指一戳，又以“弹指神通”的功夫化解了他的般若掌力。老婆婆喝道：“撒手！”绸带一卷一拉，叶慕华虎口发热，隐隐作痛。可是他也运用上乘内功抗拒，虽然不敌对方，但宝剑仍是未曾脱手。

宇文雄喘息一过，见叶慕华形势危急，便来助战，他的本领虽然比不上叶慕华，但所用的“大须弥剑式”却是第一等的上乘剑法，老婆婆不敢轻敌，腾出一手，挥袖解他剑招。老婆婆的功力比叶慕华是要高些。但也不过高那么三两分而已，如今她既要分神拆解宇文雄的剑招，用于绸带的内力已是不能贯注，叶慕华乘机反击，“嗤”的一声，削去了一段绸带，解开束缚，两人联手，与那老婆婆再度交锋。

老婆婆仍然把绸带当作软鞭来使，指东打西，指南打北，饶是对方双剑联防，她兀是攻多守少。不过，宇文雄的“大须弥剑式”，守得极为严密，叶慕华的大乘般若掌，那老婆婆也不能不加意提防。因此她表面上似是略占上风，其实却是双方都无取胜的把握，成了个相持的局面。

风从龙刚才躲在乱石堆中，此时又再出来，要去抢那匹“赤龙驹”。叶慕华大为着急，说道：“宇文兄，杀那鹰爪要紧，你让我暂时抵挡一阵。”老婆婆哈哈笑道：“在我的眼皮底下，你们还想走得出去伤人么?”绸带夭矫如龙，把两人的身形全都罩往。宇文雄仅足自保，要想摆脱她的纠缠，却是不能。

宇文雄道：“不必着急，赤龙驹听我的话!”发出一声长啸，赤龙驹果然听他指挥，跑上山头。风从龙气得大骂，骂赤龙驹给他骑了一年多，竟然是只识旧主，不肯听他。

赤龙驹跑了开去，叶慕华那匹“一丈青”仍然留在原地吃草，风从龙咕哝道：“这匹马虽然比不上赤龙驹，也还不错。”舍了“赤龙驹”，便去牵“一丈青”。“一丈青”是叶慕华偷来的，尚未能指挥如意。风从龙的驯马术颇为高明，走过去牵着“一丈青”，“一丈青”没有反抗。

风从龙正要跨上马背，那老婆婆喝道：“风老大小心！有人偷袭!”正是：

千里飞骑争一瞬，不容奸贼遂奸谋。

欲知后事如何？请听下回分解。

第四十七回　尽释恩仇迎侠女
分清邪正叛师门

话犹未了，只听得“刷”的一声，一柄匕首已是遥掷过来。风从龙在百忙中抓起马鞍一挡，他的功力仅仅恢复两三成，马鞍虽然击中匕首，却未能将它打落。匕首余势未衰，给马鞍一碰，斜飞出去，“卟”的一下在他肩头划开了一道伤口，血流如注。这还幸亏是他得到那老婆婆的提醒，要不然匕首早已插入他的后脑了。

只见在那土堆后面，乱草丛中，出现了三个汉子，其中两个打扮成黑白无常的模样，还有一个形状更是古怪，发如乱草，满面血污，明明是个男子，却穿着女人的衣裳，那件衣裳又是给撕破了的，露出个黑茸茸的胸膛。

原来这两个扮作黑白无常的汉子，正是昨晚在归德堡给耿秀凤当内应的那对朱家兄弟。那个满面血污的汉子，则是和他们一伙的扮作“女鬼”的那个人。

昨晚一场激战，“女鬼”给归古愚的大力鹰爪功抓伤，伤得颇重。朱家兄弟也受了一点轻伤，还能跑路。他们背了受重伤的同伴先逃出归德堡，未能与耿秀凤会合。本来他们是准备到一个相熟的人家养伤的，半路跑不动了，而受重伤这个“女鬼”又必须急救，故而只好在这山上躲藏起来，藏匿之处，恰恰就是叶慕华刚才审问风从龙的附近。

他们起初是因为不知道叶慕华与宇文雄的底细，一时不敢露面。后来虽然知道他们是侠义道，但听他们正在审问风从龙，事关机密。而江湖上的避忌之一，就是不可偷听别人的秘密，他们一来是为了避嫌，二来是不想打扰叶慕华的审问。因此决定暂不露面，待他们的审问告一段落之后再说。不料刚终结之时，那老婆婆又来了。朱家兄弟识得这老婆婆的厉害，更加不敢露面了。

待到宇文雄与叶慕华联手，和那老婆婆打成平手之后，朱家兄弟才松了口气，老婆婆是在半路上截住叶慕华激战的，离他们藏匿之处有十数丈之遥。他们屏息呼吸，老婆婆的全副精神用于对付敌人，一直没有发现他们，直到那“女鬼”掷出匕首之时，老婆婆方始发觉。

朱家兄弟从刚才听到的“审问”中，已知风从龙的鹰爪身份，而且不是普通的鹰爪，倘若给他逃跑，祸害不小，在这关键的时刻，朱家兄弟再也顾不得本身的危险，双双跃出土堆，便向风从龙扑去。扮作“女鬼”的那个汉子，擅长暗器，因受伤太重，敷了金创药之后刚刚止了血，却还不能走动。他飞出一柄匕首，用尽了气力，此时又晕倒在那土堆后面了。

那匹“一丈青”受了惊吓，跑了开去，说时迟，那时快，朱家兄弟已是双双扑到，各使用一对佛手拐，一左一右，夹攻风从龙。

若是平时朱家兄弟绝对不是风从龙的对手，但此际风从龙的功力仅恢复了两三成，朱家兄弟虽然也受了一点轻伤，但两人联手，却是胜过他了。

风从龙的大力鹰爪功使不出来，只能用马鞍遮拦格挡，不过数招，险象环生，眼看就要毙在朱家兄弟的拐下。

那老婆婆“哼”了一声，喝道:“有我在此，谁敢动风从龙的半根毫发，我就要他的性命!”话犹未了，只听得“卜”的一声，风从龙的马鞍给朱老大的佛手拐打碎，朱老二手起拐落，就向他的天灵盖敲下来。

风从龙吓得魂飞魄散，没命地叫道:“欧阳大娘快来救我!”就在朱老二的佛手拐将落未落之际，蓦地一枚暗器闪电般的射来，却原是那老婆婆飞出一枚指环，正中朱老二的“愈气穴”，朱老二的佛手拐未打着风从龙，自己先跌倒了。

叶慕华的母亲复姓欧阳，娘家原是住在终南山的。叶慕华听得风从龙的口中叫出“欧阳大娘”的名字，忽然想起了此地正是终南山，不禁心里一惊，想道：“难道，难道这妖妇竟是我外婆家里的长辈？”

那老婆婆十指套着指环，已打出四枚，还有六枚。叶慕华心念未已，那老婆婆一弹指，“铮”的又发出一枚。

叶慕华不顾一切，剑掌兼施，向那老婆婆猛攻，宇文雄也改用追风剑法，配合叶慕华的攻击，他们两人摆不脱那老婆婆，那老婆婆在他们的联手猛攻之下，也抽不出身子去助风从龙。

朱老大功力较高，距离又远，那枚指环打着他的麻穴，力道不足，他晃了两晃，未曾跌倒。

老婆婆应付了他们一轮猛攻，缓过口气，“铮”的又发出一枚指环。但恰好在她发射暗器之时，宇文雄的剑招刺到她的前面，她略一分神解招，暗器的准头稍偏，这一枚指环擦着朱老大的肩头飞过，没打中他的穴道。

但朱老大给她的第一枚指环打中麻穴，虽然没有跌倒，一条手臂已是不听使唤，气力也弱了一半，风从龙用“空手入白刃”的功夫，已是将他迫得拐法大乱。

老婆婆正想再发指环，就在此时，忽听得马铃声响，一个红衣少女骑着一匹枣红马飞快地跑上山来。这红衣少女不是别人，正是耿秀凤，她骑的那匹枣红马却是宇文雄留在山下的那匹坐骑。

那老婆婆打向朱老大的第三枚指环发出，耿秀凤的快马及时赶到，马鞭一挥，卷着了朱老大。她使的是股巧劲，轻轻一拉，将朱老大拉过一边，恰巧避过了那枚指环。耿秀凤因为这是师父所发的暗器，所以不敢将它打落。

耿秀凤拉开了朱老大，跳下马来，连忙叫道：“师父手下留情，他们是和弟子结盟的朱家兄弟，是自己人。”

朱老大也连忙叫道：“这厮是朝廷鹰爪。耿女侠，你赶快把他料理了再说！”他们都在抢着说话，耿秀凤代朱家兄弟求情，朱家兄弟则在催她杀风从龙，变成了各说各的。待到朱老大听清楚了耿秀凤叫那老婆婆做“师父”，方始大吃一惊。

耿秀凤刚刚来到，一时间还弄不清楚目前的这个局面是怎么回事。听得风从龙是个朝廷鹰爪，也不觉吃了一惊。正要去对付他，那老婆婆已在喝道："秀凤，住手！这个姓风的是我所要保护的人，任何人不许伤他一根毫发！"

师命不敢不遵，耿秀凤只好住手。风从龙在他们说话的时间，已经追上了那匹"一丈青"，他生怕有甚变卦，急急忙忙跨上马背，便自跑下山去了。

叶慕华大叫道："耿姑娘，这姓风的是叶屠户的护院，叶屠户是陷害你爹爹的人。你怎可将他放了？放走了他，祸患不小，快快去追，还来得及！"

那老婆婆也在同时叫道："秀凤，过来！这姓叶的是你的仇人。你过来，我让你亲手杀他！"要知那老婆婆对付他们二人联手，刚好是半斤八两。此时耿秀凤若然来杀叶慕华，可以不费吹灰之力。那老婆婆是想要她徒弟助她取胜。

耿秀凤茫然不知所措。师父为何与叶慕华交手？又为何要保护那个被朱家兄弟指为"朝廷鹰爪"的风从龙？她是全不知情，同样那老婆婆也不知道她的徒弟与叶慕华之间的曲折。

在风从龙刚刚骑上"一丈青"的时候，耿秀凤若然立即去追。两匹坐骑脚力差不多，风从龙气力未曾完全恢复，耿秀凤是可以追得上他的。此时风从龙已经去得远了。而且在师父的严命之下，叶慕华也知道她是不会听自己的话了。

叶慕华叹了口气，一面抵敌那老婆婆，一面叫道："耿姑娘，一误不能再误。我不是你的仇人，你我之间的误会完全是叶屠户陷害的。不信，你问朱家兄弟！你我即使不是同一路的人，也不应该是仇敌！"在叶慕华说话的同时，那老婆婆则在连声催促："凤儿，还不过来！"

朱老大说道："耿寨主，这位叶少侠说的都是实情。我刚才亲耳听得那姓风的鹰爪向他招供的。"于是一五一十的将他无意中偷听得知的真相，向耿秀凤和盘托出。

叶慕华、宇文雄拼命抢攻，使得那老婆婆无法腾出手偷发暗器。老婆婆怒道："凤姑，你怎么啦？你不听为师的话，难道是想背叛师门么？不错，那姓风的是给朝廷当差，但这又有什么碍得着你了？你的爹爹还做到朝廷的总兵呢！他们编造这姓风的口供，是假是真，还不知道。即使是真，你的仇人也只是叶总督。叶总督手下多少当差的人，难道你都要杀个一干二净么？报仇是一回事，但你可犯不着和朝廷作对的贼人混在一起。”

耿秀凤对师父的话置若罔闻，却用心地听朱老大说明了真相。她知道朱家兄弟是绝对不会欺骗她的。

不错，在耿秀凤的初意，是只想为父亲报仇，还没想到要反叛朝廷的。但当她在绿林中经过了一些时日之后，她已渐渐明白，这个“朝廷”是庇护一切像她仇人叶屠户之类的坏官的，她也渐渐知道了更多的“官迫民反”的事情。即使她还没有决心反叛朝廷，但她也预感得到，她这一生是绝不会恢复“官家小姐”的身份，势将是走上和“朝廷”作对的路了。

此际，她已知道了事情的真相，知道了这个姓叶的少年非但不是她的仇人，反而是她的恩人，她还焉能违背良心，听从师命，恩将仇报，助纣为虐？

叶慕华叫道：“这姓风的不是一个普通的公差，他是专门为朝廷杀害江湖义士的鹰爪，他也是叶屠户倚为靠山的护院。”其实，不用他说，耿秀凤在听完了朱老大的说话之后，也早已明白了。

耿秀凤又是伤心，又是惶惑。这次她本来是到终南山来拜见师父的，却想不到师父竟是和她的仇人有关连的人。她要庇护叶屠户的“护院”，还要自己去杀于己有恩的叶慕华。耿秀凤弄不明白这是怎么一回事，但有一点她是明白的：她绝对不会这样做。任凭师父怎样处罚她，她也不会做出这等伤天害理之事的。

耿秀凤含着眼泪，说道：“师父，你只当没有这个徒弟吧！”正要跨上那匹枣红马，忽地一眼瞥见晕在土堆后的那个昨晚扮作“女鬼”汉子。耿秀凤解开了朱老二的穴道，又给了朱老大一包药，说道：“这匹马留给你们。你们救醒五哥，也赶快走吧。”她自己可是片刻也不想再留了，交代了这几句话，便即掩着泪痕，独个儿下山去了。

那老婆婆怒道：“好呀，你羽毛丰满要飞了么？看你可飞得出我的掌心？且待我收拾了这两个小贼，再抓你回来算账！”

叶慕华怎能让她脱身，剑中夹掌，越攻越紧。那老婆婆说了大话之后，气力却似越发不加，她本来是把那绸带使得夭矫如龙的，此时也渐渐缓慢起来。

激战中只听得“嗤、嗤”两声，叶慕华与宇文雄双剑交叉削过，把那条绸带削为三截。剩在老婆婆手中的只是短短的一段。

老婆婆索性不用任何武器，把绸带一抛，双手一搓，蓦地发出一声长啸。霎时间只见她掌心俨若涂脂，变得血红。

叶慕华心中一凛，虽然不知道她要使出什么杀手，却也知道这是一门邪派功夫，连忙叫道：“宇文兄，小心了！”

说时迟，那时快。那老婆婆掌挟劲风，已是双掌一齐劈出。她那掌风竟然是热乎乎的，触人如烫！

说也奇怪，她刚才还似气力不支的样子。突然间掌力却似浪涌波翻。叶慕华抢在宇文雄前面接招，青钢剑被老婆婆的掌力荡开，叶慕华只得使出般若掌力，硬接那老婆婆一掌。

叶慕华曾用般若掌力与她对过三掌，虽然给她破解，但也是彼此无伤而已，叶慕华并不怎样吃亏，而那老婆婆也似乎对他的专伤奇经八脉的般若掌有些顾忌，所以叶慕华才敢大胆使用。

不料，这一次却是大大不同。双掌相交之下，叶慕华的掌心竟似给一块烧红的铁块烙过似的，火辣辣作痛。顿时间只觉气血翻涌，五脏六腑，都好似要翻转过来。

原来这老婆婆用的是“雷神掌”的邪派功夫。她丈夫的“雷神掌”是武林一绝，不过她这“雷神掌”是跟她丈夫练的，火候尚还未到，不能说用就用，而每次使用，又颇伤元气。她是因为没有其他办法可以速胜，所以直到现在才决意使用的。

叶慕华身不由己地退了几步，老婆婆哈哈笑道：“你知道我的厉害了么，看在你母亲的份上，你母亲虽然得罪了我，究竟也还是欧阳家的人，你跪下来磕头吧，我不杀你！”

宇文雄防她伤害叶慕华，以“大须弥剑式”挡在他的身前，替他防护。宇文雄的本领不及叶慕华，但大须弥剑式却是最上乘的护身剑法。老婆婆急切间破他不得，冷笑道：“好，你这小子要逞英雄是不是？我就先要了你这条小命！”

叶慕华喘过口气，说道："宇文兄，你的事情紧要，你还是赶快走吧！"接着又向那老婆婆说道："欧阳大娘，我不知道你是我外婆家的什么人，但你既然恨我母亲，意欲如何，由我替娘承当便是！想我磕头，却是不成！事有是非，理有曲直，今日之事，无论如何，是你不该。"叶慕华说话不卑不亢，他的所谓"承当"，即是仍要与那老婆婆拼个死活，管她是否亲戚长辈，敌我之间，决不肯向敌求饶。不过，他在称呼上则客气了一些，不骂她"妖婆"，改口叫她"欧阳大娘"了。

欧阳大娘怒道："好呀，你这小子知道了我是谁，居然还是这样目无尊长！你们这两个小贼，我一个也不饶了！"

叶慕华想要抢到前面与欧阳大娘对敌，叫宇文雄速走。宇文雄哪里肯依？大须弥剑式使得越发越密，一幢剑光，挡在叶慕华前面，也挡住了欧阳大娘的扑击！

欧阳大娘因为使那"雷神掌"功夫颇耗元气，需要有点时间运气调神，不能连续使用。此时她已经做好准备功夫，双掌又变得血红。盛怒之下，举起手来，便要取宇文雄的性命！宇文雄剑法高明，内功的造诣则不如叶慕华，若是真要硬接对方的"雷神掌"，不死亦必重伤。

叶慕华又惊又急，正要不顾一切，把宇文雄拉开，自己冲上前去。就在此时，忽听得朱家兄弟惊喜交集的声音叫道："仲帮主，你老人家快来！"

欧阳大娘眼观四面，耳听八方，此时亦已察觉有人来到。吃了一惊，心道："怎的这么巧，碰上了这个老叫化？"一惊之下，真气未能凝聚，双掌也将落未落。

说时迟，那时快，只见一个衣裳褴褛，背负讨米袋的老叫化已经突然出现在他们面前。宇文雄认得这老叫化不是别人，正是与他师门的渊源极深的丐帮帮主仲长统。

仲长统打了个哈哈，说道："老叫化生平最好多管闲事，欧阳大娘，你欺侮这两个小辈，为甚来由？"

宇文雄叫道："她助朝廷鹰爪，要杀我们。"

欧阳大娘冷冷说道："你知这姓叶的小子是什么人？他是我们

家的小辈，我自管教我家的小辈，你是外人插什么手？你可以带江海天的徒弟走开。”欧阳大娘避重就轻，撇开助鹰爪的事，却说成了是她家的私事。

仲长统早已听得她刚才骂叶慕华的那些说话，知道她是什么人了。当下冷笑道：“你不是早已不认这门亲戚了么？嘿，嘿！老叫化是公事也管，私事也管。有我在此，就是不许你动手！”

欧阳大娘怒道：“仲长统，你只合去管你的一帮臭化子，我们欧阳家的事你也配伸手来管么？”欧阳大娘一家人称霸武林，横蛮已惯，她虽然明知仲长统是丐帮帮主，武功只有在她之上，决不会在她之下，但却是咽不下这口气。

仲长统冷笑道：“好，你要动手，我老叫化奉陪！欺侮小孩子有甚威风？”一手将宇文雄拉开，只用一只左手，漫不经意地向前拍出，便接了欧阳大娘自恃为看家本领的“雷神掌”。

双掌未曾碰上，已是发出郁雷也似的炸声。只见在掌风激荡之中，欧阳大娘的面色刷的一下子变得死灰似的苍白，身形恍似风中之烛，摇摇晃晃地接连退出了七八步，这才“哇”的一大口鲜血吐了出来。不过，总算还能稳住身形，没有跌倒。

原来仲长统练“混元一气功”早已到了炉火纯青之境，内力的雄浑，远在欧阳大娘之上。仲长统只以劈空掌力将她震退，已算是手下留情。

仲长统淡淡说道：“你的雷神掌还未够火候，回去跟你的当家的再练吧。”

欧阳大娘嘶声叫道：“好呀，我与你这老叫化的冤仇是结定的了。我输给你，我们欧阳家的雷神掌可还没输给你。你约下个日期吧，我一定会叫我的丈夫赴约。”欧阳大娘大败亏输，只好搬出丈夫来作护符，要回一点面子。

仲长统笑道：“老叫化行踪无定，哪有工夫与你订什么约会。我知道你的当家的下山去了，还未回来。待我下次经过终南山，一定登门向他请教就是！”

欧阳大娘不觉又是心头一震，暗自想道：“这老叫化消息好灵通，连我丈夫不在家他也知道了。”欧阳大娘恃着丈夫的名头，敢说几句硬话，此时被人知道了底细，便再也硬不起来，交代了几句门面话，垂头丧气的连忙就走。

宇文雄上前拜谢，叶慕华也过来见过了仲长统。仲长统笑道："幸亏欧阳伯和不在终南山，要不然你们今日的苦头恐怕要吃得更大了。不过，你们两人和这妖妇打成平手，也算是十分难得了。你爹爹是叶冲霄吧？你爹爹的内功心法传了给你没有？"后面两句话是单独向叶慕华说的。

叶慕华不解仲长统何以初次和他见面，立即便考问他的功夫，当下说道："晚辈资质鲁钝，家父虽有传授，晚辈领会的却是不多。"

仲长统道："不必客气，你照你家传的内功心法，凝聚真气，护着心神。你受了一点点内伤，待我来替你驱散雷神掌的热毒。"

仲长统掌贴他的背心，替他推血过宫，掌力所到之处，叶慕华只觉遍体清凉，说不出的舒服。不过片刻，只见叶慕华头顶发出热腾腾的白气，体内热毒都已随着汗水蒸发。仲长统赞道："你小小年纪，内功造诣倒是很不错呀。二十年前，你爹爹和你一般年纪的时候，还没有你这样功力。"

叶慕华道："这么说来，仲帮主和家父母是早已熟识的了？"

仲长统哈哈笑道："岂止熟识，当年你父母的婚姻，还是我老叫化替他们撮合的呢。"

叶慕华道："欧阳大娘是我外婆家的什么人？仲帮主刚才说的那个欧阳伯和又是什么人？"

仲长统道："哦，原来你母亲从未对你说过娘家的事情。你外公一家共是三兄弟，就是住在这终南山的。你外公居中，名叫欧阳仲和。欧阳伯和是哥哥。还有一个弟弟欧阳季和。你外公外婆大约在你诞生不久就去世了。欧阳季和不久也遁迹海外，不知所终。如今你的外公一家，就只剩下长房欧阳伯和，夫妻父子三人。刚才和你交手的那个欧阳大娘，就是他的妻子，也就是你母亲的大婶。他们和你的父母一向不和，早已断绝了亲戚关系的。这其中缘故，我慢慢和你再说。"

原来欧阳一家，乃是武林中一霸，当年三兄弟都有魔头之称。

欧阳伯和与朝廷早有勾结，当年且曾逼迫过侄女欧阳婉嫁与清廷第一高手文廷壁的侄儿文道庄的（事详《冰河洗剑录》），欧阳婉得江海天和她一个师兄之助，在文家迎亲之日，重伤了新郎文道庄，从此与家庭决裂。

其后经过许多曲折，欧阳婉变成了叶冲霄的妻子。这门亲事，她娘家最初是赞同的。因为叶冲霄是一个小王国的大王子，有继承王位之望，不料后来叶冲霄放弃王位，让给弟弟。他们又不愿投顺清廷，对欧阳一家的为非作歹之事也是从不附和。欧阳伯和大失所望，痛恨他们"没有出息"，还连累了娘家，因此欧阳婉再度与家庭决裂。她的父母在欧阳伯和迁怒、责怪之下，郁郁而终。

仲长统一时还不及细说原由，叶慕华此际也另有更紧要的事情，急待与宇文雄商量，既然明白了一点梗概，也就无暇追问了。

此时朱家兄弟已经把同伴救活，过来与众人相见。但他们也同样无暇细说情由，他们和叶慕华焦虑着同一事情：风从龙已经跑了半个时辰，能不能追上他呢？倘若给风从龙先到小金川，与叶凌风通了消息，这祸患可就真是不堪设想了！

仲长统道："你说的那个姓风的可是年纪五十左右，一脸胡须的汉子？"

叶慕华道："正是。你老人家认得他？"

仲长统道："我刚才上山的时候，他正骑着马跑下来。我不认得他，却认得他这匹坐骑。我知道他是河北万家庄的人，所以才会骑着庄主的坐骑。万家庄庄主万平野是个臭名昭彰的恶霸，丐帮的弟子也曾受过他的欺压，他的人跑到终南山来，一定不会干出好事。嘿，嘿，我见了这匹坐骑就生气，有理无理，我就先打了他一记劈空掌，准备把他打下马来，再盘问他。"

宇文雄喜道："可把他揪住没有？"

仲长统道："当时我不知他是谁，想留下个活口盘问，已生怕打死了他，因此只敢用到三分力道。只听得这厮闷哼一声，也不知受伤没有？他那匹马跑得很快，我追不上他只好算了。嗯，真是可惜，倘若我早知道他是朝廷的鹰爪，我那一掌就不会只用三分力道了。"

朱老大笑道：“你老人家的三分掌力，等闲之辈也禁受不起。谅这风从龙多少也要受点伤吧？他若受伤，咱们追上他的机会倒是多一些了。”

叶慕华忙道：“宇文兄，你赶快骑你的那匹赤龙驹去追，赤龙驹跑得比他的那匹‘一丈青’更快。他虽然先跑了一个时辰，你今天追不上，明早也总可以追得上的。”

宇文雄道：“咱们怎么会合？”

叶慕华道：“你每跑十里左右，就留一个记号给我。”这是叶慕华细心之处，倘若宇文雄在路上有什么意外，有了记号，也便于追踪。

两人约定了记号，宇文雄便即跨上赤龙驹飞驰而去。叶慕华这才有余暇向仲长统解释：那匹“一丈青”是他从万家庄偷来，而又给风从龙抢走的。关于风从龙入川的阴谋，他也对仲长统说了。

朱家兄弟说道：“万家庄的人昨晚倒是有个护院到了归德堡了。”

仲长统道：“听说归德堡昨晚出了事，可是你们闹的？你们的仇报了没有？”

朱家兄弟道：“是飞凤山的耿秀凤昨晚来攻打归德堡，我们只是给她作个内应。那归老贼打伤我们的五弟，旧仇未报，又添上了新仇了。”

一行人边走边说，叶慕华这才知道朱家原来是归古愚的佃户，荒年交不出租，父母都给归家迫死。朱家兄弟那时不过五六岁，和另外一些族人逃荒在外，后来投入丐帮，也做过劫富济贫的侠盗。几年前才以“外乡人”的身份，重回归德堡的。

他们离开家乡二十多年，当年的“鼻涕虫”都已变成了身材魁伟的中年汉子了，更兼说的又是外地口音，归古愚当然不会知道他们就是被自己迫死的佃户的儿子。莫说归古愚，甚至连他们的本村人都不认得他们了。

他们假充是仰慕归德堡兴旺的外地难民，走难到此，来求荫庇的。他们答应了归家苛刻的条件，替归家开垦荒地，地上的收成对分，所养的家畜十头献三头，另外还要每年替归家做两个月没工钱的苦工。

他们之所以答应这些苛刻的条件，就是为了换得归古愚的允许，准他们在归德堡居住下来。

他们的目的当然是为了报仇。可是住下来之后，他们才知道报仇实是不易，归家不但有四个本领高强的护院，归古愚本身的武功，也远在他们之上。他们在归德堡住了几年，始终都没有找到报仇的机会。

朱家兄弟有一个从前在绿林结交的朋友，如今投入飞凤山，在耿秀凤手下当了一名头目。这次耿秀凤和归德堡结了梁子，这人就替耿秀凤拉拢了朱家兄弟，两人订下盟约，里应外合，攻破归德堡，杀掉归古愚给朱家兄弟报仇。不料仇没报成，朱家兄弟反而受了伤。

叶慕华听了朱家兄弟的故事，义愤填胸，劝慰他们道："这些害人的土豪恶霸，将来义军都要把他们铲除的。不过目前义军是首先要对付清廷，一时无暇理会这些小丑。待我从四川回来之后，一定助你们一臂之力。"

朱家兄弟道谢了叶慕华，说道："我们的私仇不劳叶大侠费心。我们准备去投奔耿寨主，相信耿寨主受了一次挫折，决不会就此罢休的。"

仲长统道："我早就听说欧阳伯和夫妇收了一个总兵官的女儿做徒弟，却原来就是你们的耿寨主。这两年来在绿林中的后起之秀，你们的耿寨主也算得是一个了。但不知她是总兵的女儿，却何以当上了强盗头子？"

叶慕华把其中的原因告诉了仲长统，但却瞒过了他与耿秀凤之间的情事。

朱老大因为偷听了他们刚才审问风从龙的那些话，是知道他们的情事的，说道："叶大侠，多谢你昨晚全力相助，飞凤山的兄弟受伤很多，大队想必走得未远，你就耽搁一两天，和我们一同去见见耿寨主如何？"

仲长统最欢喜给年轻人做媒，他虽然不知叶耿之间的情事，但听了他和朱家兄弟的说话，也猜到了几分，哈哈笑道："对，耿秀凤既然是你的朋友，你理该去看看她的。我本来要去探江海天的，如今改了主意，也去小金川了。有我替你照顾宇文雄，你可以放心。”

叶慕华面上一红，期期艾艾地说道：“不，不。我和你们的寨主已经见过了，我也没有什么特别事情要去找她。”

朱老大道：“但你们可一直还没机会说话呢。风从龙的口供，我刚才虽然告诉了耿寨主，但只怕还有遗漏。你不想和她亲自说一说吗？”朱老大特地“点”他一下，用意也是想撮合他们，让叶慕华亲自向她解释，以便两人言归于好。

仲长统不知就里，笑道：“少年人就是脸皮薄，探访一个朋友也用得着面红？”

说话之间，已到山下，忽见两个少女骑着马跑来，后面还跟有两骑无人乘坐的骏马。原来是耿秀凤派她的两个侍女带了坐骑来接朱家兄弟的，宇文雄那一匹枣红马也带来了。

年纪较大的那侍女笑道：“叶公子也在这儿，这更好了。我们的小姐说，这匹枣红马她刚才以为是无主的坐骑，借用了一下。如今始知是叶公子的朋友的，特地叫我们带来归还原主。我们想省点工夫，不去找寻原主了，就请叶公子代你的朋友收下吧。还有，我们的小姐也托我们向叶公子道歉，昨晚多承大恩，无以为报，反而得罪了公子了。叶公子有什么话要我们转达小姐么？”

其实耿秀凤只是要她交回马匹，“道歉”的说话，却是她擅自替她的小姐说的。她是耿秀凤的贴身侍女，知道小姐的心事。

叶慕华道：“有倒是有点小事，你们的小姐有件东西……”

那侍女道：“怎么样？”叶慕华本来想把那根金钗托她交还，忽地又改了主意，说道：“你们小姐失落的东西恰好我捡着了，待我从川北回来，自当亲到贵寨拜访，原璧归赵。就是这件事情，请你们转告小姐。”他说得含含糊糊，好像那件东西他并没有带在身上，故而要以后才能归还。这侍女是知道他接了耿秀凤当作暗器的金钗的，笑了一笑，说道：“哦，有这么巧的事情，我们小姐失落的东西，恰好你捡着了。既然如此，是该你亲手交还才对。”

朱老大道：“叶兄，你决意不和我们一同去了？”

叶慕华道：“我与宇文雄有约，如今得回他这匹坐骑，我想马上赶去会他。这件事紧要一些，飞凤山以后再去，也还不迟。”

仲长统道：“好，先公后私，你作的也对。你的马快，那你就先走吧。老叫化随后就来。多一个人，沿途也好接应。”

于是叶慕华骑马先走。这匹枣红马虽然比不上赤龙驹，也比不上“一丈青”，却也是匹异常的骏马。叶慕华和耿秀凤虽没机会交谈，但心头的结则已解开。此时他只剩下唯一的心事：宇文雄能不能追上风从龙呢？

宇文雄是和叶慕华约好了的，每走十里左右，就留下一个记号，倘若擒获了风从龙，则再加一个十字。叶慕华一路前行，果然发现有宇文雄沿道途留下的记号，但却没有发现十字。

第一天叶慕华并不担心，第二天可就有点心慌了。因为按照他的估计，赤龙驹跑得快，第二天是应该可以追得上风从龙那匹坐骑的，可是仍然没有发现十字。“难道是风从龙躲了起来，宇文雄却赶过前头去了？”“又难道风从龙走的是另一条路？”

若是第一种情况，那倒问题不大。宇文雄能够赶在他的前头先到小金川，任务便已达成，至多是遗憾未能杀掉风从龙而已。若是第二种情况，风从龙另抄捷径，先到小金川，祸患可就大了。但入川的大路，这条“大路”还是凿山贯通的，倘若另走其他小路，更是崎岖难行。何况也没听说另有其他小路。

叶慕华心中想道：“风从龙也是急于入川报讯的。除非他真是受了重伤，否则决不会躲起来。”叶慕华虽然没有发现十字，但沿途看见宇文雄留下的记号，知道他并无意外，虽是有点挂虑不知风从龙的行踪，也还可以放心。

到了第三天，他可就真是大大吃惊了。这一天走了三十里之后，便再也没有发现宇文雄留下的记号。他又再走回头来搜索，把附近的树林都走个遍，仍然没有发现宇文雄，也没有发现任何蛛丝马迹。记号突然中断，那就是说明宇文雄在这一带十里之内的地方出事了。偏偏这十里之内，都是荒山峻岭，连一家人家都没有。叶慕华根本就无从查问！

宇文雄怎的突然失踪了呢？花开两朵，各表一枝。且说宇文雄当日之事。

这一日宇文雄正走到一处险峻的山路，忽听得“呼”的一声，一颗石子从山上打下来，恰恰打着了赤龙驹的前蹄。赤龙驹跑得飞快，从山上飞下的一颗小石子居然能够恰恰打着它的前蹄，这人的暗器功夫端的是高明到极！

赤龙驹不但是恰好被打着前蹄，而且是正中关节。赤龙驹一声大叫，前蹄屈地。去势正急，突然煞住，饶是宇文雄武功不坏，骑术也相当高明，但在毫无防备的情况之下，受此袭击，赤龙驹突然倒下，他也禁不住给抛了起来，重重地摔了一个筋斗！

宇文雄未曾爬起，只听得山头上有人哈哈笑道：“爹爹，你真是神机妙算，果然是他们报讯的人从这里经过。哈哈，这小子我认得，他是江海天的二徒弟宇文雄！”

宇文雄抬头一看，只见山上出现了三个人，这三个人他全部认得，老的那个是杨钲，小的那个是他的儿子杨芃，还有一个中年汉子，则是青城派的蒙永平。

原来杨钲父子在群雄大闹天牢那晚侥幸逃了出来，杨钲老奸巨滑，那晚他在天牢看见江海天师徒与尉迟炯夫妇已经会面，便知假叶凌风的事件一定要揭穿，于是黑夜逃出京城，赶回四川报讯。其时宫中也正在混战。他们一来是没有时间，二来也没有胆量到宫中去听取大内总管的指示了。

蒙永平则是混入青城派的清廷奸细，也是奉命参加援川这一支义军并与叶凌风直接联络的人。叶凌风派他出来打听消息，与杨钲父子遇上。

杨钲预料义军方面一定有人入川报讯，于是在与蒙永平会合之后，便决定分头行事。杨钲因为自己的真面目在邛山之会已被揭破，不便直接到叶凌风所统领的那支义军之中，与其辗转使人去通知叶凌风，不如就由蒙永平原人回去禀报。而他们父子则准备在入川必经之路上，选择一处险要的地方埋伏，截击义军方面入川报讯的人。杨钲认为这样双管齐下，可以更保“安全”。免得义军方面的使者有人漏网，万一赶过了他的前头，先到小金川。

杨钲父子比宇文雄先出京城三天，但因宇文雄马快，恰好在杨钲父子与蒙永平会合之后不久，他骑着赤龙驹从这路上经过了，其时蒙永平正带领杨钲父子选好一处地方埋伏尚未离开。

且说杨钲飞石打伤了赤龙驹，将宇文雄摔下马背之后，他儿子告诉他宇文雄的身份。杨钲不由得喜气洋洋，哈哈笑道：“好，先捉江海天的徒弟，也好出一口气。哈，这匹坐骑也很不错，敢情就是江家的那匹赤龙驹吧？芃儿，你去拿那小子，为父的降伏那匹龙驹。哈哈，江海天的徒弟和坐骑都到了咱们的手里，这仇也算报了一大半了。”

江家的赤龙驹因为随着主人的缘故，名马侠士，相得益彰，在江湖上也是早已驰名的。杨钲曾两次在江海天手下受挫败，如今有机会可以抢得江家的名马，既可以夸耀人前，又可以报两番受挫之辱，还焉肯放过？至于宇文雄他根本就不放在眼内，宇文雄既被打落马背，他也就不屑亲自出手了。

不过，他也有点害怕儿子打不过宇文雄，于是又加上一句：“永平，你去助阿芃一臂之力！”

杨芃笑道：“爹，你放心，这小子我还怕打不过他吗？”

由于杨钲想获得这匹名驹，用力道恰到好处，赤龙驹受了点轻伤，还能挣扎起来，继续奔跑，不过一足微跛，膝部麻痹未过，跑得当然远远不如原来之快了。杨钲施展轻功追逐赤龙驹，赤龙驹也似知道他的厉害，在山坡上东奔西窜，到处乱跑。

宇文雄这一跤摔得很重，刚刚爬起，杨芃已经跑到，青竹杖一招“毒蛇出穴”，便向宇文雄胸部点去，狞笑说道：“好小子，看你这次还跑得掉？”

眼看青竹杖就要点着，宇文雄脚步一歪，恰好避开。说时迟，那时快，佩剑已是倏地出鞘，反手一撩，拨开了杨芃的第二杖，宇文雄第一招用的是“天罗步法”。第二招用的是“大须弥剑式”。两者互相配合，奥妙无穷，故而虽然在摔伤之后，也能与杨芃周旋，不至于被他的突袭击倒。

但宇文雄投入江海天门下虽已有年多，得师父的“亲炙”却不到一个月，论起真实的本领，他比杨芃还略逊一筹。不过好在他这一年苦练大须弥剑式，在剑法和内力上则并不输给杨芃。

杨芃在片刻之间，急风暴雨般的连使了二三十招进手招数，宇文雄的剑光舞成一团，泼水不进，只听得“叮当”之声不绝于耳，青竹杖上伤痕斑驳，插不进剑光圈内，杨芃心里也不由得暗暗吃惊：“只是隔两三个月，这小子的武功竟然精进如斯！”

蒙永平赶到，说道：“杨兄不必心急，看我破他！”身形一闪，扑入了宇文雄的剑光圈内，手使一柄虎头钩，便要把宇文雄的青钢剑夺走。

原来“天罗步法”源出青城派，后来经金世遗加以增添加进，传给了江海天，又比原来的青城步法精妙了许多，但毕竟是源出青城，而宇文雄又练得不如蒙永平之纯熟，故而在步法上反而给他克制了。

虎头钩本来是长于对付刀剑之类的兵器的，蒙永平只道是扑进了他的剑圈内，只要使个“锁”字诀，就可以把他的青钢剑夺走，不料只听得“嗤”的一声，虎头钩上的月牙并没有锁着剑锋，蒙永平的右臂却给剑锋划开了一道伤口，他可以克制宇文雄的“天罗步法”，却克制不了他的“大须弥剑式”。

但杨芃也不闲着，蒙永平扑入剑光圈内之时，已打破了宇文雄的防御。杨芃一杖戳进，恰恰与宇文雄剑伤蒙永平的同一时候，他的青竹杖也戳中宇文雄。蒙永平受伤大怒，呼的一掌击下。

杨芃道：“留活口，别打死他。”

蒙永平略略收了三两分力道，这一掌仍是重重地打在宇文雄身上。就在这个时候，忽听得有人喝道：“谁敢在此行凶？”正是：

却喜荒林逢大侠，不教贼子得逞凶。

欲知后事如何？请听下回分解。

第四十八回　情场恶浪多风险
战地腥云伏祸胎

宇文雄被这一掌打得满天星斗，脑痛欲裂，迷糊中恍惚听得杨钲叫：“芃儿，快跑！”宇文雄只听得清楚这一句，尚未看见来人，便即昏迷过去。

也不知过了多少时候，宇文雄渐渐恢复了知觉，眼皮还未睁开，便听得身边有人谈话。先是一个女子的声音道：“可惜仍是给杨钲这奸贼跑了！”随着一个带着几分苍老的声音说道：“这奸贼吃了我一掌，虽然逃得性命，伤也不轻，咱们总算是给灵儿报了邙山上的一掌之仇。”

这声音似曾在哪儿听过似的？宇文雄的记忆一下子未能恢复，慢慢才想了起来，原来就是在他昏迷之前，喝骂杨钲父子的那个人的声音，杨钲就是因为看见这人来了，才叫他的儿子逃跑的。

宇文雄心里想道：“难道我不是落在杨钲手中，却给这人救了？”

那女子道：“好了，好了，他会动了。只需要醒了过来，就好办了。老韩，可以把粥端进来啦！”

宇文雄的气力也恢复了一些，慢慢睁开了眼睛，发觉自己是在一间茅屋之中，躺在土炕上，炕前是一男一女，大约都是在五十来岁年纪。男的三绺长鬓，相貌威严。女的则带着笑容，态度慈祥，像是母亲一样的看护着他。

宇文雄大难不死，几疑是梦，正想说话，那威严老者已先问他道：“你是江海天的徒弟吧？你叫什么名字？”

宇文雄道："弟子宇文雄，是前年投入江大侠门下的。多谢老前辈救命之恩。"心想："这老者是谁，我从未见过，怎的他却知道我的师承？"

那老者笑道："我是天山派的钟展。我见你使的大须弥剑式，料想你一定是江海天的弟子，果然不差。"

宇文雄又惊又喜，这才恍然大悟。原来"大须弥剑式"源出天山剑法，三十年前宇文雄的师祖金世遗得天山派老掌门唐晓澜的指点，糅合了天山剑法与乔北溟武功秘笈的精华，另创一派，他所增变演化的大须弥剑式也就成了天山剑法的旁支。同源分流，各俱佳妙。正因"大须弥剑式"源出天山，所以钟展一见便猜中了他的师门来历。

钟展上次参加邙山大会时，宇文雄不在场，他们现在是第一次见面。但以前虽未见过，宇文雄却是早已听得师父说过钟展的了。钟展是现任天山派掌门人唐经天的师弟，在武林中的辈分和他的祖师金世遗是同辈，师门的渊源是非常之深的。

那女的说道："这么说，叶凌风是你的大师兄了，我的一子一女，都在你大师兄那儿。嗯，你的大师兄不但是文武双全，还是个指挥若定的将才。他们这支义军打得很出色，听说已快要打到小金川了呢。你是去辅佐你的叶师兄的吧？"这个女人是钟展的妻子李沁梅，她的一子一女，便是当日在邙山大会之后，参加援川义军，随同叶凌风入川的钟灵和钟秀。

宇文雄听得李沁梅如此称赞叶凌风，一时不知如何说好。李沁梅见他好半晌没有说话，瞿然一省，笑道："对啦，你刚刚醒转，身子虚弱，还是吃点稀饭养养精神吧，不必忙于说话。"

一个披着兽皮缝制的衣服，看来像是个猎户模样的人，用筐子盛了一大海碗的稀饭和四个小菜进来，宇文雄试试气力，已经可以不用人扶坐起。他正感饥饿，当下向那猎户道了声谢，吃了大半碗稀饭。

钟展给他把了把脉，说道："你的内功底子不错。再养息两天，大约可以走路了。"李沁梅接着笑道："你不知道，你晕迷了这么多时候还未醒来，可真把我们急煞了。"

宇文雄大吃一惊，急忙问道：“我昏迷了多少时候了？”

李沁梅道：“整整一天一夜。”

宇文雄失声叫道：“糟糕，糟糕！竟耽搁了这许多时候么？”

钟展道：“你的后脑受了震荡，瘀血堆积，我给你推血过宫，化开瘀血。幸亏你内功底子不错，我本来以为你还没有这么快醒转的呢。你安心养息吧，什么事情都暂且抛开再说。反正也不过只需养息两天。”

宇文雄道：“不行啊，这，这事是不能耽搁的。这，这是什么地方？”

李沁梅道：“这里是云雾山，离开你受伤的地方约有百里之遥。这是我们相熟的一家猎户，你可以安心在这里养伤，养伤要紧，有什么大不了的事情你抛不开？”

宇文雄道：“我、我是要到小金川去的。”

李沁梅笑道：“你放心，我们也是想去你的叶师兄那儿探望我的儿女的，过了两天，待你气力精神都恢复了，我们和你一道走。你是到你大师兄那儿的吧？”

宇文雄道：“是，不，不是。我是要去找叶凌风，但，他，他可不是——”

武林中最重尊卑之别，师弟是不能直呼师兄之名的。李沁梅莫名其妙，不待他话说完，便很不高兴地问道：“怎么，你‘只’是去找叶凌风，难道叶凌风不是你的师兄？”

宇文雄道：“从前是的，现在不是了！”

钟展浓眉一皱，峻声说道：“你这话是什么意思？”李沁梅也赶忙问道：“他不是你的师兄又是什么？”

宇文雄撕开衬衣，从夹层里取出四川总督叶少奇的那封密折，说道：“钟老前辈，你看了这个就明白了。”

钟展看了几行，神色大变。李沁梅凑近去看，吓得比丈夫更甚，哑声说道：“叶凌风、他、他竟是朝廷的奸细？”

宇文雄道：“晚辈正是因此要赶往小金川揭发这件事情。一方面是为义军除此奸细；一方面也是替师父清理门户。家师嘱咐：到了小金川，恐怕还得请令郎令媛一同处置这个奸贼呢。”宇文雄就是因为师父有这个吩咐，而他又早已知道天山派的师门渊源，所以才敢把这些秘密，全部告诉钟灵、钟秀的父母的。

李沁梅六神无主，把密折交还了宇文雄，叠声说道："这可怎么是好？这可怎么是好？"

原来李沁梅因为受了叶凌风的外表所欺骗，对他十分"赏识"，颇有将女儿许配于他之意。她准女儿随军入川，私人方面的原因，就是希望钟秀与叶凌风多点接近的机会。如今不料叶凌风竟是叛徒，叫她怎能不急？她初时怕女儿不领会她的用心，还曾向女儿屡次夸赞过叶凌风。如今则颠倒过来，生怕女儿受她影响，上叶凌风的当了。

宇文雄更为着急，说道："是呀！事情如此紧急，我怎能等待两天？"

钟展沉吟半晌，忽然说道："好，我教你今日可以动身便是。"当下，默运玄功，力透指尖，片刻之间，点了宇文雄身上的七处穴道。钟展的指尖所到之处，宇文雄便隐隐感到有一股热气从穴道中钻进来，有说不出的舒服。

钟展歇了一歇，说道："少阳经脉已通，接着我要替你打通太阳经脉和厥阴经脉，可能会有一些痛楚，你忍着点儿。"少阳、太阳、厥阴是为三焦经脉，打通三焦经脉是修练上乘内功所必然的途径。以宇文雄目前的造诣，若要打通三焦经脉，最少得花五年功夫。

宇文雄喜出望外，想要表示谢意，钟展道："别说话，气沉丹田，意存天枢。"随刻出指如风，不消片刻，又点了宇文雄的太阳经脉和厥阴经脉的十四处穴道。

钟展所用的时间无多，他连点二十一处穴道，俨如蜻蜓点水，一掠即过，看来也似毫不费力。但实际却是累得满头大汗，原来他替宇文雄打通三焦经脉，自己也耗了三年功力。

宇文雄只觉全身燠热，如火内焚。钟展取出一颗碧绿色的药丸，让他吞下，过了大半个时辰，宇文雄将真气导入丹田，始觉遍体清凉，精神陡振。

原来这颗药丸乃是用天山雪莲为主药而制炼的碧灵丹，具有清热、解毒、固本、培原等等药效。给人打通三焦经脉，除了要耗掉本身的功力之外，还必须有这样的灵丹相助，才可以保得对方的安全，所以只有天山派的高手方能做到。

钟展本来可以代宇文雄报讯的，但觉得还是宇文雄自己去更好，一来他不愿意抛下宇文雄，二来宇文雄还兼有代师清理门户的任务，这是钟展所不能替代的。故而钟展不惜灵丹、功力，成全了宇文雄。半年前钟展在邙山大会之时，也曾为叶凌风打通三焦经脉，助他大增功力。那时他是因为想招叶凌风为婿，赠他这份“厚礼”的。如今则是为了挽救义军，又给宇文雄打通经脉，两者的意义自是大不相同。钟展回想起当日之事，不胜感慨。

宇文雄恢复了功力，心里想道：“风从龙骑的是骏马，可惜我这匹赤龙驹——”心里正想到赤龙驹，忽地便听得赤龙驹在外面嘶鸣。

宇文雄这一下更是喜上加喜，说道：“赤龙驹也夺回了么?”

钟展笑道：“赤龙驹很有灵性，我替它赶跑了杨钲，它便服服帖帖地跟我了。此时正在外面吃草呢。”

宇文雄大喜道：“有赤龙驹就好了，我只耽搁了一天一夜，今后兼程赶路，或许还可以赶在风从龙的前头。”

钟展夫妇送他上路，钟展说道：“你的马快，你先走一步，我随后也要来的。你的武功已胜从前，杨钲受了我的掌伤，你即使碰上了他，料想也可以胜过他了。好，你放心去吧!”

宇文雄忽地想起一事，说道：“弟子有件事情，想拜托老前辈。”

钟展道：“不必客气，说吧!”

宇文雄道：“弟子这次入川，是和一个友人同行的。他的坐骑较慢，走在后头。我和他约定，每走十里，就给他留下一个记号的。昨日我受了伤，记号中断，他不见记号，一定很是担心。如今他多走一天的路程，不知是否已赶在我的前头。假使未曾赶过，还在后头的话，老前辈若然碰上，请代为告诉他一声，免他担心。”

钟展道：“好的。你这位朋友叫什么名字？多大年纪？相貌如何?”

宇文雄说了叶慕华的名字，仔细描绘了他的相貌。钟展怔了一怔，忽地对妻子道：“沁梅，你还记得前两年咱们结识一个哈萨克族的酋长，他说曾有姓叶的父子二人，好几年前在科尔沁草原帮他们打过仗，他们姓的是汉姓，但却用胡人名字，也不知他们是否汉人。不过，儿子的相貌，看起来却比父亲更像汉人。”

李沁梅道：“不错。是有这事。当时你还疑心那人是叶冲霄。不过，咱们没有机会到科尔沁草原，后来也没有再进一步打听了。”

钟展道：“你还记得姓叶的那个儿子的名字吧？”

李沁梅笑道：“倘若他是叶冲霄的儿子的话，那就当然是叫叶凌风了。四川总督叶屠户的儿子冒用这个名字，才教江海天相信他是内侄的。”

钟展道：“不，我是说他的胡人名字。”

李沁梅想了一想，说道：“当时那个哈萨克族的酋长是说过的。西域有许多小国，也不知他是哪一个的姓氏名字？那几个字怎么念我也忘记了。不过，意思是还记得的，大约是对中华上国极为仰慕的意思。”

钟展拍了拍手，说道：“这就对了！宇文雄的那位朋友叫叶慕华，可不正是仰慕中华上国之意？”

宇文雄呆了一呆，蓦地恍然大悟，说道：“一定是了！叶慕华一定就是真叶凌风，怪不得他对假叶凌风的事情了如指掌，首先揭发那个奸贼的阴谋，原来那奸贼就是冒充他的！”

钟展很是高兴，说道：“一定是这样的了，哈哈，江海天错认亲戚，如今咱们给他找回真的内侄，将来说不定还有真假叶凌风对质的好戏上演呢。这也真算得是武林趣事了。”

李沁梅一瞪眼睛道：“还说‘趣事’呢？秀儿要是上了他的当，哼，只怕你哭也哭不出来！”她数说丈夫，自己的眼眶却先自红了。但此事却不能埋怨丈夫，只能埋怨自己。

钟展忙道：“好，宇文世兄，你的事情要紧，赶快走吧，我会替你留心叶慕华的行踪的。”

李沁梅也赶着嘱咐宇文雄道：“你见了钟灵和钟秀，告诉他们，我马上就会来的。祝你一路平安，将这奸贼手到擒来！”

宇文雄跨上赤龙驹，兼程赶路。一路之上，仍然没有发现风从龙的行踪，也打听不着消息。不知他究竟是在前头还是后头？

宇文雄担着两重心事，除了怕风从龙赶在他的前头之外，就是挂虑他的师妹江晓芙了。

李沁梅害怕女儿上当，他则是害怕师妹上当。马在飞奔，一幕幕的往事在他心头翻过：幽谷里的相互扶持，师门中的一同练武。还有，东平湖畔的笑语盈盈，小山坡上的衷情吐露。他们并没经过山盟海誓，但也早已是心心相印了。宇文雄心里想道："师妹虽是天真未凿，但却爱恨分明。她并不知叶凌风乃是假冒，却老早就感到与他气味不投，常常对我说不喜欢这个大师兄的了。师妹一定不会上他的当的！"想是如此想，但总是心中悬念，除非见着了师妹才得安心。赤龙驹日行数百里，他是还嫌它走得慢了。

宇文雄在记挂他的师妹，江晓芙也在记挂着他。

且说江晓芙跟着这支义军入川之后，叶凌风将义军中的各派弟子调到各地，协助各地的义军首领。钟灵、钟秀和江晓芙等人则留在他的总部。叶凌风这支义军的人数不多，但个个都是各派的精英，一分发各地，每一个人又都成了当地义军的领袖人物，故所以叶凌风也就隐隐成了义军的总指挥，有权调动各地义军，手下将近十万之众。

江晓芙暗中监视这位师兄，对叶凌风采取的是"敬而不亲"的态度，但因为抓不着他的破绽，江晓芙也不敢就怀疑叶凌风乃是奸细。叶凌风则仍念念不忘想做江家的女婿，但每一次他想献殷勤，都碰了师妹的钉子。

叶凌风在江晓芙那儿碰了钉子，在钟秀这儿则受到青睐。钟秀虽然比江晓芙大两三岁，但因是在天山长大，少与外间接触，却比江晓芙还更单纯，压根儿就不懂得世路多艰，人心险恶。她眼中看到的只是叶凌风的许多"优点"：温文尔雅，风度翩翩，上马杀贼，下马草露布，能武能文。论师承，他是天下第一高手的掌门弟子；论地位，他不过二十多岁就做到义军首领。总而言之，在钟秀的心目之中，叶凌风简直就找不到半点瑕疵。钟秀初涉情场，更何况还有她的双亲的暗示，自难怪她对叶凌风衷心倾慕了。

叶凌风何等聪明，何须钟秀从口中吐露？叶凌风早已从她的眼角眉梢，看出她对自己的倾慕之意了。于是叶凌风也就“顺水推舟”，抱定了“失之东隅，收之桑榆”的打算。

叶凌风的“如意算盘”还不仅仅是“失之东隅，收之桑榆”而已，对于钟秀，他还有更阴险的图谋。

钟秀的哥哥钟灵是义军的副统领，当日在邛山的英雄会上选拔这支义军之时，江海天提出：正统领的一切命令必须经过副统领的同意方能执行，当时各派的掌门以为这是江海天的谦虚，因为按照严格的武林辈分而言，江海天比钟展晚一辈，他的弟子叶凌风是应该尊重钟展的儿子的。也就无可无不可的通过了。但一经通过之后，这也就变成了制度。既成制度，钟灵也就等于以副统领的身份兼任“监军”了。叶凌风作贼心虚，早已猜到这是师父要用钟灵来监视他，至少也是“掣肘”他。义军出发之时，江海天又再三嘱咐叶凌风遇事必须与钟灵商量，这就更证实了叶凌风的猜疑，对他师父的布置亦更了然于胸了。

如今，叶凌风觉察出钟秀对他的爱意，这正是一个可以利用的条件，于是就时不时对她献点小殷勤，哄得她服服贴贴。钟灵原本就对叶凌风没有疑心，也没有体会到江海天郑重的嘱托之意，待到入川之后，又加上妹妹的这重关系，他也希望叶凌风成为他的妹夫。有这几种原因，他对叶凌风的一切措施，遂从不加以审查，也从来不持异议。叶凌风表面装作尊重他，实际则是大权专揽，独断独行！

这一晚，正是叶凌风下令明日大举进攻小金川的前夕，各路的义军已经集中，叶凌风的总部驻在山下。命令各军提早歇息，明日清晨进军。

钟秀心情兴奋，睡不着觉。午夜起来，拉了江晓芙陪她到林中散步。也好谈一些体己的话儿。

时序正是初春，山头仍有积雪，山坡已是野花盛开。月光如水，雪月交融，大地一片银白。而在月夜看花，也似乎比白天更美。

江晓芙吸了口气，赞叹道：“好香！好美！”钟秀笑道：“你倒还有闲情看花赏月。我已经在想着明天的战斗了。”

江晓芙道：“我也有点儿担心的。”钟秀诧道：“担心，担心什么？”她以为江晓芙是在担心失败，心里颇不以为然。

江晓芙道：“担心什么，我也说不上来。我只是隐隐觉得似乎有什么不对。我不懂叶师哥为什么把各处义军尽都调来？”

钟秀道：“当然是为了解小金川之围了。官军重兵在此，咱们也就调大军来对付它，这有什么不好懂呢？”

江晓芙道：“我没读过兵书。但这样不是近乎孤注一掷吗？而且又是集中一路进攻，倘若失利，岂不是连咱们原来占有的各个地方也要丢了？我又觉得叶师哥这次的举动有点突兀。”

钟秀道：“咱们入川以来，连战皆捷。叶师哥一定是极有把握才打这一仗的。所以我只是心情兴奋，却丝毫也不担忧。”

江晓芙笑道：“你对我的叶师哥倒是十分信仰。”

钟秀如有所思，半晌说道：“晓芙，我想问你一句话，你可别怪我冒昧。”

江晓芙道：“钟姑姑，你怎么和我客套起来了？”

钟秀道：“你又叫我姑姑了？咱们不是说好姐妹相称的吗？”

江晓芙笑道：“你和我客气，我才和你客气的。对啦，你早已跟我叫叶凌风做师哥了，这是你自愿低一辈的。好啦，秀姐，你要问什么？请说吧！”

钟秀脸上一片晕红，低声说道：“我正是想问你，你是不是好像对叶师哥不大喜欢？”

江晓芙道：“哦，你也感觉到了？”

钟秀道：“是呀，我就是觉得有点奇怪。按说你们是师兄妹，他又是你的表兄，你们应该亲亲热热才是。你怎的会不喜欢他呢？甚至我还感觉你好像是把他当作外人似的。要不是我知道你们的关系，换了别人，决想不到你们既是同门又是至亲。”

江晓芙并不直接回答钟秀所问，钟秀说了之后，她也是若有所思，想了一想，反问钟秀道：“这么说，你是很喜欢叶师哥的了？”

钟秀红着脸道：“鬼丫头，我问你，你却问我！”她不直接回答江晓芙，也就等于是默认欢喜叶凌风了。

江晓芙道："秀姐，请恕我冒昧，我也想问你一两件事，本来是不应该问你的，你可别要见怪。"

钟秀道："咱们不是老早说过咱们是无话不可谈的好姐妹吗？有话尽说无妨。"

江晓芙道："叶师哥近来好像常常找机会和你亲近，是吗？"

钟秀脸泛红潮，忸怩说道："坏丫头，我只当你有甚正经话儿，却原来是取笑我，我可不依。"

江晓芙正色说道："我说的是正经的话呀！"

钟秀怔了一怔，说道："不错，我近来和你的叶师哥是比较多在一起，但也不过是彼此琢磨武功而已。我和你不也是常常琢磨武功吗？"

江晓芙笑道："你不肯和我说心里话儿了，你不是喜欢叶师哥的吗？不仅仅是谈论武功吧？"

钟秀道："嗯，我是佩服叶师哥的聪明能干。你对他总好像怀有成见似的，所以我才觉得奇怪。"

江晓芙道："你有向他表白过你的心事吗？"

钟秀面红直透耳根，说道："你说到哪里去了？你当我是个不识羞的姑娘吗？"说话之意，其实已是承认了爱上了叶凌风，不过不便开口而已。

江晓芙道："那么，叶师哥可曾对你表示过什么？"

钟秀粉颊低垂，说道："他军务萦心，哪里会和我说到私人之事。"钟秀的话有一半是真。原来叶凌风之对于钟秀，不过是暂时利用，在江晓芙这儿他虽然碰了钉子，但仍是不肯放弃做江家女婿的希望的。故而他对钟秀的态度是"若即若离"，有意挑逗她的芳心，却又不肯把事情定实。所以，"海誓山盟"之类的说话是没有的，至于"游辞挑逗"，那则是免不了的了。

江晓芙吁了口气，说道："好，这还好。"

钟秀不觉又是一怔，道："什么叫做这还好？"原来钟秀不惜隐隐约约透露她与叶凌风之间的真情实意，也怀有一个目的的，希望江晓芙从中穿针引线，代她向叶凌风表白心意。如今听得江晓芙这么一说，好像竟有点不赞成的意思，倒令她感到惶惑不安了。心想："难道她自己本来也喜欢大师哥，但因见叶凌风和我亲近，才假说不喜欢的？"

钟秀正自胡思乱想，江晓芙已在率直说道："秀姐，我有几句心腹话儿和你说，你可别生气，你和叶师哥还是疏远些儿的好，这个人恐怕不大可靠！"

钟秀吃了一惊，茫然问道："叶师哥不可靠？你、你这是什么意思？他、他哪一方面不可靠？"原来钟秀误会了江晓芙的意思，以为她是指责叶凌风"用情不专"。

江晓芙说道："你还不明白吗？我爹爹要叶师哥凡事必须与你的哥哥商量，怕的就是他不可靠。"

钟秀这一听更惊，几乎不敢相信自己的耳朵，呆了半晌，讷讷道："晓芙，你说什么？难道你是指他在抗清方面不可靠么？"

钟秀惶惑之极，说道："这当真是你爹爹的意思？既然如此，为什么你爹爹立他为掌门弟子？又为什么还让他统领这支义军？"

江晓芙道："我爹爹是在这支义军组成的前夕才发觉他不可靠的。不过，尚无证据。众人既然推戴他做义军统领，我爹爹也不便违反众意。老实说，我爹爹也是愿意他的掌门弟子为他争光的，在怀疑未证实之前，当然不能胡乱说了出去，以免摇动军心。他要你哥哥负起监军之责，就是防患未然之计。"

钟秀松了口气，说道："哦，原来是并无凭据的。或许是你的爹爹多疑了。"

江晓芙道："不过，也有一些蛛丝马迹！"

钟秀又紧张起来，连忙问道："什么蛛丝马迹？"

江晓芙道："你知道江湖上有个千手观音祈圣因吧？她的丈夫是关东著名的马贼尉迟炯。"

钟秀道："我在邙山之时听人说过，听说他们夫妻现在都是不知下落，有人说给官府抓去了，怎么，这两个人和叶师哥有什么关系？"

江晓芙将尉迟炯夫妻的遭遇原原本本地告诉了钟秀，尤其是对祈圣因那晚在她家中的事情说得更详细，讲完之后，说道："祈圣因第二日出了我家家门，便即遇害，生死未知，尉迟炯夫妻的好友岳霆找上门来，证实有人向鹰爪通风报讯。同时又发现祈圣因那匹坐骑中了毒。为此，岳霆还曾在我家里大闹一场呢!”

钟秀大惊道:“这么说，你家里一定有一个奸细了?”

江晓芙道:“可不是吗?那晚我家里只有四个人，我妈和我当然不会是的。剩下的两个人就是大师哥叶凌风和二师哥宇文雄了。”

钟秀道:“焉知不是宇文雄?我听了你刚才叙述，宇文雄的嫌疑也似乎更要大些。”

江晓芙道:“不，我知一定不是二师哥!”

钟秀道:“你怎么知道。”

江晓芙道:“我信得过他。”

钟秀道:“那么，你的大师哥是掌门弟子，又是你母亲的嫡亲侄儿，更应该相信得过了。”

江晓芙叹口气道:“就是呀。我妈就是因此，只怀疑二师哥，不怀疑大师哥，结果是把我的二师哥赶出了师门。可是，我，我还是相信二师哥的。”

钟秀恍然大悟，心里道:“原来晓芙是爱上了她的二师哥。怪不得她对大师哥不喜欢了。”

钟秀自以为看破了事情的真相，笑了一笑，说道:“芙妹，我觉得你对叶师哥多少有点成见了。不过，即使你从前信不过他，现在总应该相信得过了吧?他入川以来，不是带领咱们打过许多胜仗吗?怎可能还是奸细?或者，你两个师哥都不是奸细，其中另有咱们尚未知道的原因也说不定。”

钟秀并不知道宇文雄的为人，她这么说，只不过是不想和江晓芙辩驳，所以就把两个的“嫌疑犯”都“开脱”了。当然她主要是为了叶凌风，给宇文雄“开脱”则是陪衬。

打胜仗是一个事实，江晓芙对此不能反驳。而她自己由于这个事实，有时自己也不免感到惶惑，是否错疑了叶凌风。但她还是说道:“秀姐，我知道你以为我偏袒二师哥。不过，我爹爹回来之后，倒是和我的想法一样，觉得大师哥嫌疑多些。”

钟秀道:“为什么?”

江晓芙道:“他当时来不及仔细说。不过，他已决定了要把这

江晓芙道：“秀姐，我是怕你上当。”刚说到这里，叶凌风就出现了。

件事查个水落石出。他准备入京劫狱，将尉迟炯救出来，另外还要设法找着祈圣因和二师哥。这三个人，只要有一个与我的爹爹见了面，我相信事实的真相就不难明白了。”

钟秀道：“这就对了。等你爹爹回来，自然水落石出。咱们可不必过早怀疑叶师哥。”

江晓芙道：“叶师哥这次下令总攻小金川，事先和你哥哥商量过没有？”

钟秀道：“我不知道。”其实她是知道的。叶凌风拟好了命令才交给钟灵副署。钟灵事先并不知道。她为了避免江晓芙多疑，故意隐瞒。

江晓芙道：“秀姐，我是怕你上当，今晚才和你说这些话的。你不见怪我吧。”

钟秀笑道：“我知道你的好意，我心里有数的。”

江晓芙道：“你可别将我今晚的说话告诉别人，包括叶——”

正说到这里，忽见有一个人走上山坡，向他们这边走来。这人正是叶凌风。正是：

情窦初开尝苦酒，怜他飞絮竟沾泥。

欲知后事如何？请听下回分解。

第四十九回　万里飞骑传警报
中宵探帐破奸谋

江晓芙暗暗吃惊，心中想道："他是从下面上来的，该不会是存心偷听我们的说话吧？"

心念未已，叶凌风已走到她们跟前，笑嘻嘻地打了个招呼，说道："你们真好兴致，这么晚了，还未睡么？"

钟秀道："我心情有点紧张，睡不着觉，和芙妹出来说话，说得高兴，忘记时刻了。"

叶凌风道："你们在谈些什么？这样高兴？"钟秀略一迟疑，笑道："也不过是些家常闲话。现在什么时候了？"

叶凌风道："也不算太晚，大约是三更时分。嗯，月色很好，我也不想睡了。我陪你们聊聊天吧。"

江晓芙故意打了个呵欠，说道："你不想睡，我可想睡了。秀姐，咱们回去吧。"

叶凌风道："军务繁忙，咱们难得相聚，再待一会儿何妨？对啦，我这两天在练轻功，其中有个运气的诀窍，我正想向钟姑娘请教呢。明天一打仗，又不知什么时候，咱们才能切磋武功了。"叶凌风说话之时，双眼望着钟秀，一脸恳切要她留下的神情。

钟秀意乱情迷，讷讷说道："芙妹，你再多留一会儿吧？"

江晓芙暗暗生气，一跺脚道："你喜欢和叶师哥说话，你陪他吧。对不住，我可少陪了。"

江晓芙毕竟还是小孩子脾气，也没想到留下钟秀的后果，说了之后，不理钟秀，回头就走。

钟秀下不了台，不觉也有点生气，心道：“你不喜欢叶师哥那也罢了，却何必冷言讽我？如今你说了这样的话，我若跟你回去，岂不是要令叶师哥更为难堪？”于是也就淡淡说道：“好吧，你先回去，我过会儿就来。”

江晓芙本以为她会跟来的，想不到她竟然留下。江晓芙暗暗后悔，但话已出口，却也只好单独回去了。江晓芙心里想道：“好在我已郑重嘱咐她不可将我刚才的说话告诉任何人，想来她不至于不知轻重的。”

江晓芙走后，叶凌风笑道：“我这师妹脾气不大好，你可得多担待她些儿。看在我的份上，不要和她生气才好。”叶凌风这几句话说得巧妙之极，一来显得他是爱护师妹，二来又显得和钟秀亲近，毫不着迹地就表明了他是看重钟秀、信赖钟秀的。

钟秀笑道：“我怎么会怪晓芙呢？我一向是把她当作我的妹妹的，其实她的脾气也没什么，只不过有点固执，对人有点偏见而已。我觉得你倒应该和她多亲近一些，免得师兄妹反而生疏了。”

叶凌风微微一笑，低声说道：“我只怕你多心。”钟秀满面红晕，娇嗔说道：“我多心什么了？”脸上娇嗔，心中可是甜丝丝的。

叶凌风道：“我是和你说笑的。你武功好，性情又好……”

钟秀插口道：“多谢你了，你别尽是夸赞我啦。咱们说正经的。”

叶凌风接下去说道：“说正经的，我知道你胸襟爽朗，为人热心，你想我们师兄妹和好。唉，只可惜——”说至此处，长长地叹了口气。

钟秀道：“可惜什么？”

叶凌风道：“可惜晓芙对我误会太深，她为了一桩事情怨恨于我，其实却是错怪了我的。”

钟秀道：“那你为什么不和她说个明白？”

叶凌风道：“这件事情，我是不便亲自和她说的，说了她也不会相信。”

钟秀道：“什么事情？”其实，她心中已明白是关于宇文雄的事情，不过，对于叶凌风的话中之意，却还不是十分清楚。

叶凌风道："晓芙可曾与你谈及我的师弟宇文雄被逐出门墙之事？这事是因千手观音祈圣因遭受鹰爪所害而引起的。"

钟秀略一迟疑，心中想道："我刚才只是听了晓芙一面之辞，如今叶师哥既然提起，想必内里还有情由。"钟秀一来是不惯于说谎，二来也是因为太过相信叶凌风，竟把江晓芙的叮嘱置之脑后，点了点头，答道："她正是刚刚和我谈及这件事情。"

叶凌风道："我师母因为宇文师弟嫌疑最大，而且又有岳霆的指控，故而只好狠起心肠将他逐出门墙。但师妹却怀疑是我在师母跟前说了师弟的坏话，其实，唉——"

钟秀道："我知道你是正人君子，绝不会背地说人坏话。晓芙不明事理，冤枉了你。"

叶凌风道："我岂只没有说宇文师弟的坏话，还暗中包庇了他呢。要不然宇文雄恐怕不只是被赶出门墙了。"

钟秀吃了一惊道："莫非宇文雄当真是……""奸细"二字，她不敢即吐出来。

叶凌风道："虽无真凭实据，但蛛丝马迹却是处处可寻。祈圣因的坐骑中毒，那晚是宇文雄喂它草料。"

钟秀道："此事晓芙也曾提及，但她坚不相信宇文雄会下毒。"

叶凌风道："还有一件事是师母和晓芙都未知道的，我也不敢说，如今我告诉你，只是想你明白；你可别告诉晓芙，免得她伤心。"

听叶凌风的语气，宇文雄乃是奸细已无疑义。钟秀惴惴不安，暗暗为江晓芙感到难过。当下低声说道："你把事情真相告诉我，咱们再琢磨琢磨，看看是不是应该告诉芙妹。"

叶凌风道："那晚我与宇文雄师弟同往东平镇，但却是彼此分头办事的。我抓药出来，在约定的地点等他，久久不见，我等得不耐烦，便去找他，无意中却发现了他一个秘密。"

钟秀道："什么秘密？"

叶凌风道："我发现他从镇上一家新开张的酒楼出来，有一个彪形大汉送他，闪闪缩缩的正在打开一扇侧门，那个大汉没有踏出门外，躲在里面和他说话，我只听到了一句，那大汉说：'时间要准，记着是早一个时辰。’随后那大汉鬼鬼祟祟的似乎是将一包东西交了给他。当时我不懂这句话的意思，事发之后，我才明白，那是一包毒药，那人要宇文雄在饲料中下毒，毒害千手观音的坐骑，所以时间必须算得很准，早了不行，迟了也不行。”

钟秀大惊道：“你回来之后，为何不告诉师母？”

叶凌风道：“当时我还未知道那是毒药，也未知道那间太白楼乃是黑店，宇文师弟与我会面之后，不知我已发现他的秘密，绝口不谈他曾进过那间酒楼的事情。我不惯探听别人隐私，故而也就没有盘问他了。”

钟秀更是吃惊，道：“那间酒楼是黑店？这么说他当真是私通敌人的奸细了？”

叶凌风道：“可不是吗？第二日岳霆到来，就揭发了那间太白楼是朝廷鹰爪的窝藏之地，专为监视江家而开的。那日偷袭千手观音的敌人也就是从太白楼出来的。”叶凌风把自己的所作嫁祸给宇文雄，说得似模似样，教钟秀怎能不相信他？

叶凌风继续说道：“芙妹年纪轻，上了宇文雄的当，是死心塌地地爱他的。所以我曾再三考虑，终于还是决定隐瞒此事，假如我告诉师母，师母一定要把宇文雄杀了，那岂不是伤透了芙妹的心？”

钟秀心事如麻，说道：“这事不让芙妹知道，只怕更要害她一生。”

叶凌风叹口气道：“但愿宇文雄能够悔悟，改邪归正。那么这事咱们就给他遮瞒过去，免得影响芙妹对他的感情。”

钟秀叹道：“你真是心地宽厚，常人难及，但你以君子之心待人，只怕别人以小人之心待你。”此时她完全为叶凌风着想，不禁想起江晓芙刚才告诉她吩咐她不要说出去的事情。脸上现出了一派惶恐的神色。

叶凌风微笑道：“秀妹，你在想什么心事？”这是叶凌风第一次对她如此亲昵的称呼。一声“秀妹”，登时叫得钟秀心里热呼呼的，再也没有心思去考虑江晓芙的叮嘱，于是不知不觉地靠近了叶凌风，仰面看他，惶然说道：“叶大哥，我、我在为你担忧。”

叶凌风故作不解，轻轻捏着她的手心道：“你在担忧什么？”钟秀道："芙妹刚才和我说，说——"叶凌风笑道："你们两人间的私话，要是不方便说的，那就别说吧。"

钟秀一咬牙根，说道："不，这不是私事，宁可芙妹怪我，我也是非说不可了。叶大哥，你可知你的师父对你、对你——"

叶凌风道："我知道师父对我是起了一点怀疑。父亲总是偏信女儿的，师妹对我有了误会，也就难怪师父对我起疑了。这也没有什么，师父迟早总会明白的。"

钟秀道："江大侠不仅是对你起疑，他还要查个水落石出呢。听说他这次入京，就是为研究尉迟炯夫妇受害之事的。"

叶凌风暗暗吃惊，神色却丝毫没有表露，十分镇定地微笑道："那正好呀，查明真相，这是我巴不得的事情。"

钟秀道："但你可知道，你师父还要将宇文雄找回来呢。宇文雄既是奸细，他什么事情做不出来，一定会诬赖你的。芙妹好像喝了宇文雄的迷汤，宇文雄说什么，她就相信什么。你师父宠信女儿，只怕也会相信他们的。唉，到那时你岂不是要大受冤枉了。"

叶凌风最大的心事就是不知师父要用怎样的手段对付他，此时从钟秀口中得到消息，心里又喜又惊，想道："人海茫茫，未必有那么巧师父便能找着宇文雄，找着了宇文雄，宇文雄也不知道当日是我的阴谋。不过，留着宇文雄总是祸患，这两日内风从龙要求秘密会我，我大可以请他代我除掉这个祸根。风从龙可以调动各地官府的捕头，还可以请来大内高手协助，多人追踪，总胜于师父一人寻找。"

叶凌风心里在打鬼主意，表面仍是神色自如，侃侃说道："君子坦荡荡，我只知以至诚待人，至于别人是知恩感德也好，是恩将仇报也好，那我就管不了这许多了。"

钟秀越发感动，说道："叶大哥，像你这样的好人真是天下少见。可是你若受了冤枉，不但是你个人之事，只怕咱们这支义军失了首领也会弄垮。所以你必须设法对付才好。"

叶凌风道："不，我宁可受宇文雄的冤枉，也不能令师妹伤心。"

刚说到这里，忽听得远处似有马蹄之声，钟秀尚未听得分明，叶凌风已是“咦”的一声，忽地甩开了她的手，便向着马蹄声的方向匆匆跑去了。

钟秀正自如醉如痴之际，叶凌风忽然一声不响地跑开。他这个意外的行动，把钟秀吓得呆了。“他恼了我么?”“他是发觉了有什么可疑的动静么?”无数疑问从钟秀心中升起，由于少女的矜持，她不敢大声呼唤。呆了片刻，叶凌风跑得已经连影子也看不见了。钟秀这才从茫然的神态之中恢复过来，心里想道:“不管如何，我必定要去向他问个明白。若是他发现了敌人，我也该与他分担危险。”钟秀拿定了主意，于是也就急急忙忙地追下去。

你道叶凌风何以这样慌慌张张地跑开了？因为那黑夜的蹄声就像一把把的尖刀插在他的心上，蹄声急骤，显然是骑者有急事赶来，而那匹坐骑也是非凡的骏马。叶凌风心中充满恐怖，他害怕的不是“敌人”，而是害怕有人来揭穿他的秘密。

这支义军是依山扎营的，最外面一重哨岗是在大营五里之外的一处山口。马蹄声戛然而止，停止之处，从方向判断，也正就是那个哨岗所在。叶凌风飞快地从侧面山坡跑下去，走到近处，居高临下，看得分明，只见哨岗的卫兵正在拦着一个人，似是在向他盘问的情景。这人的身旁，停着一匹毛色火红的骏马。正是他师父的那匹赤龙驹。叶凌风又喜又惊，嘘了口气，心道:“幸亏不是师父亲来。”

这人是谁？不问可知，当然是宇文雄了。

原来宇文雄因为急于抢在风从龙的前头赶到小金川，故而日夜兼程，一刻也不放松。他有天理教总舵主发给他的一面令牌作为证件，义军中的头目只要是在江湖上行走过一些时日的都认得这面令牌。因此他一路没有受到阻拦，也很容易的就打听到了大营驻扎的所在。

可是到了大营的哨岗，宇文雄却就受到阻拦了。宇文雄按照原定的计划，也不想打草惊蛇，于是便向卫兵表明身份，要求卫兵把钟灵请出来与他见面。并且特别吩咐，只许告诉钟灵，不能禀报别人。

这卫兵为人机警，但他却从未见过天理教的令牌，听了宇文雄的话，半信半疑，心中想道：“他既是江大侠的弟子，那也就是我们主帅的师弟了。却何以不求见主帅师兄，却要求见钟副统领?”这卫兵严格遵守军中纪律，坚决不许他进去。宇文雄又不敢把重大的秘密随便对卫兵泄露，双方争持不下。最后卫兵让了一步，答应请一个头目出来，先验过他的令牌，然后再禀报钟灵。

正在这个关键的时刻，叶凌风突然出现。卫兵大喜道：“统领来了，可不用另外找啦，禀统领，这人说是你的师弟，要来求见钟副统领的。”

叶凌风笑嘻嘻地说道：“宇文雄师弟，这一年多你躲在哪儿?可把愚兄想煞了。嗯，你深夜到来，可是有什么紧要之事！为什么不来找我却要找钟大哥，这不是太见外了么?”

宇文雄见了叶凌风，不由得怒火中烧。但宇文雄也是个胆大心细的人，心里想道：“小不忍则乱大谋，看来这奸贼还未知道我是要来揭破他的秘密的。他想套我口风，我就暂且敷衍他一下。只要见到钟灵或师妹，事情就好办了。”

于是宇文雄极力压下怒火，说道：“小弟是师门弃徒，不敢求见师兄。”

宇文雄想与叶凌风互斗心计，如何斗得过他?莫说叶凌风早已从钟秀口中得到消息，即使没有，他也会猜想得到宇文雄此来定是于他不利。不过，若是在钟秀未曾透露消息之前，他或者还想套取宇文雄的口风而暂缓动手；如今他已是完全知道宇文雄的来意，还怎能冒着宇文雄拖延时间、泄露自己秘密的危险?当然是立即想把宇文雄置之死地了。叶凌风之所以故意表示亲热，为的就正是要松懈宇文雄的戒备。

宇文雄说话之后，叶凌风哈哈笑道：“宇文师弟，这是什么话?枉你作我同门，还不懂得愚兄对你的心意么?师母虽然把你逐出门墙，我可一直还是将你当作师弟看待的。好吧，有话慢慢再谈，咱们一同回去。”

宇文雄对叶凌风并非没有提防，但却想不到他笑口未合，便会突下毒手。叶凌风作势拉他，宇文雄侧身闪过一边，正想说句客套的话，叶凌风把手心一张，两枚钱镖已是闪电般的突然射出。这两枚钱镖乃是他早就扣在掌心了的。

距离太近，闪躲不及，卜卜两声，两枚钱镖都打中了宇文雄的穴道。宇文雄大吼一声，跌出三丈开外。

叶凌风喝道："好个胆大包天的奸细，敢来骗我！你就是我的亲兄弟，我也要取你性命！"声到人到，拔出剑来，一剑就朝着宇文雄心窝刺下。

幸亏宇文雄经钟展给他打通了三焦经脉之后，内功造诣大胜从前，虽给叶凌风以重手法的钱镖打中穴道，一时尚未昏厥。就在这千钧一发之时，及时拔剑挡了一下。可是他气力不佳，人又躺在地上未能跃起，双剑相交，"当"的一声，就给叶凌风的内力震断了。

叶凌风狞笑道："宇文雄你还想活命么？"第二剑正要刺出，忽听得钟秀颤声尖叫道："叶大哥，这、这不大好吧！"

原来钟秀正是在叶凌风暗算宇文雄的时候，赶到现场的。叶凌风与宇文雄后半段谈话她已经听见，知道来人是宇文雄了。

叶凌风突施毒手，要杀宇文雄。这不但出乎宇文雄意料之外，更大出钟秀意料之外。刚刚叶凌风还在向她自表"苦心"，说是为了不忍师妹伤心，他宁可让宇文雄"恩将仇报"，也是要"包庇"这个师弟的。哪知言犹在耳，叶凌风便在她的面前要把这个师弟置之死地！

钟秀心情极为复杂，不错，她还是相信叶凌风的，宇文雄既是"奸细"，叶凌风杀他也没什么不对。但叶凌风刚刚说了那样的话，马上又要杀宇文雄，在江晓芙面前又怎能说得过去？依钟秀的想法，为了江晓芙的缘故，叶凌风大可废掉宇文雄的武功，揭发他作"奸细"的事实，但却不妨饶他一命。至于江晓芙以后怎样对待宇文雄，那就是江晓芙的事了。如今未问口供，就把宇文雄杀掉，江晓芙岂不是要恨大师哥一生。

钟秀正是由于这种心情，才连忙出声请叶凌风罢手的。她并非是有所爱于宇文雄，而是完全为叶凌风着想的。

钟秀这么突然一叫，叶凌风不觉怔了一怔，宇文雄用尽了最后一点气力，在地上一个打滚，叶凌风的第二剑刺了个空。

叶凌风对钟秀尚有所求，不能不敷衍她几句。不过他也只是略一迟疑，便即仍然赶去，一面挥剑追杀，一面说道：“秀妹，若不杀他，祸患极大，我这是迫不得已的！”

钟秀心乱如麻，叫道：“即使非杀不可，暂缓片刻何妨？”可是由于她没有决心阻拦叶凌风，叶凌风只当没有听见，她话犹未了，叶凌风已是又一剑刺下。

宇文雄气力用尽，躺在地上不能动弹。刚才给钱镖打着的穴道，此际也因为不能运气封穴，开始麻痹，渐渐消失知觉。

叶凌风一剑插下，眼看这一剑就要把宇文雄钉在地上，忽觉背后有金刃劈风之声，来势极为凌厉，叶凌风大吃一惊，连忙反手招架，只听得“当”的一声，叶凌风的剑尖竟被来人削断。

宇文雄惊喜交集，尽了最后一点气力叫道：“师妹！”可怜他已是精疲力竭，只叫得出一声“师妹！”人也就晕过去了。

叶凌风侧身一闪，回过头来，只见江晓芙柳眉倒竖，杏眼圆睁，气冲冲地说道：“你为什么要杀宇文雄？”

原来江晓芙因为放心不下钟秀，回到房中，左思右想，觉得还是不应和钟秀赌气，于是又再出来找她。不料恰恰碰上了这桩事情。江晓芙已听得钟秀喝止无效，便立即当机立断，采取最有效的办法，出剑攻叶凌风。

叶凌风老羞成怒，说道：“我是主帅，我在执行军法，你岂能妄自阻拦？”

江晓芙道：“你是主帅就能胡乱杀人吗？你凭的是哪一条军法？”

叶凌风只怕宇文雄苏醒过来，就要揭破他的秘密，在这紧要的关头，他怎容江晓芙和他辩论，当下涨红了面，喝道：“让开！”江晓芙横剑拦住他的去路，冷冷说道：“你想杀人灭口，决计不能！”

“杀人灭口”四字从江晓芙口中说出，听在叶凌风耳中，便似给刺了一刀似的，登时乘机发作，咆哮如雷：“你疯啦！哼，你胆敢胡说八道，目无主帅，我就更要非杀宇文雄不可啦！”叶凌风双眼火红，凶光毕露，陡地喝道：“你让不让？”一剑就向江晓芙劈去！

江晓芙从来未见过大师哥的这副凶相，心中着实有点害怕，但虽然害怕，却也一步不肯退让。只听得“当”的一声，师兄妹又再交起手来，这一次双剑相交，叶凌风的剑尖又给削去一截，但江晓芙手中的宝剑却给他震得脱手飞去。原来江晓芙虽占了宝剑之利，但功力却是不如叶凌风。

但仍然是江晓芙抢先一步，跑到宇文雄身前。她双手一张，护卫宇文雄，挺起胸膛，对着叶凌风的剑尖喝道：“你要杀他，先杀了我！”

钟秀吓得花容失色，连忙跑上来拉着叶凌风道：“此人若是罪有应得，杀他也不必忙在一时。看在芙妹的份上，你就暂时缓用刑吧。”说罢又劝江晓芙道：“芙妹，你说话也是不知轻重，你向师兄赔一个礼，大家心平气和下来，才好处理这件事。我想叶师哥也不会做得太绝的。”

叶凌风无论如何胆大包天，此时要他杀了江晓芙，他还是不敢的。何况钟秀在此，也绝不能让他就杀了江晓芙。

就在此时，钟灵也已接到报告，匆匆忙忙地跑来了。钟灵见此情形，也不禁大惊失色，勉强打了个哈哈，说道：“你们师兄妹闹些什么？”

江晓芙道：“好，你来得正好。他要乱杀人！但我爹爹吩咐过的，他虽是主帅，军中之事，却必须先得你的同意才能执行。你就来评评理吧。”

钟灵莫名其妙，问道：“这是什么人？”那卫兵答道：“此人持有天理教的令牌，据他说是统领的师弟，刚才到来，正是求见你的。”

钟灵更是吃惊，说道：“叶兄，这人当真是你的师弟吗？他犯了什么罪？咱们从长计议好不好？”

钟灵来到，叶凌风自是更难下手了。于是他装模作样地叹了口气，插剑入鞘说道：“芙妹，不是我说你，你是太顾私情，忘了大义了。”

江晓芙又羞又恼，亢声说道：“什么私情？什么大义？你给我说个清楚！”

叶凌风道："你喜欢宇文雄是也不是?"

江晓芙道："喜欢又怎么样？不喜欢又怎么样？这是我的事情，你管不着!"

叶凌风道："我当然管不着。但你承认是喜欢宇文雄，那不就是为了私情吗?"

江晓芙道："他是我的师哥，也是你的师弟。要说私情，咱们与他都有同门之谊。"

叶凌风冷笑道："你忘了宇文雄早已给你母亲逐出门墙了。你可以认他作师兄，我可没有这个师弟!"

江晓芙道："他乃是冤枉的，我——"她本来想说出"我的爹爹正要为他辨冤"，话到口边，瞿然一省，改口说道："我不管你对宇文雄看法如何，即使你不认他是师弟也好，但你也总不能随便杀他!"叶凌风叹口气道："我何尝是想杀他？但你总听过大义灭亲这句话吧?"

江晓芙柳眉倒竖，怒声说道："你开口'大义'，闭口'大义'？我倒要听听你的'大义'。宇文雄又不是敌人，怎能扯得上'大义灭亲'这句话来?"

叶凌风冷笑道："他不是敌人却比敌人更可恶。他是奸细!"

江晓芙跳起来道："你有什么证据?"

叶凌风道："这匹赤龙驹就是证据。赤龙驹是给御林军副统领贺兰明夺去了的，却怎的到了他的手里?"

江晓芙道："你不许他是从贺兰明那儿夺回来的吗?"

叶凌风冷笑道："凭他这点武功能够从贺兰明那儿夺回坐骑?"

江晓芙道："你不先问个明白，怎知内中情由？我可以告诉你，我爹爹已经前往京师，凭我爹爹的武功，总可以从贺兰明那儿夺回坐骑吧？你不许是我爹爹交给他的吗?"

叶凌风道："你这只是猜测之词，我另外还有真凭实据!"

江晓芙道："什么真凭实据?"

叶凌风又装模作样叹口气道："我本来不想说的，是你迫得我不能不说了。"于是将他刚才向钟秀捏造的故事再说一遍，又加上一段话道："而且我还接得密报，说他离开师门之后，的确已是与敌人勾结了。你想想咱们明天就要总攻，岂能容奸细混入军中？所以我非得马上把他除掉不可！”

江晓芙叫道：“我不相信！这是栽诬！”他们师兄妹一连串噼噼啪啪的对话把钟灵听得呆了。宇文雄给逐出师门之事钟灵是知道的，因此对叶凌风的话也相信了个七八分。但他也觉得未经审问，难以叫江晓芙心服，而且也似乎不合“军法”。

钟灵一来是见他们师兄妹相持不下，二来也由于江晓芙要迫他负起责任，叫他记起了自己乃是“监军”身份，于是只好上前劝解道：“叶大哥，宇文雄既是奸细，咱们似该审问他的口供，说不定他此来还另有图谋呢！咦，怎的这许久未见他出声？叶大哥，你，你——”

钟灵是想问叶凌风是否点了宇文雄穴道，或者竟是将他打死了？但他却不便坦率质询，说话便变得吞吞吐吐。江晓芙一直忙于拦阻叶凌风，未有余暇去探视宇文雄是死是活，此时方始瞿然一惊，尖声叫道：“宇文雄若是给你害了，我就和你拼命！”

宇文雄晕倒地上，江晓芙是站在他的身前卫护他的。她怕叶凌风会乘她不备便下毒手，竟不敢回过头去察看宇文雄的伤势。

钟灵走过去将宇文雄扶了起来，一探他的脉息，说道：“人还活着，但他这一跤似乎摔得很重，恐怕总得一两个时辰才能醒转过来。”钟灵武学造诣颇高，看得出宇文雄是着了重手法点穴，同时又因疲劳过度体力虚脱而至昏迷的。即使解了他的穴道，一时也还不容易将他弄醒。

当钟灵察看宇文雄伤势的时候，叶凌风与江晓芙都是十分惊恐，叶凌风是怕宇文雄醒了过来，便会揭穿他的秘密；江晓芙则是恐怕宇文雄已给打死，不能再活。

钟灵报告了结果，他们二人也都同时松了口气。叶凌风心想：“最少还有一两个时辰可以让我思量对策。”

江晓芙心想：“好在他只是昏迷，待他醒来定会说出实话。”

叶凌风道：“明天便要大举进军，哪有这许多功夫审问奸细？”

江晓芙大怒，正要骂他草菅人命，公报私仇。钟秀悄悄拉着了他，说道：“命人随军监守，待过两日战事稍定，审问也还不迟。

他在大军之中，谅他也决计逃跑不了。”钟秀为宇文雄说情，当然是为了江晓芙之故。不过，她此际亦已起了一点疑心：叶凌风的言行，前后实是太不一致了。

叶凌风装模作样地说道：“好，看在钟大哥的份上，就让他暂押候审吧。唉，其实我也是不想杀他的，只因明日要全神部署进攻，不除奸细，恐怕闹出乱子而已。明日我可以在途中审问他，但有可以开脱之处，我必定量刑减免，留他一命。卫士，过来，给他上绑。”

江晓芙道：“你要将他押往哪儿？”

叶凌风道：“当然是押在我的帐中。我已答应了审问之后再量刑处置，今晚当然是不会杀他的了。但他是个重要的奸细，我也当然要紧密地看守着他！”

江晓芙道：“我就是相信不过你，我可不能让宇文雄落在你的手中！”

叶凌风怒道：“岂有此理，你这是对谁说话？论辈分我是你的掌门师兄，你对掌门师兄不敬，就是犯了门规！论职位我是一军主帅，你对主帅干犯，那就是犯了军法！你再胡闹，可别怪我不讲情面！”

江晓芙道：“不管你加我什么罪名都好，我就是不许你看管宇文雄！”

叶凌风斥道：“你简直是发疯啦！卫士，别理会她，将这奸细押到我的帐中去！”

江晓芙拾起刚才给叶凌风打落的那把裁云宝剑，杏眼圆睁。叶凌风道：“你要怎样？”

江晓芙道：“你要将他押到你的帐中去也行，今晚我守卫他！你若敢动他一根毫发，我就和你拼命！”

叶凌风怒道：“岂有此理，岂有此理！简直是不成体统！你不怕别人笑话，我怕别人笑话！”但尽管叶凌风咆哮如雷，拿这小师妹可真没办法。他之所以能够做到义军主帅，凭仗的全是师父的关系，因此他纵然敢于责骂江晓芙，却还不敢当真与她决裂。

钟灵看这局面尴尬，他自己也觉得江晓芙是有点“胡闹”，

"不成体统"，于是便出来调停道："叶大哥，你明日要指挥大军，今晚须得养好精神。不如让这疑犯押在我的帐中吧。我负责看守他。这么样芙妹大约也可以放心了吧?"

钟秀也帮忙劝解道："我哥哥是不会偏心的。芙妹，你应该可以相信他。"

江晓芙道："好，那就由钟大哥将他拿去，明日我向钟大哥要人。"

钟灵是监军身份，审问犯人本来是属于他的职责。钟灵既然出头，要把宇文雄押到他的帐中，叶凌风无可奈何，也只好同意了。

一场风波，暂告平静。钟秀道："芙妹，你明天也要早起的，你也该歇息了。"钟秀害怕她与师兄再起争执，于是赶忙拉她回去。

可是江晓芙回到营帐，却依然是双眉不展，不肯卸装。钟秀笑道："别惦记你的二师兄啦，不会有事的，快些睡吧。"

江晓芙道："不，我心惊肉跳，只怕会有事情!"

钟秀不悦道："你连我的哥哥也信不过了?"

江晓芙道："不，我是信不过叶师哥。我看叶凌风一定不肯放过宇文雄的，只怕他会到你哥哥帐中，又出什么诡计阴谋!"她越说越气，最初还称"叶师哥"，后来竟是直呼叶凌风之名了。

钟秀道："你未免疑心太甚。再说叶师哥即使意图加害于宇文雄，我哥哥也不会允许他的。"

江晓芙道："我放心不下，我一定要去看看。"

钟秀无可奈何，说道："不让你去，只怕你会发疯。好吧，我就陪你这疯丫头走一趟，免得你闹出笑话来。"

这时已是将近四更的时分，万籁俱寂，刁斗无声，营地上只有值夜的卫兵巡逻来往。义军中纪律森严，"女营"扎在最内一圈，内外相隔，不能私自往来。女兵到男兵的营地，或男兵到女兵的营地，都必须经过通报。入夜之后，那更是不能乱闯的了。钟秀怕江晓芙闹出"笑话"，请她千万不可声张，以免给卫兵发现，那时就要羞得无地自容了。

两人悄悄地溜出女营，施展上乘轻功，偷偷去探钟灵的营帐，监军营帐扎在林中，江钟二人借物障形，轻功又好，果然瞒过了巡逻的耳目。

钟秀在她耳边说道："咱们在帐后偷偷地张一张，要是没事，咱们就好回去了。"

江晓芙道："若然没事，我当然不会声张。若然有事，那我就管不了这许多了。不过即使没事，我也要守到五更。"

钟秀心中惴惴不定，骂她又不是，劝她又不是，只好提心吊胆地陪她前往。钟灵在帐中看守"奸细"，灯火未熄。钟秀拉着江晓芙，说道："你不要走得太近。你瞧，帐中只有我的哥哥和两个守卫的影子，你可以放心了吧。"

话犹未了，忽见一条人影从林中窜出，好在与她们是处于相反的方向，那人从钟灵帐幕的前面进去，没有发现她们。

这人行动快极，只见他连连摇手，并不避开卫兵，卫兵也没阻拦他。

这人没有发现她们，但她们已经发现这人，而且认出了这人是谁了。这刹那间，江晓芙固是吃惊，钟秀也吃惊不少，原来来的不是别人，正是叶凌风。他以主帅的身份深夜来访监军，卫兵见了他的摇手示意，当然不敢阻拦也不敢出声。

钟秀掩着江晓芙的嘴巴，悄悄说道："你别叫嚷！说不定他是有重要的事情来与我哥哥商量的，你先别存着念头，以为他定是害宇文雄。"

江晓芙甩开钟秀的手，使出"八步赶蝉"的轻功，几个起伏，就到了帐后，停了下来，取出裁云宝剑，将帐幕划开一条裂缝，手心里又扣了一把梅花针，心里想道："若是他敢碰宇文雄一下，我就先打瞎他的眼睛！"她满肚子是气，但仍然听从钟秀的劝告，没有出声。帐幕里叶凌风正在和钟灵交涉，他有"大事"在身，心情也是十分紧张，因此也没有觉察帐外有人偷听。

钟灵见叶凌风蓦然来到，也不觉吃了一惊，说道："叶大哥，你还未睡！可是有甚紧急军情？"

叶凌风道："这倒没有。不过，我不放心这个奸细。"

钟灵平日虽然是处处尊重叶凌风，但听了他这样的话，也是很不高兴。怫然说道："大哥是怕我看守不严，还是怕我私自将他放了?”

叶凌风连忙打了个哈哈，说道：“钟兄，你误会了。你我如同一体，你看守他，即是我看守他，我怎会不放心你呢？不过我想起一件紧要的事情，唔，或许这件事你也早已做了。”

钟灵道：“什么事情?”

叶凌风道：“你搜过宇文雄的身没有?”

钟灵道：“哦，这我倒没有想起，你是怕他身上藏有什么秘密文件?”

叶凌风道：“或许还可以在他身上找到奸细的证据。你想明天咱们就要发动总攻，咱们岂能不预防万一，不搜一搜奸细身上可能藏有的什么有关军机的秘密?”

钟灵道：“不错，好，小弟马上就搜！”叶凌风本来是要自己搜的，但钟灵已经动手，他却是不便和他抢了。

叶凌风心里想道：“好在我早已有了准备，他若搜着什么文件，总不会自己先拆开来看的。”

原来叶凌风最害怕的就是宇文雄身上藏有什么不利于己的东西，譬如说是有关他的官方的秘密文书，或者是他师父已经查明了真相，叫他带来了亲笔函件。故此叶凌风刚才回到自己的“帅帐”之后，就匆匆忙忙地伪造了一份官方文书，一封他师父的信。他平日留心师父的笔迹，早已模仿得七八分相似。料想钟灵看不出来。假如钟灵当真搜出这些东西，呈给他看，他就可以用迅速的手法掉包。

钟灵将宇文雄身上的东西一件件掏了出来，有几锭银子，一串铜钱，一块打火石，一副金创药。钟灵一一摊在地上，说道：“就是这么多了。看来他也不敢在身上私藏什么秘密文书。”

叶凌风道：“多一个人帮眼好些，待我再搜一搜。”

叶凌风一抓向宇文雄抓去，待要撕裂他的衣裳，心里想道：“即使搜不出东西，我也要令他暗受内伤，不能说话。”

叶凌风的指爪刚刚碰着宇文雄的衣裳，忽见金光闪烁，嗤嗤声响，一蓬梅花针突然穿过帐幕，向他面门打来！江晓芙厉声斥道：“你敢碰一碰他，我就和你拼命！”

叶凌风大吃一惊，连忙挥袖遮面，一跃闪开，幸亏他应付得宜，躲闪又快，这才避免了金针刺目之灾。但饶是如此，衣袖上亦已插上了十几枚梅花针。

说时迟，那时快，江晓芙已是撕破帐幕，冲了进来。叶凌风大怒道："你想怎的？要造反么？"

江晓芙道："你办事不公，造你的反，又怎么样！我问你，你偷偷来这里做什么？"

钟灵连忙拦在他们中间，钟秀跟着进来，把江晓芙拉住，不让她与叶凌风动武。

叶凌风冷笑道："我还没有说你，你倒说起我来了，你违背军法，暂且不说。我只问你，你一个女孩儿家，半夜三更闯到男营里来，识不识羞？"

江晓芙道："你才是不知羞耻，堂堂一个主帅，说了的话不算数！我问你，你既然把宇文雄交给了钟大哥看管，为何又要来此偷下毒手？"

叶凌风道："我是来搜奸细，行事光明磊落，你休得血口喷人！"

江晓芙冷笑道："光明磊落？哼，你朝他的胸膛抓下，搜身是这样搜的吗？要不是我的梅花针出手得快，宇文雄早已给你害了！"

叶凌风老羞成怒，喝道："胡说八道！我还没有治你以应得之罪，你倒反咬我起来了！钟大哥，把她抓下！"

钟灵吃了一惊，说道："你们是师兄妹又是表兄妹，何必这样认真？晓芙，你来给师兄赔一个礼。"

叶凌风道："正因为如此，我若对她宽容，别人说我以私废公，我还如何能够服众？你是监军，你也应该严执军法！把她抓下，否则你不抓我就来抓！"

钟灵左右为难，按说叶凌风乃是主帅，而江晓芙又的确犯了军中规矩，他是应该执行叶凌风的命令的。但他却怎拉得下这个面子亲自动手？何况若说江晓芙犯了军法，他的妹妹也同样犯了军法，难道把妹妹也抓起来，叫她受审，叫她出丑么？

江晓芙亮出宝剑，冷冷说道："叶凌风，你不用叫钟大哥做人难，你要抓我，你自己来好了！”

江晓芙一副拼命的神气，倒叫叶凌风不敢真个动手。正在三方面都落不了台的时候，忽听得呜呜声响，划破寂静的夜空。那是一支接着一支的响箭！

军中晚上巡逻，是用响箭报警的。叶凌风这一惊非同小可。钟灵却是如释重负说道：“叶大哥，你快去看看有甚紧急军情！我在这里负责看守奸细，芙妹的事，待你回来再处置吧。”正是：

响箭声声急，对头半夜来。

欲知后事如何？请听下回分解。

第五十回　艰危未许销英气
侧调安能犯正声

叶凌风倒不是害怕“敌人”夜袭，因为敌方的主帅就是他的父亲。他们父子早已秘密取得联络，约好了明日午时，待叶凌风率领的这支义军进入一个死谷之时，清军在那里设伏，这才动手消灭义军的。

但也正因为叶凌风知道并非清军夜袭，也就禁不住格外吃惊。前方的哨兵用响箭报警，除了是遭遇敌人袭击之外，那就只有一个可能：是发现了敌方的奸细，哨兵未能将他捕获。

叶凌风早已知道风从龙入京替他父子办事，计算行程，这一两天就应该回到此地的。他们也早已约好了，到时风从龙若不是亲自来找他，也会派人来找他。当然不论是风从龙自己来或别人替他来，这人的手中都会持有叶凌风所发的令箭，在义军中可以通行无阻。但也不能不提防万一出了岔子，比如说他在被盘问之时露出马脚；或者是风从龙为了有什么事，亲自冒险前来，而恰巧碰上了认识他的一个义军头目。

叶凌风分身乏术，权衡轻重，心头想道：“宇文雄身上并无秘密文件，他也还未醒来，即使醒来，他手中没有凭据，也扳不倒我。现在我既然不能杀他，不如先出去应付这件事。倘若真的是风从龙到来，有什么意外，我也可以立即设法补救。”

叶凌风一来因为自己心中有鬼。二来他的身份是一军之主，军中有警，他作为主帅，理该前往调查。三来钟灵又在催促他去，若然不去，钟灵难免起疑。

于是叶凌风当机立断，说道：“好，钟大哥，那就拜托你小心看管奸细了。我去去就来。晓芙这丫头，你可别许她胡闹。”叶凌风匆匆忙忙说了两句话，便即离开钟灵的营帐。可笑他只担心风从龙送来给他的秘密文件可能给人截获，却不知道正有一封密折就在宇文雄的身上，他搜不出来。

叶凌风走后，钟灵这才松了口气，难以应付的尴尬场面总算是暂时拖过去了。钟灵板起面孔道：“你们这两个丫头赶快给我回去，免得闹出笑话！”

江晓芙笑道：“现在不怕了，军中报警，我们可以装作是出来打听的，这就并不违犯军法了。你让我去看看二师哥吧。”

钟灵摇了摇头，说道：“真是拿你这丫头没有办法。你的二师哥并没受伤，你放心。他只不过是给叶大哥抓破衣裳罢了。”

江晓芙走过去扶起宇文雄，忽地“咦”了一声，说道：“钟大哥，你来看看，他的身上真是有一封书信。”

原来宇文雄把那封密折藏在衣服的夹层，叶凌风抓破了他的衣裳，露出了密折一角恰恰给宇文雄的衣袖遮住。叶凌风受阻于江晓芙，未能仔细搜查，故此没有发现。如今江晓芙将宇文雄扶起，可就发现了。

钟灵把密折抽了出来，未读内文，一眼先看见盖在骑缝处的那颗四川总督的关防印信，不禁大吃一惊，失声说道：“想不到真的搜出证据！”江晓芙道：“什么证据？”钟灵道：“你去照料你的二师哥吧。待我读完了内文再告诉你。”收起密折，走过一旁，这才把它再打开来，仔细阅读。

原来钟灵看见叶屠户的一份文件从宇文雄身上搜出，只道宇文雄已是奸细无疑。他怕江晓芙把它抢去毁掉，故此躲过一旁。

江晓芙道：“好，你慢慢看吧。不管这是‘证据’也好，是别的东西也好，宇文雄总不会是个奸细。”江晓芙绝对信任宇文雄，于是心安理得的一点也不受钟灵的影响，只知去照料宇文雄。

钟灵只看了几行，面色“刷”的一下子变得如同白纸，颤声说道：“秀妹，你过来。”钟秀有点奇怪，说道：“我看不看没什么关系，待会儿你说给我们听吧。”她只道是宇文雄作奸细的证据，哥哥是监军应该处理这件事情。她没有军职，与江晓芙又是情如姐妹，觉得似乎不便背着江晓芙先去看这密折。

钟灵说道："不，正是与你有关系，你过来看。"钟秀这才发觉她的哥哥神色不对，声音颤抖，惊疑不定，于是连忙走过去看。江晓芙则仍在心无旁骛地替宇文雄解穴，根本不理他们兄妹在做什么。

宇文雄之所以昏迷不醒，是因为一来气力虚脱，二来又着了叶凌风的重手法打穴之故，如今已过了差不多两个时辰，他的内功基础很好，体力已在不知不觉之中渐渐恢复，一得江晓芙给他解开了穴道，他也就醒过来了。

宇文雄睁开眼睛，看见江晓芙俏生生的就在他面前，几乎疑心是梦。江晓芙笑道："我想不到你会突如其来，你也想不到一醒来就看见我吧？"宇文雄道："我记得是给叶凌风这贼子打晕的，这贼子呢？"

江晓芙道："什么，你叫大师哥做贼子？"她虽然恼恨叶凌风，但在未知道叶凌风的罪恶事实之前，还有点觉得宇文雄把大师哥叫做"贼子"，未免有点"过分"。

宇文雄正要说话，就在此时，忽听得"咕咚"一声，原来是钟秀在读了那封密折之后，突然晕倒了！

江晓芙吃了一惊，叫道："秀姐，你怎么啦？"钟秀已经晕了过去，当然不会回答。

钟灵喘着气说道："叶凌风是叶屠户的儿子，他，他当真乃是奸贼！这封密折就是叶屠户给他儿子请功的奏折！"

钟灵并没有直接回答江晓芙的问题，但江晓芙已经完全明白了。她明白了宇文雄为什么将"大师哥"骂作"贼子"，也明白了钟秀为什么在看完了那封密折之后，突然晕倒了。

宇文雄道："哦，原来你们已经发现了那封密折，那就无须我再加解释了。叶凌风这贼子呢？咱们可不能让他逃了！"

钟灵面上一阵青，一阵红说道："咱们赶快去追！他还未曾知道咱们已经发觉他的秘密，想必尚未畏罪潜逃。"

要知钟灵虽然是不够精明，以致给叶凌风欺骗，但他却也是个责任心很重的人。此时发现了叶凌风的秘密，想起自己平日未尽监军之责，不禁汗流浃背。是以自己无暇再顾妹妹，立即要追捕叶凌风。

江晓芙道："好，你们去吧。我在这里照料秀姐。"江晓芙本来也想和他们一起去的。但一想钟秀醒来之后，必定非常羞愧难堪，必须有个人给她慰解。所以江晓芙才强抑怒火，留下来陪伴钟秀。

宇文雄跟在钟灵后面，正要揭开帐幕，江晓芙忽地叫道："雄哥！"宇文雄止步回头，说道："怎么？"江晓芙道："这把裁云宝剑给你！"两人只匆促地交谈了几句，但江晓芙的心事都已付托在这把宝剑之上，交与宇文雄了，宇文雄接过宝剑，心里热乎乎的，他感激师妹爱护之心，也激起了他除奸的勇气。本来他的气力尚未完全恢复的，此时只感到浑身是劲，恨不得立即追上叶凌风，就用这把裁云宝剑将他杀掉。

花开两朵，各表一枝。且说叶凌风出了钟灵的帐幕，匆匆忙忙的先赶回自己的帐幕中，宇文雄所乘的那匹赤龙驹，早已被他所夺，留在他的帐幕。叶凌风就是回来取这匹坐骑的。他心里早已打定了预防万一的主意，倘若有什么不利于己的情况，在紧要的关头，也可以仗着这匹赤龙驹逃跑。

叶凌风跨上赤龙驹，赶出大营，只见一道蓝色的火焰，在山前一个山坳升起，这是表示那个地方发现敌踪。叶凌风跑在半路，前头的探子回来报道："有个蒙面贼不理哨兵拦阻，便闯进来，不知是什么路道？"

叶凌风大吃一惊，心道："若是风从龙，他不应该这样胡来？"心念未已，只见一骑快马已从山坳冲出，今天夜色虽然不错，但究竟比不上白天，那人又戴着蒙面巾，叶凌风一时间也还认不出是谁。

山坳本来设有哨岗，两个哨兵左右分立。哨岗的亭子是临时用木搭盖的，那蒙面人快马闯过之时，只是劈空一掌，轰隆声响，木头搭的哨岗亭子已经震塌。两个哨兵的长矛伸出，待要截他马头，蒙面人双手一抓，两支长矛飞上了半空。说时迟，那时快，他的快马已经冲过，不过，他用的是巧劲夺矛，使得恰到好处，那两个哨

叶慕华冷笑道：“你想不到世上还有我这个人吧？”

兵并未受伤。

叶凌风见了来人如此身手，虽不恐惧，却也不禁吃了一惊，当下拍马迎上，双方在山前的一块草坪上相遇，叶凌风喝道："来者是谁，给我停下！"此时他已看出来人似曾相识，但却绝不是风从龙。

来人哈哈一笑，倏地将蒙面巾除下，喝道："狗眼睁开，瞧清楚些，你不认识我了么？嘿嘿，你想不到你两次害我，我却依然活在人间吧？"

叶凌风这一惊才真的非同小可，原来这个人不是别个，正是他所冒充的"真叶凌风"如今改用一个名字的叶慕华。

叶慕华冷笑道："你冒用我的名字，我可以不管。你喜欢自称叶凌风就让你叫叶凌风。可是你冒我的身份，想要陷害这支义军，我却不能不管！"

叶凌风吃惊过后，杀机陡起，心想："我如今的武功未必就输给他，我的坐骑则比他的好得多，我何必怕他？"纵马上前一剑就刺过去！

叶慕华冷笑道："哼，还敢与我动手。"横剑一削，当的一声，叶凌风的长剑给他荡开，叶凌风的那匹赤龙驹却已从他身旁窜过，叶慕华再一剑刺出，已是刺他不着。

叶慕华没能打落他的长剑，心中也是微微一凛，想道："我姑父果然不愧是天下第一名师，这贼子在我姑父门下不过年多，武功竟而增进如斯！"叶慕华却尚未知道，叶凌风还得了钟展替他打通三焦经脉，功力这才突飞猛进的。

不过，叶凌风虽然功力大进，却也是叶慕华还胜他一筹，叶慕华一招刺空，拍马又来追他。

这一瞬间，叶凌风已是转了好几个念头，不知是逃跑的好还是不逃的好？此时一跑了之还来得及。可是若然逃跑，岂非前功尽弃？义军的主帅固然不消说是不能当了，而且逃到清军那边，自己既不能"立功"见重，那也只不过是保得一条性命而已，过去所梦想的荣华富贵岂非落空？叶凌风是个野心极大的人，如此结果，又岂是他的心愿。

叶凌风心里想道："他当然要揭穿我的身份，可是我没有把柄在他的手里，他口说无凭，谁会信他？我是一军主帅，只要缠着了他，待大伙儿来到，我指他是奸细，乱箭也就把他射死了。"

叶慕华那匹坐骑，远远比不上叶凌风的赤龙驹。叶凌风与他马上交锋，自是大占便宜。双马盘旋，此攻彼守，斗了几个回合。叶凌风一敌不过，便即跃马避开，叶慕华本领虽然较高，但却不能在三招两式之间将他收拾。

叶凌风注意到叶慕华的马背搁有一个麻袋，涨鼓鼓的也不知装的是什么东西。看来似乎是有相当重量。因此他那匹坐骑就更不及叶凌风的轻快了。

叶凌风拨转马头，兜了个圈子，绕到叶慕华的背后，一剑向这麻袋刺去。叶慕华反手一剑，将它格开。叶凌风的坐骑已过了前头。叶凌风试了这招，见他保护这个麻袋，心里顿觉奇怪。想道："若是什么秘密文件之类。决不会放在大麻袋里的。好，不管它是什么东西，他既要保护这个麻袋，我就攻他的弱点。"

此时叶慕华已窥破叶凌风的心意，知他是"不到黄河心不死，不见棺材不流泪。"未到最后关头，一定不肯逃跑。于是改用以守为攻的战术，施展一路绵密异常的护身剑法，教叶凌风根本无隙可乘。双马盘旋，此追彼逐，转眼间又斗了十几个回合。激战中，大营已有几个领队赶到。为首的两骑，一个名叫甘霸，一个名叫白雄，这两人都是邙山派第三代弟子。甘霸是甘风池之孙、甘人龙之子。白雄则是白泰官之孙，白英杰之子。他们在义军中也各有职守，甘霸是执掌军中刑罚，隶属监军钟灵。白雄则是职司参谋，受叶凌风的指挥。

叶凌风见他们到来，立即端起主帅的身份下令："给我用乱箭把这奸细射杀！"甘霸应道："是！"一抖手，三支金镖向叶慕华打去。跟在他后面的几个头目也或用弩箭，或用飞蝗石，或用铁蒺藜，总之是各使各的暗器，向叶慕华袭击。只有白雄未曾出手。原来白雄颇有父风，他的父亲白英杰是邙山派的智囊，有"小诸葛"之称。

白雄幼承家教，养成习惯，凡事总是经过脑筋想一想的。他想："这人若是奸细，为什么不把他生擒以便盘问他的口供？何必就要如此忙急的就将他杀掉？"白雄心有所疑，是以不肯随众出手，不过在这样紧张的情况之下，他当然也不能好整以暇的去诘问叶凌风了。

叶慕华长剑挥舞，化作了一道护身的银虹，只听得叮叮当当之声响不绝耳，没羽箭，飞蝗石，瓦风镖，铁蒺藜……各式各样的暗器散了一地。

但暗器越来越多，而且发暗器诸人亦非庸手，叶慕华饶是剑术精妙，武功高强，亦不过护得了身，护不了马，甘霸的两支金镖，就恰恰打中马腿，那匹马一声长嘶，四蹄屈地。

好个叶慕华，在这危急的刹那，显出了惊人的轻功，非凡的本领，胁下挟着麻袋。在马背上就似箭一般的"射"了出去，而且在半空中剑不停挥，拨打暗器，居然没给暗器伤着。

叶慕华立足未稳，甘霸已是走向他杀来。叶慕华喝道："各位好汉且慢动手！你们可知道你们的主帅是什么人？"甘霸怒道："你这话是什么意思？谁不知道叶统领是江大侠的掌门弟子！"

叶慕华飞身一掠，避开了甘霸的追击，朗声说道："错了！错了！你们的主帅是叶屠户的儿子，在你们的义军中充当奸细的，江大侠也已不要他做掌门弟子了！"

叶凌风大笑道："你们相信他这些鬼话吗？"叶慕华所说的事实太过惊人，在不知底细的人听来，几乎可以说得是"荒诞不经"。

许多人心里都这样想："江大侠收徒何等审慎，若是不清楚统领的来历，焉肯立他为掌门弟子？"这些人还是不知道叶凌风与江海天的亲戚关系，另外一些知道的人更是气得大骂叶慕华道："你这奸细胡说八道，叶统领是江大侠的内侄，你竟敢说他是叶屠户的儿子！真是岂有此理！岂有此理！"

群情激愤，追来的人更多了，叶慕华叫道："好，我给你们一个活的证据！"振臂一抛，将那大麻袋向甘霸抛去。甘霸接了下来。叶慕华道："打开来看！你们想必有人认得此人！"

甘霸心急，立即撕裂麻袋；只听得"咕咚"一声，一个人球滚了出来。义军头领之中，果然有人认识此人，失声叫道："咦，这不是叶屠户的护院风从龙吗?”要知风从龙虽然不是常在江湖露面,但他并非无名小卒,因此也还是有人知道他的来历。

原来风从龙那日在终南山受了仲长统的劈空掌所伤,快马奔驰一日,第二日伤势加重,不能不找个地方调治。宇文雄一路追踪,没发现他。叶慕华跟踪追来,却发现了。至于是怎样发现的,以后再表。

风从龙的来历既然有人识破,群雄都是大为惊诧。叶慕华叫道:“你们审问他,就可以知道一切了!”

甘霸道:“你是什么人?风从龙何以会落在你的手上?”叶凌风暗暗骂了一声:“浑人。”

叶慕华说道:“我的来历,慢慢再说不迟。你还是先问问风从龙吧!你问他,你们的统领是不是叶屠户的儿子?”

甘霸“啪”的打了风从龙一记耳光,喝道:“姓风的,你哑了么,还不快说?”甘霸性情戆直,只知忠于头领。故此他只是叫风从龙说话,却不敢依照叶慕华的话盘问他,唯恐对统领不敬。

风从龙如痴似呆,只有两颗眼珠会骨碌碌地转,其他部分,却是丝毫不能动弹。原来他是给叶慕华用独门手法点了穴道的。叶慕华也是忙中有错,未曾解开他的穴道,便把麻袋抛给甘霸了。不过,在刚才那样紧张的情形之下,他实在也无暇先打开麻袋,再从容地给风从龙通解穴道。

白雄道:“甘二哥,他似乎是给点了穴道,待我看看,能不能解开?”

叶凌风岂能让风从龙受他们盘问?他装作受了无限委屈的神气,咆哮如雷地喝道:“气死我也!好个大胆的奸细,居然敢和叶屠户的护院串同了来陷害我!好,待我先杀了这个姓风的,再来收拾你这奸细!”

叶凌风在破口大骂的当儿,早已拨转马头,向甘霸那一堆人驰去。说到一个“杀”字,陡地便夺过了一名哨兵的长矛,振臂一掷,长矛对准了风从龙的心口射去。

白雄蓦地跳了出来,挥刀一格,“当”的一声,把长矛打落,说道:“叶统领,且慢杀他!”

叶凌风气呼呼地道："你们相信这个奸细的鬼话?"白雄赔笑道："我们岂敢有疑统领，不过——"叶凌风打断他的话道："既然你们信得过我，叶屠户的头号帮凶，你们还留他作甚？甘霸，你给我将他一刀斫了。"白雄口里说没有疑心，心中其实已是大大起疑。叶凌风何等聪明，当然也看出他已经起疑。是以他人不离鞍，也不敢便到那堆人的中间去亲自处置风从龙，只敢叫甘霸替他动手。

白雄横刀遮挡着风从龙，说道："且慢动手。我们虽然不敢有疑统领，不过这个风从龙既然是敌方一个头面人物，似乎还是应该先问一问他的口供。还有这个'奸细'，他何以肯把风从龙擒来交给咱们？究竟是不是真的奸细，似乎也应该问问!"白雄不理叶凌风的拧眉瞪眼，从容不迫地把他要说的说完。众人一听，都是觉得"此言有理"，也就不禁都起了一点疑心，"是呀，若说他们是两个奸细串通，风从龙岂肯甘心送命?"

叶凌风道："白贤弟说的是。好，那就把这姓风的送给钟监军看管，明天审问。秦永浩，这件差事交给你，你小心押解。"

秦永浩是蒙永平的师弟，也是潜伏在义军中的一个奸细。叶凌风知道此时他若是坚持要杀风从龙的话，必将惹起众人疑心，故此随机应变，吩咐一个"自己人"押解风从龙，好让秦永浩途中暗下毒手。叶凌风料想秦永浩能体会他的意思。

叶凌风一不做二不休，接着再下命令，马鞭朝着叶慕华一指，喝道："你们呆在这里做什么？还有一个奸细，还不快快将他擒下。"原来在风从龙的身份揭露之后，大家的注意力都集中在风从龙身上，虽然有几个头领在监视着叶慕华，但还未曾动手。

众人一想："不错，不管这人是真的奸细是假的奸细，总是应该把他先拿下来。"于是便有六七骑向他冲去。叶慕华朗声说道："不劳动手，我不会走的。你们快把这姓风的穴道解开，在愈气穴和伏兔穴上给他通解。"

秦永浩正要从甘霸手中把风从龙接过来，白雄拦着他道："且慢，先问他的口供!"秦永浩道："主帅之命——"白雄道："先让他说两句话有什么不好？要押解也不急在这一会儿。统领怪责，怪我就是！”白雄的内功造诣颇深，虽然还比不上叶慕华，但他知道了所要通解的相应穴道之后，已是可以解开叶慕华的重手法点穴了。他一面和秦永浩说话，一面就解开了风从龙的穴道。

风从龙嘶哑着声音道：“你们不杀我，我就说实话！”白雄道：“好，你说实话，我们就不杀你。”

叶凌风大怒道：“白雄，你擅作主张，心目中还有统领么？”叶慕华喝道：“你还想做义军的统领么？风从龙，你要性命，快说，快说！”

风从龙叫道：“叶公子，你好狠！你连我也要杀害，我只好把你供出来了。不错，刚才这位叶大侠说的都是实话！”

叶凌风力持镇定，冷笑说道：“好呀，这两个奸细分明是串通了来陷害我，你们有谁相信他吗？”秦永浩在旁加一把嘴道：“是呀，你们不该答应不杀他的。他保得了性命，还有什么不敢胡说？”

群雄之中，虽是有不少人起了疑心，但也有不少人是崇拜他们的“主帅”的，听了叶凌风的挑拨，果然不相信风从龙的话，还有几个气冲冲的要来杀风从龙。

正在闹得不可开交，忽听得有人大叫道：“叶凌风，你还敢在此作威作福？众位兄弟快快把他拿下，他是奸细！”原来是钟灵与宇文雄飞骑来了！

此言一出，恍如晴天霹雳，不仅是叶凌风吓得魂飞魄散，那些平素崇拜叶凌风的人也都惊得呆了！他们真是做梦也想不到他们一向信赖的主帅竟然乃是清军奸细！

但他们可以不相信叶慕华和风从龙的说话，却不能不相信监军钟灵的说话。白雄首先跃出，一柄飞刀向叶凌风掷去，大声叫道：“大伙儿快来打奸细呀！”众人如梦初醒，纷纷跟上。

叶凌风挥剑打落白雄的飞刀，一拨马头，向甘霸冲去。此时风从龙还在甘霸的手中，那个“奉命”提解犯人的秦永浩见风势不对，早已在混乱中悄悄溜了。甘霸的脑筋还未转得过来，茫然不知所措，说时迟，那时快，叶凌风的快马已经冲到他的面前。

白雄叫道：“甘二哥，快动手！”甘霸这才想起叶凌风已经不是他们的主帅而是奸细，捉奸细并非“犯上”。可是，已经迟了！白雄话声未了，叶凌风已是一招“玉带围腰”，软鞭打出，把甘霸拦腰卷了起来，同时又是一支袖箭射出，穿过了风从龙的咽喉。风从龙一声惨叫，登时毙命。

叶凌风把甘霸提了起来，当作盾牌，马鞭牢牢地卷着他，作了一个“旋风舞”，哈哈笑道：“好吧，你们打吧！”众人跟在白雄后面，本来都是准备用暗器打他的，此时投鼠忌器，谁都不敢出手。

甘霸武功本来不弱，只是因为毫无防备，这才给叶凌风所乘的。此时他气怒交加，猛地一挣，卷着他的那条马鞭寸寸断裂。甘霸一个倒栽葱跌下马来，立即跃起，大怒喝道：“我瞎了眼珠，还认你作统领。如今我识得你这个奸细了！”喝骂声中，连环三镖打出。

叶凌风的赤龙驹何等快速，甘霸虽然立即跃起，便发暗器，亦已是迟了片刻。第一支金镖追得上叶凌风，给叶凌风打落，第二支第三支则已是落在马后。

叶凌风一骑横冲，脱出了包围，绝尘而去。他是主帅的身份，前面一重重的哨兵，都未知道此处发生之事，叶凌风说是去追奸细，谁敢阻拦？

钟灵、叶慕华追出十里之地，情知已追他不上，只好回来。此时营中的大小头领纷纷来到，探询究竟。钟灵便在草坪上召开一个临时的会议，宣布叶凌风的罪状。

宇文雄此时方有空暇与叶慕华叙话，问叶慕华道：“你是怎么捉到风从龙的？”

叶慕华笑道：“这都是全仗丐帮的帮忙。丐帮有飞鸽传书的通讯方法，那日你走了之后，仲帮主与我也跟着追踪，我有坐骑，先走一步。仲帮主到附近的丐帮分舵，叫他们发出飞鸽传书。所以我沿途都有丐帮的人给我通风报讯。风从龙在一个土地庙里养伤，给丐帮的人发现，觉得他形迹可疑，我得到了这个消息，走去一看，果然是他。他还在病中，我不费吹灰之力，就把他擒了。”

宇文雄道：“风从龙死有余辜，只可惜给叶凌风跑了。”

叶慕华道：“我也恨不得马上杀了他，不过让他逃了也不打紧，紧要的是揭穿了他的面目，如今这个潜伏的祸根已经拔掉。咱们也可以大大高兴了。叶廷宗这贼子就让他多活几天，将来一定会把他抓回来的。”叶慕华因为自己本名“叶凌风”，尽管他已经不要这个名字，但不自觉的仍是避免玷辱了它，因此在他骂叶凌风的时候，也就不自觉地说出叶凌风的本来名字了。

宇文雄怔了一怔，随即恍然大悟，说道：“哦，原来这贼子的原名是叶廷宗。叶大哥，我现在明白了。”

宇文雄正要说他明白了些什么，忽见江晓芙和钟秀向他走来，江晓芙道：“可惜我们来迟了一步，未能助你一臂之力，让那贼子跑了。”钟秀悔恨交加，说道：“这都是我的过错。”原来钟秀不过因为一时的刺激而晕倒，不久就苏醒了。她是一张白纸般的心灵，虽然是很容易上坏人的当，但觉醒之后，却是爱恨分明，立即便要江晓芙和她去参加追捕叶凌风了。

宇文雄道：“这位是？——”

江晓芙道：“她是钟灵的妹妹，我的好姐姐钟秀。”

宇文雄道：“我在途中曾遇见令尊令堂，多蒙令尊医好了我的伤。他们托我给你先报个讯，他们随后也会来的。”接着又向钟秀解释道：“我们倒不是因为人手不够，以致让这贼子逃了的。而是因为这贼子抢了我的那匹赤龙驹，我们追他不上。”宇文雄加上这个解释，为的是免得钟秀心里不安。

江晓芙道：“二师哥，你明白了什么？你们谈得这样高兴，这位是谁？”

此时义军中的一众头目都已知道了叶凌风的罪状，在痛恨叶凌风之余，当然大家也都想到要向两位有功之人道谢。宇文雄是江海天的弟子，钟灵已经知道，但叶慕华是什么人，钟秀和所有的义军头目却无一人知。于是大家都围拢了来，请宇文雄给他们介绍。

宇文雄笑道：“他吗？他才是真的叶凌风，师妹，他也才是你真正的表哥！”

原来叶慕华虽然没有明白地和宇文雄说过他的身份，但宇文雄从叶慕华所表现的种种事实，早已猜到了个六七分，今晚再看了他揭露“叶凌风”与风从龙这两件事，宇文雄就更是完全明白了。

至此，叶慕华也只好承认了自己的本来身份，笑道：“有一晚，你们家里闹贼，那个贼人就是我。”

江晓芙恍然大悟，说道：“不错，我记起来了。那一晚正是二师哥给我母亲赶了出去的第二天晚上。表哥，你是来查询真相的是不是？当时你为什么不揭发他？”

叶慕华道：“那时我对这贼子虽然已经起了疑心，但还未弄清他的底细。我先去会他，不料他突下毒手，我跳入了东平湖，侥幸才逃得出一条性命。这也是我的过错，我不该对他还存幻想的。我未能及早的揭发他，几乎给他造成大祸！”

钟灵惭愧不已，说道：“我们都曾上了他的当。真想不到竟有个冒牌的叶凌风！”

叶慕华道：“这名字给他盗用了去，我也不要了。我另有个名字叫叶慕华。”

江晓芙道：“我们一家人给这冒名的贼子骗了几年。要是我的爹妈知道了你才是我的真表哥，他们不知道该多么欢喜呢！对啦。我还没有问你，你见过我爹爹没有？”

叶慕华道：“没有。但你的二师哥是从北京出来的，他已经见过你爹爹了。”

宇文雄无暇报告详情，只能简单地将几件重要的事告诉众人：“天理教曾打入过皇宫，那封密折就是从鞑子皇帝的‘内书房’获得的。教主林清殉难，现在是张士龙继任天理教的教主。师父和天理教的英雄们那一晚也劫了天牢，尉迟炯已经救了出来，他与千手观音也已经夫妻重见了。”

宇文雄带来了这么多消息，其中虽有林清殉难的噩耗，但更多的则是令人鼓舞的好消息；众人听了，都是兴奋不已。

叶慕华笑道：“还有一个好消息你还未曾说呢。”钟灵忙问道：“什么好消息？”叶慕华道：“江大侠已经立他为掌门弟子，叫他代师清理师门。嘿，嘿，他不好意思说，我代他说了。”众人更是欢喜，纷纷上来给宇文雄道贺。宇文雄倒是忸怩不安，讷讷说道：“我其实是担当不起的，只是师父严命，我也难以推辞了。但，叶大哥，你却是怎么会知道的？”叶慕华笑道：“丐帮消息灵通，我在一个丐帮的一个分舵知道的。”

众人喧闹过后，大家都想起了军中不可一日无主，于是便公议要推出一位主帅。钟灵道：“冒牌的叶凌风赶跑了，顺理成章，当然应该由真的继任。我推举叶慕华表哥做我们统领。”

叶慕华道：“小弟初来，尚无寸功，如何可以便作主帅？依我之见，钟大哥本来就是监军，由钟大哥接任最为适当。”钟灵道：“你给咱们这支义军除了祸患，这是天大的功劳！怎能说是没有功劳？”叶慕华道：“揭发奸细的首功应该是属于宇文雄，宇文雄又是江大侠的掌门弟子，钟大哥既然坚决不肯担当主帅，那么就由宇文雄接任，也很适当。”宇文雄连忙摇手道：“我更不行，还是你来的好。”宇文雄不擅言辞，但却是衷心佩服叶慕华，一意要推戴他作为统领。

江晓芙道：“你们不必让来让去了。依我之见，就由叶表哥做统领，宇文师哥做副统领，钟大哥仍当监军。”群雄齐声道好，便照江晓芙的提议，推定了军中的三位首脑。

江晓芙又道：“奸细虽然赶跑，但说祸患就已消除，我看只怕还未必呢！”

钟灵吃了一惊，说道：“你看到了什么祸患？”

江晓芙道：“我见识浅陋，不知看得对是不对。不过，如今已经证实了叶凌风是咱们的敌人，敌人的作为一定不会对咱们有利的，你们说是么？”

钟灵只是有点糊涂，并非愚笨，登时顿然省悟，失声叫道：“不错，将义军聚集一起，明日反攻小金川的计划，这是叶凌风所定的，他一定是有什么阴谋！”

叶慕华很沉着，说道：“不必慌乱，这既然是奸细所定的计划，咱们就反其道而行之。明日一早，立即退兵，让敌人摸不着咱们的底细，然后再作下一步的部署，选择有利于咱们的地点和时间，用奇兵插入敌方心脏，以解小金川之围。”

这时已是将近天亮的时分，义军有数万之众，营地也有十几处之多，从大营发出去的命令，要传达到各个部队，需要相当时间。有两支前头部队，因为叶凌风昨晚所发的命令是要他们五鼓起程，给大军开路的。这两支部队，在新的命令到达之前，已经开出去了。

天亮之后，过了一个时辰，命令方始通传各营，并派出快马追赶那两支前头部队回来。各营也开始按照新的命令部署，撤退出原来的防地。

前头部队尚未回来，忽听得金鼓喧天，从山头看下去，只见万马奔腾，旌旗招展，大队的官军已经向他们的营地杀来，接着有探子回来报道：前头那两支部队中伏受围，伤亡殆尽，突围的还不到十人。据突围出来的人报道，清军的“帅旗”打出的正是叶屠户的旗号。正是：

明枪容易躲，暗箭最难防。

欲知后事如何？请听下回分解。

第五十一回　自古忠奸难两立
终须黑白要分明

钟灵听了探子的报告，大怒说道："清军怎能来得如此之快？哼，一定是叶凌风这小子早已和他的父亲密通消息，布下伏兵，就等咱们跌下陷阱的！"江晓芙道："这还用说？当然是这奸贼把清军引来的了。咱们正可惜给这贼子逃掉，如今他又送上门来，不很好么？"

叶慕华极为冷静，迅速地判断了敌情，说道："不错，敌人原定的计划一定是在前面埋伏，等待咱们的大队进入他们预先布置好的阵地之时，才起而'围歼'的。如今这奸贼已被咱们揭露，赶了出去，他当时料想得到咱们不会再中他的计，所以一跑回去，就立即变更计划，赶来强攻。清军比咱们人多，他们是希望伏击不成，就来个以大吃小。但这么一来，双方都在明处，咱们也不会吃亏。咱们人数虽少，士气却高，只要大家沉着应付，部署得宜，这一仗咱们仍有胜利的把握！但咱们打的是突围战，以消灭敌人力量，减少自己牺牲为主。却不必多分力量去对付叶廷宗这小子。当然，若是他送上门来，有机可乘的话，咱们也不会放过他。"

叶慕华曾经在回疆助哈萨克族人抗过清军，颇通兵法，尤其长于野战。当下立即作好迎击敌人的战斗部署，飞骑通知各营统领，配合作战。他与钟灵兄妹及宇文雄等人仍在中军指挥。

战斗激烈展开，果然如叶慕华所料，清军胜在装备好，人数多，但义军则胜在士气高，战术妙。清军扑攻几次，死伤遍野，已有再衰三竭之象。义军在几个阵地打开了缺口。

不过义军的伤亡虽然远不如敌方之多，为数也在不少。战斗最激烈之时，双方成了犬牙交错的形势。叶慕华的大营的兵力，抽调出去补充前方各营的伤亡，剩下来的不到百骑。

忽地一支骑兵从敌方所占领的一个“制高点”冲下，直取叶慕华的中军，人数倒也不多，大约不过千骑，但却剽悍之极！在犬牙交错的形势之下，义军都在各个阵地浴血苦战，能够拨出的兵力已是无多，竟然抵挡不住这支骑兵的奇袭！

钟灵睁目看去，大怒说道：“叶凌风这小子果然来向咱们挑衅了！”宇文雄还认得在叶凌风两方辅弼的乃是杨钲父子。原来杨钲父子已经回到军中，养好了伤。叶凌风深知杨钲武功高强，故此特地邀了他们父子来袭击叶慕华的。

叶慕华喝道：“虎营撤回，断他归路！放箭！”“虎营”是义军中的一支骑兵支队，此时正在与清军争夺一个阵地。和“中军”的距离较近。

叶慕华的战略是放弃一个阵地，先歼灭叶凌风这支骑兵。他用上乘内功发出命令，战场上金鼓雷鸣，但“虎营”的将士对他的命令仍是听得清清楚楚。叶慕华的中军尚有将近百骑之众，人人精于骑射，待叶凌风这支骑兵杀近，叶慕华一声令下，百骑突出，乱箭齐发。

叶凌风哈哈笑道：“论武功，你还算不错，说到用兵，你却是差得太远了。嘿，嘿，你们已是我囊中之物，还想顽抗么，好，来而不往非礼也，还箭！”

双方尚有一段距离，未能展开肉搏，先用弓箭交锋。叶凌风这支骑兵乃是从他父亲三营“亲兵”之中抽调出来的一营，训练有素，配备精良，人马披甲，也是人人精于骑射。

义军的配备远远不如叶凌风这支骑兵，人和马都是没有披甲的。双方乱箭交锋，清兵大占便宜。利箭除非恰恰射着咽喉，否则便伤不着他们。转瞬间叶慕华的小队骑兵已是伤亡过半，剩下的不到五十骑了。清军也伤亡了数十骑，但他们冲杀过来的有千人之众，伤亡数十骑，算不了什么。

叶慕华连珠箭发，箭箭穿喉而过，射毙对方七骑，可是却射不着叶凌风，也阻遏不了敌人的攻势。说时迟，那时快，敌人已是纷纷杀到，有的马上交锋，有的下马肉搏，展开了一场惨烈非常的混战。

叶慕华大怒，单骑冲出，挑战叶凌风。杨钲喝道："待我来收拾这个小子！"叶慕华一箭射毙他的坐骑，杨钲的劈空掌也打翻了叶慕华的坐骑，两人下马步战。

幸亏义军的"虎营"已经切断了叶凌风这骑兵的联络，人人奋勇争先，要杀过来接应主帅。叶凌风指挥骑兵列成方阵，严守阵地，不许"虎营"冲入。更外一圈，则有清军的大队向"虎营"压来。

这时，这一角战场已成了激战的中心，形势是：叶慕华这一小队在最内一圈，受叶凌风的队伍包围。叶凌风的队伍又受外圈"虎营"的冲击。"虎营"又受更外一圈清军的包围。胜负之机，极为微妙，关键在于叶慕华这一小队能否支持多些时候。

钟灵深恨受了叶凌风之骗，此时叶慕华被杨钲绊住，钟灵就替代了他，冲上前去与叶凌风拼命。

叶凌风道："钟大哥，咱们一向是亲如兄弟，纵是两军对敌，我也不能伤了你我的交情。你们大势已去，顽抗无益，钟大哥，我看你——"正想摇唇鼓舌，说几句劝降言辞，钟灵已是拍马赶到，"呸"的一声喝道："汉贼不两立，你套什么交情？放什么狗屁？"双骑相接，钟灵一剑就刺过去！

叶凌风奸笑道："何必如此？我苦心劝你，也只是为了你好！"他占了坐骑的便宜，一个"镫里藏身"，避开钟灵的剑刺，胯下的赤龙驹已是绕了个圈，到了钟灵马后，准备刺伤钟灵的坐骑，把钟灵打下马来！

江晓芙忽地撮唇一啸，叫道："赤龙驹，过来！"江晓芙是自小便与赤龙驹厮混熟的，灵驹认主，听得小主人的声音，果然便要向江晓芙这边跑去。

叶凌风正在挺起前胸，把剑向前刺去，赤龙驹突然不听指挥，自动转过方向，险险把叶凌风掼下马来。叶凌风大吃一惊，连忙勒住马缰。不过他虽然力能伏马，但指挥不了胯下的坐骑，却也狼狈非常。钟灵回马杀来，杀得他手忙脚乱！

叶凌风大怒，骂道："孽畜，你不听使唤，我要你何用？"狠下辣手，竟然一掌击破了赤龙驹的脑袋，跳下马来，钟灵骑在马上，四面都是清军，易受袭击，索性也跳下马来，与叶凌风肉搏。叶凌风手下的骑兵投鼠忌器，倒要约束坐骑，不敢向他们冲去。

江晓芙见赤龙驹竟被击毙，心痛之极，骂道："好个狠毒的贼子，只是为了赤龙驹，我也要杀你报仇。"钟灵道："他杀了赤龙驹，他也逃跑不了。咱们合力先除了他！"

叶凌风无可奈何杀了赤龙驹，此时心里也是有点着慌，连忙招来一小队骑兵，在他前面列阵布防，替他掩护。不过，他与钟灵打得翻翻滚滚，等闲之辈，却是插不上手。

杨芃斜刺杀出，截住了江晓芙。叶凌风喝道："把这小妞子给我擒了！"有十来个清军武士便跳下马来围攻江晓芙。江晓芙的裁云宝剑十分锋利，宝剑抡圆，一片断金戛玉之声，登时削断了几支矛头、几把刀剑。迫得那些武士近不了身。不过，杨芃的竹杖点穴却是迅若灵蛇，甚为了得。江晓芙几次想要削断他的竹杖，都是无隙可乘。

且说叶慕华碰上了杨钲，双方乃是初次交手，杨钲固然不把叶慕华放在眼中，叶慕华也不知道杨钲的厉害。双方见面一招，便是立施杀手。

叶慕华剑中夹掌，一招"白虹贯日"剑气如虹，径刺过去。杨钲喝道："撒手！"青竹杖一挑，"当"的一声，把叶慕华的长剑挑开。叶慕华一个"跨虎登山"，迈开大步，剑招刺空，"般若掌"随即打到。杨钲横掌一立，"蓬"的一声，两人又交了一掌。

双掌一交，强弱立判。叶慕华倒退三步，两边虎口都是火辣辣的隐隐作痛。可是他的长剑并没有坠地，退了三步，便立即稳住身形，也没受伤。杨钲只是身形微微一晃未曾移动一步。但掌心也似触着了烧红的铁块似的，烫得他好不难受。而且还感到有股热气，从他掌心的"劳宫穴"直钻进去。

原来论功力是杨钲较高，但叶慕华的"大乘般若掌力"专伤奇经八脉，杨钲一念轻敌，几乎吃了他的亏。但杨钲毕竟是功力深厚，一觉不妙，立即运气封穴，将攻进他“劳宫穴”的这股热气又迫出去。

论这一招的结果，还是杨钲稍占上风。但杨钲是邪派中顶儿尖儿的人物，这一招非但未能击倒敌人，连对方的兵刃也未能打落，这结果已是大出他意料之外，杨钲“噫”了一声，说道：“好小子，倒也有两下子。好，叫你知道我的厉害！”飞身扑上，青竹杖一起，便似蛟龙摆尾般的向叶慕华卷去。

杨钲的本身功力与临敌经验都比叶慕华优胜，交手一招之后，已知对方强弱所在，再度交锋，使出的招数更为精妙。

叶慕华用一招“横云断峰”，剑势平出，横削他的竹杖。杨钲又喝道：“撒手！”剑杖相交，他的青竹杖上竟似生出一股牵引之力，把叶慕华的长剑粘住。原来他用的是个“绞”字诀，要把叶慕华的长剑绞脱了手。

叶慕华的长剑翻了几翻，始终摆不开青竹杖的缠绞，可是也还未曾脱手。说时迟，那时快，宇文雄已是闯开一条血路，杀了到来。运剑如风，刷的一招“李广射石”，剑尖如矢，便向杨钲刺去。

杨钲冷笑道：“你这小子也来送死！”挥袖一拂，不料只听得“嗤”的一声，宇文雄的剑虽给他衣袖拂开，但却也把他的衣袖削去了一幅。叶慕华何等矫捷、机灵，趁着这个机会，长剑往前一指，已是解开了对方的缠绞，把兵刃抽了出来。

杨钲用的是铁袖功，却给宇文雄削了一幅，心中也是颇为惊诧，心道：“这小子不过是几天工夫，怎的便精进如斯？”他哪里知道，宇文雄得了钟展替他打通三焦经脉，功力已是今非昔比。只可惜他的火候与经验都还不足，要不然他与叶慕华联手，已是可以胜过杨钲。

杨钲是清军中数一数二的高手，对付两个小辈，不好意思叫人帮忙。三人打到紧处，只见杖影如林，剑光似练，方圆数丈之内，石走砂飞，等闲之辈，也插不进手去。杨钲仗着数十年的功力，以一敌二，恰恰打成了个平手。

另外一边，钟灵与叶凌风也是恰恰打成平手。但打到紧处，却有两人来助叶凌风夹攻钟灵了。这两个人正是以前混在义军中的那两个奸细——蒙永平和秦永浩。蒙永平是那日在伏击宇文雄失败之后，随着杨钲父子逃到清军中的。秦永浩则是因为昨晚之事，昨晚叶凌风曾要他押解风从龙，他刚要执行命令，叶凌风已被揭露。是以他虽然未曾给义军中人发现其奸，心里已是起了恐慌。故而也连夜溜走，逃回清军这边。但人未解鞍，立即又给叶凌风迫他来了。

这两人武功不弱，钟、叶之战，一般兵士插不进手，他们却是可以插得进手。钟灵这才知道他们乃是奸细，气得破口大骂，蒙永平道：“你现在知道已经迟了。识时务者为俊杰，我劝你还是投到我们这边来吧，咱们可以又作同僚。”

钟灵大怒喝道：“今日不是你死，便是我亡！”长剑披风，狠狠地向蒙永平杀去。叶凌风一剑刺出，和颜悦色地笑道：“钟兄何必执迷不悟，你我交情素好，我实在还舍不得你白送性命呢！”可是他脸带笑容，口说好话，手底却是狠辣之极，这一剑径刺钟灵胁下的“期门穴”，分明是一招杀手毒招。

钟灵沉不住气，险险为叶凌风所乘，连忙强摄心神，沉着对付。可是他以一敌三，纵有决死之心，也是有心无力。形势十分危险。

江晓芙给杨芃缠住，冲不过去。钟秀杀来，刺伤两个武士，这才打开一个缺口。此时，义军的“虎营”尚未曾杀得进来，正陷于两面作战的境地。而叶慕华中军帐下的数十骑，却因寡不敌众，十九壮烈牺牲了。叶凌风指挥的那小队骑兵，布成了一道包围圈，防备有人冲进去救出钟灵。而叶慕华与宇文雄也仅能与杨钲打成平手，他们也是同样陷在敌方的大包围之中，久战下去，必定吃亏。但比较来说，还是钟灵的处境最危！

江晓芙突破包围，想去接应宇文雄，宇文雄叫道：“快去对付叶凌风这个贼子，把钟大哥救出来！”江晓芙面上一红，心道：“是啊，这才是最紧要的事情！二师哥是没有半点私心，我则是有私心了！”当下一咬银牙，挥剑便闯重围。

叶凌风是曾下过命令，要他的手下活擒江晓芙的。此时清军见江晓芙独自冲来，心想一个黄毛丫头，能有多大本领？清军都有铠甲防身，不惧刀剑，于是便有一排人跳下马来，一拥而上，要想生擒江晓芙。

他们怎知江晓芙手上的宝剑可不是普通的刀剑，那是天下第一、削铁如泥的裁云宝剑！此时江晓芙已经杀得红了眼睛也顾不得那么多了，挥舞宝剑，便是一轮狂劈猛刺！可怜首当其冲的那几个士兵，给江晓芙一个一剑，剑剑透甲而过，直穿心窝，都丧了性命！江晓芙心地慈悲，迫于无奈，杀了这许多人。她眼看着一个个满身鲜血的清兵在她面前倒了下去，自己也有点害怕起来，不忍再杀。

江晓芙停了停手，喝道："挡我者死，避我者生！你们还不快走?"这一小队清军约有十多个人，他们不过一来恃着人多，二来恃着身有重甲，这才敢于气势汹涌，横行无忌的。现在一下子就给江晓芙杀了几个，重甲也挡不住她宝剑的一刺！侥幸未曾被杀的，哪一个还不是心胆俱寒？其实不用江晓芙呼喝他们逃跑，他们也已经是逃跑的了。

可是江晓芙这么一念慈悲，停下了手，却又给杨芃赶上来了。杨芃的武功与江晓芙不相上下，再加上几个使用重兵器的武士助攻，登时又截住了江晓芙的去路，不过，江晓芙打开缺口之后，钟秀却冲过去了。

叶凌风只当钟秀对他还有余情，仍可利用，见她一到，立即笑脸相迎，说道："秀妹，你来得正好，给我劝一劝你的哥哥吧，咱们是一家人，何必拼个你死我活?"

钟秀冷笑道："不错，我是来得正好!"叶凌风尚未知机，倏然间钟秀把脸一翻，刷的一剑就刺过去，柳眉倒竖，厉声斥道："不错，我就是要和你拼个你死我活!"

这一剑来得又狠又快，叶凌风大吃一惊，连忙躲闪，说时迟，那时快，钟秀已是剑中夹掌，一剑刺空，扬掌便打。

叶凌风避开了剑刺，避不开掌击，这一掌是朝着他的天灵盖击下的，叶凌风连忙缩头扭脸，可是，只听得"啪"的一声响，脸上已是着了钟秀的一巴掌！这一掌还当真打得不轻，打得他眉乌眼肿，脸上开花！

叶凌风又惊又怒，喝道："好呀，你这臭丫头不念旧情，我可也不能对你客气了！"钟秀听他提起"旧情"两字，更是生气，紧咬银牙，根本就不答话，一口剑只是疾刺过去，剑剑都指向叶凌风的要害。钟秀的本领不在她哥哥之下，而对叶凌风的憎恨更在她哥哥之上，她这么一拼命，杀得叶凌风连忙招架，只觉她比她的哥哥还要难以对付。

叶凌风心里想道："我何必和这疯丫头拼命？"虚晃一招，蓦地回身便逃。此时钟灵正与蒙永平、秦永浩二人打得难解难分，腾不出身来截他。

钟秀喝道："往哪里跑？"跟踪急上，挽剑直刺他后心，剑尖堪堪刺到，叶凌风飞身上马，已是抢了一兵士的坐骑，呼的一掌，把那兵士推下马来，竟然把人当作暗器。向钟秀掷去。

叶凌风的气力比钟秀大，这个兵士的身体也有百多斤重，倘若给他当头压下，钟秀不死也得重伤，钟秀怒道："好狠的贼子！"侧身一闪，使了个"卸"字诀，掌心轻轻一托，把那兵士飞来的身体拨转了方向，化解了那股猛力。那兵士"砰"的一声跌落地上，虽然碰得头破血流，但却幸得保全了性命。

钟秀保存了那兵士的性命，叶凌风却已乘着那匹马跑出半里之地。叶凌风摆脱了钟秀缠斗，冷笑说道："你不情，我不义，有什么好埋怨的？还有更狠的手段让你这丫头尝呢！"扬鞭一指，蓦地喝道："不要捉活的了，给我冲上去，把这几个人踏成肉酱！回营之后，每人赏纹银百两！"

叶凌风是主将之子，他的命令清军焉敢不遵？何况他还许下重赏。于是在他指挥之下，前列骑兵纷纷冲出，怒马奔腾，要把钟灵兄妹和江晓芙三人踏成肉酱，即使是要误踏自己人，那也顾不得了。

蒙永平、秦永浩二人尚在与钟灵打作一团，见骑兵冲来，这一惊当真是非同小可！他们做梦也想不到叶凌风竟然要把他们的性命也都赔上。

蒙永平本领较高，人也见机得早，一听叶凌风下了命令，慌忙便跑。抢上一匹坐骑，回到清军队中。秦永浩逃得较慢，被钟灵一掌打翻，数十匹铁骑冲过来，将他踏得头颅开花，胸骨断折，一命呜呼。

钟灵和身一滚，挥剑斩断了前面两骑马的前足，两匹马倒了下来，钟灵趁着混乱，飞身跳起，夺了一匹坐骑。钟秀也把一个士兵打落马下，抢了他的坐骑。

杨芃和江晓芙在较远的外围厮杀，此时已散开，江晓芙仗着宝剑之利，杀伤几个骑兵，也抢到了一匹坐骑。

于是形势一变而为钟灵兄妹和江晓芙三人陷在清军的骑兵之中混战。既然是打作一团，清军就不能胡乱发箭，也不能用马队来冲他们。但虽然得以暂时避过铁蹄践踏之灾，他们陷在敌军之中，寡不敌众，情况仍是十分险恶。

激战中忽听得一声长啸，宛若龙吟，战场上的喧天金鼓声，万马奔腾的铁蹄践地声，竟然掩不了这声长啸。

叶凌风吃了一惊，说道："这是什么人？功力似乎还在杨钲之上，我父亲手下，可没有这样能人。"

心念未已，已见他的那队骑兵已被冲开了一个缺口，冲来的竟然是一队鹑衣百结的叫化子！为首的一个老叫化哈哈笑道："好呀，老贼小贼都在这儿，俺老叫化最会打狗，今天可以打个痛快了。"

这老叫化不是别人，正是丐帮的帮主仲长统。他本来是与叶慕华同时启程的，叶慕华马快，昨晚先到，他则在沿途召集了几十个丐帮弟子，此时恰好赶到助阵。丐帮人数虽少，但这几十个人都是"五袋"以上的弟子，人人都有一身武功，插入敌军心脏，等于一把尖刀。

丐帮冲开了缺口，外围的义军"虎营"趁此时机，猛加压力，登时把叶凌风这支骑兵冲得首尾不能兼顾，四面散开。

叶凌风识得仲长统的厉害，又见义军的精锐已经冲杀了过来，他哪里还敢恋战？当下抱定了"三十六计，走为上策"的主意，把一小队骑兵聚拢了来，保护着他，突围而去。更外面的一圈是包围着"虎营"的大队清军，内外呼应，终于把叶凌风接了出去。

仲长统喝道："好，跑了一条小狗，还有一条老狗在这儿。照打！"杨钲刚在逃跑，迎面碰上了仲长统，杨钲竹杖一挑，俨如毒蛇吐信，对准了他掌心的“劳宫穴”。仲长统笑道：“老叫化不但会打狗，还擅捉蛇。”五指一拿，擒拿法精妙之极，一抓就抓着了杨钲的杖头。左手一扬，欺身直进，朝着杨钲的天灵盖击下。

杨钲反手一格，“蓬”的一声，双掌相交，杨钲抛开竹杖，斜身窜出。原来两人的功力本来不分上下，但仲长统的“混元一气功”乃是极刚猛的掌力，杨钲在迫得无可奈何的情形之下，硬接了他的这股掌力，却是不免稍稍吃亏。

叶慕华、宇文雄随后赶到，双剑齐上。杨钲失了竹杖，不由冷意直透心头，心道：“这老叫化再一上来，我命休矣！”

出他意料之外，仲长统却没有乘他之危，前来攻他。但杨钲赤手空拳，对付两位少年英雄的宝剑，已是应付维艰，左支右绌，险招迭见。

仲长统哈哈笑道：“好，这条老狗让给两个娃娃宰了吧！”要知仲长统是丐帮帮主的身份，叶慕华与宇文雄既然胜得了对方，他自是不插手了。不料就由于他一念之差，却又使杨钲逃出了性命。

战场上形势瞬息万变，“虎营”突破了叶凌风这支骑兵的防线，迫得叶凌风狼狈而逃，但外围的大队清军也杀了进来，登时又展开了一场更大规模的混战。义军人数少，必须集中好手，拼死抵挡，杨钲趁着混战的时机，从宇文雄、叶慕华的双剑底下逃脱。叶慕华要指挥作战，当然无暇去追击他了。

仲长统见杨钲跟着叶凌风之后，都逃跑了，心里好生后悔，叹口气道：“早知如此，我与他讲什么江湖规矩？”大怒之下，连毙数十名清军。他的“混元一气功”的掌力霸道之极，前头冲锋的清军，给他双手一抓就是两个，就似提两只小鸡一般，摔得脑浆迸流。第一排冲过来的清军十之七八给他摔死，十之二三伤在叶慕华等人的剑下。后来的清军吓得心惊胆战，不敢向前。

可是清军的人数太多，攻势虽然暂时受阻，义军的“虎营”仍是未能解围。但一个大战场上各个角落都是互相影响的，清军用主力来攻击“虎营”，其他各处阵地的压力就相应减弱，有好几营义军已经突围，还有几营义军不但突围，而且挥戈反击，杀过来接应“虎营”。

叶慕华当机立断，说道："钟大哥，你在这里坚守。仲帮主，你我杀出去，攻清军帅帐。"仲长统道："好，杀不了叶凌风这小子就杀他的老子！杀叶屠户更有意思！"两人一剑双掌前头开路，后面跟着数十名武艺高强的丐帮弟子，杀得清军鬼哭神号，挡者披靡，转瞬间冲开了一条血路。

叶慕华聚集了两营接应"虎营"的义军，说道："射人先射马，擒贼先擒王。虎营还可以守得一些时候，咱们先去捉叶屠户去！"这两营义军人数约有三千。

命令一下，三千勇士个个精神抖擞，同声大呼："捉叶屠户！"声震山岳，直奔清军帅帐。

此时，除了"虎营"被包围之外，其他各营的义军都已开始反击了，清军差不多全线动摇！叶屠户有三营最精锐的骑兵亲军保护着他，其中一营给叶凌风带了去，伤亡过半，剩下的一半有一部分陷于混战之中，未能回到帅帐。叶屠户可以调动来保护他的兵力只有两营多些，不到三千之数。

唯残忍者最怯懦。叶屠户平日杀人不眨眼，此时见叶慕华的这支义军杀来，杀声震天，声声都是喊杀他捉他，吓得叶屠户心惊胆裂，生怕落在义军手中。于是慌忙下令撤退，把各线的清军都调回来，保护他逃跑。

其实叶屠户的亲军将近三千，和叶慕华来的这支义军人数也相差不了多少。叶屠户的亲军都是百中挑一的精兵，装备好，战斗力强，双方若是真的厮杀起来，叶慕华这支义军未必占得便宜。如今只因叶屠户怕死贪生，一下撤退的命令，主帅先逃，清军就不只全线动摇，而是全线溃退了！

一场大战过后，战场上死伤遍野，清军可以不顾伤兵，各自逃命，义军却不能不担当起救死扶伤的工作。于是叶慕华在清军溃退之后，立即发出命令：死者就地掩埋，伤者不论是义军抑或清军，全都抬走。清理战场之后，义军也立即转移，撤入山区。要知义军的力量尚未足以消灭清军，清军退回防区之后，还可以增加兵力，再来进攻。打大规模的阵地战实非义军所宜，故此在战术上必须灵活运用，你有你的打法，我有我的打法，决不与敌人作无谓的纠缠。

义军在森林里安顿好营帐，已是将近黄昏时分，各营的统领，已经清点了死伤的人数报给主帅。义军死者五千余人，伤者八千多人。清军的伤亡数字，则差不多是义军的一倍。义军凭空多了将近一万五千名的受伤俘虏，粮食医药两皆不足。因此有几个统领就主张将俘虏抛弃，让他自生自灭。

叶慕华坚决不许，说道："这样不好。清军十九都是汉人，他们本来也都是善良的百姓。给鞑子迫去当兵，在战场上他们手中拿着武器要杀咱们，咱们当然应该反击，毫不留情地消灭他们。因为那是你死我活的厮杀，不是和他们从容说理的时候，所以只能如此。但现在他们已经被俘之后，那么咱们就不该再把他们当作敌人看待了。咱们应该像自己人一样照料他们，给他们医好伤，晓以民族大义，愿意回家的，让他们回家，愿意参加咱们的，咱们一律收编。这么样，俘虏了一个清军，敌人就减一分力量，这不更好么？粮食不够，大家均匀来食，实在不够，宁可宰掉伤了的战马充饿。医药不够，先治重的。明天一早，咱们各个部队分散，回到原来的村庄去，伤兵可以安置在相熟的百姓家里，老百姓和咱们亲如手足，一定会给咱们照料得妥妥当当的。"说到此处，叶慕华笑了一笑，接着说道："不过，要记着一件事，把清军伤兵的号衣剥掉，换上咱们的装束。要不然只怕老百姓不肯收容，咱们又要多费唇舌了。"

叶慕华的这番道理讲得十分透彻，各营头领无不心服，当下便遵照他的命令实施。那些俘虏得知义军如此优待他们，更是无不感激涕零。

众人在帐中议事，卫士进来报道："天山钟大侠来了。"钟秀大喜道："爹爹来了！爹爹！"连忙飞跑出去，叶慕华等人也都出帐迎接，只见钟展夫妇已是一同来到。大营外面当值的那个头领是知道他们的身份的，故而他们一到，便立即带他们进来。

李沁梅见女儿无恙，放下了心，入帐坐定之后，李沁梅让女儿倚偎她身旁，小声问道："秀儿，你没有吃那贼子的亏吧？"钟秀面上一红，说道："娘，你还问呢，你把这贼子当作好人，幸亏叶大哥和宇文雄来得早。”钟秀是个天真未凿的姑娘，一时间听不懂母亲话中之意，只知埋怨她的母亲。

钟展道：“对啦，那贼子捉着了没有？”江晓芙道：“秀姑姑打伤了他，可惜仍给他逃了。”接着又笑道：“不过那一掌也打得着实不轻，那贼子想骗秀姑姑，秀姑姑哪会上他的当？”李沁梅这才舒了口气，说道：“好，打得好。”心中的一块石头放了下来。

叶慕华向钟展行过晚辈之礼，钟展已知他是江海天的内侄，很是欢喜，说道：“你的姑姑回国探亲，算日子她也应该快回来了。她探亲之后，想必会顺路到天山一行的，我们这次回去，或许还可以见得着她，我会将这些事情说给她知道，让她大大地惊喜一番。”江晓芙笑道：“我娘知道此事，一定会到这儿探望她的嫡亲侄儿。”

私事叙过，叶慕华笑道：“芙表妹，你别心急，你妈要到这儿也不会就在这几天到的，我想请你去办一桩事情。”江晓芙道：“是什么事情？”叶慕华道：“很紧要的一桩事情，所以我想请你和宇文师兄一同去办。”

叶慕华喝了口茶，缓缓说道：“小金川冷家叔侄和萧志远他们盼望援兵，有如大旱之望云霓，目前咱们虽然不能立即赴援，但也应该和他们先通一个消息。我的计划是早则半月，迟则一月，咱们的队伍经过休养整顿，就可以再与清兵交锋，给他们解围了。先告诉他们，也好让他们安心。还有一件更紧要的事，是要他们提防内奸。”

宇文雄瞿然一省，说道：“是啊，叶凌风这奸贼在这里已是阴谋败露，但小金川那边还未知道。只怕他又要到那边去打什么坏主意了。他和萧志远是结拜兄弟呢。好，我们明日一早就去。”

叶慕华道：“一点不错，我正是担心这件事情。清军封锁小金川十分严密，你们此去，必须分外小心。”

宇文雄所料不差，就在他们谈论此事之时叶凌风已然是单骑潜入小金川了。

叶凌风是怎样潜入小金川的呢？且说清军败退，身为统帅的叶屠户逃在最前，逃得最快，直到逃入了自己的防地，听说并无义军追击，这才得以心神稍定，下令安营。

营虽"安"了，心却还未能安。平日里威风凛凛的叶屠户，此时就像一只打败了的公鸡似的，羽毛剥落，垂头丧气，在"帅帐"里绕帐彷徨，唉声叹气地道："这怎么好？这怎么好？我已经报上朝廷，夸下海口，说是咱们父子俩里应外合，定然可以把叛军一举尽歼。不但夸下海口，而且给你预先领了功了。朝廷对咱们父子也真不薄，赏给我兵部尚书衔，全权督办四川军务；你也得了个'记名总兵'的札子。好啦，想不到如今都落了空，咱们非但没有尽歼叛军，反而吃了这损失惨重的大败仗！朝廷降罪下来，这可怎么是好？最糟糕的是你的身份又已给他们识破，赶了出来，以后想再混进叛军里去也不可能了。唉唉，这回可真是一败涂地，连补救的办法都没有了！廷儿，你一向聪明，你给为父的想想，可、可还有什么办法没有？"

叶凌风道："爹，你别尽吵，我心里比你更烦。你一吵，我更是想不出办法了。"

叶凌风岂只"心烦"而已，他实在要比他的父亲更要心慌。要知若果他的真面目未给戳穿的话，他还可以混在义军之中，看风使舵。但如今他的叛徒面目已露，则只有与义军公开为敌了。

他想起了宇文雄咬牙切齿要杀他的那股神气，他想起了叶慕华拔剑怒斥他的神情，他想起了钟秀"翻脸无情"，狠狠打在他面上的那一巴掌……不，岂只是这三个人？如今他已变成了武林公敌，哪一个英雄好汉还能放过了他？尉迟炯夫妻定然非杀他不可，最后，还有一个他最最恐惧的师父江海天。叶凌风越想越慌，不寒而栗。

跟随叶屠户的两名"戈哈什"（是最低军官品级的护兵）打了两盆洗脸水进来，说道："大帅和公子请洗洗脸。公子，你也要更衣吧，我们都给你准备好了。你看这套新衣合不合身？"叶屠户虽在败军之际，但官架子还是摆得十足，也还少不了有人服侍他的。

叶凌风身上穿的还是原来那套义军统领的军装，经过了一天的苦战，衣裳早已开了几处裂缝，而且是沾满血渍的了。他的脸孔给钟秀打得皮开肉裂，也是一脸血污。可是叶凌风却不去洗脸。

叶屠户道："廷儿，你擦擦脸吧，精神些。"叶凌风忽道："不，这样最好。爹，我想出办法来了！"

叶屠户喜道："什么办法？"叶凌风道："我到小金川去，相机行事。说不定还可以来个里应外合，把冷天禄这股叛军吃掉。这么样，咱们虽然不能消灭援川的叛军，但攻破小金川更是大功一件！"

叶屠户沉吟道："你混进小金川去，好虽是好，但只怕太冒险吧。"

叶凌风道："爹，只要你加强戒备，把小金川封锁得水泄不通，不放任何人进去，那么我也就不至于有什么危险了。小金川那边都知道我是义军统领，萧志远又是我的八拜之交，他们一定会相信我的。"

叶凌风不是不怕危险，但事到如今，他也只好卖命去干了。他自知罪大恶极，决不能见容于义军，遂只有妄想消灭义军以保全他的狗命了。

叶屠户叹了口气，说道："也只好如此了。你几时去？"叶屠户只有这一个儿子，本来不想让他去冒这么大的危险的，但想到这次若是不能立功自赎，连自己的身家性命也保不住，也就只好拼着牺牲他的宝贝儿子了。

叶凌风道："事不宜迟，现在就去。爹，你派一队骑兵假装追我，另外我把这两个戈哈什带去。"

叶屠户诧道："你把两个戈哈什带去做什么？"

叶凌风打了一个眼色，说道："我在路上也总得要人跟随呀。我一踏进那边的防地，就会放他们回来的。"

叶屠户登时会意，便吩咐那两个戈哈什道："你们小心服侍少爷，回来之后，我给你们当上一个管带。"这两个戈哈什不敢抗命，又想升官发财，只好答应。

小金川的义军被清军隔断了他们与外间的联络，但义军和清军的这一场大战，数十万人厮杀，惊天动地，他们还是知道了的。因此小金川的义军也就加强巡逻，作好准备。一方面是准备接应战友，另方面也要准备清军在攻击援川义军的同时，对他们也会施加压力。

叶凌风一入小金川义军的防地，立即便给发现，一队巡逻兵马上赶来。那队摇旗呐喊的清军也立即撤退。

那两个戈哈什道："叶公子，我们回去了。你多加小心吧。"叶凌风道："好！"忽地左右开弓，一剑一个，那两个戈哈什还未喊得出声，已给他结果了性命。就在此时，那队巡逻兵恰恰赶到。

叶凌风叫道："我是援川义军的统领叶凌风。快快带我去见你们的冷寨主和萧统领。"巡逻兵的队官大吃一惊，连忙叫人飞骑传报，并亲自护送叶凌风到总寨去。

小金川的十三家总寒主冷天禄接了报讯，惊疑不定，说道："叶凌风是一军主帅，怎的单骑来此?"

萧志远笑道："咱们出去一问不就明白了么，何必在这里胡猜?冷大叔，你放心，叶凌风是我的八拜之交，我决不会认错人的。"他只道冷天禄是害怕有人冒充叶凌风前来行骗，却不知冷天禄压根儿是对这一件事觉得古怪，起了疑心。

不过冷天禄也只是觉得古怪而已，绝对想不到叶凌风还有着极为毒辣的阴谋。叶凌风是援川义军的统帅，他当然也还是要依礼出迎。

萧志远见了叶凌风的模样，大吃一惊，叫道："贤弟，你怎的这个样子，难道——"叶凌风也真会做戏，登时就涕泪滂沱，放声哭道："小弟真是无颜以对兄长，说起来真是惭愧啊惭愧！"

萧志远道："胜负兵家常事，贤弟不必伤心，请进去说。"

叶凌风坐定之后，说道："小弟急于为小金川解围，这次带了八万义军，来与清军决战，前日在黑狗岭与清军遭遇，不幸寡不敌众，全军覆没！帮不上你们的忙，反而丧送了这许多兄弟的性命，你说我能不伤心?"说罢，又哭起来。

萧志远听了这样的一个坏消息，心里当然难过得很，但他的豪气依然未减，说道："挫折虽大，但也用不着灰心！从前李闯王也曾经遭过全军覆灭的挫折，只剩下十八骑逃出来。但不过三年，李闯王却打到了北京，迫得崇祯皇帝在煤山上了吊。如今咱们至少还有小金川的十三家兄弟，不下十万之众，比李闯王当年的处境好得多了！"

冷天禄缓缓说道："我们杀不出去接应你们，心里也是十分难过，十分惭愧的。为今之计，咱们似乎应该商量善后之策，叶统领你说是么？"

叶凌风抹干了眼泪，说道："一切听冷寨主吩咐。"

冷天禄道："咱们是同仇敌忾，何分主客，大家都不用客气了。不过我想知道多一些情况，叶统领，你们这支义军虽说是全军覆没。但总不至于只是叶统领你单骑逃出来吧？"

冷天禄和萧志远不同，萧志远豪迈有余，细心不足。又因他和叶凌风是结拜兄弟，所以对叶凌风毫不猜疑。冷天禄是十三家的总寨主，凡事都得谨慎小心。他觉得奇怪的是：叶凌风是一军之主，他又知道这支义军是有许多各大门派的弟子参加的，然则何以主帅突围之时，却没有高手保护，却要让主帅单骑犯险？

叶凌风何等聪明，早已料到他有此一问，当下说道："突围而出的当然不止是小弟一骑。但当日之战，惨烈已极，要想把溃败之后的残兵剩卒聚集一起，已不可能。不过跟随小弟突围的这一路，也有数百骑之多，青城派的高足蒙永平就是和我一起的。可恨清军穷追不舍，从黑狗岭到小金川，沿途又要经过十几重清军的关卡，处处奋战，才能冲破重关。到了与贵寨防地接壤的黄蜂坳之时，不幸给清军大队追上，其时我们所剩的已不到百骑了，我知道清军的目的主要是在捉我，是以我遂单骑引开清军，好让蒙永平他们脱险。"

叶凌风说得合情合理，更兼他身上血渍斑斑，衣裳破裂，不由得冷天禄不信。送叶凌风来的那个头目说道："清军的那队追兵，碰上我们，不敢交锋，便即收兵。可惜我们这一队巡逻兵人数太少，也不敢孤军追去。"他报告了当时的情况，又夸赞叶凌风道："叶大侠真是智勇双全，单骑引开清军，我亲眼看见他杀了两个清军武士，不费吹灰之力！"这个头目的报告，等于是给叶凌风作了更有力的证明。

萧志远竖起拇指赞道："好，叶贤弟，你是虽败犹荣！智勇双全，舍一己而保存战友，当真不愧男儿本色！"

冷天禄相信了叶凌风的话，倒不禁为叶凌风编造出来的蒙永平那一班人担忧了，说道：“清军回师之后，蒙永平他们却不知能不能脱险？”

叶凌风道：“事难预料，所以我想请冷寨主多予协助，叮嘱前方的巡逻，留意搜查，发现有我们的人，立即收容。我们的联络暗号是‘日月重光’四字，说得出的就是我们自己人。”

冷天禄道：“好，我马上传令下去。叶兄，你这次赴汤蹈火来援，事虽不成，冷某也是十分感激，请受小可一拜！”叶凌风连忙下跪还礼，表面谦虚，心中则是得意之极！

原来叶凌风编造的这段话，不只是为了哄骗冷天禄而已，他这是虚虚实实，另有阴毒的安排的。第二天他就借着到前方巡查之便，将密信封在中空的箭杆里，射到清军的阵地上，跟随他的那几个头目只道他是要射杀敌人泄愤，怎想得到他已经把密信送了出去。

叶屠户接到儿子的密信，立即依计行事，挑选了几十个武艺高强的军官，扮作义军的头目，每个人身上都由他们自己制造了一点轻伤，然后让蒙永平带领他们分头混入小金川，故意让小金川方面的巡逻发现，来一个弄假成真。

叶凌风的计划是在取得冷天禄的信任之后，就逐步篡夺军权，把“自己人”安插到重要的位置上，然后等待时机，里应外合，父子联手，一举夺取小金川。

不料冷天禄却是个老成练达的首领，绝非初出茅庐的后生小子如钟灵者所可比拟。叶凌风可以用欺骗笼络的手段，将钟灵变为傀儡，对付冷天禄却不可能。冷天禄对叶凌风是礼数有加，敬如上宾，但就是不委他以重任，连军事机密都不让他与闻。叶凌风篡夺不到军权，当然也就无法将混入来的蒙永平这些人安插到重要的职位上了。

叶凌风也曾十分技巧地向萧志远发过一点牢骚，通过萧志远去探听冷天禄的口气。冷天禄的理由是叶凌风这班人新来乍到，对地方的情形不熟悉，不宜让他们立即指挥军事。二来冷天禄对叶凌风的指挥才能也表示不能信任。他认为叶凌风那一仗打得很糟，弄到援川的义军“全军覆没”，这就证明了他的指挥不行。所以必须让他在战争中受到更多的锻炼，才能委以重任。冷天禄从战略战术上批评叶凌风的指挥才能，并不知道所谓“全军覆没”的那一仗根本就是叶凌风捏造的。

叶凌风从侧面听到了冷天禄的意见，颇有“啼笑皆非”之感。不过，他若不是那样捏造事实，他就无法解释他何以是单骑进入小金川，也无法接入蒙永平这一些人了。但叶凌风虽然失望，却也有几分欢喜，因为冷天禄只是不信任他的“指挥才能”，而并非不信任他这个人。叶凌风心里想道：“留得青山在，不怕没柴烧。冷天禄当我是个庸才，对我更加有利。有朝一日，教他知道我的厉害。”

叶凌风夺不到军权，只有采取水磨功夫，暂时隐蔽下来。但他也并不是全无“成就”，除了将蒙永平这一些人接入小金川之外，他还使得萧志远相信了他的另一套鬼话。

萧志远当然少不了要和他谈起江海天，谈到了他的师父，当然也就少不了要谈及他的同门。宇文雄被逐出师门之事，萧志远是已有风闻了的，于是叶凌风乘机大说宇文雄的坏话，诬赖宇文雄是奸细，叶凌风在攻讦宇文雄之时，又乘机拉上了叶慕华，大造叶慕华之谣。把叶慕华说成是清军的暗探，和宇文雄是互相勾结的。小金川的三个首脑人物，冷家叔侄和萧志远根本不知道有叶慕华这个人，叶凌风喜欢怎么说就怎么说，说得他们也都信以为真。

首先是萧志远信以为真，向叶凌风表示了他的感慨：“宇文雄这小子我还当他是个诚朴厚重的少年呢，想不到他竟是这么坏？听说他是因为救了江大侠的女儿才得江大侠收他为徒的，这么说来，江大侠也是上了他的当了。”叶凌风道：“谁说不是呢，所以我的师父气得不得了。可惜我的师妹少不更事，却好像着了那小子的迷似的。师母宠爱师妹，遂网开一面，只是把那小子赶出门墙便算。唉，现在可是留下了无穷的后患了。”

萧志远听他话中有话，不禁道：“贤弟可是已经知道了这小子有什么图谋么？”叶凌风说道：“我正是在进军小金川之前，接获我军中探子的密报，说是宇文雄这小子与叶慕华勾结，两人一起，准备混入小金川！”

萧志远吃了一惊，道：“这小子有这么大胆？”叶凌风道：“宇文雄只道你们还未知道他的事情，他以江大侠徒弟的身份怎不敢来？他不但自己来，还要带一个奸细来呢。据我所知叶慕华这个人是叶屠户的养子，和叶屠户的护院风从龙是同门，这人颇有智谋，武功又强，比宇文雄更难对付。他们要混入小金川，倒是不可不防！”

萧志远道：“宇文雄我是认识的，叶慕华这厮我可从没见过面，只好叫巡逻的兄弟多加留意，碰上形迹可疑的人就立即拿下。”

叶凌风道：“我把他们二人的图形画出来，给头目们传观。以后凡是碰上这两个人就乱箭射死，最为妥当。一来这两人武功颇强，生擒不易；二来叶慕华这小子机诈百出，即使是活擒了他，也难保没有意外。”

萧志远向冷天禄禀报了这件事情，还附带说明了叶凌风的意见。冷天禄是个小心谨慎的人，宇文雄被逐出门墙之事他也是早已得到消息了的，他的想法是：“宁可信其有，不可信其无。”于是遂采纳了叶凌风的意见，传令军中，若是碰见了这两个“奸细”，格杀不论。

叶凌风最担心的就是叶慕华和宇文雄来拆穿他的秘密，办妥了那件事，心中得意之极。要知清军已是把小金川封锁得水泄不通，如今再加上小金川这边也下了严令，叶慕华和宇文雄纵有天大神通，通得过清军的封锁，也通不过小金川的巡逻网。

“他们倘若敢来的话，要么是给我的爹爹捉去杀掉，要么就是给冷天禄的手下乱箭射死。哼，他们要想与我为难，那是难于登天的了。”叶凌风心想。

叶凌风哪想得到就在他作这样布置的时候，宇文雄已经来了，不过不是和叶慕华，而是和江晓芙。正是：

哪有浮云能掩日，终需真假要分明。

欲知后事如何？请听下回分解。

第五十二回　路转峰回逢侠女
林深路秘出奇兵

小金川周围山岭重叠，清军防线绵延一百余里，虽然是五步一岗，十步一哨，但也还有空隙可钻。宇文雄、江晓芙二人仗着超妙的轻功，昼伏夜行，最初两天，进行得甚为顺利，偷渡了清军三道防线，无人发现，深入山区。到了第三天晚上，他们已翻过了玉盘山的南峰，北面山脚，就是清军封锁小金川的最后一道防线了。

走到半山腰，下面清军的营地，已经隐约可见。宇文雄凝神望了一会，不由得叫声“苦也”。这一晚是个月黑风高的晚上，但下面的灯火，却是密如天上繁星。原来清军竟是连营结寨，布成了一字长蛇的阵势，当真是把小金川封锁得水泄不通。

前两道防线虽是岗哨林立，还有空隙可钻；这一道防线水泄不通，却是插翼难飞的了！

江晓芙道：“怎么办？说不得只好硬闯了！”宇文雄道：“硬闯不行。你的宝剑虽然锋利，却怎杀得尽这密密麻麻的清军？”江晓芙道：“难道就此罢休不成？说不定叶凌风这贼子早已进了小金川，难道咱们就眼睁睁看着冷家叔侄又蹈钟大哥的覆辙，上他的当？”宇文雄道：“正是因为咱们的责任重大，所以更不能胡来。你想想，咱们舍了性命不打紧。但咱们到不了小金川，谁给冷家叔侄报信？”

江晓芙道：“这道理我知道。但通不过这道防线，怎到得了小金川？我是实在想不出有什么办法了，你想想吧。”宇文雄心里比江晓芙更着急，可是他也实在想不出办法。忽见山脚火把蜿蜒，好像一条长蛇似的从底下爬上来，原来是有一队清军上山巡逻。

宇文雄道："杀几个人无济于事，快快躲藏起来。除非是给他们发现了，咱们才和他拼。"江晓芙忍着闷气，随着宇文雄躲入荆棘丛中，荆棘勾破她的衣裳，就似针刺一样，虽然不是很痛，也是够受的了。

那队清军越来越近，江晓芙隐约听得其中有人说道："一个女子，算她武功再好，我也不信她就有这么大胆，胆敢偷越咱们的防线。"另一个人道："你怎知道她没有人同行？"那人道："若是来得多，早就发现了。来的若是三两个，那也济不了事。"

清军举起火把到处乱照，江晓芙紧握剑柄，准备一给发现，就杀他们一个落花流水。幸亏那队清军并没照到他们藏匿的所在，想必是因为山路崎岖，越上去越难走，这队清军也只是巡逻到了半山腰，便退下去了。

江晓芙吁了口气，从荆棘丛中走出来。宇文雄道："师妹，你敷点金创药吧？"江晓芙道："荆棘刺伤，算不了什么。二师哥，你听见他们说话没有？"

宇文雄点了点头，说道："我听到了。奇怪，难道咱们的行踪已经给清军察觉？"江晓芙笑道："咱们偷入他们的防区，大约也免不了给他们发现一点蛛丝马迹。不过，他们可能还不知道你，我则是一定给他们知道了。"江晓芙只当那个哨兵口中所说的那个"大胆女子"，一定是指她无疑。

那队巡逻兵已去得远了。这晚的天气本来不大好，天空堆着厚厚的黑云，他们一直担心会下雨的。此时天色忽转，云开月现，江晓芙抬头一看，月亮正在当头，应是三更时分了。月光下，峰峦好像蒙了一层薄雾轻纱，奇石嶙峋，山茅如剑。茅草丛中点缀着无数野花，各种颜色的小花朵在一片绿的茅草丛中迎风摇摆，就像海洋中溅起的浪花，但浪花却没有这样的五色缤纷。

月夜、荒山、松风、花浪，构成了一幅美妙的图画。而山下又是万马千军，连营结寨，营火密如繁星，山上山下，景色极不和谐，衬托之下，山上的景色，就显得越发优美了。

但江晓芙却哪有心情欣赏这优美的景色。她一看月亮当头，喟然叹道："咱们的行踪已给敌人发觉，今晚若是不能偷渡这道防线，明日他们一定大举搜山。咱们历了许多艰险，不料受阻于此！雄哥，还是冒险去闯它一闯吧！”

宇文雄忽道：“你听，那一边似有人声？”两人抬头望去，凝神静听。淡淡的月光下，只见斜斜对面的山坡上，一堆乱石后面，树林中隐约露出一间茅屋。声音就是在这间茅屋中传出来的。两人走近几步，听得更清楚了，那是一个女子的声音，但她所说的却是这个山区的土话，说些什么，他们一句也听不懂。

宇文雄道：“想必是猎户人家的女子，咱们过去探消息也好。”江晓芙道：“这家人家倒是很胆大，连妇女也没有逃。”要知清军在这山里山外，布下了三重防线，封锁小金川，山中的猎户早已逃避一空。这两日来，他们在山上从没碰过一个土人，故而发现了一间有人的猎户人家，不觉有点诧异。

江晓芙道：“你是一个男子，三更半夜，跑去拍门，她们虽然胆大，也会给你吓慌的。不如让我先去和她们搭话。”

宇文雄笑道：“你考虑得很是周到，这几个月的军旅生涯，可真是把你磨练变成大人了。好，我在这里等你。”

江晓芙走到那间茅屋前面，正想叫门，忽地里“嗖”的一支飞镖从茅屋中射了出来，江晓芙大吃一惊，连忙闪避，那支飞镖几乎是擦着她的鬓边飞过。说时迟，那时快，茅屋里冲出了一个少女。

这少女身法快极，冲了出来，二话不说，一刀就向江晓芙斩去。江晓芙使了个“风刮落花”的身法，连闪二刀，连忙叫道：“我，我不是坏人！”

那少女这才看清楚江晓芙是个女子，怔了一怔，但仍然发招续攻，喝道：“你不是坏人，三更半夜躲在这里做什么？管你是谁，捉了你再说！”倏地一招刀中夹掌，刀劈面门，左掌就从刀下穿出来扭江晓芙的手腕。江晓芙自小受父母熏陶，她的本领限于年纪当然不是第一流，但武学上的见识，却胜于武林中的一流高手。

这少女使出了刀中夹掌的招数攻她，她一看就知斫她面门的这一刀是“虚式”，用意不过是引开她的目光，以便可以用擒拿法擒她，掌式才是“实式”。看来这少女的确是不想伤她性命。

江晓芙虽然知道这女子不是要伤她性命，但却也不甘为她所擒。而且这少女的来历，她还未知，她也不能不提防对方乃是敌人。当下霍的一个“凤点头”避开刀锋，迅即还了一招“羚羊挂角”，右掌向外一挂，左拳翻起，以其人之道还治其人之身，狠击那少女的面门。少女刚才那一刀是“虚式”，江晓芙这一拳却是虚虚实实，叫这少女捉摸不透。

这少女见她武艺高强，越发起了怀疑，怒道：“好狠的丫头，叫你知道我的厉害！”斜闪一步，一个“抽撤连环”，展开了快刀法，一口气连劈了十二刀。江晓芙使出了最巧妙的“天罗步法”，好不容易才避开了对方的连环快刀，险些给对方斫着。

江晓芙知道空手对付不了这少女的快刀，刷的把裁云剑拔了出来，喝道：“好，叫你也知道我的厉害！”“当”的一声，刀剑相碰，裁云宝剑，锋利无比，只见火花飞溅，少女的缅刀损了一个缺口。

这少女好生了得，一吃了兵器上的亏，接着来的一轮快刀便避开了江晓芙的宝剑。论武功，江晓芙倒是不输于这个女子，但经验却不及她，给她一轮快攻，不觉有点手忙脚乱。

宇文雄匆匆赶到，蓦地叫道：“你不是耿姑娘吗？住手！住手！大家都是朋友。”

这少女“咦”了一声，收了缅刀，说道：“你不是曾经与叶慕华同在一起的那个少年人吗？”

宇文雄道：“不错。我叫宇文雄，她是我的师妹江晓芙。叶慕华正是她的表哥。”

原来这少女不是别人，正是最近才与叶慕华化敌为友的那个耿秀凤。

耿秀凤微微一笑，与江晓芙拉了拉手，说道：“江姑娘好武艺。江姑娘是来找表哥吗？”她竭力要和江晓芙表示亲热，脸上的笑容却是有点不大自然。

江晓芙早已从宇文雄的口中约略知道一些叶耿二人的情事，江晓芙是个七窍玲珑的女子，心中暗暗好笑：“敢情这位耿姑娘是没来由的吃起干醋来了。”说道：“叶慕华虽是我的表哥，但我认识他

宇文雄蓦地叫道:“你不是耿姑娘吗?住手,住手,大家都是朋友!”

却远在耿姐姐之后，我还是前几天才第一次和他见面的。”说罢，也笑了一笑，却拉着宇文雄的手道：“是我的师兄和叶表哥来找我的，不是我去找他。”

江晓芙答得十分巧妙，更加上她和宇文雄这么一个亲热的态度，登时丝毫不着痕迹地就把耿秀凤心中的结解了。不过江晓芙还是不懂耿秀凤何以认为她是要到小金川来找叶慕华。

耿秀凤怔了一怔，说道：“哦，你是前几天才见着你的叶表哥的，你到小金川不是找他？嗯，这可就奇怪了。”

江晓芙也诧道：“什么奇怪？”耿秀凤笑道：“咱们到里面说去。”和江晓芙手牵手走进那间茅屋，这回可是笑得十分自然，态度也是真的亲热了。

茅屋里有个光着两只大脚板的少妇，脚踝套着三只铜环，手中拿着一柄猎叉，在她旁边是个熟睡了的、年约六七岁的孩子。看她的装束是倮倮族女人。大约因为她刚才还未知道来的是友是敌，故而拿起猎叉，卫护她的孩子。准备耿秀凤万一不敌，江晓芙进了茅屋的话，她就要和江晓芙拼命。现在她看见耿秀凤和江晓芙牵着手进来，当然是大感意外了。

耿秀凤叽哩咕噜地和她说了几句倮倮族的土语，指了指江晓芙，又拍了拍自己的心口。江晓芙虽然不懂倮倮族的语言，也明白耿秀凤说的意思，一定是向这少妇表示她和江晓芙乃是知心朋友。

那少妇拍了拍茅草编织的垫子，示意请江晓芙坐下，又指着宇文雄道：“他、他也是朋友？”原来这倮倮少妇也会说几句汉话的，不过说得生硬而已。耿秀凤点了点头，道：“也是的。”于是那少妇也请宇文雄坐下。

耿秀凤道：“这位玛花姐姐是我的好朋友。三年前我带了我爹爹旧部反了朝廷，从回疆归来，经过这儿，和玛花姐姐结识，后来也曾在她家里借宿过几次。玛花姐姐的本领可真不错哩，她凭着一柄猎叉，养活了她的孩子。有猎叉在手，老虎也打她不过。”玛花不大会说汉话，却听得懂七八成汉话。涩然一笑道：“怎比得上你耿姑娘。”

耿秀凤介绍了那位倮倮族少妇玛花之后，玛花请他们坐了下来。宇文雄和江晓芙迫不及待地问道："耿姑娘，你又是怎么会到这里来的?""耿姑娘，你怎么会以为我是要到小金川去找叶慕华?"

耿秀凤道："宇文少侠，那日终南山之事，你也在场，你是知道的了。我得了朱家兄弟和叶慕华给我说明真相，我这才如梦初醒，知道我的大仇人是叶屠户，以往我是错怪了叶慕华了。我，我真是好生惭愧!"宇文雄道："耿姑娘虽然知道得迟了些，但总比不知道好。"

耿秀凤叹了口气，说道："但我却想不到我师父的一家，竟是暗中为清廷效力的武林败类，和叶屠户是一丘之貉。那日我叛师而去，想回转飞凤山重整旗鼓，路上又遭遇归德堡和官军的夹攻，飞凤山的大寨也给官军挑了。不过我们的损失固然不轻，官军的损失更重。"

耿秀凤喝了一口苦茶，接着说："经过了这一战，我明白了一个道理，叶屠户、归老贼为什么敢这样横行霸道?都是为了有'朝廷'给他们撑腰。叶屠户官做得大，罪恶也就更大。他要杀尽天下的英雄义士，保鞑子的江山。归老贼只是一方土霸，他没有这样大权力，他就鱼肉乡民，要保持他'威震关中'的宝座。

"但不论他们的罪恶是大是小，总之，贪官、恶霸和朝廷都是祸害百姓的东西，朝廷是树根，叶屠户、归老贼这些人是树干、枝枝。以往，我只是要报我杀父之仇，即算在我知道叶屠户是我的仇人之后，我也只是想要杀他。谁欺负过我的我也要报复，归老贼父子欺负我，我就要杀他们父子。如今，我已知道，我的仇人不单单是这几个人了，我要报仇，也就必须反抗清廷。这就是我逐渐明白了的一个道理!"

宇文雄赞道："对，耿姑娘，你这个道理明白得很好，你也把这个道理说得很是透彻。"

耿秀凤说道："失了飞凤山的大寨，我知道只靠我自己的力量是报不了仇的。是以我带了部属到这里来想要参加义军。叶屠户是我的大仇人，也是义军的死对头。我参加义军，既可以报家仇，也可以报国恨。但我在义军中没有熟人，只有一个叶慕华是曾经相识的，我到了这里，就只好找他了。”说至此处，脸上微泛红晕。

江晓芙暗暗好笑，心道：“你和我的叶表哥，岂只是曾经相识？”问道：“然则你却怎么会想到要到小金川来找我的叶表哥？”

耿秀凤道：“我们到了黑狗岭，才知道不过十日之前，该地曾经发生一场大战。附近人家十室九空，走得动的早已躲避兵灾去了。我们好不容易才找着一个守在家里的老婆婆，向她打听消息。这老婆婆说，大战过后，义军早已撤走，她也不知道义军是藏在什么处所。但当我说出叶慕华的名字，她却知道是义军的首领。这消息对我倒是一个意外，叶慕华不过比我早来个十天半月，义军原来没有首领的吗，怎的就让他做了首领？”

江晓芙道：“此事说来话长，但那老婆婆没有告诉你吗？”

耿秀凤道：“那老婆婆对我们本来是冷冷淡淡的，听我说出了叶慕华的名字，这才和我表示亲热起来。我正想向她再探消息，不料有一队清军已经发现了我们的踪迹，到那儿搜查了。”

耿秀凤喝了一口苦茶，接着说道：“一场小规模的战斗过后，我们击退了清军，但不幸那老婆婆却中了流矢，丧了性命。我们俘获一个清军，我就向他拷问，他供出义军的主帅已经逃往小金川，至于那支义军则早已是全军覆灭。他是在严刑拷打之下作供的，听来似乎不假。”

江晓芙笑道：“这两个消息都是假的。不错，原来义军的首领也是姓叶，不过，此叶不同彼叶。逃往小金川的是那个混入义军，篡窃了主帅的高位，其实却是清军奸细的叶凌风。不是叶慕华。给你迫供的那个清军，若不是有心骗你，那就是张冠李戴了。”

江晓芙心想：“这位耿姐姐对付俘虏的手段和叶表哥大不相同，叶表哥优待俘虏，俘虏才肯和他说实话。耿姐姐严刑迫供，也就难怪那俘虏要谎言骗她了。”

其实，江晓芙也只猜对了一半。原来那个俘虏只是一个普通兵士，他根本就还未知道叶凌风和叶屠户的父子关系。那日叶凌风伪装是给清军追捕，逃往小金川，叶屠户派出的一队“追兵”，这个俘虏当时也是“追兵”之一。知道其中秘密的只有那个带队的军官。故而当耿秀凤向那俘虏追问“义军主帅”的下落时，那俘虏就据他所知的供了出来，倒不是甘心欺骗耿秀凤的。不过，他供出的什么义军全军覆灭的鬼话，那就是存心恫吓的了。

耿秀凤吃了一惊，大为惶惑，说道："叶凌风？这似乎是叶慕华的另一个名字？"原来耿秀凤早已查明了叶慕华的底细，知道他原来还有一个名字叫做叶凌风。但却不知道其中易名的曲折。

于是江晓芙将这中间的曲折原原本本地告诉耿秀凤，听得耿秀凤惊骇不已。

耿秀凤明白了事情真相之后，又惊又怒，柳眉倒竖，说道："原来叶凌风这奸贼就是叶屠户的儿子，他混入小金川，这祸患可真不小，这么说来，我虽然找错了人，但错有错着。为了消除这个祸患，咱们更是非到小金川不可了。"

江晓芙皱了眉头说道："清军在山下连营结寨，封锁得水泄不通，咱们却怎能到得了小金川？"

耿秀凤笑道："我有办法到得小金川。"宇文雄、江晓芙喜出望外，连忙问道："什么办法？"

耿秀凤道："办法就在这位玛花姐姐身上，她可以带我们过去。"

耿秀凤用土话和玛花交谈了一会，接着说道："那日我们遭遇清军袭击之后，我知道我们这一小队人是决不能通过清军的防线的，我把部属交给朱家兄弟率领，叫他们分头去找义军。我则因为信了那俘虏的供词，独自到小金川去。这带地方我是走过几次的，地形很熟，清军的两道防线给我偷过，终于找着了玛花姐姐。就在你们来到的时候，我正在向玛花姐姐请教通过清军最后一道防线的办法，玛花姐姐担保可以带我过去。你们一来，打断了话柄，如今玛花姐姐才向我说清楚了。说起来这真是一个绝妙的办法，通过清军的防线，可以不费吹灰之力。"耿秀凤故意"在闷葫芦里卖哑药"，不把谜底揭开，逗他们着急。

江晓芙道："既然玛花姐姐可以带我们过去，事不宜迟，这就去吧！"她和宇文雄都是半信半疑，心想："怎可能不费吹灰之力就通得过清军的防线？"但也料想耿秀凤不会骗她，耿秀凤既然不肯先说，他们急于要到小金川，也就不必多问了。反正这个"哑谜"

总是要揭开的。

玛花背起了熟睡的孩子，一手拿起猎叉，一路上，唱着催眠的曲子，满不当作一回事的在前带路，她那孩子醒了一会，在妈妈的催眠曲中又睡着了。

玛花到了一处山坳，只见她把猎叉拨开荆棘，露出了一个洞口，耿秀凤这才笑道："这个洞的另一头出口就在小金川，刚刚通过了清军的防线。咱们在山洞里走过他们的防地，清军做梦也不能想到。这岂不是不费吹灰之力？"

原来这个山洞是当地土人当作避难用的，他们的先人发现了这个山洞，为了保守秘密，在洞口故意种上荆棘，年深日久，荆棘成丛，都已高逾人头了。

玛花擦然火石，把折下的荆棘点起了一把火把，带她们走入这个奇妙山洞。洞中景色在火光之下豁然显露，这一瞬间，众人都是情不自禁地发出欢喜赞叹的声音。正是：

探秘寻幽开异境，要从此洞出奇兵。

欲知后事如何？请听下回分解。

第五十三回　误听谗言伤侠士
巧施毒计害英雄

只见洞中无数千奇百怪的石笋，如珊瑚、如玛瑙、如宝石、如白玉、如明珠，给神工鬼斧雕塑如狮、如虎、如美女、如夜叉，如高僧扶杖说法，如仙女翠带迎风……种种景物，奇丽无俦！

洞中景物虽然奇丽，但他们却是无心欣赏。江晓芙笑道："想不到这里竟有如此一个福地洞天，待咱们打了胜仗回来，我倒想在这洞中住它几日。"

这山洞约有三里多长，不消一支香的时刻，已走到山洞那头，耿秀凤谢过玛花，移开封洞的石头。笑道："你看是不是不费吹灰之力？好，现在咱们可以出去了！"

走出山洞，将石头封好洞口，抬头一看，只见置身于一个空旷无人的地带。但虽是空旷地带，草原上的野生茅草高逾人头，却正好作为掩蔽之用。但见山风过处，茅草猎猎作响，就似卷起了千层波浪。也不知草丛里是不是伏有小金川的义军。

宇文雄仗剑拨开茅草，在前开路，说道："看情形，这是两军接壤的地带，往前面走去，不消多久，一定可以碰上义军。"

话犹未了，草丛中涌出一大队人，果然就碰上了义军。

宇文雄正要上前打话，不料那个义军首领已是喝道："来的是宇文雄么？"

宇文雄一看，这首领是个黑实实的粗豪汉子，约有三十来岁，宇文雄以前并没见过这个人，不知他何以会认识自己。当下，宇文雄又惊又喜，连忙说道："小弟正是宇文雄。请问兄台高——"

“高姓大名”四字还未曾说得完，那首领已是霹雳似的一声喝道：“好，宇文雄你好大胆！来得正好，吃我一刀！”

不待宇文雄答辩，那首领声出刀发，一刀就向他斫来。宇文雄冷不及防，险险给他劈着。宇文雄慌忙招架，那首领武功甚为厉害，刀法又狠又疾，宇文雄的本领虽然也不输他，但在这种绝对意料不到的情形之下，被迫动手，而且对方又是义军的首领，却叫宇文雄如何能够专心一志的和对方交手？可怜宇文雄给对方一轮快刀抢攻，只有招架之功，根本就不能分出心神说话。

江晓芙这一惊也是非同小可，连忙叫道：“喂，喂，你们怎么打起自己人来啦！我是江晓芙，我爹爹是江海天！我们是来找冷寨主的。宇文雄是我的师兄。我们有紧急的事情要来通报！”不料那位义军首领非但没有住手，反而把刀一挥，下了命令：“把这两位姑娘包围起来，劝她们投降。却不可伤了她们，除非她们先伤了人！”

江晓芙又惊又怒，叫道：“你们这算作什么？难道你们没人知道我的爹爹么？”

义军首领虎目一睁，朗声说道：“我知道令尊是江大侠，才对你客气几分。哼，你这小姑娘不知好歹，我不伤你，但却要把你送给你的掌门师兄，让他好好地管教你！”

江晓芙怒道：“岂有此理，我怎不知好歹？我的掌门师兄就是宇文雄，你知不知道？”

义军首领大笑道：“小姑娘胡说八道。哼，要是让你父亲听见了，不气死他才怪。谁不知道宇文雄已被逐出师门，你却要封他做掌门师兄！你为了私情，庇护奸贼，这还不是不知好歹么？唉，江大侠英名盖世，却怎的有你这样一个没出息的女儿！”他一面摇头叹气，手中的刀法却是没有丝毫松懈，把宇文雄攻得手忙脚乱，险象环生。

原来这位义军首领不是别人，正是小金川三大首领之一冷天禄的侄儿冷铁樵。他听信了叶凌风的谗言，亲自带队巡逻前线，为的正是要严防宇文雄混入。因为根据叶凌风的言语，宇文雄乃是一个“无恶不作的奸细”。宇文雄的相貌早已有叶凌风绘出画图，是以冷铁樵一见就知道是他，还焉肯放过？

冷铁樵名实相副，是个铁面无私的汉子。他想的是："江大侠之所以得到普天下英雄好汉的尊敬，正是因为他大义凛然，他决不会徇私庇护女儿。我这样处置，他知道了还应该感谢我呢。而且即使按照武林规矩，江大侠不在这儿，我把他的女儿交给他的掌门弟子管教，那也没有半点不是。"冷铁樵由于信了片面之词，于是发出了包围江耿二人，迫令江晓芙投降的命令。

江晓芙恍然大悟，说道："你弄错了，你一定听信了叶凌风这贼子的谗言。我告诉你，叶凌风才是真的奸细，我们正是要来通报冷寨主，请你们千万不可上这奸细的当的！"

冷铁樵哪肯相信她的说话，"哼"了一声，轻蔑说道："女孩儿家，胡言乱语。亏你是江海天的女儿，也不知道羞耻！弟兄们不必顾虑，把她拿下！有她的掌门师兄在这儿，正可以让她的掌门师兄好好地管教管教她，咱们不算越俎代庖。"

江晓芙给他一顿臭骂，气得满面通红，顿足说道："你这黑汉子才是不知好歹，你骂我不打紧，可惜小金川的大事坏在你的手里！"

义军知道她是江海天的女儿，当然不愿意杀伤她，可是江晓芙也决不能杀伤义军。义军换了几个头目，用长枪大戟之类的重兵器压着她的宝剑，另外一些人便用绊马索挠钩要来擒她。江晓芙运剑护身，挠钩一到，便给她斩断。绊马索如长蛇蜿蜒，贴地盘旋，软不受力，不易被宝剑所削，但在混乱之中，绊马索要避免绊着自己人，却也不容易缠上她。江晓芙使出"天罗步法"，衣袂飘飘，俨如流水行云，避得十分巧妙。绊马索绊不着她，却绊倒了两个使重兵器的头目，江晓芙忍不住哈哈大笑。

激战中忽有一支官军来到，带领这支官军的却是个便装的瘦长汉子，手里拿的武器也很特别，是一根翠色的青竹杖。紧紧跟在他后面的是一个年约二十的少年。他们本来是在队伍的中间的，此时已跑在队伍的前头，来得特别之快。

少年"咦"了一声，道："爹，你看，这不是宇文雄这小子么？"那瘦长汉子道："不错，和他厮杀的那人是冷天禄的侄儿冷铁樵。”少年道：“爹，咱们怎样？”瘦长汉子道：“管它茄子黄瓜，下在锅子里的便是菜。一概吃掉！”

原来这两父子正是杨钲和杨芃。叶屠户精选了一队骑兵交给杨钲带领，在前线巡逻，也正是为了严防义军方面有人渗入小金川的。

说时迟，那时快，这队骑兵已是风驰电掣般的疾卷过来。冷铁樵大怒道：“好呀，如今是图穷匕见，你这奸细还有什么好说？”他只道这队清军是宇文雄引来的，一怒之下，恨不得立即就杀了宇文雄。

宇文雄来不及说话，杨钲父子已经杀到。杨钲哈哈笑道：“妙极，妙极，还有江海天的女儿和飞凤山的女匪首都在这儿，正好一网打尽，芃儿，你去对付那两个丫头。”杨芃道：“是。”分了一部分清军，采取两翼包围之势，将那队义军和江耿两人都包围起来。杨钲竹杖连挥，使出了迅捷无伦的点穴杖法，眨眼之间，点倒了十多个义军。

冷铁樵想不到杨钲来得如是之快，还在狠狠地向宇文雄攻击。想急急杀了宇文雄这才好全力抵抗清军。

杨钲哈哈大笑，喝道：“都给我倒下！”猛的一杖就向宇文雄击下。宇文雄一个斜身滑步，以绝妙的“天罗步法”，在这间不容发之际，恰恰避开了杨钲的一击。但他因这是全神应付杨钲，避开了杨钲的竹杖，却避不开冷铁樵的快刀，“刷”的刀锋过处，宇文雄肩头被砍开一道五寸多长的伤口，虽然不是致命之伤，亦已血流如注。

杨钲的杖法是“狂风扫柳”的连环招数，打不着宇文雄，第二杖便向冷铁樵打到。冷铁樵横刀一立，一招“玄鸟划砂”，带守带攻。杨钲是第一流的武学高手，独门杖法自成一家，冷铁樵是第一次和他交手，摸不着他的路数，杨钲大喝一声：“撒刀！”青竹杖一翻一绞，冷铁樵虎口一震，“当”的一声，厚背砍山刀果然脱手飞出。

说时迟，那时快，杨钲的青竹杖又是一招“毒蛇吐信”，削尖了的杖头直指冷铁樵的咽喉。冷铁樵无可抵挡，心里一凉，正自暗道：“我命休矣！”就在这时，忽听得“刷”的一响，杨钲回转了竹杖。

原来是宇文雄一退即上，挥剑侧袭，解了冷铁樵之危。他来不及包扎伤口，也顾不了本身的危险，便来援助刚刚砍了他一刀的冷铁樵。宇文雄这一招“追风剑式”乃是攻敌之所必救，故而杨钲必须回杖遮拦。

冷铁樵拾回了性命，不觉呆了一呆，心道：“宇文雄倘是奸细，何以他又救我性命？莫非是他的师兄当真冤枉了他？但也说不定他是要取信于我，故意使诈？”不过，冷铁樵虽是思疑不定，宇文雄救了他的性命总是事实，在这样紧张激烈战斗之中，他也无暇去仔细思索了。

冷铁樵拾回了厚背砍山刀，眼见宇文雄的伤口血流如注，仍在勇战强敌，心中不由得暗暗惭愧。于是赶忙挥刀夹击杨钲，并向宇文雄低低说了一声：“多谢！”

江晓芙仗着宝剑突围，挡者辟易，转眼间就杀到杨钲与宇文雄、冷铁樵交战的所在。江晓芙一见宇文雄的伤口还在流血，心中又是愤怒，又是疼痛，连忙叫道：“师哥，你歇歇敷伤。”运剑如风，立即抢上前去，疾刺杨钲。

杨钲对江晓芙的武功当然不会放在眼内，但对她那一把削铁如泥的宝剑，却不能不顾忌几分。当下以轻灵的杖法借力打力，荡开宝剑，避免竹杖给她削断。江晓芙与冷铁樵联手，勉强可以支持。

江晓芙叫宇文雄“歇歇”，宇文雄可没有歇息，他匆匆忙忙地嚼烂了金创药，敷上伤口，立即再来。本来他们三人联手，是可以胜过杨钲的，但可惜宇文雄流血过多，气力大减，却只能恰恰打成平手。

清军防地的前哨营距离较近，赶了到来助战。一营虽然不过千人，但加上了巡逻队，已多过冷铁樵这队义军两倍。义军陷在包围圈内，勇猛冲杀。并无一人气馁。

幸而没有多久，义军的后援亦到。原来萧志远在大寨听到报讯，亲自带了一队骑兵驰来援救。萧志远是武学大名家萧青峰之后，本领高强，尚在冷铁樵之上，他一到来，疯虎似的就杀入重围；里外会合，登时主客势易，反而把清军切断，分成几截，反包围起来。

萧志远看见宇文雄师兄妹与冷铁樵联手恶战杨钲，心中也是好生诧异。但此时他亦已无暇询问了，他把队伍交给副将指挥，立即挥刀加入战团。

混战中忽听呜呜的声响，一枝接着一枝的响箭射上空中，有七八支之多。

在高原的旷野上，响箭的声音特别尖锐，这七八枝响箭连续发出，那急促的、刺耳的，而又连成一串的呜呜之声，在战场的“大合奏”中，自成一股特别的音响。刀剑的碰击，铁蹄的践踏，健卒的厮杀、吆喝，诸声合奏，都淹没不了这连续的响箭的刺耳声。估量十里之内，都可以听得见这个音响。

此时，萧志远正在全神与杨钲厮杀，混战中，也不知这几支响箭是谁人所发。不过，他是个懂得军事的行家，听了这一连串的刺耳响箭声，心中却是不无疑惑，暗自想道：“清军这队巡逻队不过是搜索性质，并非深入我方阵地，要求决战而来。而且他们在平地扎营，此处鏖战，金鼓之声可闻，甚至旌旗招展亦可见到。敌方若是求援，似无需使用这种响箭。”至于小金川这边的义军，则是从没有使用这种响箭的。但此时战事方酣，萧志远纵有所疑，亦已无暇追究了。

杨钲虽然武艺高强，也挡不住萧志远、冷铁樵、宇文雄与江晓芙四人的联手夹攻，激战中萧志远与冷铁樵双刀合璧，一个“左插花”劈他左臂，一个“右插花”削他右臂，两人又都是刀锋一斜，招里藏招，兼刺他的腰胁。萧冷二人虽非同出一门，但他们因为是战场上的老搭档，双方又同是使刀，故此在招数上配合得很好。

杨钲手执竹杖中间，青竹杖滴溜溜的一转，两柄刀头都给他的竹杖荡开。可是江晓芙也没闲着，裁云宝剑已是乘虚而入，径刺他的胸膛。宇文雄咬实牙根，力注剑尖，使了一招追风剑式，也来刺他膝盖。

杨钲畏惧的是江晓芙的宝剑，连忙把竹杖平推过去，推开江晓芙的宝剑。可是萧冷二人那狠辣的刀式余势未衰，双刀斜挂而下，“嗤嗤”两声，削去了杨钲的两幅衣襟，宇文雄的剑尖，亦刺着他的膝盖，杨钲一个“弹腿”踢出，踢飞了宇文雄的青钢剑，膝盖已被剑尖刺穿了一个小孔，好在他早已运气闭了“环跳穴”，受了一点点伤，不过是等于被利针刺了一下而已。

就在杨钲受伤的时候，他的儿子杨芃也受了伤，伤得比他还重得多。耿秀凤一刀劈着他的左肩，削开了五六寸的伤口，血流如注。杨芃哇哇大叫，慌忙跳出圈子。杨钲一见儿子受伤，无心恋战，大吼一声，趁着宇文雄立足未稳，挥杖便扫他的双腿。

宇文雄流血过多，气力不加，因此刚才那一剑未能给予杨钲重创，此时，他在给杨钲踢飞他的青钢剑之后，正自摇摇欲坠。

杨钲这一连环“弹腿”如矢疾发，本来非踢中宇文雄不可，幸亏冷铁樵一见不妙，立即将他一掌推开，江晓芙过去将他扶住。冷铁樵与萧志远的双刀挡不住杨钲，仅能采取守势。杨钲迫退了他们二人，突围而出便即喝令鸣金收兵。

清军的后备部队比义军强大数倍，加以宇文雄又受了重伤，故此义军逐退清军之后，也就立即后撤了。

江晓芙扶稳了宇文雄，焦急问道：“雄哥，你怎么啦？”

宇文雄涩声说道：“没什么，唉，只可惜刚才那剑未能重创老贼……”话犹未了，“哇”的一口鲜血吐了出来，身上的伤口也因震荡而复裂。江晓芙连忙给他再敷上金创药。

宇文雄身体的伤是给冷铁樵斫的，冷铁樵心里好生惭愧，于是将他接了过来，扶上自己的坐骑，说道：“不管你是什么人，你的伤我总得给你治好了再说。咱们这就回山寨去，你安心做我的客人吧。”

萧志远望望宇文雄，又望望冷铁樵，十分不解，问道：“这是怎么回事？”冷铁樵讷讷说道：“这、这其中只怕有些什么误会，叶凌风说他，说他……但他适才又曾救了我的性命。”冷铁樵对于宇文雄的说话虽还未能全然相信，却已对他颇有好感，是以“奸细”二字，也就不愿宣之于口了。

江晓芙是见过萧志远的，说道：“萧叔叔，我原原本本地都说给你听吧。”两人并辔而行，江晓芙从叶凌风冒名认亲说起，说到叶慕华揭破他的奸谋，将他逐出义军为止。把有关叶凌风的事情，都告诉了萧志远。

萧志远越听越是吃惊，不觉汗流浃背。江晓芙道：“萧叔叔，事情已经说得这样明白，你还不相信我们吗？叶凌风这贼子一定是要来害你们小金川的，你不赶快除他，祸患非小！我不是怕和他对质，但却怕这贼子诡计多端，你若不是把他先拿下来，要我和他从容对质的话，只怕又要给他逃了。”萧志远把手一挥，喝道：“快马赶回山寨！”

花开两朵，各表一枝。且说在萧志远惊疑不定的这个时候，叶凌风在大寨里又干了些什么。

当萧志远听得前线的冷铁樵这一队巡逻队受清军包围之时，叶凌风是和他在一起的，叶凌风本要与他同来，但冷天禄却不让他去。认为得力的首领不须空巢而出，有萧志远前去救援已经足够。故此留下叶凌风助守大寨。冷天禄还有一个不肯说出口的原因，那就是因为他尚未能完全相信叶凌风。

大寨在山上，到前线用快马飞驰也要半个时辰，不过直接的距离却不很远，响箭的声音在山上是听得到的。

混在萧志远队伍中的奸细因为看见宇文雄、江晓芙二人与冷铁樵并肩作战，这才发出响箭的。原来这是叶凌风和他们约定的讯号，倘若事情败露，就发响箭报讯。他们看见这两人来到，冷铁樵却并不捉拿他们，反而和他们一同御敌，当然是料想得到叶凌风的秘密，定将被他们拆穿了。

且说叶凌风在山上听见了响箭的声音，这一惊端的是非同小可。当下就想溜走。但转念一想：“我岂可一事无成的就走出小金川？”于是立即把亲信叫来，指点他们如何行事。然后就和蒙永平去求见义军领袖冷天禄。

冷天禄此时也听到了响箭的声音，心中正在疑惑，听说叶蒙二人求见，就叫他们进来。

冷天禄问道：“叶统领，你可听见响箭之声么？你们的人是否使用这种响箭的？”叶凌风道：“正是我们所常用的那种响箭。”冷

叶凌风冷笑道："你现在知道已经迟了！"

天禄道："哦，那么这响箭报的是什么消息？"冷天禄心中悬念的只是前方军情的变化，他虽然不怎么信任叶凌风，却怎也想不到他要来刺杀自己。

叶凌风道："请冷寨主屏退左右。"冷天禄眉头一皱，心中本来想说："我的左右都是生死与共的兄弟，但说无妨。"但因叶凌风是以一路义军首领的身份来投奔他的，在礼貌上他不能不尊重他，心头虽然稍有不快，却也把左右屏退了。

叶凌风故作神秘，把座位挪到冷天禄的身边，低声说道："这件事么，非同小可！"冷天禄道："什么非同小可？"话犹未了，蓦地一声大吼，跳了起来，原来叶凌风已把夹在双指之间的一枚毒针发出，这是风从龙以前给他的，毒针在大内秘制的毒药中淬炼过，刺入人体，见血封喉。

叶凌风以前在江家暗算叶慕华，用的就是这种毒针。以叶慕华内功的精纯，当年中了这毒针之后，也几乎送了性命，侥幸治疗得当，调养了半年有多，才复原的。

冷天禄的内功不在叶慕华当年之下，但因距离太近，而又毫无防备，这一枚毒针，刺进了他的小腹，深入脏腑，冷天禄的半边身子，登时麻痹。

冷天禄大吼一声，跳了起来，喝道："好贼子，原来你就是奸细！"呼的一掌，就向叶凌风击去。叶凌风冷笑道："你现在知道，已经迟了！"双掌相交，"蓬"的一声，冷天禄一口鲜血吐了出来，可也把叶凌风震退三步。叶凌风大吃一惊，想不到冷天禄中了毒针之后，还有如此功力。

可是冷天禄这么用力发掌，所中之毒，发作的也就更加快了。最初本来是半边身子麻痹的，此时全身都已有了僵硬的感觉。而且脑袋一阵阵昏眩，眼前金星乱冒，视觉已是一片模糊。

叶凌风的手下涌了进来，一阵乱刀，把冷天禄的四名亲信头目也杀掉了。冷天禄大喝道："好贼子，我与你拼了！"疯虎般的向前猛扑，一掌打出。

叶凌风心里暗笑道："我何必和你硬拼？"冷天禄一向前扑，他早已闪过一边。他的四个手下，却给他作了挡箭牌。

冷天禄这一掌是毕生功力之所聚，只听得一片惨呼，乒乓连响，首当其冲的前四名清军武士全都倒地，丧在他的掌下。后一排的四名清军武士，也都断了肋骨，或塌了胸脯，受了重伤。

冷天禄一掌之下，杀了四人，伤了四人，涌进这间房的奸细，惊骇欲绝，忙不迭地都逃出去。挤倒地上受了轻伤的又有数人。可是冷天禄发了这最后一掌，亦已是油尽灯枯，再也支持不住，口吐鲜血，颓然倒地。叶凌风哈哈一笑，他让手下送命，自己却坐享其成，不费吹灰之力，在大笑声中割下了冷天禄的首级。

混进来的清军奸细有百余人之多，除了三十名混在萧志远的那支队伍之外，此际叶凌风的手下还有二十余人，叶凌风就带了这一小队人冲下山去。

大寨外面的哨兵喝问："里面发生了什么事情?"叶凌风一马当先，说道："没什么，我奉了冷寨主之命，奔赴前线增援。"哨兵知道叶凌风是援川义军首领，又是他们二寨主萧志远的结拜弟兄，他既然说是奉了冷天禄之命，哨兵们一时间却是不敢决定该不该拦阻。说时迟，那时快，叶凌风这一队人已是马不停蹄的疾驰而过。

当然，纸总是包不住火的。哨兵们跑进去一看，发现了这样狠毒绝伦的大血案，人人都是毛发倒竖。但愤怒也更多于恐怖，于是立即吹起了追击的号角。

叶凌风这一小队人不敢向清军的防地奔逃，因为一来由于是两军对峙，要跑到清军的防地，就得通过数十座义军的营垒。叶凌风绝不能冒这个险。二来叶凌风也估计得到，萧志远这一支骑兵，此时想必已经从前线回来，而他的"对头"不是叶慕华就是宇文雄也必然是同萧志远一起回来，早已揭破了他的秘密了，他岂能让他们碰上?

叶凌风当机立断，带领队伍，从后山冲出。后山因为不是当着敌军的正面，配备的兵力不及前山的十分之一。

叶凌风纵马疾驰，一面大声呼喊："不好了，不好了！有一队鞑子偷袭大寨，你们快去救援!"防守后山的义军突然间听到这样的噩耗，急切里哪容他们仔细思量是真是假，竟然中了叶凌风之计，一窝蜂地跑回大寨，反而放过了叶凌风。

且说萧志远、冷铁樵、宇文雄、江晓芙、耿秀凤五骑马先赶回了山寨，此时寨内哭声震天，无数带泪的弟兄向后山驰去。萧志远见此情形，心头一沉，情知不妙，无暇查问，跑进了冷天禄刚才会客的那座聚义厅，只见尸横遍地，当中一个无头尸首正是冷天禄！

冷铁樵呆了一呆，突然左右开弓的自己打了自己两巴掌，哑声说道："宇文少侠、江女侠，都是我不好，悔不该不信你们的话，害了我的叔叔！"虎目圆睁，眼角滴血，打了自己两巴掌之后，这才跪倒地上，裂人心肺地叫道："叔叔，你死得好惨。你英灵保佑，侄儿为你报仇！"他并没有号啕痛哭，叩了三个响头就站起来，喝道："快给我换一匹马！"

萧志远却忽地拉着他道："三哥，且慢！"

冷铁樵道："怎么？"萧志远道："目前正是决战之际，此间要你指挥。我去追那奸贼。还望三哥顾全大局，节哀、保重。"冷铁樵听他说得有理，神智清醒了些，只好让萧志远去追叶凌风。

且说叶凌风从后山逃走，使用诡计，欺骗义军，通过了前头几处哨岗。不过跑到半山，下面的义军听得山上传来追击的号角，叶凌风的诡计可就不能施展了。但他这一小队虽然不过五六十人，却都是清军中精选的武士，战斗力颇强，一场厮杀，居然给他们突围冲出。不过，剩下的也无多了。

蒙永平数了一数，连他和叶凌风在内，不过十骑。蒙永平不觉忧形于色，生怕追兵赶到，难以抵挡。叶凌风却是哈哈大笑。

蒙永平道："叶公子，你笑什么？"叶凌风道："咱们是受了挫折，但冷天禄的首级给我割了下来，这可就功大于过了！一个冷天禄的首级总抵得上几十个人吧？"叶凌风只是为自己的功名利禄着想，他的手下的性命却并不放在他的眼内，连蒙永平这样的人听了，也不觉暗暗寒心。

叶凌风如有所觉，哈哈哈的又笑了三声，说道："咱们从这条路可以逃入西昌，西昌的总兵是我爹爹的旧部。我可以借他的兵反攻小金川，与我爹爹里应外合，荡平他们的十三家山寨，哈哈，到了那时，你们个个都可以封官赐爵，杀冷天禄的功劳我绝不独占。蒙永平，你要知道，我并非不伤心那些死了的自己人，但你想想，若然人多，朝廷哪有这许多高官赏赐？如今咱们只有十个，朝廷要封赏，那就容易了。”

叶凌风看得出手下的寒心，因此想出了这一番巧妙的说话来“安抚”他们。同时挽回他因一时得意忘形而说错的话。这番话不只是说给蒙永平听的。他的手下个个都是想升官发财，听了他的话果然大为兴奋，甚至嫌死的同伴少了。

蒙永平道：“但愿没有追兵才好。咱们一路冲杀出来，人已疲劳马也困了。”叶凌风道：“不会有追兵的。你看天色都快黑了。”

话犹未了，忽听得霹雳似的一声喝道：“叶凌风，你这小子还往哪里跑？”原来是萧志远率领三十名骠骑追来。叶凌风因为在山下突围，耗了一些时候，是以萧志远虽然是后发一个多时辰，却恰恰在天黑之前追上了。

叶凌风吃了一惊，嘴里却说道：“不必害怕，他们也只有三十骑，咱们可以打得过他们的。杀了萧志远，功劳更大！”

萧志远大怒道：“好呀，你这小子居然还想杀我！”说时迟，那时快，一马当先，已经冲到。叶凌风笑道：“萧大哥，我倒是还顾念着手足之情的。你若穷追不舍，可就迫得我不能不和你动手了。这样吧，你不杀我，我也就不杀你。如何？”

萧志远大怒道：“你这人面兽心的奸贼，居然还敢和我说什么手足之情。哼，今日不是你死，便是我亡！”横刀跃马，满腔怒气都发泄在刀头之上，恨不得把叶凌风一刀斩为两段。

叶凌风整日奔驰，精神气力都已大为耗损。可是他毕竟是练过上乘武功的人，萧志远想要在三五十招之内杀他，却也不能如愿。

双方一轮混战，叶凌风的八个手下，全都给萧志远的人杀死。但叶凌风和蒙永平却逃脱了。萧志远带来的三十名义军也死伤了十多人。

萧志远怒火中烧，快马加鞭，穷追不舍。不知不觉，已把那一小队义军远远甩在后面，只剩下他一个人追在前头，但与叶蒙二人的距离却也越来越近了。

蒙永平道：“叶公子，咱们联手拼他！”叶凌风道：“好，咱们联手拼他！”

萧志远大怒道："叫你拼吧！"取下了铁胎弓，抽出两根长箭，连珠箭发，射他们二人的坐骑。萧志远不但刀法高强，而且是义军中出名的神箭手。

弓如霹雳，箭似流星。蒙永平使个"镫里藏身"，挥刀拨箭。却不料那支箭看来似是射人，其实乃是射马。蒙永平一刀格了个空，利箭已刺入马腹，坐骑倒毙，蒙永平跌落马背。

叶凌风骑术精妙，单足倒挂马鞍，张手接箭。可是没有接着，那支箭已射到他的咽喉。叶凌风大叫一声："我命休矣！"跟在蒙永平后面，也跌落马背了。

萧志远大喜，跳下马来，便要去取叶凌风的首级。叶凌风突然一个"鲤鱼打挺"，跳了起来，喝道："来而不往非礼也，还箭！"萧志远把弓梢一拨，不料那支箭也是射马而非射人，叶凌风以上乘内功发出甩手箭，不亚于用铁胎弓发射，一箭也射毙了萧志远的坐骑。

叶凌风哈哈大笑道："萧大哥，你追不上小弟啦！"一个"黄鹄冲霄"，飞身跳上了马背，剑尖在马臀一刺，那匹马负痛狂奔，转瞬间已出了萧志远射程之外，原来叶凌风的坠马乃是伪装的。他这一诡计，不但骗过了萧志远，连蒙永平也上了他的当。本来他和蒙永平联手，是可以胜得过萧志远的。但叶凌风是一个只为自己打算的人，他暗自盘算，他们两人联手，至少也得要在百招开外才能胜得萧志远，那时说不定萧志远的后援已到，而自己在筋疲力竭之余，定将被义军生擒无疑。他这么一想，就不愿用自己的性命赌博，宁可牺牲蒙永平了。

萧志远的坐骑已给射毙，眼睁睁地看着叶凌风快马飞逃，空自气怒，却也无可奈何。

蒙永平吓得魂飞魄散，只好与萧志远拼命，但是他的武功本来就不及萧志远，更加以理亏胆怯，意乱心慌，想要"拼命"，也不可能。不过十来招，就给萧志远空手夺了他的剑，一剑穿过了他的琵琶骨，废掉了他的武功，活捉了他。不久，那一小队义军来到，萧志远把蒙永平交给手下，自己换了一匹坐骑，再去追赶叶凌风。

此时天色已黑，萧志远点燃了一束火把，跟着叶凌风的蹄痕追踪。到了密林深处，蹄痕忽然不见。萧志远是个江湖的大行家，情知叶凌风必是用布包着马蹄，故而失了蹄痕。萧志远暗暗骂了一声“好狡猾的小子！”可是他虽然明知叶凌风所用的是什么诡计，却也无奈他何！

川康边境的大森林草莱未辟，古木参天，人迹罕至。踏入这样的原始森林，富有经验的旅人往往都会迷路，要在森林中找着一个人，那更是无异大海捞针，其难无比。萧志远不愿这队义军与他同冒危险，便叫他们押解蒙永平先回小金川。他独自一人，单骑搜索。当然，那也只是碰碰运气了。

且说叶凌风逃入了大森林，森林里但闻猿啼虎啸，只是没有人声，叶凌风不怕野兽，所怕的只是萧志远追来。此时深入荒林，心中反而安定了。他在一棵大树上找了个枝柯交结之处，当作天然的卧床，安安稳稳的睡了一觉。

第二日一早，叶凌风给老虎的吼声惊醒，一看，只见他的那匹坐骑，给一只斑斓大虎咬死，正在吃它的肉。叶凌风恢复了精力，斗一只猛虎是斗得过的，当下跳下树来，拾起石头，用重手法飞石击虎，把猛虎赶跑。那匹马已给老虎吃去了半边。

叶凌风也不可惜，心里想道：“这匹马受了伤，本来就是奄奄一息，没用的了。它死了正好，我可以吃它的肉，省些力气，不用去打野兽。”

一连几天，天色阴沉，时有暴雨。叶凌风在森林里吃足苦头，那也罢了。最惨的是他也迷失了方向，在森林里转来转去，不知怎样才能走出这座森林，前往西昌。

这晚天色转晴，叶凌风趁着有月亮，走了一段路，忽地发现前面有座破庙，那是山中土人供奉的山神庙。庙宇虽然破烂，却也有瓦遮头，还有两扇庙门，可以关闭。

叶凌风更是高兴，心想：“今晚又可以安安稳稳地睡一觉了，此地有庙，附近必有人家。且待明早我再去探路，顺便抢些粮食，这几天只吃马肉，也实在吃得有点腻了。”于是便在这破庙住宿，关起庙门，拾些枯枝，生起了一堆火。

叶凌风还剩有约五六斤重的一大块马肉未曾吃完，他生起了火，笑道："今晚可还得吃一顿马肉。"于是削木为叉，叉着马肉烤熟了来吃。

叶凌风烤得身子暖烘烘的，又吃饱了肚子，不觉有点睡意。但想到明天或者后天，就可以走出这座森林，不觉又兴奋起来，睡不着了。

叶凌风心里想道："我爹爹的兵力比小金川多一倍，小金川的虚实、防务等等，我又都已探明，我只要到得了西昌，借得一万八千的兵，与我爹爹来攻小金川，何愁小金川不破？"

他正在做着好梦，忽听得有脚步声走来，有人朗声笑道："好香，好香！是哪位朋友在这里烤肉？可欢迎不速之客来分一杯羹么？"

叶凌风这一惊非同小可，原来说话的这人，正是他最害怕的对头——关东马贼尉迟炯。叶凌风从门缝里张望出去，不出所料，尉迟炯乃是夫妻同来，千手观音祈圣因走在后头，笑道："也不知是不是江湖上朋友，你别吓坏了人家。"

一个尉迟炯已比萧志远更难应付，何况是夫妻同来。叶凌风只剩下两枚毒针，于是悄悄地躲在庙门后面，指头间夹着毒针，心里想道："这一回当真不是他死便是我亡了。但愿老天爷保佑。保佑、保佑……"

尉迟炯听不见回答，心里有点疑惑，想道："这人即使不懂我的话，可也总该出句声呀。"于是以小心为上，并不径直推门而入，而是用劈空掌的功夫，使得恰到好处的将那两扇庙门推开。

庙门一开，叶凌风的两枚毒针立即射了出来。只听得"嗤嗤"两声。那两枚毒针未曾打着尉迟炯就掉落了。原来是千手观音祈圣因也发出了两枚梅花针，和他的毒针碰个正着。

祈圣因之所以号称"千手观音"，就是由于她的暗器功夫而得名的。黑夜幽林，尉迟炯虽有提防，叶凌风这两枚毒针本来也可以射中他的，却不料给祈圣因以绝顶的暗器功夫，发出的梅花针居然不差丝毫的将这两枚毒针碰落，而且还外加一口透骨钉。

叶凌风"幸亏"是在明处，霍地一个凤点头，祈圣因所发的那口透骨钉擦着他的头皮飞过，饶是叶凌风躲闪得宜，一缕头发也已被透骨钉铲掉，头皮都擦破了，沁出血丝。

叶凌风吓得魂飞魄散，牙关打战，步步后退。说时迟，那时快，尉迟炯已是大步迈过门坎，进了这座破庙。

庙内火光熊熊，尉迟炯看见是叶凌风，真比看见天上掉下宝贝还更高兴，心头那份快意实是难以形容，立即说道："因妹，不要再发暗器了。我要亲手拿他，你若打死了他，反而便宜他了。"

尉迟炯哈哈大笑："好小子，你没料到今晚会撞上我吧？嘿，嘿，你在曲沃害我不死，如今可轮到老子要慢慢地折磨你啦！"尉迟炯拔出马刀，却并不立即扑上前去，而是一步步向叶凌风迫近，就似猫儿戏弄老鼠似的。

眼看已把叶凌风迫得退无可退，尉迟炯冷笑道："你这小子也知道害怕了么？"蓦地一声喝道："看刀！"雁翎刀扬空一闪，左手疾伸，五指如钩，却从刀底穿出。尉迟炯立意要把叶凌风生擒，他这一刀乃是虚招，左手的大擒拿手法才是实招。用意是在引开叶凌风的眼神，好让擒拿手奏效。

不料叶凌风应招也极机警，他是采用"敌不动，己不动，敌一动，己先动"的战略，尉迟炯这边刀光一闪，叶凌风的追风剑式立即使出。他看出了尉迟炯的这一刀乃是虚招，便冒险不架尉迟炯的钢刀，剑锋反截尉迟炯的手腕。

高手比斗，只争瞬息之机。剑长手短，叶凌风的剑尖先指到尉迟炯的手腕。幸而尉迟炯的擒拿手也到了收发随心的境界，倏然间"移形换位"，那一刀斜劈下来，登时变了实招。"当"的一声，刀剑相交，尉迟炯只觉虎口一颤，正要变招克制他的追风剑式，叶凌风脚步踉跟，身形摇晃，但却已从他的刀下窜出。

尉迟炯喝道："往哪里跑！"反手一刀，声如霹雳，刀似奔雷。叶凌风情知闯不过祈圣因那一关，同时他觉得与尉迟炯对了一招之后自己也并不怎么吃亏，便大着胆子招架。这次他使出的是"大须弥剑式"，沉雄谨密，兼而有之，居然一口气化解了尉迟炯的泼风也似的连环七刀。

尉迟炯心头微凛，想道："隔别不过年余，这小子的功力倒是大进了。"其实，叶凌风由于得钟展替他打通三焦经脉，功力大进固然是真，但也还是远不及尉迟炯的。如今他之所以能够与尉迟炯打成平手，另外有个原因，那是因为尉迟炯今天还没有吃过东西，又淋了一天的雨，腹中饥馁，气力当然是大大打了折扣。尉迟炯又不该一上来便轻敌，以致给叶凌风抢了先机。这么一来，此消彼长，急切之间，尉迟炯要想克制敌人，可也就大不易了。

叶凌风看出了便宜，心里想道："以尉迟炯的身份和为人，他说过的话决不能不算数。我只要胜得了他，那就无须再闯祈圣因这关了。"叶凌风生出了一线希望，于是展尽平生所学，拼命抢攻。

祈圣因眉头一皱，心道："大哥气力不佳，久战下去，只怕要吃这小子的亏。"她深知丈夫的脾气，一言既出，决无更改，她是不能和丈夫联手去杀叶凌风的。

祈圣因此时也感到腹中饥饿，眼光一瞥，看见地上那一大块马肉，叶凌风刚才吃了三分之一，剩下的大约还有三四斤。祈圣因心念一动，软鞭霍地打出，把那块马肉卷了起来，笑道："大哥，这是烤熟的马肉，就算作这小子孝敬你的吧！"软鞭一抖，马肉"呼"的一声向尉迟炯飞去。

尉迟炯单手接过马肉，大嚼起来，笑道："的确不错，好香，好香！"他一面吃肉，一面挥刀，叶凌风用尽办法，想要乘机进攻，却仍然是近不了他的身。莫说胜他一招，要闯也闯不过去。

尉迟炯吃了一半，笑道："因妹，你也尝尝。"把那块马肉抛回给祈圣因，尉迟炯吃了两斤马肉，气力大增，哈哈笑道："好小子，如今我叫你知道老子的厉害！"

尉迟炯恢复了气力，叶凌风还怎能是他对手？但见尉迟炯高呼猛击，刀光霍霍，反守为攻，不过片时，已把叶凌风的身形笼罩在他的刀光之下。

尉迟炯一刀紧过一刀，有如长江大河，滚滚而上。片刻之后，形势业已倒转过来，是叶凌风气力不佳，难以支持了。叶凌风倒吸了一口气，心中暗自叫了一声："我命休矣！"

激战中只听得"刷"的一声，尉迟炯一刀从叶凌风肩头刺过，削破了他的衣裳，要不是叶凌风躲闪得快，琵琶骨都险些给他戳穿。

眼看尉迟炯第二刀再劈下来，叶凌风已是难以躲避，就在此时，忽听得外面草地上似有沙沙声响，声音轻微，若不是老于经验的大行家，一定会当作是风吹草动的声响。

尉迟炯不知来的是友是敌，恐怕他的妻子未曾察觉，受了敌人的暗算。于是连忙扬声喝道："来的是哪位朋友？"

叶凌风毕竟是得过江海天真传的弟子，尉迟炯这么略一分神，第二刀劈下就劈了个空，给叶凌风用"天罗步法"躲开了。

就在这一瞬间，只听得一个十分刺耳的声音笑道："原来是你们这对贼夫妻在此，嘿，嘿，天牢一战，给江海天搅了局，今日正可以把那一架再打下去。"

原来来的正是杨钲父子，杨钲早已听到了庙中有刀剑碰击之声，特地来察看究竟的。杨钲因为不想过早给人发觉，故此拖着儿子施展"草上飞"的轻功，杨芃得父亲的一臂之助，两父子这才步伐齐一的。不过杨芃的轻功究竟还是火候未到，虽得父亲之助，落足仍是重些，给尉迟炯一听就听出来了。

叶凌风喜出望外，连忙叫道："杨先生快来，是我在此！"千手观音祈圣因"哼"了一声，说道："大哥，我替你抵挡一阵，你快些把这小贼杀了！"

千手观音一声"照打！"闪电般的发出了七种不同的暗器，袖中飞出袖箭、透骨钉和瓦风镖，手中飞出铁莲子、梅花针和金钱镖，一低头又射出连环背弩。

杨钲哈哈笑道："千手观音果然名不虚传，但要用来打我，却还差一点儿。"他遮在儿子的身前，挥舞竹杖，只听得一片叮当之声，把千手观音的七般暗器全都打落，有一枚瓦风镖，因为分量较重，还给他反拨回去，但当然也打不着千手观音。

杨钲道："芃儿，你紧跟在我的背后。"说时迟，那时快，已是扑到了祈圣因面前。祈圣因使出"回风扫柳"的神鞭绝技，鞭梢呼响，长蛇般的疾卷过来。祈圣因又号称"鞭剑双绝"，软鞭的功夫自是十分了得。但杨钲却是武林中一等一的高手，胜得过他的如江海天、竺尚父、唐经天、钟展等人都算在内，总共也不过十多个人，祈圣因这一招"回风扫柳"虽然厉害，在杨钲眼中却也还算不了什么。

杨钲青竹杖一挑，喝声："撒手!"祈圣因的软鞭卷地扫来，给他以绝妙的手法顺势一挑，软鞭恰好缠上了竹杖。杨钲把竹杖一翻一绞，收了回来，意欲把祈圣因的软鞭夺出手去。祈圣因冷笑道："不见得!"软鞭倏地抖开，鞭梢抖得笔直，突然改了方向，径点杨钲的太阳穴。杨钲竹杖一立，"刷"的一声把她的软鞭荡开。

叶凌风见有强援来到，拼命抵挡。尉迟炯听风辨器，已知杨钲的竹杖向他背心的穴道点来。好个尉迟炯，竟不回刀招架，而是抓紧这分秒之差，猛地大喝一声，电光石火般的就一刀斜劈下去!

尉迟炯有闭穴的功夫，当然以杨钲的独门重手法点穴，也还是可以令他受到重伤的，但却未必就能取了他的性命。杨钲是个武学的大行家，当然也想得到这一层。他的主要目的是要救叶凌风的性命，此时眼看叶凌风就有性命之忧，杨钲哪里还有余暇去点尉迟炯的穴道?

双方的动作都是快到极点，只听得"当"的一声，杨钲使了一招"凤凰掠翅"，竹杖横挑，恰好架开了尉迟炯这一刀。但刀锋在叶凌风的头上斜掠而过，叶凌风的头皮一片沁凉，不由得魄散魂飞，好半晌才恢复了神智，摸摸头皮，自幸头颅还在。但神智虽然恢复，却已失了勇气，不敢上前助攻了。

尉迟炯遭逢劲敌，高呼酣斗，愈战愈勇，他的快刀是武林一绝，每一刀都是雷霆疾发，锐不可当。杨钲在开头三十招之内，为他的勇猛所慑，竟然占不到他的半点便宜，只能以法度谨严的招数，化解对方的攻势。在三十招之后，方能伺隙还攻。

叶凌风在旁边看得目眩神摇，心里更怯。但也幸亏他不敢上前助攻，要不然杨钲的本领本来就略胜尉迟炯一筹，加上了叶凌风，尉迟炯是绝难抵敌的。

尉迟炯这边是快刀攻敌，三十招转眼即过。在这段时间之内，杨芃与祈圣因不过斗了十来招，杨芃已经感到应付为难了。

杨钲眼观四面，耳听八方，一见儿子危急，立即脚步倒退，反手一杖向祈圣因点去。尉迟炯岂能放松了他，大喝一声"看刀!"快刀朝胸疾刺，杨钲连忙滑步斜身，回杖招架。这么一来，变成了连环攻击，互相牵制。祈圣因侧身避开杨钲的竹杖点穴，让杨芃得以喘了口气。但杨钲因为移竹杖攻击祈圣因，又给尉迟炯抢了先手。

杨钲眉头一皱，说道："叶公子，你没受伤吧？"叶凌风此时惊魂稍定，给他一问，瞿然一省，说道："没什么。杨世兄，别慌，我来帮你。"他给尉迟炯杀得怕了，祈圣因比较容易对付，于是他就宁可去与杨芃夹攻祈圣因。

祈圣因力敌杨叶二人，渐感气力不加。她看了看丈夫那边的形势，看来久战下去，情形也是不妙，祈圣因心道："可惜我腾不出手来发放暗器。距离太近，暗器也不易施展。"想到此处，忽地心念一动，暗暗道声"有了"，突然向杨芃"呸"的一声，杨芃喝道："贼婆娘，你敢侮辱我，哎哟、哟……"话犹未了，只觉肩头的琵琶骨突然一阵刺痛，就似给一口利针插进骨缝似的。

祈圣因哈哈笑道："你中了我的梅花针，你过不了一个时辰啦！"祈圣因这么一说，杨芃固然是吓得魂飞魄散，杨钲这一惊也是非同小可。正是：

假作真时真作假，毒针虚发吓奸邪。

欲知后事如何？请听下回分解。

第五十四回　陌路相逢歼狡贼
荒林逃遁叹穷途

此时杨钲对付尉迟炯已是颇占上风，为了救儿子的性命要紧，又只好抛开尉迟炯，再去攻击祈圣因。

杨钲是情急拼命，全副本领都拿出来，青竹杖点穴，再加上了一记劈空掌。祈圣因避开了他的竹杖点穴，却避不开他的劈空掌力，脚步踉跄地退了几步，一跤跌倒。

可是在杨钲攻击祈圣因的时候，尉迟炯亦已是如影随形，跟踪急击，一刀劈下。杨钲上身一俯，使了个“大弯腰，斜插柳”的身法避开，但虽然闪避得宜，手臂仍是免不了给刀锋“挂”了一下，割开了一道三寸多长的伤口。幸亏有这一刀，杨钲手臂受伤，劈空掌的掌力只发挥了一半。

杨钲顾不得受伤，一把将儿子拖住就逃。叶凌风更是“机灵”，早已跑了出去。

尉迟炯也顾不得追敌，赶忙把妻子扶了起来，问道：“因妹，你怎么样？”给妻子把了把脉，知道她确是并无内伤，这才放下了心。

祈圣因道：“大哥，咱们这一仗总算是侥幸胜了。好吧。那也由得他们去吧。大哥，你保住了威名，我虽然未得报仇，也是很高兴的。”

尉迟炯道：“这都是多亏了你，先打伤了杨芃这个小贼。因妹，你是几时练成了口吐毒针的绝技的，怎么连我也瞒了。”要知口吐毒针的绝技，只有上一代的武林第一高手金世遗能够做到，金世遗遁迹海外之后，这几十年间，尉迟炯可从未听过有人会使。

祈圣因笑道：“我哪里是练成了这项绝技。实不相瞒，所谓梅花针，其实不过是嵌在我牙缝里的一根小小的骨碎。我吃那块马肉太过匆忙，没将骨头嚼烂。”

尉迟炯大笑道：“原来如此，你是吓唬杨钲父子的。”祈圣因笑道：“我若不是骗说是喂了剧毒的梅花针，杨钲这老贼焉能中计。”

尉迟炯道：“我可不知原来你还会说谎的，不过这个谎也说得真好。好了，咱们还是赶往小金川去吧。叶凌风这贼子逃得过咱们这关，另外也还有人收拾他的。”正是天网恢恢终不漏，何愁奸贼不成擒？

且说杨钲拖着儿子，一口气跑了七八里路，见尉迟炯夫妇并没追来，这才松了口气。叶凌风气喘吁吁地赶上，说道：“杨先生伤得如何？我这里有上好的金创药。”叶凌风此时唯有倚靠杨钲了，是以对他大献殷勤。

杨钲“哼”了一声，说道：“我没什么，用不着你的金创药。但得叶公子你平安无事，我父子受了点伤，那也算不了什么。”言下颇有责怪叶凌风作战不力，累他儿子受伤之意。叶凌风大感尴尬，做声不得。

好在杨钲的冷言冷语也没有再说下去，此时他只忧虑着儿子所中的“毒针”，祈圣因说过她的“毒针”在一时三刻之内，便可取人性命。杨钲哪敢不相信她的说话？他在一路上拖着儿子奔跑的时候，已把真气输入杨芃体内，助他御毒，但仍是恐怕拖不过一时三刻。

杨钲停下脚步，立即把儿子肩上的衣裳撕开了，一看只见他皮光肉滑，并无黑气，连血迹也无，只是穿了一个针孔似的裂痕。杨钲道：“芃儿，你心头可有烦闷之感？”杨芃道：“我浑身都似发胀似的。胸口也好似就要裂开，十分难受。”杨钲大吃一惊，心道：“毒性没有发出来的毒最是厉害。且先把这毒针弄出来再察看端详。”

杨钲随身带有磁石，这是专为吸梅花针之类的暗器用的，江湖上的行家大都备有。杨钲把磁石贴着儿子的伤口按了一按，拿起磁石，磁石上却并没附着梅花针。

杨钲好生诧异，心道："怎的磁石也失了作用，难道那贼婆娘的毒针不是铁器?"于是取出一柄小刀，说道："芃儿，你忍着点痛。"把他的伤口割开少许，把那"暗器"挖了出来，一看，却哪里是什么"毒针"，原来只是一枚针形的碎骨。把杨钲弄得啼笑皆非。

杨钲这才恍然大悟，明白了儿子为什么浑身发胀的缘故。原来他把真气输入杨芃体内，杨芃却无需要运用真气御毒，内外两股真气未能交流，故而有浑身发胀的迹象。

杨钲替儿子敷上金创药，还得替儿子"散功"，白白消耗了他本身的许多真气。杨钲又懊恼，又气怒，青竹杖一顿，说道："好呀，这贼婆娘竟敢戏弄于我，我非得回去和她算账不可!"

叶凌风逃脱性命已是心满意足，他是给尉迟炯杀怕了的，怎敢回去再招惹他们夫妻?连忙委婉说道："尉迟炯明知不是你的对手，此时他们怎敢留在原处，一定是早已走开的了。杨先生，你自己也还没敷上金创药呢，歇一歇吧。咱们计议大事要紧，小小一点吃亏，日后有机会再找他们算账也还不迟。"杨钲给他提醒，这才感到自己也是双臂乏力了。那是因为他把真气输送给儿子，一时未能恢复之故。

杨钲其实也不过一时气愤，说说而已。在他没有必胜的把握之前，他也是不敢回去招惹尉迟炯夫妻的。叶凌风的劝告正好给他找了个借口下台，于是说道："对，咱们是该计议大事要紧。叶公子，形势可真是十分不妙哪!"

叶凌风心头一震，连忙说道："杨先生，我正想请问，贤乔梓怎的会到此间?我爹爹怎么样了?小金川的战事如何?杨先生是奉命去请救兵的还是——"要知杨钲父子在叶屠户军中，叶屠户对杨钲极为倚重，若非军中有变，叶屠户一定不肯让他们父子离开。

杨钲叹了口气，说道："小金川的战事不必提了，你爹爹，哎，你爹爹——"

叶凌风的一颗心几乎要从喉咙里跳出来，颤声问道："怎么样?难道，难道我爹爹的二十万大军……"

杨钲声音沙哑，说道："你爹爹的二十万大军已经全军覆没！"叶凌风几乎不敢相信自己的耳朵，好一会才恢复了神智，说道："这、这怎么会？"

杨钲道："就在你们出事那天，在你们报警的响箭发出之后，你爹爹发下了命令，挥军进攻，不料两方的前头部队刚刚接触，叶慕华率领的一支叛军突然杀至。他这支叛军，突破了咱们外面的两道防线，杀了到来，咱们方才知道。"

叶凌风道："叶慕华这支叛军能有多少人？咱们封锁小金川的大军有十余万之众，即使他们里应外合，兵力还是比咱们的人少，岂有全军覆没之理？"

杨钲道："叶公子，说起来不但你觉得奇怪，连我也是莫名其妙。本来是相持的局面的，那晚五更时分，不知怎的，叛军突然在山下的平地上出现，而且正在咱们大军的心脏地区突然杀了出来。小金川方面的叛军好像和他们预有联络，也在那个时候大举向咱们进攻。唉，他们用兵的奇诡，真是鬼神难测，后来的事，那、那也就不用再提啦。"

原来那晚耿秀凤等人从玛花发现的那个山洞秘密上山，给叶慕华这支义军带路，从山洞里再杀出来，这支义军俨若神兵从天而降，叶屠户的士兵虽然众多，军心已乱，焉能再战。于是在里外夹攻之下，或降或逃，伤亡倒是不多，却已全军覆没！

叶凌风听了杨钲的叙述，恍如晴天起了霹雳，连他最后的一点希望也散了。半晌说道："我爹爹呢？逃出来了没有？"

杨钲叹了口气，说道："当时的情形混乱得很，十数万大军在战场上豕突狼奔，我们父子与令尊已给冲散，彼此不能相顾。不过'吉人天相'，令尊有三营清军保护，或者可以遇难成祥。"这些说话当然只是拿来安慰叶凌风的了。

叶凌风叫苦不迭，说道："如此说来，咱们即使到得西昌，请得援兵，那也是无济于事的了。杨先生，你打算如何？"

杨钲忽地说道："叶公子，你如今是在担心别人向你寻仇吧？"答非所问，叶凌风怔了一怔，勉强笑道："杨先生武功盖世，晚辈得以托庇，也没有什么担心。"

杨钲哈哈一笑，说道："我的武功也不是妄自菲薄，在武林中大约可以算得一流角色。但若说到'盖世'二字，那就差得远了。令师才真的是武功天下第一，这个叶公子可以不必和我客气。"

叶凌风话出了口，也觉得言过其实，谄媚太甚，饶是他脸皮极厚，也不禁红了起来。杨钲接着说道："叶公子，我还有个好主意。咱们吃亏在武功还未够好，今后咱们没有旁的事情，正可趁此空暇，彼此切磋切磋。"叶凌风怔了一怔，说道："我的武功与杨先生相去太远，怎有资格与杨先生切磋武功？"

杨钲笑道："这个叶公子倒也不用谦虚，不错，你的本领如今当然是比不上我，但谁不知道令师的武功是天下第一，他的内功心法乃是武学奇珍。嘿，嘿，你我切磋切磋，大家都有好处。我学的虽然不是正宗内功，但正宗内功心法，经过我的揣摩，相信我也能懂得其中奥妙。咱们可以收'教学相长'之益，你把令师的内功心法传授与我，你也不会吃亏的。"

杨钲讲到这里，已是"图穷匕见"。叶凌风这才恍然大悟，原来杨钲之所以救他，并非因为他是"叶公子"的缘故，他的父亲已是一败涂地，杨钲是无须讨好他的了。杨钲之所以救他，最大的目的，还是在于要骗取他师门的内功心法。而杨钲最后说的那几句话，也无异告诉叶凌风："你可不能拿假话骗我，正宗内功心法的奥妙，是真是假，我是看得出来的。"

叶凌风此时已是穷途末路，只能倚靠杨钲，尽管他心里极不高兴，觉得这是杨钲对他的要胁，但却要装出十分高兴，而又带着"受宠若惊"的样子说道："杨先生，你肯指点我，那真是再好不过的了。'切磋'二字我都配不起，'教学相长'四字，这更是折煞我了！我师父传授我的内功心法，我有许多还未能参透的地方，正是要向杨先生请教。"

杨钲哈哈大笑道："好说，好说。那么，我先多谢你了。"叶凌风正要再说几句谦虚的说话，杨钲忽地"咦"了一声，说道："好像是有人来了！"

叶凌风大吃一惊，说道："咱们快逃！"杨钲此时已恢复了六七分功力，哈哈一笑，说道："何须害怕，倘若是尉迟炯这对贼夫妻来了，我正是求之不得。芃儿，你和我出去。叶公子，你害怕，你就躲起来吧。”

其实杨钲并非对尉迟炯夫妇毫无惧怯，他虽然恢复了六七分功力，自忖还是打不过尉迟炯夫妻二人的。原来他已听出了来者不过一人，而且从那个人跑过茅草丛中所发出的沙沙声响听来，这人的武功不过顶多是二流角色，凭他的本领绝对可以对付得了。但叶凌风的“听声”本领远远比不上杨钲，他可听不出来的只是一人，还真的以为是尉迟炯夫妻来了。不由得吓得浑身发抖，果然就钻入乱草堆中，躲了起来。杨钲暗暗好笑，也不说破，心里想道：“你累得我的儿子受了一场虚惊，我也叫你虚惊一场，让你这位大少爷尝尝害怕的滋味。”

杨钲跑了出去，喝道：“什么人，给我站住！”那人和杨钲打了一个照面，“啊呀”一声，连忙拜倒，说道：“主公，原来是你在这儿，可把奴才吓煞了。”

原来这人是绰号“独角鹿”的鹿克犀。他和羊吞虎、马胜龙二人合称“祁连三兽”，正是早已给杨钲收服了的家奴。“祁连三兽”先出山投效朝廷，亦即是杨钲授意的。杨钲先放家奴去做鹰爪，替他铺好了路，使得大内总管将他礼聘出山，一出山便得重用。不过，羊马二人已死，如今“祁连三兽”是只剩下鹿克犀一人了。鹿克犀此时也是穷途末路，不知投奔何处，骤逢旧主，自是又喜又惊。

杨钲眉头一皱，说道：“你不是跟着贺兰明在京师的吗，怎么也来了这儿？”

鹿克犀道：“我是奉命前往叶总督的军前效力的。并且还带有总管大人的一封信要送给叶公子。唉，不料到了西昌，遭逢不幸。说来话长，请主公容我细禀。”

杨钲打断了他的话，笑道：“那你就不必到小金川了，叶公子就在这儿。你和他见了面再仔细说吧。”

杨钲把叶凌风从乱草丛中叫出来，叶凌风见是鹿克犀，满面羞惭，说道：“鹿大叔，京中可是有什么消息叫你捎来？”

鹿克犀未知叶屠户全军覆灭之事，对叶凌风仍是当他是总督的少爷，恭恭敬敬地向他行了一礼，说道："正是总管大人有一封信要我交给公子。"

叶凌风拆开那封信一看，原来是大内总管朴鼎查对他奖励有加的一封信，信中祝贺他已做到了义军首领，预祝他建立"不世奇功"，并说他材堪大用，早已"简在帝心"云云。这是"朝廷"笼络奴才的手段，说来亦是寻常。不过由大内总管的名义发出，"以昭郑重"，用意是在使叶屠户父子死心塌地地效忠朝廷而已。叶凌风看了这封信，不由得苦笑。

杨钲道："叶总督在小金川不幸打了败仗，如今他逃往何方我们也不知道呢。你倒是可省得跑这一段路了。"

鹿克犀这一惊非同小可，说道："这可真是糟糕透顶了。我还以为叶大人可以借兵解西昌之危，唉，却料不到是福无双至，祸不单行。"

杨钲皱眉道："你在西昌遭逢了什么不幸。从京中出来的只是你一个人吗？"

鹿克犀道："我本来是和御林军的副统领李大典以及大内侍卫白涛三人一同来的。到了西昌，不料西昌已被叛军所占。"

叶凌风吃惊道："是哪一支叛军？"据叶凌风所知，西昌境内是并无义军的。

鹿克犀道："主公，说来真是料想不到，这支叛军的首领竟然是——"

杨钲道："是谁？你为什么怕说出来？"

鹿克犀讷讷说道："是竺大先生。"此言一出，杨钲也吓得变了颜色，说道："竟是他么？"原来鹿克犀所说的"竺大先生"即是杨钲的大襟兄竺尚父。

鹿克犀道："是啊，想不到他和江海天结为好友。听说这次他就是应天理教之请，率领他的部属，竖起叛旗，突然出兵攻占了西昌的。"

鹿克犀接着说道："我和御林军的副统领李大典与大内卫士白涛二人到了西昌，西昌已被竺大先生攻占了。我们混在败军之中逃跑，不幸碰上了竺大先生的管家老刘和竺家的老仆安大叔。李大典被老刘的烟袋打破了脑袋，白涛也给安大叔杀了。我侥幸逃出了性命，却又在这森林中迷了路，幸亏遇着主公。”

杨钲说道：“原来你是碰上他们，怪不得李大典和白涛丧命了。你能够逃出性命，也算得是幸运了。”杨芃说道：“可是这么一来，爹爹，咱们可是不便到西昌去了。”杨钲在当世的武林人物之中，第一个害怕的是江海天，第二个害怕的就是他的襟兄竺尚父。杨芃是他的儿子，当然知道父亲所害怕的是什么人。

杨钲道：“咱们本来就不准备到西昌去。索性就在这森林中多走几天，绕过西昌这条路吧。反正咱们也没紧要事情，在这座森林里倒是个避难的好所在，多耽搁个几天，那也无妨。”原来杨钲正是想趁着在这森林中“避难”的时间，迫叶凌风先传他的内功心法，学会了再说。

叶凌风此时只能倚靠杨钲，无可奈何，只有把师父的内功心法给杨钲详细讲解，他怕了杨钲的恫吓，还当真不敢丝毫弄假。

但江海天所传的内功心法十分奥妙，饶是杨钲的武学造诣甚深，每天也只能学一两段，还要用心揣摩，才能领略。

杨钲学了几天，越学越觉奥妙，也就越有兴味。心里想道：“待我将正邪两派的内功合而为一，到了成功之日，想来即使打不过江海天，也可以成为天下武功第二的人物了。”他这么一想，更不急于走出这座森林。第三天他找到了一座古庙就住下来，每天迫叶凌风给他讲解内功心法。鹿克犀则供他们作跑腿之用，每天去猎取野兽，采摘野果，或到较远之处去抢土人的粮食，回来给他们做饭。

有一天，鹿克犀一早出去，晚上还未回来。恰巧他们的粮食都吃光了。杨芃和叶凌风到了傍晚时分，肚子里已经在咕咕地叫。杨芃说道：“鹿老大怎么还不回来，难道他逃跑了不成？”杨钲笑道：“谅这奴才不敢。他一个人也不敢孤单地跑开。恐怕是迷了路吧？你去找一找他。”他知道儿子精灵，在这座荒凉的大森林中料想也不会碰到强敌，是以放心叫儿子去找鹿克犀。

杨钲内功深湛，三两天不吃东西也算不了什么。这一日他正学到紧要的关头，叫儿子出去之后，一直在琢磨江家内功心法的奥义，不知不觉已到二更时分，抬头看见月光，这才瞿然一惊，想起儿子还未回来。连忙和叶凌风出去寻找。

杨芃是去寻找鹿克犀的，那么鹿克犀又到哪里去了呢？

原来鹿克犀这天一早出去，运气不好，连一只野兔都碰不着。大森林中罕见人烟，鹿克犀没有把握，不敢到再远的地方去找土人抢掠。只好继续找寻猎物。

幸好中午时分碰上一头野鹿，鹿克犀大喜，射出了一柄猎叉，但这柄叉没有打着要害，那头野鹿中了猎叉仍然能够负痛狂奔。鹿克犀笑道："看你这畜牲能跑得多远？"

越追越远，到了密林深处，忽听得一块大石背后，有一个少女的声音笑道："你这头独角鹿残杀同类，想不到会碰上我吧！"声音极为熟悉，鹿克犀吃了一惊，叫道："你是竺家大小姐么？"大石后面那少女走了出来，笑道："不错，但还有一个人呢！"果然话犹未了，跟在这少女的后面又出来了一个少年。

少女是笑嘻嘻地说话，这少年可就不同了。只见他一跑出来便是怒容满面地指着鹿克犀骂道："你这头独角鹿害得我好苦，今日陌路相逢，我非宰了你不可！"

这少女不是别人，正是竺尚父的女儿竺清华。至于这个少年，当然就是李光夏了。四年前鹿克犀冒充是李光夏父亲的结拜兄弟，李光夏上了他的当，几乎给他诱上京师领功。后来鹿克犀又曾两次三番想要伤害他的性命。故而李光夏是将他恨入骨髓的。四年前李光夏是个十二三岁的孩了，如今则已是个十七岁的少年，他骨骼粗壮，长得高大，一站出来，英气勃勃，很像个成年的好汉了。

鹿克犀退开一步，说道："且慢，小人不敢和李公子动手，请容我说几句话如何？"李光夏喝道："你还有什么好说的？管你是敢动手也好，不敢动手也好，你想要我饶你，那是万万不能。"

鹿克犀道："竺姑娘，小人曾经得罪李公子，但那也是奉了主人之命，身不由己之故。请看在竺家和杨家的戚谊份上，容小人去见令尊请罪如何？"

竺清华听他提到杨家，心头火起，冷笑说道："亏你还敢拿出你的主人来作挡箭牌，哼，我爹爹说，杨钲若是给他碰上的话，倘若杨钲叩头谢罪，就只废他的武功，倘若怙恶不悛，就连他的皮也剥了。如今我们对你也是这么办，你愿给我们废了你的武功呢，还是要我们剥了你的皮?”

鹿克犀之所以故意做出一副可怜的样子，向竺李求饶，其实是想探听他们的口风，探听竺尚父是否和他们一起来的。如今从竺清华的口气中他已经知道：竺尚父并没有来。

鹿克犀探知了虚实，胆气顿壮，心里想道：“我对付这两个娃娃，即使不能取胜，想也不致败给他们。何况我还有杨钲父子作我后援。好，且待我先杀了这个小子，再对付那个丫头。”

鹿克犀装作畏缩的样子，退了几步，突然一按叉柄，他这鹿角叉乃是内中藏有毒箭的，一按机括，毒箭飞出。

李光夏横刀一挥，“啪”的一声，把毒箭打落，喝道：“无耻老贼，暗箭伤人，要不要脸?”一个虎跳，扑了上来，刀光电闪，立即便向鹿克犀杀去。

鹿克犀满以为出其不意的暗箭偷袭准可以把李光夏一箭射死。想不到李光夏身手竟是如此矫捷，只看他打落暗箭的这手功夫，已是今非昔比。鹿克犀不由得大吃一惊。

鹿克犀心道：“想不到这小子的武功竟而精进如斯，倒是不可轻敌了。”说时迟，那时快，李光夏已是一刀劈到，他用的是他父亲遗下的宝刀，寒光电射。鹿克犀当年曾在他父亲这把宝刀之下吃过大亏，李光夏酷肖他的父亲，鹿克犀猛地忆起当年情景，不禁凛然。

竺清华拔剑出鞘，但却没有立即上去。

李光夏朗声说道：“华姐，请让我亲手报仇。这个独角鹿只配欺负孩子，如今我是可以宰他的了。”

竺清华笑道：“好吧，那么，我给你掠阵，你小心了!”

鹿克犀松了口气，心里想道：“我正巴不得你这小子逞强。单打独斗，我岂能败在你这小子之手。”他已试出李光夏的实力，不错，李光夏的功力的确是今非昔比，远胜从前，但还比不上他父亲当年。

鹿克犀自忖论功力可与他旗鼓相当，但说到临敌的经验，则自

李光夏喝道：“独角鹿，往哪里跑？”与竺清华双双跳出，截止了鹿克犀的去路。

已远胜于他。百招之内，总可以寻瑕抵隙，将他击败。但鹿克犀却打定了主意，把时间尽量拖长，免得竺清华见到李光夏落败便来帮手。他知道自己在外面耽搁久了，杨钲他们见他没有回去，一定会出来找寻他的。

于是鹿克犀采用游斗的方法和李光夏过招，这一战法果然奏效。李光夏是初生之犊不畏虎，初上来时强攻猛打，鹿克犀沉着应付，见招解招，见式化式。五十余招后，李光夏气力不加，鹿克犀已是可以从容应付。但鹿克犀虽然抢得上风，却仍然是和他游斗，不肯迫他露出败象，但竺清华年纪虽小，却是个武学行家，看得出来。

竺清华何等聪明，心中一动，已识破了鹿克犀的用意，暗自想道："他能胜不胜，看来只怕还有强援在后。可是他的两个把兄弟已经死了，在这林中即使还伏有他的同党，我也不惧。"本来竺清华若是上去夹攻鹿克犀，是可以速战速决的。但因李光夏有言在先，要亲自手刃仇人，竺清华深知他的倔强脾气，为了不愿损害他的自尊心，是以虽然心中着急，也只好袖手旁观。

李光夏正自无计可施，忽听得有人喝道："好呀，当真是天网恢恢，疏而不漏。想不到你这头独角鹿竟然自投罗网来了。看你还往哪里跑？"

山坡上出现三人，一个中年汉子，和一对少年男女，中年汉子乃是竺尚父的家人安平，也即是昔年护送竺清华的那个"安大叔"。少年男女是林道轩和上官纨。

原来江海天的病渐渐好转之后，无需两个徒弟在他跟前服侍。恰值竺尚父即将在西昌举事，而竺清华也想回去见她父亲。于是江海天遂命他的两个徒弟和上官纨、竺清华二女都去西昌。

竺尚父攻占西昌之后，李光夏和林道轩要求竺尚父让他们到小金川去会师兄宇文雄，同时也可以助小金川方面的义军一臂之力。竺尚父此时已是一支义军的统帅，不能离开，于是遂叫安平护送他们。安平识路，计划穿过这座森林，从小金川的北面偷入。这日他们在林中歇息，李光夏和竺清华出去寻找水源，林道轩和上官纨有意让他们单独相处，遂与安平留在帐幕小睡。他们是听得外面的厮杀声才赶出来的。

林道轩也曾受过鹿克犀的欺侮，一见李光夏已在那里恶斗鹿克犀，心中又是痛快又是愤怒，于是立即跑下山坡，大声叫道："光夏哥，咱们合宰了这头野鹿吧!"竺清华却微微一笑，拦住了他，说道："你的光夏哥要亲自手刃仇人。"

林道轩插剑归鞘，说道："对，光夏哥的仇比我深得多，理该让他去宰这头独角鹿。"可是他看了一会，却看不出李光夏有可胜之道。

安平坐在大石头上箕踞观战，忽地打了个哈欠，说道："鹿老大，你真是越来越不长进了。饿狗抢屎这样下流的招数也使得出来。"话犹未了，鹿克犀的鹿角叉抖得笔直，向前疾刺，使的正是一招"猛虎夺食"。

李光夏怔了一怔，挡开鹿克犀这招之后，立即恍然大悟，原来是安大叔有意点拨他的，他预先把鹿克犀所要使用的招数喝破，却把"猛虎夺食"的这一招说成了是"饿狗抢屎"。

当然，这是安平有意丑化鹿克犀的招数，"猛虎夺食"其实是一招凌厉刚猛的叉法，并非"下流"。鹿克犀又惊又怒，喉头咕咕作响，想骂安平，却又不敢。他这里骂不出来，安平在那里又笑道："越发不成话了，臭蛇钻穴，想要逃么?"

安平刚刚说出"臭蛇钻穴"这四个字，鹿克犀的叉一盘一伸，朝着李光夏胸口的"璇玑穴"刺去，正是一招"神龙出海"。这次李光夏已懂得安平的暗中指点之意，于是先发制人，一招"大鹏展翅"刀锋斜掠，抢攻鹿克犀的"空门"。鹿克犀的鹿角叉正自向前刺出，李光夏的宝刀已从侧面劈来，幸而鹿克犀退步得快，要不然一条臂膊就要给李光夏斩断。

原来安平的武功比鹿克犀高得多，他看了鹿克犀的上一招，下一招使的什么，他便可以推断得丝毫无误，这是根据武学的法则推断的，鹿克犀想不使这招也不可能。倘若改用另一招，其势更劣。

竺清华心花怒放，说道："安大叔，你真好，你喜欢喝酒，我叫爹爹把一瓮陈年花雕赏你。"安平笑道："那是留到你大喜之日给贵宾喝的，我可不敢先尝。"竺清华嗔道："你胡说。我夸赞你，你却拿我取笑了。哎，咱们别说话了，你看他们打架吧。”

安平却并不注目观斗，而是侧耳细听，说道：“咦，似是有人来了。”竺清华道：“我早料到这独角鹿还有党羽在这林中，不过，有你在此，何用怕他？”竺清华只道鹿克犀所交的朋友大不了是武功和他差不多的人，做梦也想不到杨钲父子会在这儿的。杨钲在叶屠户军中，这是他们早已知道了的。

安平话犹未了，只听一声长啸，远远传来，鹿克犀的本领比不上安平，此时方始听见。

鹿克犀听得啸声，心中大喜，可是细听之下，却又不觉好生失望。他的武学造诣虽然不深，但从所发的啸声也可以大致判断那人的功力。这啸声中气不足，初起时宏亮，到了音尾便大为减弱，几乎不能听见。显然只是二三流的武林角色。

安平笑道：“我道是什么得力的帮手，却原来不过如此。”不过，他虽然不把来人放在心上，却也不愿有什么意外的变化，于是加紧点拨李光夏。

上官纨忽道：“哎，这是杨芃。轩弟，你正好趁此机会报仇。”原来上官纨与杨芃自小相处，对他的啸声十分熟悉，安平却只能判断功力，听不出来。

林道轩大喜道：“好，这小子我正要找他算账。我也要像光夏哥一样亲手报仇，你们可不能和我抢。”前年邙山之会，林道轩曾被杨芃用计所擒，装在布袋之中要带上京师领功。那一次林道轩吃了不少苦头，引为奇耻大辱。

林道轩飞快地向着声音的来处奔去，上官纨与他同去。竺清华知道上官纨的本领已足以对付杨芃，林道轩即使打不过他，也不至于有什么危险。她仍然留在原处，监视着鹿克犀。

鹿克犀给李光夏攻得手忙脚乱，而心是又在忧喜交织，喜的是已听到了杨芃的啸声，忧的是杨芃的父亲未必与他同来。但心神分散，就更不是李光夏的对手了。

安平喝道：“好呀，懒驴打滚，想跑了么？”鹿克犀身躯一矮，箭一般的向前窜出，他是想去与杨芃会合。但安平先把他的身法喝破，李光夏立即一刀斩去，刀锋在鹿克犀的肩头划过，鹿克犀负痛狂奔。

说时迟，那时快，李光夏已是旋风般的扑了到来，“咔嚓”一刀，便斩下了鹿克犀的脑袋。李光夏拭了刀上的血痕，心中痛快之极，哈哈笑道：“咱们应该去看轩弟了。”

且说杨芃听得鹿克犀回应的啸声，急步赶来。忽听得一声喝道：“站住！你看看我是谁？”只见一男一女拦住了他的去路，正是林道轩和上官纨。杨芃吃了一惊，却装作毫不在乎的样子，强笑说道：“纨姐，许久不见，你好。咱们之间有点小小的误会，但旧日的情谊总是不能抹掉的。你帮这姓林的小子还是帮我？”

上官纨气得满面通红，斥道：“小贼，谁是你的纨姐？你们父子一样狠毒的心肠，居然想要谋害我的爹爹，我和你还有什么亲戚情谊可讲？这‘情谊’二字，你不提也还罢了，若然再提，我认得你，我这把宝剑可认不得你。”

杨芃打了个哈哈，说道：“我知道你喜欢上这姓林的小子。好吧，你既然把我当作外人，那么过去的事也就不必再提了。我只想问你一句：如今这姓林的小子向我挑战，倘若我失手把他伤了，你又如何？”要知上官纨那番说话虽然是狠狠地痛斥了杨芃，但话语之中亦已表露：她并不想和杨芃交手。杨芃何等机灵，听出了她的口风，立即再钉实一句。

上官纨冷冷说道：“你这句话不是说得太早一点了么？焉知不是轩弟杀伤你？”杨芃道：“好，凭你这句话，你是两不相帮的了。”上官纨道：“不错，我在这里冷眼看你下场。”

林道轩等得已不耐烦，“刷”的拔剑出鞘，喝道：“奸贼，看你今日还有什么卑劣的手段可以施展？不管你说些什么，今日你都是难逃性命的了。”杨芃哈哈笑道：“好吧，姓林的小子，你上来吧。你是我手下的败将，难道我还怕你不成？”

他满不在乎地挥杖化解林道轩的剑招，哪知剑杖一交，只觉林道轩的功力已是大非昔比，竟然震得他虎口也有点发麻。

杨芃吃了一惊，心道：“上官纨这丫头放心让这小子斗我，难道他当真是有把握胜得了我不成？”此时杨芃虽然感到对方的功力与他相等，但还是满怀自信，自信可以用独门的点穴杖法制胜的。

杨芃接了一招，不敢轻敌，竹杖一抖，使出独门点穴手法，一招“龙华三会”，向林道轩戳去。这一招同时点林道轩的三处要害穴道，若非武功比他高出许多的人，决难抵御。杨芃已知林道轩的本领至多是与自己旗鼓相当，因而也满以为这一招定然可以把他点倒。

哪知林道轩脚步斜踏上去，脚跟为轴，转了一圈。在转这一圈的当儿，长剑斜掠，只听得当当当三声，剑杖相交，闪电般的碰击了三下，杨芃那一招“龙华三会”竟然给林道轩破解了去，连一处穴道都点他不着。杨芃的竹杖是件宝物，坚如铁石，没有给林道轩的宝剑削断。可是他的独门点穴杖法给林道轩破解，却是令他诧异不已。

杨芃喝道：“好小子，再接我一招！”竹杖扫去，卷起了一圈冷森森的青绿杖影，就似一片竹林把林道轩围在当中。这一招是杨家的杀手杖法，叫做“十面埋伏”，可以连续不断地点对方的十处要害穴道。

林道轩冷笑道：“莫说再接一招，接你十招八招又有何难！”只见他身似陀螺疾转，一招乱披风的剑法四面荡开，果然把杨芃这招“十面埋伏”的杀手杖法也破解了。而且内力贯注剑尖，把杨芃的竹杖震得颤抖不定。看来他所使的这路剑法正是杨家的独门点穴杖法的克星。

杨芃这一惊才当真是非同小可，心里想道：“奇怪，他小小年纪，却怎懂得破我杨家的独门点穴杖法？我以前与他交手，也从未使过这两招，何以他竟似胸有成竹似的，轻描淡写地随手就化解了。”

杨芃有所不知，其中有个缘故，原来在三年前江海天在上官泰家中作客的那晚，上官纨曾向江海天提出了一个要求，因为江海天答应过送她一件礼物，而上官纨所要求的一件“礼物”，就是要江海天教她一样可以克制杨家武功的武功。

江海天那日日间曾与杨钲交过手，他是天下第一的武学大师，只要交过一次手，便已深悉对方武功的优劣所在，于是教了上官纨一路可以克制杨家独门点穴杖法的剑法。不过这路剑法乃是在上官纨的本身所具的武学基础上创立的，并不属于江海天的本门武功。

上官纨当时提出这个要求的原意，只是为了恐防杨芃将来欺负她，才要学一样可以克制他的功夫把他压服。杨芃当时已经向上官家提出“亲上加亲”的婚约，而上官纨与杨芃是青梅竹马之交，也以为将来是非他莫属。

不料就在那晚，杨钲露出了本来的丑恶面目，为了上官泰不肯受他所骗，竟然想暗杀上官泰，上官泰险些送了性命，幸亏得江海天所救。这件事情过后，杨家父子明目张胆地作了清廷鹰犬，上官纨和杨芃也终于变作了敌人。

林道轩本来没有学过这路剑法，这是上官纨后来教他的。待到林道轩学会之后，上官纨这才告诉他这是可以克制杨家武功的剑法，林道轩甚是感激她的苦心。他是前几天才完全学会的，想不到今天就碰上杨芃了。

这一下，他新学会的这路剑法登时就派上了用场。杨芃的独门点穴杖法给他见招破招，见式破式，不到五十招已是只有招架之功，毫无还手之力。

此时安平与竺清华、李光夏三人都已来到，站在一旁观战。李光夏拍手赞道：“妙啊！轩弟，加一把劲！”话犹未了，只听得“刷”的一声，剑光过处，血花飞溅，杨芃左臂着了一剑，竹杖坠地。

林道轩喝道：“往哪里走？”正要赶上去再一剑结果他的性命，忽听得一个十分刺耳的声音喝道：“谁敢欺负我儿？”原来是杨钲和叶凌风来了。

上官纨、竺清华、李光夏三人都是大吃一惊，连忙都拥上去。杨钲竹杖一挑，把李光夏的宝刀和林道轩的宝剑一齐挑开。左臂轻轻一带，把杨芃推过一边，说道：“叶公子，请你替他敷药。”杨芃叫道：“爹爹，你一定要把这两个小子杀了，给我报仇！”

四人中林道轩年纪最小，功力当然较弱。虎口给杨钲的内力一震，浑身发热，宝剑险些脱手。杨钲冷笑道：“看你还敢欺负我儿？”竹杖一挥，立即当作棒用，打向林道轩的天灵盖，杖头颤抖，分成了三处落点，分袭上官纨、竺清华和李光夏三人的要害穴道。

杨钲刚才试了林道轩一招之后，心中颇是有点奇怪："以这小子的本领，怎能伤得了我儿?"但为了要给儿子出一口气，他对付这样一个他认为是"微不足道"的"小子"，仍然是全力施为，使出毒招。但他对竺清华和上官纨却是有点顾忌，主要是怕得罪了竺清华的父亲竺尚父，因此只敢点她们的穴道。

上官纨脚踏五行八卦方位，走巽位转乾方，一招"大漠孤烟"使出，剑直如矢，正是江海天所授的专破杨家武功的剑法。林道轩则走艮位，转离方，一招"长河落日"长剑圈圆，也正是破杨钲这一招独门点穴的剑法。双剑合璧，威力倍增。

杨钲"噫"了一声，这才明白自己的儿子为什么会伤在林道轩剑下的道理。心里想道："这一定是江海天所创的剑法，有意令他的徒弟仗着这路剑法凌辱我儿，以报他的徒弟在邙山被擒之辱。但由他的徒弟来使，要对付我却如何能够?"

同样的一套招数，在第一流的武学高手手中使出，和在第三流角色手中使出，自是有天渊之别。上官纨和林道轩的双剑合璧，果然是奈何不了杨钲。

可是竺清华与李光夏也没闲着，竺清华一招"玉女投梭"，刺杨钲胁下"愈气穴"；李光夏则是迈步进刀，使出"力劈三关"的刚猛刀法，截臂斩肋。他们两人的本领各有所长，竺清华的父亲竺尚父是天下第二高手，竺家刺穴剑法并不在杨家的独门点穴杖法之下；李光夏这一年来勤学苦练，内力大大增长，这一刀劈下，刀风虎虎，也是不可轻视。

杨钲喝道："好呀，你这四个娃儿要造反了！"手握竹杖中间，一招"妙解连环"，杖头挑开了上官纨与林道轩的双剑；杖尾又把李光夏的宝刀荡开，紧接着一个"盘龙绕步"，竺清华的那一招"玉女投梭"也刺了个空。可是由于他要同时应付四方的攻击，这么一来，也就不能对其中任何一个施展杀手。而且上官纨与林道轩的剑法正是杨家杖法的克星，虽说由于功力关系，他们奈何不了杨钲，杨钲却也不能不分外小心，在展开攻势之时，多少也受了他们的牵制。

不过，他们的功力究竟是与杨钲相差太远，杨钲虽然在十招八招之内胜不了他们，时间一久，他们总不能避免全无伤损。而林道轩更有第一个遭受毒手的可能。

杨芃眼看父亲即将获胜，得意之极，哈哈笑道："天堂有路你不走，地狱无门你偏进来。好呀，看你这两个小子今日还能逃么？爹爹，你把他们的琵琶骨挑了，让他们多吃点苦头。"

话犹未了，安平忽地从大石后面跳了出来，发了一声长啸，叫道："主公快来，杨二先生欺负咱们的小姐！"

普天之下，杨钲第一个害怕的是江海天，第二个害怕的就是竺尚父了。蓦地里听得安平这么一叫，不由得大吃一惊。此时他正使到一招"八方风雨"，可以荡开其他三人兵器，跟着就挑断林道轩的琵琶骨的，但由于这样突然一惊，却给林道轩躲过了。

杨钲固然是吃惊不小，另外一个人比他吃惊更甚，几乎吓得魄散魂飞。这个人不用说也可知道就是叶凌风了。

叶凌风深知竺尚父手段的厉害，竺尚父本来是介乎邪正之间的人物，在武林中是被人称为"大魔头"的。倘若叶凌风给师父捉住，最多只是一死。但倘若给竺尚父捉住，则不知要受多少折磨方才断气，叶凌风听说是他来了，焉能不吓得魄散魂飞？

叶凌风是个最会为自己打算的人，虽然吓得魄散魂飞，仍然能够"当机立断"。这一瞬间，他心里立即打定了逃跑的主意，想道："竺尚父来，第一个要对付的是杨钲，我正好趁机逃走。保了性命，又可摆脱杨钲。"

叶凌风本来是正在替杨芃敷药的，此时他已决定逃跑，哪里还顾杨芃的死活，当下把杨芃一推，自己就忙着逃跑了。

杨芃"哎哟"一声，跌倒地上，痛得他几乎晕了过去。杨钲气得大骂道："好个混账的小子，简直不是东西！"自从他认识叶凌风以来，一直是口口声声尊称他为"叶公子"的，前几天，他迫使叶凌风传他正宗的内功心法，心中还一直在自鸣得意，却想不到叶凌风的为人比他更为奸狡，此时连他也不能不骂叶凌风做"混账的小子"了。

杨钲毕竟是个老练的人，他最初突然听得安平在叫"主公"，免不了大吃一惊，但随即就想到："老竺如今是一军之主，新占了西昌，多少事情要做？他既然派了安平护送女儿，自己又怎会来？"果然过了片刻，并没听见竺尚父的啸声相应。

杨钲大怒道："好个奴才，胆敢吓我！你主人来了又怎么样？来了我也不怕他！好呀，你既然说我欺负你的小姐，我就偏要欺负她了！"挥杖荡刀格剑，杖中夹掌，伸出手来，施展擒拿手法，就想把竺清华活捉。他最初是把林道轩当作主要的攻击目标的，如今转移到竺清华身上，竺清华马上险象环生。

安平忽地打了个哈哈，说道："杨二先生，你定然要欺负我家小姐，那就请恕奴才无礼了！"从山坡上飞跑下来。

杨钲大怒道："怎么样？你要和我打么？"安平道："不敢。我只是想把你的少爷擒了，你倘若捉了我家小姐，也好与你交换。"

杨钲又惊又怒，心道："只怕这奴才真会做了出来。"当下一声喝道："你敢！你不要命啦？"连忙风快的回身，抢前两步，把儿子抱起。

安平其实也明知捉不到杨芃的，但却也迫得杨钲必须去保护儿子，这么一来，也就暂时解了竺清华之危了。

安平抱拳一揖，说道："请恕小的无礼，小的为了主人，不敢也要敢了。"于是拔出了护手钩，加入战团，与李、竺、林、上官四人，联手合斗杨钲。

杨钲挥杖挑开安平的护手钩，左臂抱着儿了，掌心按着儿子背脊的"大椎穴"，一股真气输送进去。杨芃醒了过来，杨钲问道："芃儿，你好点吗？"杨芃道："就是手臂痛得厉害。其他倒没什么。"杨钲把儿子放下，说道："好，你紧紧贴在我的背后。你自己敷金创药。"他把本身真气输送给了儿子，杨芃是可以站得稳了。他的手臂受了剑伤，但那只是外伤，虽然疼痛，却不是十分紧要。

安平的武功比竺李等四人都高，有他加入战团，形势登时改观。本来以杨钲的本领，即使以一敌五，也还可以稍占上风的，但如今却是越来越感到应付为难了。

这是因为有三个原因：一来他要保护儿子，二来他把真气输送给了儿子，自己的功力就减了几分，耗掉的真气是要经过休息才能恢复的，一时三刻内要恢复原来的功力是不可能的了。三来他一天没有吃过东西，若在平时，以他的内功造诣，一天不食，那也算不了什么。但如今他是在激战之中，体力消耗得厉害，肚子空虚，可就难免要受一些影响了。

杨钲见不是路，一声大喝，劈空掌荡开安平的护手钩，青竹杖就向林道轩点去。上官纨与竺清华双剑齐上，合力助林道轩招架。不料杨钲这一招其实是以攻为守，掩护撤退的。因为他知道再战下去，自己一定要输。

杨钲把林道轩、上官纨、竺清华三人引过一边，趁着安平的护手钩刚刚给他荡开，第二招未能立即发出之时，抱起儿子，马上就逃。他虽然是消耗了许多气力，但轻功还是在众人之上，转眼间就逃入了密林深处。众人情知赶他不上，打了一个胜仗，乐得哈哈大笑，也就不去追赶他了。正是：

少年气正锐，合力败强梁。

欲知后事如何？请听下回分解。

第五十五回　并辔同行情脉脉
单刀斩敌气昂昂

杨钲父子逃入了森林之后，杨钲越想越气，说道："叶凌风这小子简直是岂有此理，我非和他算账不可。"

杨芃道："对啦，他现在也不是什么总督的少爷了，咱们已用不着怕他。他害得咱们吃了大亏，先捉住他出一口鸟气。"

杨钲笑道："咱们还得隐忍些儿，待为父的迫他把江家的内功心法都吐了出来之后，那时再慢慢折磨他也还不迟。你可记得他是向哪一方跑的？"

杨芃道："是向西方。"于是父子俩迈向西方追去。

方向虽然知道，但要在一座大森林里找一个人，可也不是那么容易的事情。到了黄昏时分，仍然不见叶凌风的踪迹。杨芃已经饿得有气没力。杨钲猎了一头野鹿回来，道："明日再找他去。"烧起一堆野火，把那头野鹿宰了来烤。

晚风吹来，忽听得草地上似有沙沙声响。杨钲提起了青竹杖，喝道："是谁？"话犹未了，那人已经走了到来，哈哈笑道："原来是杨二哥，这可真是巧遇了。我是给你烤的鹿肉的香气引来的。"

杨钲又惊又喜，说道："欧阳大哥，你怎么也到这儿来了。我还想上你那儿避难呢。"原来那人不是别个，正是欧阳伯和。

欧阳伯和睁大了眼睛，说道："你要避什么难？"

杨钲叹口气道："唉，真是一言难尽。大哥，你且坐下来让小弟和你细说。"把一条烤熟了的鹿腿递过去，欧阳伯和边吃鹿肉边听他说。

杨钲将叶屠户兵败小金川，他们父子逃了出来在这里巧遇叶凌风等等事情都和欧阳伯和说了。欧阳伯和不禁倒抽了一口冷气，说道：“糟了，糟了！叶总督兵败，归德堡也回不去了！”

杨钲道：“为何归德堡也不能去了？”欧阳伯和道：“归古愚一心效力朝廷，将他的团练都带了出来，编为官军。留守归德堡的只是老弱残兵和一部分家丁。归古愚以为他坐镇归德堡数十年，等于是土皇帝一般，堡中百姓畏威怀‘德’，谁敢反他？他虽然离开，只凭着他的‘威望’也还可以镇压得下的。哪知前几日他的堡中快马来报，庄稼汉不知受了谁的煽动，不怕归家的威风，竟然趁机会造起反来了。如今整个归德堡都已被‘乱民’占据，这个时候，还怎能去归德堡？”

杨钲吃了一惊，道：“哦，竟然有此等事？那么归古愚现在何处？”

欧阳伯和道：“归古愚将他的团练编成一军，得了总兵的官职，好不兴头，他奉了朝廷命令，带兵增援叶总督，会攻小金川。归古愚是打算攻下了小金川之后，再回师‘清乡’，哪知叶总督先已全军覆没了，你说这不是糟糕透顶么？”

杨钲道：“这么说来，归古愚的这支军队岂不是正向着此方行进？”

欧阳伯和道：“不错，他的行军计划是通过这座森林以攻小金川之背。我是先来给他探听消息的。”

杨钲道：“他有多少兵力？”欧阳伯和道：“约有一万多人。”杨钲摇了摇头，说道：“如今小金川和西昌都被叛军占领，叛军的势力比官军大得多了。归古愚这一万多人，不够人家一口吞掉。”

欧阳伯和道：“事已如斯，且不管它，吃饱鹿肉，今晚先睡一觉。”话犹未了，忽听得林中又有脚步声响。

原来是李光夏、林道轩这一行五众，看见这里有火光，以为是叶凌风躲在这儿。赶来一看，不料却是杨钲。安平认得欧阳伯和，不禁大吃一惊。

李光夏等人是初生之犊不畏虎，林道轩拔出剑来，指着欧阳伯和道：“你是什么人，和杨钲是什么关系？”李光夏道：“我们不管你是什么人，只要你不插手，我们就不理你。我们要对付的只是姓杨的老贼。”

欧阳伯和哈哈一笑，道：“杨兄，这几个小娃娃口气倒是很大，你用得着我帮忙么？”

杨钲此时已吃饱了肚子，正要逞能，提起了青竹杖，大笑说道：“欧阳大哥，拜托你照顾小儿。这几个小娃娃么，还不放在我的心上。”

李光夏道：“你是我们手下败将，胆敢口出大言？”杨钲喝道：“你以为我当真是输给你们这几个小娃娃么？叫你知道我的厉害！”青竹杖一起，一招“八方风雨”，卷起一片碧森森的杖影，瞬息之间，遍袭五人穴道。

上官纨与林道轩连忙施展泼风剑法，克制他的独门点穴杖法，安平与竺清华也抢上前去夹攻。他们以为已经打败了杨钲一次，这一次料想也还可胜。哪知杨钲一来是吃饱之后，气力充足；二来有欧阳伯和在旁，他不用分神照顾他的儿子。情况不同，他自是稳操胜券了。

剑光杖影之中，只听得呼呼轰轰的声响。杨钲使足了气力，一根竹杖，在他使来，力道竟是沉雄之极。李光夏等人功力与他相差得远，接他的竹杖，竟似比铁杖还更沉重。

正在吃紧，忽听得有人喝道：“你们这两个老贼，以大欺小，羞也不羞？”人影未见，声音传来，已是震得欧阳伯和的耳鼓嗡嗡作响。欧阳伯和大吃一惊，这一掌停在半空，打不下去。原来欧阳伯和正想出掌击毙安平。

欧阳伯和不仅是震惊于对方的功力，还因为他听得出这是两人齐声呼喝的。这两个人一个是丐帮帮主仲长统，一个是杨钲的襟弟——天笔峰的山主上官泰。

欧阳伯和回头一看，说时迟，那时快，当真是声到人到，在他的面前已出现了三个人。这第三个人更是令欧阳伯和吓得魄散魂飞，原来这个一直没有作声的中年汉子竟是天下第一的武学高手江海天。

李光夏、林道轩喜出望外，同声叫道：“师父，这个姓杨的老贼欺负我们，你可要替我们出一口气。”

江海天这才微微一笑，说道：“这两个人么，自有仲帮主和上官前辈找他们算账的。用不着咱们动手，你们退下吧。”

三大高手同时出现，不由得杨钲也吓得呆了。李光夏等四人从容退下，有江海天在此，杨钲怎敢再动他们丝毫？

李光夏喜道：“师父，你的病都好了？”

林道轩道：“师父，你怎么来得这样快啊？”

江海天微笑道：“你们走了七天之后，仲帮主和上官前辈来探我的病，他们是想到西昌去，顺便来向我辞行的。恰巧我的病已经痊愈，就和他们一同来了。嗯，是比我的预期要好得快一些。”李光夏等人曾在西昌停留两天，以江海天他们三人的绝顶功夫，虽然是迟走五天，跟着也就追上了。他们正是因为听得竺尚父告诉他们的消息，才赶来追寻徒弟的。

杨钲见江海天并未出手，心里一松，想道：“上官泰的本领不过是与我在伯仲之间，我即使胜不了他，也决不至于被他所杀。但江海天虽然答应袖手旁观，就只怕这几个小辈不肯放过我儿。”

当下杨钲作出一副哭丧的神气，说道：“咱们谊属连襟，想不到今日却成了生死冤家。这是小弟不合在前，也怪不得我兄。不过，我却想请上官兄看在亲戚的份上，网开一面。”

武林中人讲究的是宁死不屈，杨钲虽是邪派的大魔头，平素亦是自视甚高的。上官泰不料他竟会说出这样的话来，倒是不觉怔了一怔，说道：“什么，你要向我讨饶？我可是不能饶你的！”

杨钲道：“不，我得罪了襟兄，你要杀我，那是应该的。我纵不济，也何至于向你求饶？”上官泰道：“那你说什么网开一面？”

杨钲道：“小儿杨芃，年幼无知，也曾得罪了令媛和林公子。但他的罪过都应该由我承担，请上官兄看在亲戚份上，是否可以放他一条生路？他也曾经被林公子所伤了。”

上官泰听他说得凄凉，意殊不忍，把眼望了望女儿。上官纨虽然痛恨杨芃，但到底与杨芃是青梅竹马之交，想他虽是行为乖谬，究竟尚非罪大恶极，于是说道：“轩弟，你的意思怎样？”林道轩爽爽快快地说道：“今日他已为我所伤，我若现在杀他，胜之不武。

好，今日我可以饶他一命，下次碰上，就不能放过了。”

上官纨道：“爹爹，轩弟这么说，那么，今日就让这小子走吧。”

上官泰喝道：“好，杨芃，你走！我不怕你为父报仇。”杨芃心里想走，但却不能不装模作样地说道：“爹爹，我还是陪着你吧。要死，咱们父子同死。”

俗语说：“知子莫若父。”杨钲当然知道儿子是想走的。不过，听了儿子的这几句话，他心里却是好过得多。当下哈、哈、哈的大笑三声。杨芃怔了一怔，说道：“爹爹，你笑什么？”

杨钲道：“傻孩子，留得青山在，哪怕没柴烧。你的姨父虽说与我决一死生，但说不定阎王爷还不肯收留我呢！”当下回过头来，向上官泰道：“要是你杀不了我，那又如何？”上官泰道：“不是你死，便是我亡。嘿，嘿，你怕我倚多为胜么？你也应该早知道我的为人了，我上官泰是这样的人么？”

杨钲哈哈一笑，说道：“当然，当然。咱们是说好了单打独斗的。我岂能信不过你？芃儿，你走吧！”杨芃一跷一拐地走了，杨钲提起了青竹杖，说道：“好，上官兄，来吧！”

上官泰走出去与杨钲交手。仲长统纵声大笑，也走了出来，说道：“老叫化不甘寂寞，看着别人交手，老叫化也心痒难熬了。欧阳山主，咱们也该算一算账啦！”

欧阳伯和道：“不错，你这臭叫化打伤了我的浑家，我正要与你算账。听说你看不起我的雷神掌，我倒要看看你的混元一气功有什么厉害？”

原来欧阳大娘那次给仲长统以混元一气功打伤之后，如今尚未痊愈，故而没有与丈夫同来。欧阳大娘心地极为狭窄，无论如何要丈夫为她报仇，说了许多中伤仲长统的说话。其实仲长统并没有说过看不起欧阳伯和的雷神掌。但仲长统是一帮之主的身份，当然不屑辩解，只是打了个哈哈，便与欧阳伯和同走，两人另找一个地方决战。

杨钲用拖延战术对付上官泰，两人打得难分难解，把旁观的几个小辈看得好不心焦。林道轩忽道：“纨姐，咱们也来拆招玩玩。”

上官纨好不机灵，一听便知道他的用意，说道："好，但你是男子，气力比我大，可得让我几分。我使剑，你用一根树枝吧。"

林道轩知道她已经听懂了自己的意思，于是笑道："好的。我用一套新练成的杖法攻你。"上官纨道："你不要夸嘴，且看我用家传的剑法破你。"

林道轩折下一根树枝，叫声"接招！"出手便是杨家的独门杖法，杖头斜掠，左点"白海"，右点"璇玑"，杖身一横，又挑向上官纨的虎口。他使的当然不及杨家父子的老练，但却也是中规中矩，令人一看就知是杨家的点穴杖法。

上官纨脚踏五行八卦方位，挽了一朵剑花，身形滴溜溜的一转，拨开林道轩的树枝，剑锋直抵林道轩的上颚，笑道："你瞧，我不是把你的剑法破了吗？"林道轩道："不见得，再接招！"他故意放慢脚步，好让上官泰瞧个清楚。

杨钲起初不以为意，心里想道："你这两个小子捣什么鬼？"一看之下，不由得大吃一惊。但上官纨是上官泰的女儿，女儿暗中"指点"父亲，他却是不能干涉的。而且杨钲事先也并没有讲明这个"禁例"——不许小辈在他们旁边拆招。杨钲心里暗暗叫苦，只好盼望上官泰没有留意。

上官泰全神对付杨钲，最初果然是没有留意的。但他的心里也有点奇怪，不解她的女儿何以在这个时候，居然有这等闲情逸致，与林道轩拆招玩耍？试想做父亲的正在与敌人决死战之时，做女儿的却不关心父亲，自行玩耍，怎能不令他又是奇怪，又是恼怒。

上官泰恼怒起来，不由得就向女儿瞪了一眼。他是个武学的大行家，一看之下，登时恍然大悟。

杨钲急忙攻击，要想杀得他无暇分神。但上官泰的功力胜他一筹，此时他也还未到气衰力竭之际，大手印拍出，接连不断，每一掌都有致人死命之能。杨钲抢攻不逞，还险些受他所伤。

杨钲喝道："咱们说好了单打独斗的！"上官泰笑道："我要谁帮忙来了？"杨钲道："你的女儿——"上官泰道："她自练本门剑法，又碍了你什么了？"杨钲是长辈身份，总不好意思说是怕了小辈破了他的杖法，只好把想要指斥上官纨的说话吞了回去。此时上官泰已是把整套的“泼风剑法”看完，心领神会。

上官泰大喝一声，朗声说道：“杨钲，你想跑已经迟啦！”话犹未了，招数立变。掌劈指戳，招招都是攻向杨钲的要害。

上官泰是一流高手，武学的造诣与他的女儿自是不可相提并论。上官纨一定要用剑才能使出“泼风剑法”，而上官泰则是一理通、百理融，无须用剑，也可以将“泼风剑法”融化在他的掌法、指法之中，同样地可以克制杨钲的独门点穴杖法。

上官泰喝道：“杨钲，你还要顽抗么？”喝声中招数略缓。原来上官泰虽然是痛恨杨钲，但此时见他如此狼狈，不禁有点不忍之心，暗自思量：“念在襟兄弟的份上，若是他肯痛悔前非，改邪归正，我也未尝不可饶他一命。”哪知上官泰一念仁慈，几乎招了杀身之祸。杨钲根本就想不到上官泰会肯饶他，趁他招数略缓之际，突然又是一招杀手，竹杖闪电般的便点向上官泰的胸前大穴。

上官泰猝不及防，连忙吞胸吸腹，脚步未移，身躯挪后半寸，可是仍然给杨钲的杖尖点着。上官纨大惊叫道：“爹爹，你怎可让他！”

幸亏杨钲此时已是强弩之末，气力不济，杖尖虽然点着上官泰的胸膛，却没点正穴道，而且由于上官泰吞胸吸腹，又消去了他的几分劲道，因此就更没有受到损伤了。

上官泰怒火勃发，一掌劈去。杨钲也想不到他立即便能反攻，给他打个正着。

这一掌却是上官泰本门的“大手印”功夫，“大手印”专伤奇经八脉，杨钲给他打了个正着，“哇”的一口鲜血喷了出来。上官泰喝道：“杨钲，你当真是至死不悟么？”

上官泰这么喝骂杨钲，其实还是不想致他于死地。他见杨钲受了重伤，已无反攻能力，是以有意放他一点生路，只求他肯悔悟，认罪求饶，上官泰未尝不可以为他医好“大手印”之伤。

可是杨钲虽然不能反攻，却能逃跑。他着了上官泰的一掌，无暇思量，更无心去听上官泰说些什么，就像冻窗上的没头乌蝇一样，本能地要想钻开一条缝隙，逃出性命。上官泰住手说话，杨钲转身便逃。

他们是在山坡上交手的，杨钲只知逃命，却不知自己受了重伤，已是不能施展轻功的了，他勉强吸一口气，跳了起来，不料脚尖落地，恰好踏着一根石笋，脚步一个跄踉，登时就从山坡上滚了下去，上官泰跑过去一看，只见杨钲已是脑袋开花，一命呜呼。

上官泰叹了口气，说道："当真是自作孽，不可活！"念在襟兄之情，手捧泥土，把杨钲的尸体掩埋，给他筑了一个简陋的土坟。

上官泰已经掩埋了杨钲的尸体，说道："咱们看老叫化去。但愿他这一架还未打完。"

众人来到后山，只听得高呼酣斗之声，震耳如雷。仲长统与欧阳伯和已经斗了三百来招，双方未露丝毫疲态，当真是旗鼓相当，功力悉敌，好一场恶战！

只见仲长统浓须根根翘起，怒目圆睁，手脚起处，全带劲风。方圆数丈内，沙飞石走。数丈之外，也是树木摇动，树叶纷落，好几棵大树，都只剩下了光秃秃的枯枝。上官泰喝彩道："仲帮主使得好一个混元一气功！"

但欧阳伯和亦非弱者，看来他的掌力似乎不及仲长统的刚猛，但却另有一功。只听得他在发掌之前，必定大喝一声，掌风就似从熔炉里吹出来似的，炙人如烫。上官纨、竺清华、李光夏、林道轩等几个功力较弱的小辈禁不住要退到他掌风所及的范围之外。

上官泰不由得暗暗担心，悄悄问江海天道："江大侠，你看如何？"江海天微笑道："仲帮主是不会败的，但要取胜只怕也是不易罢了。"上官泰这才放下了心，但看到紧张之处，仍是不禁手心捏着一把冷汗。他是个嗜武如狂的人，看到双方各使武林绝学，不久就完全着了迷，心无旁骛，只顾凝神观战了。

李光夏和林道轩却是不由得不心中着急，偷偷和江海天说道："师父，他们这样打法，不知要打到几时？咱们可还要去捉拿叶凌风这奸贼呢。"

江海天笑道："我不急，你们急什么？总不会打到明天的。有上官前辈和仲帮主与我分头搜捕，难道还怕他飞得上天？"李、林二人听师父说得这样肯定，心里也都安定下来。不过，他们总是希望越快捉到叶凌风越好。

叶凌风一点也不知道他的师父已经来到，此时他还做着美梦。

花开两朵，各表一枝。且说叶凌风在抛下杨钲父子，独自逃跑之后，心里又是欢喜，又是担忧。欢喜的是不至于受杨钲的连累，而且可以摆脱杨钲迫问他的内功心法，但如今只剩下他一个人在这大森林里逃亡，却是不由得不心虚胆怯，每见风吹草动，都疑心是有敌人跟踪，好几次吓出了一身冷汗。

他在森林里过了一天，幸好连人影也没见着一个，第二日傍晚时分，他估计自己所走过的路程，心里想道："只要我走的方向不错，明天就可以走出这座林子了。"他却不知，他恰恰是走错了方向，兜了一个圈子，正走到与他师父这一帮人相隔不过十里左右之处。

叶凌风心里又想："走出了这座林子，我该怎样做呢？"于是他替自己编织了一个美梦。

就像溺水的人抓着一根芦苇就以为可以救命似的，叶凌风也有他的救命"芦苇"。这就是冷天禄的人头。他拍一拍所背的革囊，冷天禄的人头还在这革囊之中。

叶凌风燃起了希望，心里想道："冷天禄是小金川十三家的总寨主，我取了他的首级，这功劳也应该不算小了。朝廷正在用人之际，想来至少也可准我将功赎罪吧？我先求得一个军职，嘿，嘿，以我的才干，何愁不做到独当一面的将军？我在千军万马保护之下，也不怕有人来向我寻仇了。嘿，嘿，岂只不怕，我还要和他们算账呢。待到我手握兵符，我定将和我作对的人一个个除掉。哼，第一个要除掉的对头，就是叶慕华这小子。"

叶凌风想到得意之处，不知不觉地横掌如刀，一掌劈下，口中发出"咔嚓"一声，劈断了一根树枝，当作是叶慕华的首级，就好像叶慕华当真是给他杀了似的，不知不觉地也就哈哈大笑起来。

叶凌风做梦也料想不到，叶慕华也在这座森林之中，而且听到了他的笑声。

原来叶慕华在用奇兵突击，大破清军之后，立即和耿秀凤与宇文雄、江晓芙三人，带领了一支人马，西行追踪。目的物就是叶凌风和他的父亲。他接到报告：叶屠户只剩下几百残军，已向西逃入森林，而叶凌风的去向，据萧志远的手下回来报告，也可以断定是已经逃入森林。但萧志远因为离开队伍，单骑追踪，却还未获得他的消息。

叶慕华和耿秀凤，选了两骑快马，吩咐宇文雄，代他带领那支人马。要知人马众多，反而打草惊蛇，容易给叶凌风发觉，先行逃匿。至于那支人马，则是用来对付叶屠户的残军。宇文雄在义军之中经过了将近一年的锻炼，叶慕华发觉他颇有用兵之才，叶屠户只剩下几百残军，料想宇文雄定可以将他歼灭。是以放心让他代为统领这支人马。

叶慕华与耿秀凤相识几年，几度悲欢，几番离合，每次都是匆匆分手，未得细谈衷曲。这一次，他们并辔同行，才得有较长的时间相聚，互谈心事。

叶慕华把自己平生的经历，毫不隐瞒地都告诉了耿秀凤。对叶凌风如何谋害他的事情，尤其说得详细。这些事情，有些是耿秀凤已经知道的，有些是她还未知道的。耿秀凤听了，叹了口气，说道："我的爹爹也是这贼子与他的父亲合谋陷害的。如此说来，他们父子正是你我共同的仇人。"

叶慕华道："如今咱们是报仇在即，你还何用叹气？"

耿秀凤道："你有所不知，我、我是颇有感触。"叶慕华道："感触什么？"

耿秀凤道："叶凌风的爹爹是朝廷的大宫，他们父子同恶相济，以致成为了义军的死对头。知道叶凌风的事情的英雄豪杰，也没有谁不想杀他的。"

叶慕华笑道："这不很好么？难道你还为他叹气？"

耿秀凤道："谁为了这奸贼叹气了？我是为自己叹气！我、我是想到了自己的身世。"

耿秀凤歇了一歇，接着说道："我爹爹的官没有叶屠户做得大，但也曾经做过伊宁的总兵，也曾经打过汉族和哈萨克族的义军。呀，叶大哥，你对我好，我是知道的。就只怕你的朋友，未必都能像你一样，把我当作自己人。"

叶慕华听了，哈哈笑道："我以为你担心什么，原来担心这个。”耿秀凤道：“不值得担心么?”

叶慕华正色说道：“你的爹爹和叶凌风的爹爹都是朝廷的大官，手上或多或少沾过义军的鲜血。叶屠户心狠手辣，罪恶滔天，比你的爹爹大得多。但你的爹爹也是犯有罪恶的，这个不用为你的爹爹忌讳。可是，你和叶凌风却是完全两样，叶凌风与他的爹爹同恶相济，你如今却是义军的女首领，和你的爹爹走的是两条路。一个人的出身是不能自己作主的，但长大之后，立身处世，却是完全可以由自己作主了。你和叶凌风既然是完全两样，别人又怎会用同一的眼光来看你呢？即使暂时有点误会，终究也会明白的。好像冷铁樵大哥，后来不是深自引咎，向你道歉了么？你放心，我担保我的朋友都会把你当作自己人的。”

叶慕华把这番道理说得极为透彻；耿秀凤这才舒展双眉，低头一笑，道：“你这么说，我就放心了。不瞒你说，我以前很为这几句俗语担忧，这几句俗语说的是：‘龙生龙，凤生凤，老鼠儿子会打洞。’我怕别人相信这几句俗语，对我有异样的眼光。”

叶慕华笑道：“这几句俗语是错的，明白事理的人绝不会受它影响的。你瞧瞧我的眼睛，我对你有异样的眼光么?”那是燃烧着热情的眼光，是令得少女痴迷的眼光。耿秀凤红晕双颊，嫣然一笑，说道：“哪有这样看人的，还说不是异样的眼光?”不知不觉之间，两人双手紧紧相握，不须多说半句，一切的浓情蜜意，都已在彼此的眼光中流露出来。这刹那间，周围的一切对他们来说都不存在，整个世界就似乎只剩下他们两个人了。

但这世界究竟并不是只剩下他们二人，即使是爱情的力量也不能把他们和这世界隔绝。也不知过了多久，耿秀凤蓦然惊觉，甩开了叶慕华的手，说：“华哥，你听，西边是不是有厮杀之声。”原来仲长统和欧阳伯和正是在西面的西坡上激战，他们高呼酣斗之声，传出了数里之外，传到了耿秀凤的耳朵中了。

叶慕华道：“不错，好像是有人在那边恶斗。有沙飞石走之声，看来似是一流高手。”

耿秀凤道：“咱们过去看看，说不定是咱们的人碰上了叶凌风了。”

叶慕华忽道："且慢，东边似乎也有人声。"

耿秀凤道："是么？我听不见。"

原来叶慕华所听到的，正是叶凌风在自己编织了美梦之后，幻想着已把叶慕华杀掉，所发出的得意的笑声。叶凌风在和他们距离五六里之遥的东边，他的笑声当然不如西边那两大高手高呼酣斗之声的宏亮，故此耿秀凤没有听见。但他所想杀的叶慕华，因为功力较深，却听见了。

这笑声远远传来，叶慕华凝神细听，方始隐约可闻。但他虽然听不出是叶凌风的笑声，却听得出这笑声中有说不出的一种邪恶味道。

叶幕华心中一凛，道："秀妹，咱们分头去看，你往西边。"要知西边乃是双方厮杀，假如其中有一方是叶凌风的话，另一方就必定是自己人，耿秀凤赶去相助，可以容易取胜。

且说欧阳伯和和仲长统斗了将近千招，欧阳伯和渐渐气力不加，心中焦急，突使险招，意图败中求胜。

激战中欧阳伯和一声大喝，身形平地拔起数丈，在空中一个"鹞子翻身"，呼的一掌猛击下来。这一招有个名堂，叫做"鹏搏九霄"，乃是"雷神掌"中拚着与敌人两败俱伤的杀手，非到最紧要的关头，是决不轻易使用的。这是欧阳伯和最后的一击，当真是把毕生的功力都付于这一击之中。

眼看欧阳伯和这一掌堪堪就要击着仲长统的天灵盖，仲长统这才蓦地大喝一声："来得好！"双掌一立，平推出去。仲长统乃是采取以逸待劳的战术，"避其朝锐，击其暮归"，待他掌锋距离自己的脑门不到数寸，这才猛力还击。掌力一发，有如排山倒海。

双方掌力撞击，发出闷雷也似的声响。在李、林等几个小辈失声惊呼之中，只见欧阳伯和就似断了线的风筝似的，跌落尘埃。

仲长统哈哈大笑，大踏步就赶过去。忽听得有个女子的声音颤声尖叫道："仲帮主，手下留情！"原来是耿秀凤恰好在此时赶到。

仲长统道："你这女娃儿要为你师公求情？"耿秀凤道："正邪不两立，我怎敢阻挠帮主？但他今后已是不能作恶的了，他于我有传艺之恩，我这才胆敢请仲帮主饶他一命。仲帮主给我这个人情，就算是我还了师门的债吧。”原来武林规矩最尊师道，耿秀凤虽然懂得“正邪不两立”的道理，但毕竟还是受了这千百年来武林所传的旧念的影响，禁不住要为师公求情。

不过，在耿秀凤的说话之中，也表明了这只是“给师门还债”。意思即是倘若由她而保得师公一命，从今之后，她与师门恩断义绝，心中也可以安然了。

仲长统哈哈一笑，说道：“欧阳伯和，你惭不惭愧？我真想不到像你这样的奸恶之人，居然有一个这样的好徒弟。你们夫妻俩设谋算计她，她却还在为你求饶！”接着回转头来，对耿秀凤说道：“耿姑娘，你大约还不知道你的师公是为什么来的吧？他是要来迫你嫁给归古愚那个宝贝儿子的。”耿秀凤吃了一惊，做声不得。仲长统道：“不过，看在你的份上，反正他的武功已废了，我就饶他一命吧。”

欧阳伯和面色铁青，挣扎着站了起来，“哼”了一声，说道：“耿姑娘，多谢你啦。欧阳伯和得以苟延残喘，今生是不能报答姑娘你的了。但总有人会替我报答你的。”

仲长统喝道：“你这话是什么意思，你想怎样？”欧阳伯和惨笑道：“我还能怎样？”忽地“咔嚓”一声，把右臂折断，说道：“多蒙帮主不杀之恩，我走啦！”

原来欧阳伯和是以毕生功力之所聚对仲长统作最后一击的，但他已是强弩之末，被仲长统全力还击，力强者胜，力弱者败，他的雷神掌所蕴的热毒，给仲长统的内力所封，全都迫回自身。真个是害人不成，反害了自己。若果他不把右臂折断，毒气上行，攻入心房，他就要一命呜呼了。

欧阳伯和走了之后，仲长统道：“来，来，来，耿姑娘，我给你引见。这位就是名闻当世、武功天下第一的江海天江大侠，这位耿姑娘是后辈的女中英杰，当真说得上是出于污泥而不染——”

耿秀凤听说是江海天，不禁又惊又喜，不待仲长统把话说完，连忙说道：“仲帮主，你不必夸赞我啦。我正要江大侠帮忙。”

江海天微笑道：“帮什么忙呢？”耿秀凤道：“江大侠，你的侄儿在这儿。”江海天怔了一怔，道：“我的侄儿？你是说叶凌风在这

儿么?”耿秀凤道:“不,不,我是说你真的那个侄儿,不是假冒的那个叶凌风。”正是:

欺世盗名安可恃?云开月现早和迟。

欲知后事如何?请听下回分解。

第五十六回　心事浩茫连广宇
风雷激荡扫沉霾

江海天吃了一惊，道："我的亲侄儿，他是谁?"耿秀凤道："他是叶冲霄之子，从前有个名字叫叶凌风，但给叶屠户的儿子冒用了这个名字之后，他现在就只用叶慕华这个名字了。你的徒弟宇文雄和他一同入川，他现在是援川义军的统领。"

江海天本来已知道叶凌风是假冒的内侄，只是不知道真的内侄是在哪儿。如今听耿秀凤说得来历分明，料想不假，大喜过望，说道："好，那你就带我去见他吧。可这是你帮我的忙，不是我帮你的忙啊。"

耿秀凤道："不，不，是你帮我的忙，也是帮你侄儿的忙，叶慕华刚才发现林子里有一个人，可能就是冒充他身份的那个叶凌风，他已经往东边追下去了!"

且说叶凌风正在得意，一路走，一路发笑。忽听林子里一声冷笑，突然有人跳了出来，拦住了他的去路。叶凌风抬眼一望，吓得魂飞天外，失声叫道："又是你!"

叶慕华笑道："是呀，这可真是太不巧了吧，咱们又陌路相逢了。你两次害我不死，又两次在我手下侥幸逃生。今日相逢，除非是你有本领第三次害死了我，否则你要想逃走只怕就不那么容易了。"

叶凌风看见只是叶慕华一人，恐惧之心稍减，想道："我的本领已是今非昔比，上次和他交手，也并不怎么吃亏，一个对一个，我怕他何来?"

叶凌风打了个哈哈，说道：“不错，我是曾经害过你两次，但我也曾经救过你一次啊！”叶慕华大怒道：“你不提也还罢了，你第一次救我，其实就是为了害我。你冒用了我的身份，骗了江大侠，害了多少人，造了多少孽！”

叶凌风道：“好，你既不谅，那就只好拼个你死我活了。”他在挑引叶慕华说话，冷不防的一剑就刺过去。

这一剑是江海天亲传的追风剑法，迅捷无比。幸而叶慕华早有提防，呼的一掌就击了出去，这一掌是攻敌之所必救，叶凌风知他般若掌力的厉害，焉敢让他打中，连忙回剑截他手腕。

说时迟，那时快，叶慕华已是拔剑出鞘，喝道：“好贼子，死到临头，还敢偷施暗算。来而不往非礼也，看剑！”

叶凌风笑道：“谁死谁活，那也难说得很。哼，且叫你知道我的剑法的厉害！”剑锋一转，化解了叶慕华的掌之后，倏然间便即变招，又解开了叶慕华的剑式。

叶凌风所使的师传剑法精妙无比，只以剑法而论，他要比叶慕华高出一筹。当下他以追风剑式化解了叶慕华的剑招，得理不饶人，闪电般的立即又是一剑。叶慕华喝道：“好小子，今日不是你死，便是我亡！”剑中夹掌，舌绽春雷，掌如霹雳，一招“五丁开山”，便向叶凌风的天灵盖击下。

叶凌风踏出“天罗步法”，在间不容发之际，避过了叶慕华的铁掌击项之灾。

叶凌风的功力本来与叶慕华相差颇远，自从得钟展替他打通三焦经脉之后，功力大进，双方距离已经拉近，但也还是叶慕华胜他一筹。这么一来，双方各有所长。叶凌风胜在所学的都是上乘武学，步法灵活，招数精妙；而叶慕华则胜在功力较深，而且他的大乘般若掌专伤奇经八脉，这也是叶凌风所十分顾忌的。

双方展开激战，一时之间，难分胜负。不过，叶凌风心里明白，久战下去，定然吃亏。倘若到了自己气衰力竭之时，“天罗步法”也一定难以运用自如，那时就只怕避不开他的大乘般若掌了。

叶凌风正自举棋不定，忽听有人马奔驰的声音，叶凌风抬眼望去，只见山坡上有一队骑兵正自上来，旌旗不整，但那面帅旗上绣着一个斗大的“叶”字，却是可以看得清清楚楚。

叶凌风喜出望外，连忙吸一口气，运用上乘的内功，将声音远远地送出去，叫道：“爹爹，我在这儿，快来救我！”

叶慕华大喝道：“想要逃么？”呼的一掌劈去，叶凌风已是施展“天罗步法”，如箭离弦，一个倒纵，飞掠出三丈开外。

叶凌风向他父亲跑去，叶屠户这支残军大约有四五百人，此时刚刚上了山坡，和叶凌风的距离也还有里许之地。叶屠户大叫道：“宗儿，快来！呀，老天保佑，想不到咱们父子还能相见！”

话声未了，忽见树林里飞出三骑快马，正是宇文雄、江晓芙和钟秀三人。

宇文雄喝道：“贼子往哪里逃？”快马加鞭，第一个来到。叶凌风冷笑道：“你眼中没有师兄，你的本领却还未必胜得过我！”脚尖一点，跳起来抢他的马。

宇文雄一招“横云断峰”，长剑劈出。叶凌风人在半空，一剑刺将下来。叶凌风的气力本来较大，加上自上而下的冲击之力，“当”的一声，双剑相交，宇文雄长剑荡过一边。叶凌风已是落在马上，一剑就向他刺去。宇文雄举剑招架，叶凌风大喝一声：“下去！”可是宇文雄虽然额现青筋，眼红如火，但在他拼命招架之下，叶凌风在急切之间却也未能将他推下马背。

眼看宇文雄就要遭他毒手，江晓芙的快马已及时赶到，一剑就向叶凌风项后的“大椎穴”刺去。叶凌风连忙藏头缩颈，半边身子滚了下来，单足斜挂雕鞍，这才堪堪地避开了江晓芙一剑。当然他的点穴也就落了空了。

叶凌风半边身子斜挂雕鞍，有气力也不能施展，又见江晓芙冲来，只好放弃了抢夺宇文雄坐骑的打算，用力一蹬雕鞍，身子又似离弦之箭飞了出去。

此时他们父子间的距离又缩短了些，已不到一里之遥了。陡然间钟秀斜刺杀出，叶凌风哀声叫道：“秀妹，我纵有千般不是，也请你念在往日之情！”

钟秀柳眉倒竖，二话不说，“啪”的一鞭就打下来。叶凌风喝道：“来得好，你既不念旧情，可也休怪我下得辣手了！”把手一抄，握着鞭梢，大喝道：“滚下来！”钟秀的本领倒不比叶凌风弱多少，但气力却是有所不如，果然应声落马。叶凌风是打算把她擒作人质，胁迫群雄。

钟秀也很机灵，人一落马，立即便放开马鞭，拔剑迎敌。叶凌风使出追风剑式，闪电般的连刺七剑，不料钟秀乃天山派的嫡传弟子，这追风剑式源出天山，钟秀比他还要纯熟，叶凌风匆忙中未想及此，急于求逞，使出这路剑法，反而被钟秀克住。

叶屠户这一队骑兵上了山坡，和叶凌风的距离只有半里之地了。忽听得大队人马奔腾呼喝之声，从树林里杀出来，为首的将领正是萧志远。原来萧志远在半路上碰到宇文雄的这支追兵，双方会合，正是来追踪叶屠户的这支残军的。

萧志远纵声大笑，陡地喝道：“天网恢恢，疏而不漏！好呀，今日叫你们父子俩一路走吧！”叶凌风看见萧志远大队人马杀出，吓得魂飞魄散，既是难擒钟秀，连忙转个方向又逃。希望能够逃得上乱石嶙峋的一处山峰，大队人马追不上来，或者还有一线生机。

叶慕华如飞赶到，叫道：“萧大哥，让我！”萧志远知道他与叶凌风仇恨似海，哈哈笑道：“好，你吃小的，我吃老的。”一声令下，大队人马就向叶屠户的那支残军包抄，杀将过去。

叶屠户叹了口气，叫道：“想不到我手握兵符，独当一面，今日却落到如斯田地。宗儿，你自己逃生去吧！”跳下坐骑，“啪”的一鞭打下，这匹坐骑是久经训练的战马，善知主人之意，立即向叶凌风那边跑去。

叶凌风忽然得到一匹坐骑，当真是喜从天降，于是连父亲也不顾了，跳上马背，慌忙便逃。

萧志远的人马此时已把叶屠户围在当中，叶屠户的手下士已无斗志，纷纷投降。

萧志远喝道：“叶屠户，你平生杀人也杀得够了，鲜血染红了你的顶子，如今轮到我们来取你的项上人头啦！”叶屠户一咬牙根，拔出佩刀说道：“我是朝廷命官，死也不能死在贼寇之手。”一刀就向心窝插去。

萧志远比他更快，飞身扑上，“当”的一声，就把他的佩刀打落，一手抓着他的颈项，喝道："把他绑了！"叶屠户吓得魂不属体，颤声说道："士可杀而不可辱，士可杀而不可辱。你干脆就把我一刀杀了吧。"

叶屠户落在"叛贼"手中，只怕要受尽无穷无尽的折磨，"贼人"才肯将他处死。他刚才想要保存"体面"还口口声声说是宁可自尽，不让"贼寇"所杀的，如今却是不能不哀求萧志远给他一个"痛快"了。

萧志远冷笑道："你不过是鞑子皇帝的一条走狗，狗嘴里不长象牙，亏你还说什么'气节'？莫玷辱了一个'士'字！"把叶屠户抛给士兵绑了起来，正色说道："你们的'朝廷'有你们的'王法'，我们也有我们的'民法'，小金川的老百姓吃尽你的苦头，死在你的屠刀之下也不知多少，你想这么便宜就私自了结么？告诉你，我们要把你押回小金川去，让老百姓都来看你受我们的'明正典刑'。"

叶屠户杀猪般的大叫，叶凌风却在鞭马飞逃，听得父亲的呼号，也不敢回头一望。

叶慕华此时也借了义军的一匹坐骑，紧紧追来，宇文雄、江晓芙等人跟在后面。

追了一程，忽见对面的山坡又出现了一彪军马，旌旗招展，军容甚壮，远非叶屠户那支残军可比。中军的大旗上用金线绣出一头猛虎，上面有斗大的"威镇关中"四个字。

叶凌风心中大喜，原来是归德堡的堡主归古愚带领他那支已被编为"官军"的到来。叶凌风想道："这支官军似乎比宇文雄带来的叛军多得多，归古愚手下也有许多能人，要是逃到他的军中，就有救了。"可是他们之间远隔着一座山，少说也有五六里崎岖的山路。叶凌风恨不得插翅飞到归古愚那边，但却哪里能够？

忽地里只听得金鼓喧天。归古愚的后队阵形大乱，原来又有一彪军马杀了到来，这是从西昌追来的竺尚父这支义军。登时两军就在山坡上混战起来，宇文雄、萧志远二人也立即带领他们这支义军赶去，截断归古愚的去路。

叶凌风倒吸一口凉气，暗自叫声："苦也！"归古愚是他唯一希望的救星，如今是连这“救星”也自身难保了。

不料“福无双至，祸不单行”，叶凌风正在走投无路之际，忽地面前又出现了两个人。这两人是尉迟炯和祈圣因。

叶凌风这一惊非同小可，连忙拨转马头。尉迟炯哈哈笑道：“好小子，还想逃么。”千手观音祈圣因居高临下，把手一扬，三枚透骨钉都向叶凌风打去，既射人又射马。叶凌风使出浑身解数，避开一枚，打落一枚，但第三枚透骨钉却射着了他的坐骑，正中脑袋，那匹战马一声长嘶，跳起二丈多高，落了下来，四蹄屈地，一命呜呼，叶凌风也给摔下马背了。

尉迟炯哈哈大笑，拔出了雁翎刀，正要追下去取叶凌风的性命，祈圣因忽地笑道：“大哥，不劳咱们费力了，自然有人来收拾他。这个人和他的冤仇更深，咱们应该让他。”原来是叶慕华已经快马赶来。

叶凌风施展轻功，没命奔逃，可是他的轻功怎能赛得过奔马，不多一会，便给叶慕华赶上。叶慕华跳下马背，喝道：“奸贼往哪里跑?”

叶慕华正要上前将他活捉，忽听得有个妇人的声音斥道：“谁敢伤我徒儿?”人还未到，暗器先发，叶慕华正自挽起一朵剑花，刺叶凌风背后的穴道，“叮”的一声，一枚小小的石子正好打中他的剑柄，石子虽小，劲道却是极强，叶慕华虎口一震，长剑竟然脱手坠地。就在此时只见一个中年妇人从林子里走出来。

原来这个中年妇人不是别个，正是江海天的妻子谷中莲。她从马萨儿国探亲回来，为了记挂着她的“侄儿”，故而特地取道小金川，前来探望叶凌风的。

谷中莲在与丈夫分手之时，虽然已经发现叶凌风的若干疑点，但却还不知道他是假冒的侄儿。谷中莲本来一向就有点偏心，甚至想过把女儿许配给叶凌风的。此时突然见他被人迫得走投无路，大有性命之危，谷中莲自是无暇细思，立即便出手救他了。

叶凌风飞快地向谷中莲跑去，谷中莲道：“有我在此，谁敢伤你?”信手一弹，又是一颗石子向叶慕华打去。她见叶慕华穷追不舍，只道他是清廷鹰爪，因为她一直以为“侄儿”是援川义军首领，那么要追杀他的人当然是清廷鹰爪了。这一颗石子用的竟是“弹指神通”的绝顶武功，打叶慕华的琵琶骨。以谷中莲的功力，倘若给她打着，叶慕华武功再好，也要变成残废。

尉迟炯夫妻正在跑来，见此情形，大吃一惊，祈圣因忙叫道：“谷女侠，你错了，快住手！”可是已经慢了些儿，祈圣因“住手”二字刚刚出口，那一边谷中莲的石子已经出手。

忽听得“卜”的一声，另一颗石子从相反的方向飞来，两颗石子空中撞个正着，同时坠下。谷中莲听得祈圣因呼叫，方自一怔，此时见自己所发的石子给人打落，不禁大吃一惊，心道：“当今之世，有谁有如此本领，难道是海哥来了？”

心念未已，果然便听得江海天的声音叫道：“莲妹，你的亲侄儿在这儿，你怎么打起你的亲侄儿来了？”只见一团白影，风声呼呼，倏地从叶凌风身旁掠过，瞬息之间就到了谷中莲的身边。风定步停，现出了江海天的身形。江海天一来是不愿自己出手，二来是急着和妻子相会，是以他虽然从叶凌风身旁掠过，却并没有拿他。可是叶凌风亦已吓得半死了。

谷中莲有如坠入五里雾中，纳罕问道：“你说谁是我的亲侄儿？”

江海天笑道：“怪不得你不明白，我也是刚才知道的。”说罢，用手一指叶慕华，道：“他才是你的亲侄儿，那奸细是冒充的。”

谷中莲大吃一惊，说道：“你，你说什么？叶凌风当真是奸细又是冒充我的侄儿的吗？”江海天道：“不错，他是叶屠户的儿子，咱们夫妻都受他蒙骗了。”谷中莲兀是半信半疑，讷讷说道：“这，这是怎么一回事？”

江海天道：“你就快明白了，你瞧他们都来了。我慢慢说给你听，另外一些细节，他们也会告诉你的。”

只见仲长统、上官泰、耿秀凤和李光夏、林道轩、上官纨、竺清华等人从一条路来，他们本来是与江海天同来的，如今才到。尉迟炯夫妻从另一条路来。还有一个江晓芙则独自策马从山坡上来。她本来是和宇文雄一道去堵截归古愚那支官军的，因见母亲来了，故而赶来与母亲相会。

江晓芙叫道："妈，我一直说雄哥是好人，这厮才是奸细，你不相信，现在你的真假侄儿都在这儿，你相信了吧？爹爹，你告诉了妈妈没有？"

江海天道："这奸贼极工心计，连我都受他的蒙骗，你怎能单怪你妈？嗯，我正等着你来才好告诉你妈呢。我说一半，你说一半。对啦，还有尉迟舵主和祈女侠也是受了这奸细的谋害的，咱们把所知道的说出来，你妈就明白了。"

叶凌风六神无主，此时他当然不能向谷中莲那边跑去了。他一咬牙根，想要自杀，可是临到他要回剑自刎之时，冰冷的剑锋还没碰着皮肉，他已感到一股寒意，不知不觉地又把剑垂了下来。他比他的父亲更为差劲，明明知道已是走到了绝路，再也没有希望逃生的了，但他还是连自杀的勇气也没有。

耿秀凤一看局面已定，说道："华哥，祝你手刃仇人，我也要报仇去了！"江晓芙把坐骑让给她，于是耿秀凤遂赶下山去，参加围歼归古愚之战。她的部属已编入宇文雄所率领的这支义军之中，她去协助宇文雄指挥，自是比江晓芙更为适当。

叶凌风既没勇气自刎，只好回过头来，无可奈何再与叶慕华交手。此时他的心里又是绝望，又是气恨，想道："倘若不是这小子活在人间，我现在还是江海天的掌门弟子，哪会落到如此田地？"气恨之下，变得疯狂，就像一只无路可逃的野兽似的，狂嗥怒吼，回头反啮猎人。

叶慕华见他如此疯狂，倒也不敢轻敌，想道："他越是疯狂，心中也定然越是恐慌。猎人有句俗语说得好，野兽在死亡之前必然疯狂的，我就把他当作野兽来打好了。"于是非常沉着地应付叶凌风的"困兽之斗"。

且说耿秀凤飞骑下山，投入战场，此时正是混战最剧烈的时候。耿秀凤找着了朱家兄弟，说道："你们去告诉归德堡的乡亲，咱们只是严惩首恶，胁从不究。"朱家兄弟是归德堡人氏，和归古愚手下的团练，许多都是熟识的。朱家兄弟用本身的遭遇来说服乡亲，收效果然极大。不用多久，归德堡的团练有一半以上放下武器，还有好些人掉转刀枪，反过来向归古愚的死党冲杀。

二人越斗越激烈，叶慕华非常沉着地应付对方的“困兽之斗”，自始至终都是气定神闲。

归古愚又惊又怒，七窍生烟地大骂道："反了，反了！"耿秀凤挥舞双刀，杀进内围，笑道："当然是反了！归老贼，你作威作福的日子已经完结啦！"一口飞刀先把归少灵杀掉，归古愚给她迫得无路可逃，只好回过身来，与她交手。

归古愚号称"威震关中"，武功造诣颇为了得，若在平时，耿秀凤要想胜他，还当真不易。但此时归古愚羽党尽除，孤掌难鸣，早已是心慌意乱，不过数招，给耿秀凤一刀劈伤，朱家兄弟双双赶到，两对佛手拐同时敲下，敲破了他的天灵盖，报了大仇。

战斗结束后，耿秀凤和宇文雄说道："咱们可以上去看看，看叶大哥是否已把那奸贼除了？"

宇文雄道："不错，咱们去看这奸贼如何下场吧。就只怕看不到了。"

他们来得正是及时，叶慕华与叶凌风的恶斗还未结束，但亦已接近尾声了。

只见叶凌风面似火红，青筋暴胀，一副狰狞的面目，恶狠狠地向叶慕华猛扑，凶狠的神态就似恨不得一口把叶慕华吞掉似的，当真就像一头发疯的野兽，和他平时伪装出来的那副"温文尔雅"的面孔简直判若两人。

钟秀暗暗叹了口气，心里想道："原来他的真面目竟是这样。我当初怎么会喜欢他的？不过，也好，我得了这个教训，以后是再也不会以貌取人的了。"

二人越斗越激烈，叶慕华非常沉着地应付对方的"困兽之斗"，自始至终都是气定神闲。叶凌风则越来越是疯狂，只见他大汗淋漓，衣衫尽湿，再过一会，滴下来的汗水竟似血水一般，把地上的青草都染红了。江晓芙觉得奇怪，问父亲道："这奸贼好似并没中剑，却怎的会受伤了？"

江海天道："这厮已是到了油尽灯枯之境。"话犹未了，忽听叶凌风大叫一声，并未见他中剑，却突然似一根木头似的倒了下去。叶慕华用脚踢他，喝道："起来，再打！"叶凌风哼也不哼，只见他的身体缩作一团，突然间满身都是鲜血。原来他的气力都已耗尽，汗出不止，继之以血。又因极度恐惧，到了绝望的境地，突然心脏爆裂而亡。

叶慕华插剑归鞘，上前参见江海天夫妇，说道："都是侄儿做错了事，爹娘命我投亲，我却一直没有来拜谒姑父、姑母。又误信了这个奸贼，以致给他冒充了我的身份，生出了这许多祸患。"

江海天扶他起来，说道："我也有失察之处，好在终于水落石出，你也替我清理了门户了。"说罢，回过头来，对妻子笑道："你失了一个假的侄儿，得回一个真的侄儿。这可该大大高兴了吧！"

谷中莲又是欢喜，又是惭愧，说道："当初这奸贼拿你爹爹的信来见我，我本来有点疑心的，却给他骗过了。好侄儿，你何不早说，我刚才几乎误伤了你。可是，你还不仅是应该叫我做姑母呢，你姑父是叫你替他清理门户的，你懂不懂？"

叶慕华当然懂得这个意思，说道："多谢姑父肯将我收列门墙。"于是向江海天重新行过拜师的大礼，改口叫了一声"师父、师母"。谷中莲笑得合不拢口，众人上来道贺，皆大欢喜。

宇文雄随着上来参见师父、师母，谷中莲见了他，不觉又有几分惭愧，说道："当初我错怪了你，令你受了许多冤屈。"宇文雄道："当初谁也不知道这奸贼如此阴毒，师母执行门规，是应该的。徒儿怎敢有丝毫埋怨。"

江海天笑道："你把我的话告诉了芙儿没有？"宇文雄面上一红，低声说道："没有。"

江晓芙一时还未懂得她爹爹的话意，问道："师哥，我爹爹叫你告诉我什么？"

江海天哈哈笑道："叫他一生照顾你。"江晓芙明白过来，不由得杏脸飞霞，又是羞惭，又是欢喜。众人免不了又都上前道贺。

江海天正色说道："不过你们年纪都小，过两年再办喜事也还不迟。如今小金川之围是解了，但鞑子还占着咱们汉人的江山，多少地方的老百姓还在受着苦难。我准备北上去助张教主再次起义，你们随我去吧。"于是众人连骑北上，再创一番事业。但这已不是属于本书的范围了。正是：

莽莽乾坤须再造，沉沉大地起风雷。

（全书完）